IN CERCA DI HEATHER

Ricerca e soccorso Eagle Point, libro 6

SUSAN STOKER

Traduzione dall'inglese a cura di Emanuele Mazzola per Well Read Translations

Correzione bozze: Kelly Collins, Anna Maria Sacchi (edizione italiana)

http://wellreadtranslations.com

Design di copertina: AURA Design Group

Trovare Kenna
Trovare Monica
Trovare Carly
Trovare Ashlyn
Trovare Jodelle

Armi & Amori: verso il futuro

Soccorrere Caite
Soccorrere Brenae
Soccorrere Sidney
Soccorrere Piper
Soccorrere Zoey
Soccorrere Avery
Soccorrere Kalee
Soccorrere Jane

Delta Force Heroes

Salvare Rayne
Salvare Emily
Salvare Harley
Il Matrimonio di Emily
Salvare Kassie
Salvare Bryn
Salvare Casey
Salvare Sadie
Salvare Wendy
Salvare Mary
Salvare Macie
Salvare Annie

Armi e Amori

Proteggere Caroline
Proteggere Alabama
Proteggere Fiona

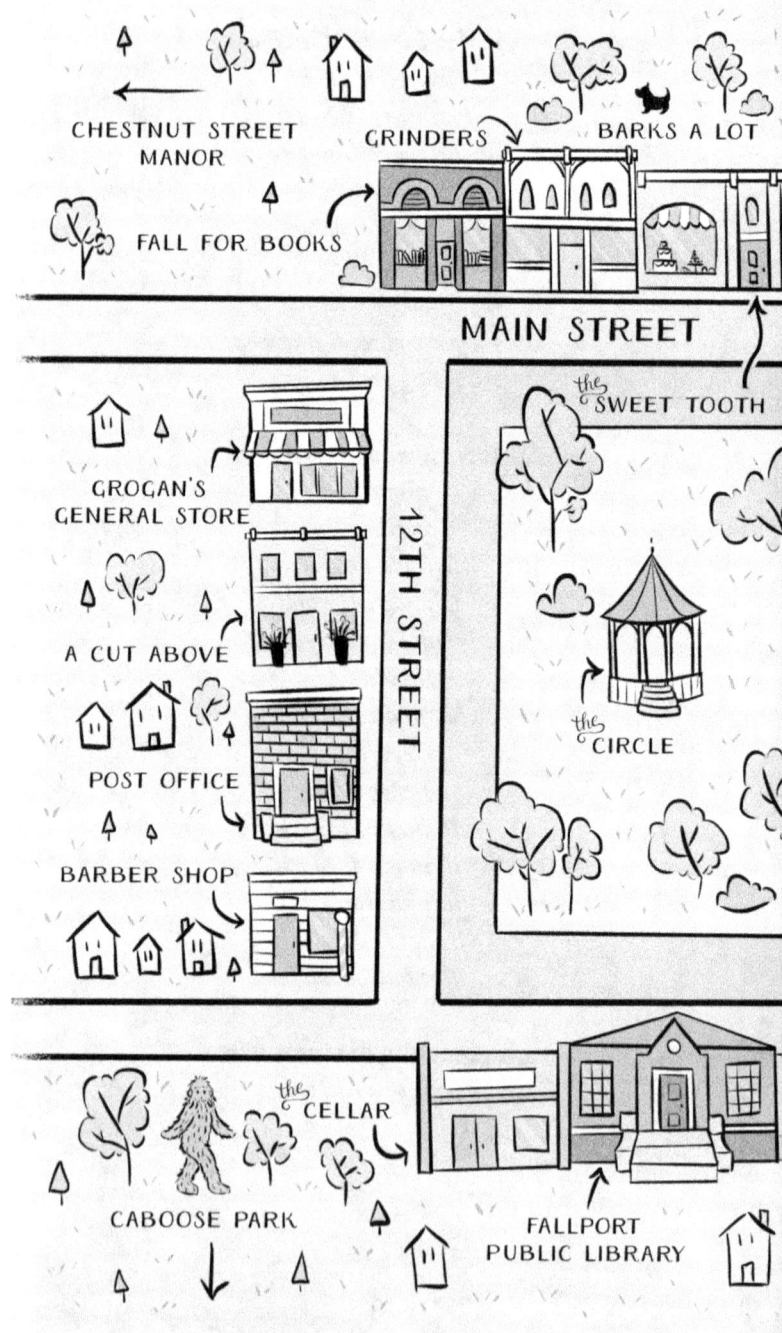

CHESTNUT STREET MANOR

GRINDERS

BARKS A LOT

FALL FOR BOOKS

MAIN STREET

the SWEET TOOTH

GROGAN'S GENERAL STORE

A CUT ABOVE

POST OFFICE

BARBER SHOP

12TH STREET

the CIRCLE

the CELLAR

CABOOSE PARK

FALLPORT PUBLIC LIBRARY

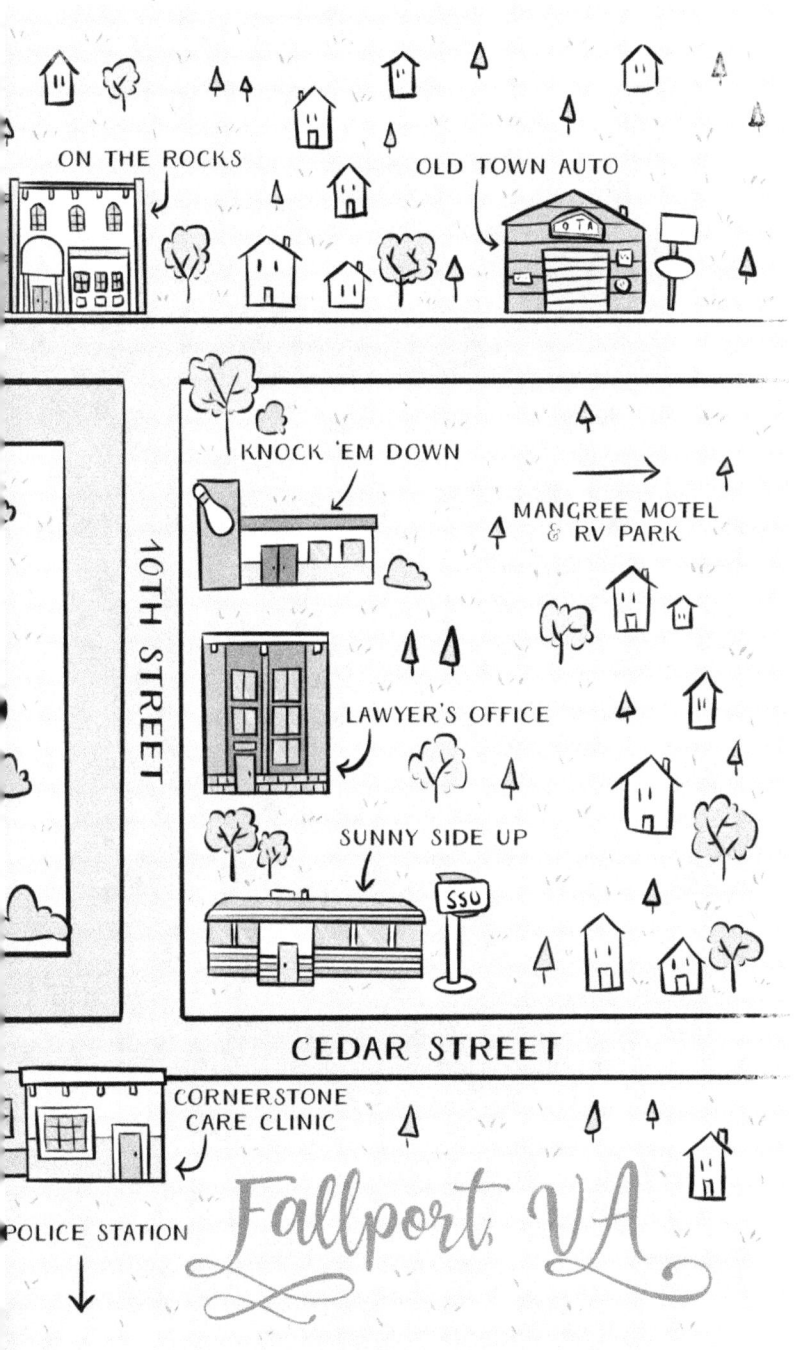

CAPITOLO UNO

"Ancora nessuna fortuna?" chiese Ethan a Talon, mentre uscivano insieme da Grinders, il bar del paese. Erano appena tornati da una nottata di ricerche.

"No. Ma ci sto arrivando."

Ethan lo scrutò con attenzione e Tal finse di non notare l'espressione preoccupata con cui l'amico lo stava bersagliando. "Ti è mai venuto in mente che non *voglia* essere salvata?"

Tal sospirò, poi bevve un sorso di caffè e ricambiò lo sguardo del suo grande amico. Ethan gli aveva salvato la vita, letteralmente, contattandolo quando lui si stava affogando nell'alcol e chiedendogli se fosse interessato a trasferirsi negli Stati Uniti per unirsi alla squadra di ricerca e soccorso che lui stava per creare.

All'inizio, Tal *non* aveva nutrito un interesse reale, ma poi ci aveva ripensato e quell'offerta l'aveva attirato. Talon aveva lasciato lo Special Boat Service, il corpo speciale della Marina di Sua Maestà, la versione britannica dei SEAL statunitensi; si era congedato dopo una missione che non era solo fallita, ma era andata a rotoli, in fumo e anche peggio. Rifarsi una vita era difficile, per cui attraversare mezzo mondo in aereo gli era sembrata un'alternativa allettante alla disperazione.

Tal voleva bene a Ethan come a un fratello, non solo perché gli aveva ridato una motivazione, ma perché non aveva forzato la mano: gli aveva lasciato tutto il tempo necessario per rimettersi in sesto.

Evidentemente, quasi sei anni dopo l'arrivo di Tal a Fallport, in Virginia, per unirsi alla nuova squadra di ricerca e soccorso Eagle Point, Ethan si era stufato di trattarlo con le pinze.

Tal immaginò che quella curiosità nascesse anche dalla felicità di Ethan, dalla sua gioia per il matrimonio riuscito con Lilly. Moglie peraltro *incinta*. Tal era certo che anche Lilly fosse preoccupata per lui e probabilmente aveva chiesto a Ethan di informarsi sul suo stato di salute mentale.

Tutti gli amici sapevano dell'impresa che Tal si era imposto: ritrovare la donna misteriosa che viveva nel bosco, quella che aveva aiutato Finley e Brock a scappare quando erano stati rapiti su un sentiero da due spacciatori determinati a ottenere informazioni dalla pasticciera. Quella donna era comparsa dal nulla e aveva gettato del terriccio in faccia al tipo che teneva il coltello alla gola di Finley, permettendo a Brock di agire allontanando sé stesso e la sua donna dalla minaccia.

Tal era rimasto colpito dalla descrizione di quella donna fin dal primo momento in cui ne aveva sentito parlare: era scalza, con un abito marrone sgualcito e capelli rossi, lunghi fino alla vita. Aveva deciso di trovarla e aveva iniziato a cercarla con determinazione; voleva ringraziarla, vedere se aveva bisogno di aiuto.

Ovviamente aveva bisogno di aiuto! Era arrivato il mese di dicembre sui Monti Appalachi, e quella donna se ne andava in giro senza scarpe. Eppure, nonostante l'esperienza professionale, prima nelle forze speciali, poi nella squadra di ricerca e soccorso, Tal non aveva trovato alcuna traccia di dove vivesse.

Ciononostante, qualcosa lo spingeva a non mollare, a non smettere di cercare, tanto che quell'impresa era diventata un'ossessione. Tal odiava il pensiero che una donna vulnerabile fosse da sola nel bosco. Tanto aveva bisogno di trovarla, che quasi non ci dormiva. Riusciva a riposare al massimo due o tre ore per notte... prima che cominciassero gli incubi. I brutti sogni che pensava di aver superato da qualche anno.

Doveva trovare quella donna misteriosa per metterla al sicuro, per non impazzire.

"Tal?" lo chiamò Ethan preoccupato. "Dimmi qualcosa."

Tal si scrollò di dosso quei pensieri, sforzandosi di riportare la mente su quella conversazione. Si voltò verso l'amico per dirgli: "Come ti dicevo, ci sto arrivando."

"Davvero? Come fai a saperlo?" gli chiese Ethan.

"Ho barato," rispose Tal senza un briciolo di imbarazzo.

Ethan alzò le sopracciglia.

Tal accennò un sorriso e bevve un altro sorso di caffè. "Ho nascosto delle telecamere," ammise Tal. "Ne sto seguendo la posizione da quando ha preso la prima borsa di provviste che le avevo lasciato. Dovrebbe trovarsi a nord-est, credo tra il sentiero di Eagle Point e quello di Eagle Rock."

Ethan commentò con un fischio. "Non è certo un bel territorio in cui orientarsi."

"Infatti, ma è anche vicino al terreno in cui viveva quella setta, saranno tre o quattro chilometri. Credo che conosca bene quella zona, specialmente se è *davvero* Heather Brown e se vive con quegli imbecilli da quando è stata rapita, vent'anni fa." Tal sentì il sangue andargli alle tempie al pensiero di una bimba di otto anni che veniva sottratta ai genitori, rapita mentre percorreva una strada vicino a casa, proprio a Fallport, per poi essere cresciuta all'interno di una cosiddetta Comune, costretta a vivere seguendo le regole di quella setta.

Da quel che sapeva Simon Hill, il capo della polizia, quelli della Comune vivevano isolati e non causavano alcun problema, seguendo una concezione della vita un po' hippy, da figli dei fiori. Quando la piccola Heather era stata rapita, la polizia aveva controllato anche quei tipi ma non aveva trovato alcuna traccia di lei in quel gruppo. Alla fine, col passare del tempo, dopo che i genitori della bimba rapita si erano trasferiti altrove, abbandonando quella regione, nessuno aveva più pensato a Heather. In tanti avevano immaginato che fosse stata uccisa già poche ore dopo il rapimento.

Invece Tal non riusciva a smettere di pensare alla descrizione che Brock e Finley gli avevano fatto della donna vista nel bosco. Certo, le donne coi capelli rossi non erano poche, quindi *quella* donna non doveva per forza essere Heather Brown, ma Tal, sotto sotto, era convinto che fosse lei. Chissà come, forse per miracolo, era riuscita a sopravvivere al rapimento e a tutto ciò che era successo nei vent'anni successivi.

"Cos'hai intenzione di fare *se* la trovi?" gli chiese Ethan. "Pensi che sarà semplice? Che accetterà di tornare a Fallport con te, dopo aver vissuto da sola nel bosco Dio solo sa quanto a lungo?"

Tal scosse la testa. "No, non penso che sarà semplice, so che non si fiderà di me. Del resto, perché dovrebbe?"

"Allora? Che intenzioni hai?" gli chiese di nuovo Ethan.

"Non ho alcuna intenzione," ammise Tal.

Ethan lo fissò incredulo e aggiunse: "Tu hai sempre un piano pronto per ogni evenienza."

Non si sbagliava: Tal preparava *sempre* un piano A e almeno due piani di riserva, B e C, per placare l'ansia. Però la donna che stava cercando era un enigma. Non si comportava come lui prevedeva. Tal aveva nascosto dei sensori nel bosco, come quelli usati per rintracciare i branchi di animali. Ogni volta che quella donna sembrava sul punto di andare a ovest, andava a est. Quando sembrava sul punto di accamparsi vicino a uno dei tanti ruscelli di montagna, lei si allontanava dai corsi d'acqua. Una scelta furba: se da un lato avere un corso d'acqua nelle vicinanze era comodo, dall'altro non era il luogo ideale perché l'acqua attirava la fauna selvatica.

Per Tal, quella donna era una frustrazione intrigante. Sapeva cavarsela nella natura e non lasciava tracce, tanto che lui, senza l'aiuto delle telecamere nascoste nel bosco nei punti in cui era più alta la probabilità di spostamento, non sarebbe mai riuscito ad avvicinarla, o almeno così gli sembrava.

"Cosa posso fare per te?" gli chiese Ethan.

Tal respirò a fondo: non esisteva al mondo un amico migliore di Ethan Watson. "Nulla. Ce la faccio."

"Dico sul serio, Tal. Cosa posso fare per te? Lo sai che siamo tutti ben disposti ad aiutarti, anche noi vogliamo trovarla, specialmente Brock."

Tal lo sapeva. "Sai bene quanto me che se quella donna si sentisse anche solo minimamente in pericolo, sparirebbe, forse per sempre. Non si fida di me, però ha accettato altre due borse di rifornimenti. È come una bestia selvatica: pronta a prendere ciò che trova per sé stessa, ma agli antipodi dal fidarsi di chiunque. Se si dovesse trovare davanti degli uomini che non conosce, scapperebbe."

"Quando pensi di tornare nel bosco?" gli chiese Ethan.

Tal fu sollevato nel constatare che l'amico non cercava di convincerlo a portare con sé qualcun altro. "Stasera, dopo il turno. Ultimamente, Harvey è stato molto comprensivo per tutte le mie ore di assenza, ma non voglio esagerare."

Tal lavorava part-time nel negozio del barbiere in piazza. Non era certo un lavoro da sogno, ma lo teneva impegnato tra una ricerca e l'altra. I soldi non erano un problema: lavorando in Marina, Tal aveva risparmiato a sufficienza per mantenersi, specialmente perché non era un uomo che amasse spendere. Aveva un appartamento non molto lontano dalla piazza centrale; in casa c'erano un televisore, un divano, un letto… più o meno tutto ciò di cui aveva bisogno. Più che cucinare, preferiva mangiare fuori, passare il tempo con gli amici… anche se, negli ultimi anni, quei momenti conviviali si erano diradati, dato che Ethan, Zeke, Rocky, Drew e Brock si erano tutti sposati o convivevano con le rispettive compagne.

"Beh, se ti viene in mente qualcosa, sai che noi ci siamo, e intendo *qualunque* cosa," concluse Ethan.

Il supporto del suo migliore amico significava il mondo per Tal. "Non so quanto tempo starò via," gli rispose. "Ci sono quasi, me lo sento, ma le previsioni danno una tempesta di neve per la fine della prossima settimana… non posso…" fece un respiro profondo prima di proseguire. "Voglio trovarla prima che arrivi il gelo, quindi potrei star via parecchio," concluse.

"Rocky si sposa tra sei giorni," gli rammentò Ethan.

Tal sospirò. "Lo so. Voglio esserci, ma…" si interruppe senza finire la frase.

"…ma lei è più importante," aggiunse Ethan terminando il pensiero dell'amico.

"No, non è quel che voglio dire!" esclamò Tal.

"Dai, ti capisco," gli rispose Ethan scuotendo leggermente la testa. "Se io sapessi che Lilly è nel bosco e sta per arrivare un metro di neve, niente e nessuno mi fermerebbe: la troverei e la porterei in salvo."

"Io però non conosco questa donna," commentò Tal.

Ethan alzò appena le spalle. "Magari non la conosci, ma ha qualcosa che ha catturato la tua attenzione. Magari trovarla sarà la chiave per liberarti finalmente dei demoni che ancora ti porti dietro."

Tal strinse le labbra. Era vero: gli eventi del passato avevano un nesso diretto con l'ossessione di trovare quella donna dai capelli rossi. Però… c'era di più. Lui non sapeva spiegarselo, nemmeno ci provava.

"Prima che tu vada, ho una richiesta da farti," aggiunse Ethan.

Tal lo guardò dubbioso.

"Devi telefonarmi almeno una volta al giorno."

Tal fece una smorfia nervosa. "Chi sono, un bambino di dieci anni?"

"No, sei un uomo adulto, ma sei anche mio amico e sono preoccupato per te. Ti inoltrerai in mezzo al bosco, da solo, alla ricerca di una donna che molto probabilmente non vuole farsi trovare, e che, a prescindere da quello che pensi tu, potrebbe reagire attaccandoti. Se ti fai sentire tutti i giorni, farò in modo che gli altri non vengano a cercarti, perché sai bene quanto me che non saranno contenti di saperti nel bosco da solo con una tempesta di neve in arrivo."

Ethan aveva ragione; Tal ripensò agli amici della squadra di ricerca e soccorso Eagle Point, a cos'avrebbero detto, scoprendo qual era l'area in cui lui si sarebbe addentrato... e annuì. Soprattutto Brock non sarebbe stato contento.

"Anche se sei sperduto chissà dove, non mi interessa: devi essere presente alle nozze di mio fratello, almeno al telefono. Bristol piangerà a dirotto durante la cerimonia, se ti crederà disperso nel bosco, e non sono quelle le lacrime che deve versare. Per non parlare delle altre: andranno tutte fuori di testa. Quindi... telefona almeno una volta al giorno e se non ce la fai a tornare in tempo per la cerimonia, almeno devi essere collegato al telefono quando Rocky e Bristol si scambiano i *voti*. D'accordo?"

"D'accordo," gli rispose Tal senza esitare. "Per quel che vale... farò tutto ciò che posso per tornare in tempo per le nozze."

"So che lo farai. Ti voglio presente, so che anche Rocky ti vuole vedere. Quasi quasi ti direi che rinvierebbe la cerimonia, se non dovessi tornare, ma... no, niente e nessuno impedirebbe a mio fratello di convolare ufficialmente con Bristol."

"Sono già *ufficialmente* insieme," commentò Tal.

"Verissimo. Bene, allora diciamo che nulla gli impedirà di convolare con Bristol *legalmente*. Nemmeno un amico ossessionato."

"Certo che la cerimonia è proprio vicina all'arrivo della tempesta di neve," commentò Tal, ignorando l'*ossessionato* con cui l'aveva bollato l'amico.

Ethan annuì. "Hai ragione. Gli ho detto che magari era il caso di posticipare di un giorno o due, ma lui non vuole aggiungere altro stress a Bristol. Sono disposti a rischiare, a costo di ritrovarsi da soli; ho dato una bella mancia sottobanco a uno dei tipi che passano con la spazzaneve, per cui mi ha detto che, se sarà necessario, porterà lui il celebrante a Rocky col mezzo di servizio."

Tal sorrise. Si fidava ciecamente di Ethan.

L'amico gli mise una mano sulla spalla. "Però tu fai attenzione, nel bosco; hai abbastanza provviste?"

"Sì." Tal aveva riempito il suo zaino più capiente; ci aveva infilato una piccola tenda, il fornelletto a gas da campeggio, due settimane di provviste liofilizzate e una bottiglia con dei filtri per rendere l'acqua potabile.

Tuttavia, gran parte dello zaino era piena di provviste per la donna misteriosa: un paio di stivaletti (Tal sperava che le calzassero, aveva tirato a indovinare la misura calcolandola da un'impronta che aveva trovato nel terreno), altri leggings e altre paia di calze, un paio di pantaloni modello cargo, sempre tirando a indovinare la taglia, una vecchia copia de *Il leone, la strega e l'armadio* che aveva trovato al negozio di libri di seconda mano, un mazzo di carte, alcune barrette di cioccolato, un flacone di crema al profumo di zucchero e limone, un coltellino da tasca nuovissimo, un set da tavola in silicone con posate, ciotola, piatto, tazza, una pentola, un'altra pietra focaia, spazzola e pettine, un flacone di shampoo e uno di balsamo, alcune forcine.

"Se in qualunque momento avessi bisogno di qualcosa, non hai che da dirlo," gli rammentò Ethan.

Tal annuì di nuovo.

"Mi sento anche di ricordarti che, se terrai acceso il telefono, sarò in grado di rintracciarti."

"Me ne rendo conto," gli rispose Tal.

"Non ti dà fastidio?" gli chiese Ethan.

"No. Senti, lo so che sto per fare una follia, specialmente con la perturbazione in arrivo, ma sono *troppo* vicino, Ethan. Ne sono certo. Non so proprio cosa succederà, quando la troverò. Potrebbe anche mandarmi all'inferno, dirmi che non ha bisogno del mio aiuto e che non vuole nulla, che non è la famosa Heather rapita da piccola e che è felicissima di vivere in quel modo. Però *devo* saperlo. Se non è felice del modo in cui vive, io posso aiutarla."

"La vera follia sarebbe *non* andare ad aiutarla," ribatté Ethan. "Però sai di non essere solo. Anche se andrai nel bosco per conto tuo, non sarai mai da solo. Hai capito?"

Il sostegno di Ethan e degli altri era un grande sollievo per Tal. Era stato uno degli aspetti migliori dell'esperienza militare: sapere che, per quanto una missione si sviluppasse nel peggiore dei modi, lui avrebbe potuto fare sempre affidamento sui suoi commilitoni. Rispose a Ethan con un cenno del capo.

"Bene. Allora vai, mettiti all'opera. Io aspetto che tu sia nel bosco, prima di dire a Rocky che potresti non rientrare per la cerimonia."

Tal sussultò. "Merda, non la prenderà bene."

"Eh no," confermò Ethan. "Anche Bristol ci rimarrà male, ma penso che tutta la ciurma ti perdonerà, quando riporterai qui a Fallport la donna del mistero, così Lilly potrà lavorarsela per inglobarla nella cerchia di amiche."

Tal fece una risatina. "Tua moglie in effetti *è* una specie di mamma chioccia, non è vero?"

"Esattamente come piace a me."

"Sei un uomo fortunato."

"Lo so," replicò Ethan con un sorrisone. "Telefona ogni giorno, Tal, dico davvero: altrimenti vengo a prenderti... e ti faccio un mazzo così."

"Ho capito. Preferisci un orario in particolare?" gli chiese Tal.

"Meglio se chiami quando non sto facendo l'amore con la mia donna," gli rispose scherzosamente.

"Cavolo... allora non alla mattina, non al pomeriggio, non in piena notte... ah, nemmeno a ora di pranzo, perché magari c'è una sveltina in corso."

Ethan se la rise sotto ai baffi. "Quando capiterà *a te* di mettere incinta la tua donna e le verranno gli ormoni a mille e avrà sempre una voglia indiavolata... allora capirai."

Tal alzò gli occhi al cielo, ma nel profondo non poté ignorare un pizzico di gelosia. Era felice che Ethan avesse trovato una persona meravigliosa come Lilly; tuttavia, vedeva davanti a sé un futuro solitario che gli accendeva un desiderio per ciò che probabilmente non avrebbe mai trovato.

Lui era troppo... all'antica. Trovava le donne moderne troppo indipendenti, ben lungi dall'accettare le cure di un uomo. Avrebbe voluto occuparsi in tutto e per tutto di una compagna: non gli piaceva il pensiero di dividere le rate del mutuo a metà, di far pagare a lei la spesa, di farle comprare una macchina con i proprio fondi o che dovesse andare in giro da sola.

Moltissime donne l'avrebbero considerato esagerato, troppo propenso a esercitare il controllo, anche se lui, in realtà, non voleva stare col fiato sul collo a nessuno: voleva solo occuparsi personalmente delle esigenze della propria compagna, tenendola sempre al sicuro.

Di sicuro era nato nel secolo sbagliato. Le poche donne che l'avevano frequentato nell'ultimo decennio gli avevano fatto sapere senza mezzi termini che quei desideri erano irrealizzabili in un rapporto di coppia.

Tal si sforzò di tornare al presente e porse la mano a Ethan, che gliela strinse. "Apprezzo che mi copriate, nel caso ci siano ricerche, ricambierò il favore."

"Ci mancherebbe," ribatté Ethan. "Sono sicuro che anch'io dovrò fare qualche assenza dal gruppo, dopo la nascita di mio figlio... o figlia. Noi non timbriamo il cartellino, non c'è un monte ore obbligatorio; la nostra squadra non funziona così, lo sai bene."

"Lo so," confermò Tal lasciando andare la mano dell'amico. "Ma io ne tengo conto lo stesso, nella coscienza. E se mi dici che *tu* non ci badi, guarda che non ti credo."

Ethan ridacchiò. "Siamo troppo simili, da paura! Buona fortuna, Tal. Stavolta ho un buon presentimento, su questa ricerca."

"Spero tu abbia ragione." Tal annuì all'amico e si avviò sul marciapiede verso il negozio del barbiere. Non aveva molta voglia di lavorare, ma negli ultimi tempi si era assentato molto, e stava per assentarsi di nuovo. Per fortuna, Harvey era un capo comprensivo, che passava più tempo a chiacchierare con i clienti che a preoccuparsi della rapidità con cui si tagliavano i capelli o del numero di persone che entravano o uscivano dalla porta del suo locale. Quell'atmosfera rilassata era proprio l'ideale, per Tal, che aveva operato fin troppo a lungo in ambienti di stress eccessivo; quando era uscito dalle forze armate, si era ripromesso di non affrontare mai più situazioni tanto opprimenti.

Tagliare i capelli non era un impiego molto stimolante, ma a lui stranamente piaceva. Ascoltare i racconti di vita quotidiana degli uomini, qualche volta anche delle donne, che si sedevano sulla poltrona del barbiere era una boccata d'aria fresca, rispetto ai discorsi di politica militare in cui era stato immerso prima di trasferirsi in Virginia.

Quel giorno, Tal era pieno di clienti, ma la sua mente era già proiettata alla sera, quando sarebbe partito: quanto camminare sul sentiero, prima di fermarsi? Cosa fare *qualora* avesse trovato la donna che stava cercando?

Quando entrò dal barbiere e la campanella sulla porta tintinnò, Tal non poté non chiedersi cosa stesse facendo in quel momento quella donna. Aveva freddo? Fame? Paura? Aveva capito che c'era una tempesta di neve in arrivo? Era preparata?

Tal non aveva altro che domande. Nessuna risposta, ma sperava di rimediare presto.

CAPITOLO DUE

FIORE DI PRATO al Tramonto sorrise rivolta al soffitto della caverna in cui era sdraiata. L'aria all'esterno era fredda, ma lì dentro, con un fuocherello acceso, le calze di lana ai piedi, le gambe avvolte da leggings morbidi come il burro, la felpa oversize che ormai si toglieva di rado, era al calduccio.

Quando si era tolta per la prima volta l'abito marrone che indossava da sempre, almeno da quando aveva ricordava, si era sentita estremamente nervosa; eppure era stato un gesto assolutamente liberatorio! Le donne alla Comune potevano indossare solo tonache: niente pantaloni o maglie. Solo quei sai marroni di lana pungente e informe che Freccia aveva ritenuto adatti.

Ovviamente, lui, che era il leader della Comune, poteva indossare tutto ciò che voleva, come anche gli altri uomini. A loro erano permesse delle giacche pesanti d'inverno, pantaloni che impedissero alle gambe di gelare dal freddo. Persino scarponi pesanti e guanti. Una volta, lei aveva sentito una delle altre mogli chiedere il motivo per cui non poteva indossare pantaloni. Le avevano risposto che non ne aveva bisogno, perché il suo posto era all'interno, a cucinare e occuparsi degli uomini.

Sarebbe stata una spiegazione accettabile, se Fiore non fosse dovuta andare nel bosco per cacciare; era stata una delle migliori cacciatrici della Comune, tanto che, se non fosse stato per lei, le notti con i brontolii di pancia sarebbero state molte di più. Eppure, nonostante l'incarico di cacciare per procurare la carne, non le era permesso di indossare pantaloni.

A lei era sempre sembrata un'ingiustizia, anche se Freccia l'aveva spesso rimproverata, dandole dell'ingrata che aveva bisogno di stare al suo posto. Il punto, però, era proprio quello: lei non aveva idea di quale *fosse* il suo posto. Era stata la moglie di Freccia, insieme ad altre quattro donne; nonostante Freccia fosse il leader del gruppo, tutte la guardavano comunque dall'alto al basso.

L'unica persona che l'aveva cercata era proprio l'uomo di cui lei non voleva attirare le attenzioni: Cipresso, il figlio di Freccia. Lui non le aveva mai nascosto di desiderarla. Ma dato che lei era la moglie del leader, era considerata off-limits. Giorno dopo giorno, Fiore aveva cercato in ogni modo di non farsi notare: aveva svolto ogni compito che le era stato assegnato senza smuovere alcuna polemica, nella difficile impresa della sua vita.

Ricordava ancora le conseguenze imbarazzanti e dolorose di aver parlato al momento sbagliato, o di aver detto liberamente ciò che pensava, o di aver cercato di cambiare le circostanze della sua esistenza: gli altri le avevano dato prova più volte che esprimersi, cercare di lottare contro le regole della Comune, non portava altro che a periodi di punizione nella tenda, legata e lasciata da sola per giorni, a volte per un'intera settimana. Ogni volta che Freccia era andato a liberarla, lei era tornata docile come prima, desiderosa di riprendere i suoi normali doveri nella Comune.

Quella mansuetudine di solito durava per vari mesi, prima che riaffiorasse in lei la certezza che quella non era la vita a cui era predestinata. A quel punto, si cacciava di nuovo nei guai: un ciclo che era cominciato quando era piccola e che non si era mai interrotto, fino al momento della fuga.

Quando lei era cresciuta a sufficienza, Freccia aveva insistito per farle adempiere i suoi doveri coniugali, proprio come le altre mogli; a Fiore non erano mai piaciuti quei momenti, anzi, rabbrividiva quando lui le chiedeva di raggiungerlo in tenda. Negli ultimi anni prima della morte, per fortuna il pene non gli si induriva più; allora le metteva le mani sotto l'abito per palpeggiarla, ma le procurava dolore perché era troppo irruento e insensibile. Fiore aveva imparato a fingere che le piacesse, in modo da convincerlo a smettere di toccarla dopo pochi minuti.

Alla morte di Freccia, Fiore aveva perso la protezione a cui aveva avuto titolo, in quanto moglie del leader. Lei e le altre mogli di Freccia erano state ridistribuite agli uomini della Comune, e Cipresso l'aveva reclamata come propria senza perdere tempo.

Essere la sesta moglie era stato un inferno; Cipresso era stato crudele, violento, noncurante di farle del male nel toccarla, anzi: quasi godeva degli urli di dolore, deliziato alla vista dei lividi che le lasciava addosso.

Fiore aveva imparato a ribellarsi più spesso in modo da essere punita con l'isolamento. Almeno, nella tenda del confino, Cipresso non poteva toccarla, non poteva farle male. Però, prima o poi veniva liberata per tornare ai propri doveri, di solito perché alla Comune serviva altra carne fresca. Così lei finiva di nuovo nella tenda di Cipresso, a sopportare quei palpeggiamenti orribili.

Quando gli uomini avevano deciso di trasferire la Comune in Florida, per allontanarsi dal freddo, a Fiore era venuto un brivido di orrore; non poteva andarsene. Era una sensazione che non riusciva nemmeno lei a spiegarsi, che andava al di là del sapere che quelle montagne erano casa sua e che non sarebbe riuscita a sopportare quell'allontanamento. Si era tenuta per sé quel timore... non che gli uomini fossero disposti ad ascoltarla!

In piena notte, prima del giorno previsto per la partenza, Fiore si era intrufolata furtivamente nel bosco, nascondendosi non troppo lontano.

Cipresso si era infuriato; aveva gridato per ore, chiamandola mentre si aggirava tra gli alberi circostanti l'accampamento. Le aveva ordinato di tornare, l'aveva minacciata... ma lei era rimasta nascosta.

Aveva aspettato di vedere coi propri occhi tutte le mogli salire sul cassone di un camion senza finestrini e senza nemmeno panche per sedersi; le avevano chiuse dentro, con un lucchetto. Lei aveva continuato a osservare gli uomini mentre salivano su comodi furgoni e partivano... ma Fiore era rimasta nascosta. Non si fidava, poteva essere una trappola. Si aspettava che Cipresso saltasse fuori da dietro una tenda per afferrarla, costringendola a seguire il gruppo lontano, troppo lontano.

Aveva vissuto in totale isolamento nel bosco per almeno una settimana, prima di trovare il coraggio di tornare all'accampamento abbandonato. Cipresso aveva abbandonato tutte le tende promettendo che a destinazione ne avrebbero trovate di migliori. Nessuno l'aveva messo in dubbio, anche se Fiore si era chiesta come si potesse traslocare in un nuovo ambiente senza portarsi dietro le tende in cui vivere. Le era rimasto il dubbio che Cipresso fosse ancora là, pronto a beccarla appena fosse tornata all'accampamento, tant'è vero che era rimasta in disparte per due giorni, prima di osare avventurarsi nell'unica casa di cui aveva memoria.

La Comune aveva portato via quasi tutto, ma erano rimasti alcuni oggetti utili. Fiore aveva trovato un coltello e alcune pignatte sparpagliate. I pagliericci su cui dormivano le donne erano stati abbandonati, mentre i letti degli uomini erano stati portati via. Lei non se n'era stupita. Aveva trovato del riso non ancora intaccato dai topi, persino un abito abbandonato in una delle tende.

Perlustrando l'accampamento, si era accorta che tutti gli averi degli uomini erano stati portati via col gruppo, mentre gli oggetti abbandonati erano quelli delle donne, che evidentemente non erano altrettanto importanti.

I primi mesi trascorsi in solitudine erano stati paurosi, ma anche euforici. Nessuno le aveva più ordinato cosa fare. Aveva potuto mangiare le parti migliori degli animali che intrappolava, senza doverle mettere da parte per gli uomini. Aveva potuto dormire finché voleva, senza doversi alzare all'alba per fare le pulizie o preparare la colazione. Aveva bevuto tutta l'acqua che voleva, mangiato quanto voleva. Una mattina era persino tornata all'accampamento abbandonato, aveva preso una tenda di piccole dimensioni e se l'era portata nel bosco, mettendo insieme uno dei letti più comodi su cui avesse mai dormito.

Ma soprattutto non aveva più dovuto sopportare le attenzioni di Cipresso.

Negli anni, molte donne della Comune le avevano detto che era fortunata a essere moglie del leader. Quando Cipresso l'aveva pretesa per sé, le avevano detto che doveva essere grata... ma Fiore non era affatto grata. Tutt'altro.

Finalmente si era liberata di lui, liberata di quella vita. Si stava ricostruendo un'esistenza da sola, nel bosco.

Poi, stranamente, col passare dei mesi, aveva cominciato lentamente a sentirsi come quando la chiudevano nella tenda del confino.

Terribilmente sola. Isolata.

Aveva bisogno di un contatto umano. Di parlare con qualcuno. Non che alla Comune potesse chiacchierare liberamente con le altre: gli uomini non volevano che le donne entrassero troppo in confidenza tra loro. Ciononostante, la presenza di altre persone le aveva dato un certo conforto. Prima della morte di Freccia, c'erano stati rari momenti in cui l'aveva trattata con meno crudeltà, se non proprio con dolcezza.

Non dovendo più cucinare e ripulire a ogni ora del giorno, Fiore aveva cominciato ad annoiarsi. Nella cavernetta che si era scelta come casa non c'era molto da fare, così aveva cominciato ad avventurarsi all'esterno, sempre più lontano, seguendo con discrezione le persone che si addentravano nel bosco. All'inizio le era venuta una paura atroce: la prima volta che aveva sentito qualcuno parlare, era scappata via di corsa, tornando nella caverna e non uscendo più per giorni.

Alla fine, però, la curiosità aveva avuto la meglio su di lei e l'aveva spinta a uscire di nuovo.

Ormai era diventata abilissima nel passare inosservata, spiando le persone che percorrevano i sentieri di quel bosco. Non aveva mai sentito l'esigenza di parlare con qualcuno, o di interagire in alcun modo... fino al giorno in cui aveva visto un uomo che tratteneva una donna tenendole un coltello puntato alla gola.

Era rimasta ad ascoltare in silenzio, l'aveva sentito minacciare quella donna di palpeggiarla, proprio come era successo a Fiore nella tenda di Cipresso.

In quel momento, le era scattato qualcosa dentro: una rabbia talmente cocente da farla agire senza rendersene conto: era scattata di corsa nella radura per gettare terriccio in faccia a quell'uomo.

Che *piacere* che aveva provato! Aveva contribuito a salvare un'altra donna.

Fiore si era preparata a difendere quella donna anche dall'*altro* uomo, quello più grosso; tuttavia, seguendoli, si era accorta che quell'uomo non le stava facendo del male.

La stava proteggendo.

Che confusione! Gli uomini non si comportavano in quel modo.

Lei non capiva come mai quell'uomo non stesse dando alla sua donna la colpa di quanto era accaduto, o come mai non le stesse ordinando di preparare un fuoco e di trovare del cibo, per passare la notte nel bosco. Invece l'aveva presa tra le braccia, tenendola stretta tutta la notte per riscaldarla. Si era messo tra lei e l'esterno, nell'apertura sotto la roccia, dove avevano dormito.

Per la prima volta nella vita, Fiore aveva osservato un uomo che trattava una donna... con dolcezza.

Per anni, quando i ricordi della "vita di prima" avevano minacciato di ripresentarsi nella mente, Fiore li aveva scacciati implacabilmente. Freccia e gli altri uomini della Comune le avevano detto che, se avesse mai parlato di quella vita a chiunque, l'avrebbero punita severamente. Quando era bambina, era stata punita con tanta cattiveria che da allora in poi si era impegnata con tutta sé stessa per evitare il ripetersi di tali ritorsioni... fino al punto di non ripensare mai più alla vita precedente.

Invece, dopo aver visto quell'uomo e quella donna, vaghi ricordi erano cominciati a riaffiorare lentamente, come delle immagini sfuggenti senza un senso. *Flash back*, ricordi di una vita felice, al caldo, con un albero luccicante, un uomo e una donna che litigavano, abbassando la voce quando arrivava lei. Ricordi di altri bambini seduti in fila con lei per ascoltare una donna che parlava davanti a loro e scriveva su una superficie verde.

Quei ricordi erano sempre accompagnati da forti emicranie, persino in quel momento.

Mentre Fiore giaceva sul suo lettino di fortuna e fissava il soffitto della caverna, le venivano in mente un'infinità di domande... a cui lei non aveva modo di rispondere.

Se non, forse, parlando con una delle persone che vedeva nel bosco.

Sapeva che una in particolare la stava cercando: era Talon, l'uomo che le aveva lasciato vestiti e altri oggetti utili. Le aveva lasciato un biglietto, presentandosi e spiegandole che le lasciava dei regali perché era preoccupato per lei.

Fiore aveva paura di cosa potesse succedere, se Talon avesse trovato quella caverna... ma era anche pazzamente curiosa. Le aveva regalato degli oggetti assai utili e piacevoli. Lei si chiedeva cosa volesse in cambio... motivo per cui era nervosa e impaurita. Probabilmente avrebbe voluto toccarla come aveva fatto Cipresso. Ne aveva diritto, in quanto uomo. Ma lei non voleva.

Forse avrebbe dovuto restituirgli i vestiti, così lui non avrebbe potuto avanzare pretese.

Ma Fiore non voleva ridargli gli indumenti: *amava* indossare i pantaloni, la facevano sentire al sicuro. Nessun uomo poteva infilare le mani come facevano sempre con l'abito che portava alla Comune. La notte, da quando portava le calze, le dita dei piedi non le formicolavano per il freddo. Ecco perché agli uomini piaceva tanto indossare quei vestiti! Fiore non si era mai sentita tanto al sicuro e tanto al caldo come in quel preciso momento.

Alzò la testa e si portò al naso il tessuto della felpa, inalando. L'odore di fresco e di pulito di quando l'aveva ricevuta era ormai quasi sparito, ma lei ricordava ancora con chiarezza il *profumo* di quella felpa, la prima volta che se l'era infilata dalla testa. Le aveva ricordato la primavera, il periodo in cui le donne erano incaricate di far prendere aria alle lenzuola dei letti degli uomini: le lavavano nel ruscello usando il sapone che Cipresso e Freccia portavano dal paese, poi le appendevano. Era uno dei compiti che Fiore svolgeva senza il minimo briciolo di risentimento. Amava quell'odore di pulito.

Dopo il giorno delle pulizie, non le dispiaceva nemmeno

essere chiamata nella tenda di Cipresso per i doveri coniugali. Si metteva volentieri carponi per farsi prendere da dietro, in modo da affondare il naso nel tessuto fresco sotto di lei e fingere di trovarsi in tutt'altro posto.

Fiore si voltò e guardò gli altri oggetti che le aveva portato quel Talon. La cioccolata era finita da un pezzo, ma lei aveva conservato l'alluminio che l'avvolgeva: portava ancora il profumo delle briciole di quel dolce contenuto, un odorino buono *quasi* quanto il cioccolato stesso che aveva mangiato. Aveva ancora i resti di quel cibo dal sapore strano; un po' perché non sapeva come liberarsene senza correre il rischio che qualcuno arrivasse nel bosco e si accorgesse della sua presenza, un po' perché gliel'aveva regalato *lui*.

C'era un aggeggio di plastica rosa che le aveva ferito un dito, quando l'aveva toccato. C'era una lama in cima a quel coso, ma Fiore non era riuscita a capire come toglierla senza rompere la plastica, e non voleva rompere nulla di ciò che Talon le aveva portato.

Le aveva regalato anche un cappello di lana, che lei indossava ogni volta che usciva dalla caverna, poi una coperta con un lato di color argento brillante che si richiudeva in un quadrato di piccole dimensioni. Quando lei aveva dispiegato il materiale, aveva fatto troppo rumore per i suoi gusti. Non era riuscita a ripiegarlo, così l'aveva appoggiato in un angolo della caverna.

Talon le aveva portato anche della corda, che le era tornata utile per preparare delle trappole, più alcune strisce di plastica che aveva capito come usare: si infilava un'estremità nell'altra stringendo forte e poi rimanevano sigillate. Usandole, era diventato più semplice unire i ramoscelli per preparare le trappole.

La borsa più recente conteneva un altro biglietto. Era passato molto tempo da quando a Fiore era stato concesso di leggere, giacché la Comune non permetteva alle donne di leggere o scrivere, così le riusciva difficile comprendere tutto ciò che Talon le aveva scritto, ma aveva ricostruito il significato generale di quelle frasi.

Ti ho portato altre cose che secondo me puoi usare. Se ti serve qualcosa di particolare fammelo sapere senza paura. Voglio solo aiutarti. Puoi dirmi il tuo nome? Di me puoi fidarti, giuro che non ti farò del male. La prossima volta puoi rimanere per salutarmi? Vorrei tanto parlare con te.
  ~Talon

Fidarsi. Fiore non credeva fosse più possibile fidarsi di qualcuno. Non sapeva nemmeno lei il motivo, almeno non con precisione; sapeva solo che c'era qualcosa in agguato nella mente, qualcosa legato alla vita di prima. Del resto, Cipresso e Freccia non le avevano certo dato motivo di fidarsi degli uomini. Eppure quel Talon aveva qualcosa di diverso, qualcosa che le faceva desiderare un'altra vita, un'altra identità. L'identità di una persona che poteva andargli incontro e presentarsi, di una persona che poteva persino piacergli. Una persona che lui non avrebbe colpito o ferito.

Talon le sembrava un uomo pronto a ringraziarla, se lei avesse cucinato per lui; un uomo che non avrebbe brontolato, lamentandosi di una pietanza cotta troppo, o non abbastanza, o troppo fredda.

Dopo un sospiro profondo, Fiore si mise a sedere. Era vano desiderare qualcosa che non sarebbe mai successo. Lei era da sola, esattamente come aveva desiderato. Era scappata dalla Comune per un ottimo motivo e non s'era mai sentita tanto libera. Poco importava il terriccio sotto le unghie, o l'odore poco piacevole, né le importava la solitudine: preferiva mille volte quella vita ai tempi trascorsi da moglie di Cipresso.

Con quel pensiero ben chiaro in mente, Fiore si trascinò fuori dalla caverna, all'aria fresca, per fare i suoi bisogni. Doveva andare a prendere l'acqua al ruscello che distava quasi un chilometro, poi controllare le trappole e mangiare qualcosa. Più tardi, forse, si sarebbe avventurata nel bosco, tanto per divertirsi, in cerca di qualche curioso che camminava sul sentiero per spiarlo.

Non sarebbe andata a vedere se Talon le aveva lasciato un'altra borsa di regali. No: doveva essere scaltra, e l'aveva già incuriosito un po' troppo. Non voleva certo farsi trovare da quell'uomo! Né voleva fargli scoprire la sua grotta. Farsi trovare non avrebbe portato *nulla* di buono.

CAPITOLO TRE

Il sole stava appena facendo capolino all'orizzonte e Tal cominciava a sospettare che quella ricerca sarebbe terminata come tutte le altre: con lui che tornava a Fallport senza la minima idea di dove si trovasse la donna del mistero, proprio come quando era partito.

La sera prima, la quarta che passava nel bosco, aveva smesso di addentrarsi tra gli alberi poco prima del tramonto, per accamparsi. Era andato a dormire, ma si era risvegliato dopo solo un'ora madido di sudore, dopo aver sognato una donna senza volto e dai capelli rossi che galleggiava in un fiume, con le braccia protese, portata via dalla corrente mentre implorava aiuto. Nel sogno, Tal s'era messo a correre lungo la riva, cercando disperatamente di fermarla, ma non era riuscito a raggiungerla. Per quanto si sforzasse, per quanto veloce corresse, per quanto lunghi fossero i rami che le porgeva, nulla era mai abbastanza. Si era svegliato poco prima che la donna piombasse insieme all'acqua in un baratro di trenta metri.

Poi aveva deciso di disfare la tenda, rifare lo zaino e proseguire con la ricerca. Muoversi al buio era stato difficile, ma camminare nell'aria fredda era sempre meglio che tentare di riaddormentarsi, col rischio di affrontare altri incubi.

Nei bagliori precedenti l'aurora, quando stava per fermarsi e mangiare qualcosa, anche per tentare di valutare onestamente cosa diamine stesse facendo, si era ritrovato in una piccola radura... e aveva fissato l'angusto imbocco di una grotta che si era trovato davanti.

Intravide un filo di fumo che penetrava l'aria frizzante della mattina. L'odore di legno bruciato gli entrò nelle narici e Talon si accovacciò immediatamente sul terreno.

Doveva essere lei! Chi altri poteva essere, se non lei? Erano tre giorni che non sentiva anima viva in circolazione. Si era addentrato nel bosco, troppo lontano da ogni sentiero battuto, era quasi impossibile che ci fossero altre persone in quel punto. Peraltro, quella specie di bivacco sembrava quasi abitato. Tal vide due tracce distinte che si allontanavano dalla grotta e l'erba che c'era davanti era calpestata e schiacciata sul terriccio.

Sentì il cuore battergli nel petto come un martello pneumatico, mentre l'adrenalina gli riempiva le vene. Si spostò furtivamente tra gli alberi, cercando freneticamente di decidere il da farsi. Se da un lato sperava di trovare quella donna, dall'altro quasi non se l'aspettava, tanto che non si era preparato un piano. Poteva forse presentarsi come se nulla fosse con un *ciao*?

No, non avrebbe funzionato. L'avrebbe spaventata di sicuro.

Era il caso di tornare indietro e far frusciare i rami nei paraggi, per farle capire che stava arrivando?

No. Di sicuro la donna sarebbe scappata come un fulmine.

Si sentì preso dalla frustrazione. Tal non aveva mai desiderato tanto incontrare qualcuno, ma sapeva senz'ombra di dubbio che, in un modo o nell'altro, l'avrebbe impaurita. Esattamente l'opposto di ciò che voleva.

Rimase accovacciato per quel che gli sembrò un'eternità, ma probabilmente erano solo cinque minuti d'orologio, poi si mosse con cautela per sporgere la testa all'interno della caverna, nel tentativo di sbirciare. Lui e gli altri della squadra non si erano mai spinti tanto lontano, durante una ricerca. Tal non sapeva nemmeno che ci fosse una caverna, in quel punto, nonostante la squadra avesse annotato tutti i luoghi possibili in cui qualcuno potesse rifugiarsi: quell'antro non era nella lista.

Eppure era un nascondiglio perfetto. Vicino a un ruscello, ma non troppo: probabilmente a poco meno di un chilometro dalla fonte d'acqua più vicina. Sull'imbocco della caverna c'era un masso sporgente che proteggeva l'interno dalle intemperie. La radura era circondata da alberi fitti che fornivano ombra d'estate e frenavano il vento d'inverno, proteggendo dalla neve.

Tutto sommato, era un punto ideale per trovare rifugio.

La caverna era più grande di quanto lui si aspettasse; l'interno era completamente al buio, senza il vantaggio della luce del giorno. Tal non intravide alcuna sagoma... ma sapeva che quella donna era là, se lo sentiva. Altrimenti che ci facevano le braci ancora calde in una caverna?

Gli venne la pelle d'oca alle braccia e l'adrenalina era ormai a mille. Si alzò in piedi, camminò all'indietro di qualche metro fino al lato opposto della radura, poi posò lo zaino sul terriccio del bosco, lentamente, senza far rumore. Cercando di limitare ogni fruscio, appoggiò lo zaino contro un albero. Vedeva chiaramente l'imbocco della caverna... proprio come quella donna avrebbe visto *lui*, appena si fosse svegliata.

Tal era assolutamente certo che lei non si fosse ancora accorta di lui, altrimenti ormai avrebbe agito.

Si abbassò a terra, tenendo gli occhi incollati sulla caverna. Appoggiò la schiena allo zaino, dandosi un'aria il più possibile innocua e rilassata.

Dall'alto del suo metro e novanta, con un fisico muscoloso e una barba un po' troppo arruffata per i giorni trascorsi nel bosco (per non parlare degli abiti completamente neri e della polvere accumulata in cinque giorni), ovviamente un'immagine *innocua* non era certamente ciò che lasciava trasparire... ma in quel momento non poteva farci nulla.

Tal non aveva ancora idea di cosa dire a quella donna, che per lui era diventata negli ultimi mesi come un'ossessione, per cercare di convincerla che non voleva farle del male. Si augurò che gli venisse un'idea valida prima che lei si svegliasse.

———

Fiore si risvegliò lentamente. La notte prima era rimasta fuori fino a tardi per controllare le trappole, poi si era gustata un banchetto improvvisato appena tornata al rifugio: si era cotta i due scoiattoli che aveva catturato, e ne aveva divorato con piacere ogni singolo boccone di carne, arrivando persino a leccarsi le dita. La sua vita era cambiata rispetto a quando viveva nella Comune, due realtà diverse come il giorno e la notte. Nessuno le diceva di stare zitta, di sdraiarsi a gambe divaricate o di rammendare tende o vestiti.

Mentre si stiracchiava, un sorriso le comparve in volto. Per la prima volta nella vita, si sentiva appagata.

Fiore si mise seduta e si trascinò più avanti per dare un'occhiata fuori dalla caverna, anche per capire che momento del giorno fosse. Ecco un altro aspetto che le piaceva: non doveva alzarsi alle prime luci dell'alba per preparare la colazione agli uomini della Comune, che dovevano trovarla pronta quando finalmente scendevano dai loro letti.

A giudicare dalla luce che entrava nella caverna, doveva essere metà mattina.

Subito dopo aver formulato quel pensiero, Fiore si bloccò.

C'era un uomo seduto dalla parte opposta della radura,

proprio di fronte alla sua caverna. Era appoggiato al tronco di un albero e la fissava.

Il suo primo istinto fu quello di scattare in piedi per correre via, ma quell'uomo l'avrebbe raggiunta senza alcun dubbio. Era *enorme*. Gli si vedevano i muscoli voluminosi anche da lontano. Le ricordava gli uomini della Comune, ma aveva la barba più corta. La stava fissando con occhi azzurri, senza batter ciglio.

Fiore si leccò le labbra e cercò di controllare al meglio gli arti, evitando che tremassero. Chi era quell'uomo? Cosa voleva? Faceva parte della Comune? Cipresso l'aveva inviato per ritrovarla e costringerla a trasferirsi in Florida? No, non sarebbe successo. Lei *non* sarebbe andata via.

Fiore non mosse un solo muscolo ed ebbe l'impressione di essere come in una situazione di stallo con quell'uomo. Senza che la paura l'abbandonasse... lentamente, sentì crescere in sé un'altra sensazione.

Rabbia.

Che ingiustizia! Se la stava cavando benone da sola. Non voleva che un uomo arrivasse per dirle cosa fare, per comandarla a bacchetta!

Fiore ripensò al coltello che Talon le aveva lasciato. Con una mossa rapida, forse sarebbe riuscita ad afferrarlo prima che quell'uomo la fermasse. L'aveva usato la sera prima per scuoiare gli scoiattoli, probabilmente l'aveva lasciato vicino al fuoco. Però non voleva perdere di vista quell'uomo.

"Non ti farò nulla, di me puoi fidarti," le disse l'uomo con una voce profonda e roca, una voce totalmente diversa da quella di chiunque altro Fiore avesse mai sentito parlare. Aveva una specie di cadenza, un accento diverso; le servì un momento per elaborare quelle parole.

"Sono Talon. Ma gli amici mi chiamano Tal. Sono quello che ti ha lasciato le borse con i rifornimenti."

Fiore spalancò gli occhi. *Quello* era Talon? Presa dal

panico, non l'aveva riconosciuto. Scrutandolo meglio, Fiore comprese che sì… nonostante l'accenno di barba, quello era lo stesso uomo che aveva visto e seguito di nascosto nel bosco. Da seduto sembrava diverso, chissà perché.

Le aveva parlato, ma non si era mosso. Era rimasto con la schiena appoggiata a uno zaino enorme. Aveva le gambe distese davanti al corpo, incrociate all'altezza delle caviglie. Teneva le braccia conserte sul del petto; quando lo guardò in faccia, le sorrise.

Fiore non sapeva proprio che fare, né che dire. Provò un certo sollievo, scoprendo che quello era il suo misterioso benefattore; ma dato che non ne conosceva le intenzioni, né sapeva come l'avesse trovata o perché l'avesse cercata, rimase comunque sul chi va là. Non voleva abbandonare la caverna, con tutto ciò che possedeva, ma se si fosse presentata l'occasione, lei sarebbe scappata abbandonando tutto. Aveva ricominciato da zero già una volta, poteva farlo di nuovo.

Tal riprese a parlare. Più le parlava, e più lei si abituava a quell'accento.

"Hai trovato un posto perfetto per vivere. Sono colpito! È ben nascosto, vicino all'acqua e ai percorsi dei cervi che ho seguito anch'io per arrivare qui. La caverna è abbastanza profonda per proteggerti dal maltempo e per avviarci un fuocherello, ma non grande abbastanza da attirare gli animali."

Quei complimenti le fecero piacere. Quanto tempo era passato, da quando qualcuno l'aveva elogiata? Sinceramente, Fiore non se lo ricordava. Alla Comune, tutti gli uomini si lamentavano sempre delle donne: erano lente, disordinate, chiacchierone o avevano centinaia di altri difetti.

"Spero che le cose che ti ho portato ti siano state utili. Non ero sicuro di cosa ti servisse. Anche se… non mi sembra che ti serva poi *molto*. Sei riuscita benissimo a sopravvivere qui nel bosco senza alcun aiuto."

Talon aveva ragione. Più le parlava e più i muscoli di Fiore si rilassavano, finché lei si sedette lentamente per terra con le ginocchia piegate davanti a sé, per poterle abbracciare... ma anche per poter scattare rapidamente, se necessario. Era ancora sospettosa: poteva essere tutto un tentativo di farle abbassare la guardia per attaccarla; tuttavia, almeno per il momento, quell'uomo sembrava più che soddisfatto di starsene dov'era.

"Mi dici come ti chiami?"

Fiore strinse le labbra fissandolo.

"Ecco, troppo presto, va benissimo. Brock e Finley ti sono molto grati perché li hai aiutati. Brock non poteva far nulla, fintanto che Finley aveva un coltello puntato alla gola. Non voleva fare una mossa sbagliata, per evitare che le facessero del male. Poi sei arrivata tu e hai gettato il terriccio in faccia a quel tipo, quello che la tratteneva. Così hai dato a Brock l'occasione per allontanarla dal coltello e poi sono scappati insieme."

Brock e Finley. A Fiore piacevano quei nomi. Accennò un mezzo sorriso. Sapeva che quei due erano riusciti a scappare, dato che li aveva seguiti per controllare che quella donna fosse al sicuro.

"Ho la sensazione che in questo settore del bosco non succeda molto, non è vero?" le chiese Talon.

Fiore scosse leggermente la testa.

La bocca di Talon si aprì in un sorriso enorme. Fiore fu sorpresa nel vedergli una fossetta sulla guancia sinistra. La intravedeva sotto la barba. Le sembrò strana.

"Me lo immaginavo. Comunque, mi hanno detto entrambi di ringraziarti."

"Cos'è successo a quei due uomini?" gli chiese Fiore. Gli parlò con un vocino sottile, poco più di un sussurro, ma Tal la sentì e allargò il sorriso, come allietato nel sentirla parlare.

"Hanno nascosto sottoterra lo zaino di Brock mentre

uscivano dal bosco, ma i miei amici l'hanno ritrovato. Erano due spacciatori; non sono riusciti a farsi dare da Finley le informazioni che volevano, così sono stati costretti a scappare da Fallport. Uno di loro è morto di overdose. L'altro è stato catturato e l'hanno messo in prigione."

Fiore annuì. Non sapeva esattamente cosa fosse uno spacciatore, ma immaginò non fosse nulla di buono. Per la prima volta dopo anni, si accorse di quanto poco conosceva il mondo. Era in grado di sopravvivere nel bosco da sola, conosceva i trucchi migliori per catturare e scuoiare un animale, sapeva crearsi i vestiti da sola, aveva persino assistito e collaborato al parto di un'altra donna alla Comune... ma non sapeva nulla del mondo al di fuori di quel bosco.

Per un momento, fu quasi sopraffatta dalla vergogna: una donna adulta come lei che si sentiva incredibilmente stupida rispetto a quell'uomo.

Fiore aveva implorato Freccia affinché la lasciasse studiare, almeno per imparare a leggere e scrivere, ma lui aveva sempre rifiutato. Lei era riuscita comunque a sbirciare alcuni dei libri del leader, quando era sicura di non essere scoperta, ma erano pieni di paroloni di cui lei non comprendeva il significato. Anni prima aveva cercato di scrivere con un legnetto sul terriccio, ma alla fine aveva lasciato perdere, perché in fondo era inutile.

In compenso, aveva imparato il più possibile su tutto il resto: prestando attenzione agli uomini, mentre loro la credevano impegnata a cucire o cucinare, aveva assimilato tutte le informazioni che poteva, anche se ovviamente non erano bastate.

"Fiore," si lasciò sfuggire sottovoce.

"Scusa, come dici?" le chiese Talon.

"Fiore," ripeté lei, "mi chiamo..."

"Ti chiami Fiore? È il tuo nome?"

Lei annuì.

"Che bello. Ti calza a pennello."

Un altro complimento. Quella di Talon doveva essere una bugia: lei non era affatto come un fiore. Freccia le aveva detto spesso che era stata fortunata a diventare sua moglie, con quell'aspetto originale: i capelli rossi erano un segno del maligno e pochissimi uomini si sarebbero arrischiati a legarsi a lei. Inoltre, il leader l'aveva presa in giro spesso per i seni piccoli, fino al punto di non pretendere nemmeno che si spogliasse, quando la chiamava a passare la notte in tenda con lui: persino quando la sovrastava, la guardava di rado.

Talon le stava solo dicendo delle frasi carine perché voleva farle abbassare la guardia.

"Tu non mi credi," le disse. Non era una domanda. "Non ti dico bugie. Hai gli occhi di una tonalità insolita, tra il verde e l'azzurro, quasi turchese. Ti giuro che hanno il colore dei mari più affascinanti che ho visto ai Caraibi. Hai delle ciglia invidiabili: tantissime donne sono disposte a pagare per averle come le tue in città. Nei tuoi occhi splendidi riluce un'intelligenza vivace che è la ciliegina sulla torta."

Ecco, a quel punto Fiore fu *certa* che le stesse mentendo. Quei complimenti l'avevano quasi ammaliata, finché lui non aveva aggiunto l'ultima osservazione. Lei non era intelligente, tutt'altro! Freccia e il figlio si erano dati assai da fare per convincerla che era una tonta.

"Vattene," gli disse con voce dura.

Talon sbatté le palpebre sorpreso, ma continuò a fissarla con i muscoli del viso contratti; anzi, Fiore notò che tutti i muscoli del corpo di quell'uomo erano contratti. Sembrava pronto a scattare per prenderla e picchiarla. Lei sapeva bene che non era il caso di parlare, quando un uomo era in quello stato d'animo, ma in molte occasioni le parole le erano sfuggite senza che lei riuscisse a frenarsi; Freccia l'aveva colpita innumerevoli volte per quei comportamenti impulsivi, nella speranza di toglierle la voglia a forza di botte... ma non ci era riuscito.

Talon però non si mosse. Rimase appoggiato al suo zaino. "Non sono qui per farti del male," le disse a bassa voce.

"Allora *perché* sei qui?"

A quel punto, lui si mosse. Staccò la schiena dallo zaino per sporgersi in avanti lentamente, fissandola con uno sguardo penetrante. "Perché avevi i piedi scalzi."

Fiore rimase perplessa. "Cosa?"

"Brock ha detto che quando sei corsa nella radura avevi i piedi scalzi. Come *facevo* a non cercarti, dopo aver sentito che eri senza scarpe?"

Fiore era ancora confusa. "Non capisco."

A quel punto fu Tal a rimanere perplesso. "Cosa non capisci?"

"Che importanza ha?"

"Fiore, siamo a dicembre, fa freddo. Non potevo, né *volevo* starmene seduto al calduccio in casa mia, sapendo che tu eri qui nel bosco, senza un abbigliamento adatto. Senza contare il fatto che sono in debito con te. Io e tutti i miei amici. Se fosse successo qualcosa a Finley, Brock non si sarebbe mai ripreso. Le vuole un bene dell'anima."

Fiore sentì la testa che le girava. Non capiva come mai a Talon importasse tanto. A Freccia non era mai importato se lei aveva freddo. O caldo. A lui importava solo mangiare quando era ora e fare sesso quando voleva. Nella Comune, agli uomini non importava nulla del benessere delle donne, e di sicuro nessuno di loro amava le proprie mogli con tutta l'anima. Le donne dovevano servire. Punto.

Fiore sentì una stretta allo stomaco: non le piaceva non capire, e aveva la sensazione che ci fosse ancora molto di cui lei era ignara.

"Ti piacciono le calze?" le chiese Talon con un cenno del capo verso di lei.

Fiore abbassò lo sguardo sulle calze di lana che indossava ai piedi; agitò le dita e poi tornò a guardare Talon. "Sì."

"Bene. Ti ho portato un paio di scarponcini, spero che ti vadano bene. Ho dovuto tirare a indovinare la taglia del tuo piede, ci sono arrivato da un'impronta che ho trovato, penso proprio che fosse tua."

Fiore lo fissò con gli occhi spalancati: scarponcini? Le aveva portato degli *scarponcini*? Solo gli uomini li calzavano. Era forse un altro stratagemma?

"Non mi piace quell'espressione," mormorò Talon sottovoce; poi appoggiò di nuovo la schiena sullo zaino, come se non avesse avuto null'altro da fare.

Per la prima volta, Fiore notò che, da quando si era svegliata, il cielo si era annuvolato ed era cominciato a piovere. Tuttavia, Talon non aveva mostrato in alcun modo di volersi proteggere dalla pioggia: era rimasto semplicemente dov'era. Fiore era confusa. Alla Comune, ogni singolo uomo ormai si sarebbe fatto strada a forza per entrare nella caverna, cacciandola fuori. Chiunque le avrebbe ordinato di andare a raccogliere altra legna per ravvivare il fuoco, per scaldarsi, oppure l'avrebbe costretta a cercare da mangiare per colazione, mentre lui, probabilmente, si sarebbe accomodato per una pennichella sul letto preparato da lei.

Talon invece non stava facendo nulla del genere. Era seduto sotto la pioggia, si stava bagnando e si comportava come se nulla fosse.

"Sta piovendo," gli disse senza pensarci.

"Eh sì," le rispose lui senza muoversi.

"Ti stai bagnando."

"È vero," confermò lui.

"Non vuoi ripararti dalla pioggia?"

"Sto bene così."

Frustrata, Fiore aggiunse: "Perché non vieni nella caverna?"

"Perché non sono stato invitato; perché è la *tua* caverna; perché non ti fidi di me; perché non voglio fare nulla che ti spaventi di più. Scegli tu."

Fiore era perplessa: Talon non si comportava come gli uomini che aveva conosciuto e lei si chiese il perché; anche se, innegabilmente, le faceva piacere lo spazio che le lasciava, si chiedeva il *motivo* per cui lui si comportava in quel modo.

"Non sono qui per farti del male," ripeté Talon. "Sono qui per aiutarti. Per conoscerti. Per farmi conoscere da te. Voglio che ti fidi, ma sono disposto a guadagnarmi la tua fiducia lentamente. Sta per arrivare un'enorme tempesta di neve, vorrei riportarti a Fallport prima della bufera... ma ho la sensazione che tu non accetteresti. Quindi ci accamperemo per superarla insieme."

"So che le parole non bastano, ma di me ti *puoi* fidare, Fiore. Non ti sfiorerò senza il tuo permesso. Non mangerò il tuo cibo, non entrerò in casa tua, non farò un accidenti senza la tua approvazione. Ormai ne hai passate abbastanza, che mi venga un colpo se dovessi aggiungere un altro peso alla tua psiche."

Con sua grande sorpresa, Fiore si accorse che *voleva* fidarsi di lui, ma aveva visto già molti uomini guadagnarsi la fiducia di una donna per poi mostrare di che pasta fossero fatti solo in un secondo momento. "Io non mi fido di nessuno," gli disse.

"Lo so," le rispose Tal con una punta di tristezza. "Ma apprezzo il fatto che non sei scappata, quando mi hai visto."

"Mi hai sorpreso," gli spiegò sinceramente.

"So anche questo."

"Devo fare pipì," aggiunse lei di getto, per poi pentirsene immediatamente.

Talon le rivolse solo un sorriso e la fossetta fece di nuovo capolino, ma sparì in un baleno. "Per favore, non scappare," le disse. "Te lo giuro, Fiore, non ti farei mai del male."

Lei aveva *pensato* di scappare, ma sapeva che Talon aveva ragione: c'era una tempesta in arrivo, lei l'aveva sentita nell'aria. Negli anni, aveva imparato a riconoscere i segni del maltempo. La temperatura era scesa e il vento aveva cambiato direzione la sera prima. Gli animali si erano messi al riparo, chiaramente si stavano preparando a ciò che madre natura aveva in serbo per loro. Scappando via in quel momento, si sarebbe esposta alla tempesta senza nemmeno la protezione della caverna. Per quanto temesse Talon, Fiore non era pronta a rischiare la vita.

Alla fine, lei annuì.

"Grazie," le disse. "Hai bisogno di acqua?"

Fiore corrugò la fronte. "Sì, ma la prendo quando torno."

Talon scosse la testa. "Vado a prenderla io. Hai solo quel secchio?"

Lei guardò il secchio all'imbocco della caverna: era uno degli oggetti che aveva preso alla Comune, quando ci era tornata per fare razzia, dopo che se n'erano andati via tutti. Annuì di nuovo.

"Se me lo lanci, te lo riempio mentre fai quel che devi. Quando comincia a nevicare, se siamo ancora qui, possiamo sciogliere la neve per bere."

Fiore non sapeva come inquadrare quell'uomo. Si stava offrendo di sbrigare delle faccende da donna? Non aveva alcun senso, ma lei non esitò: si mise sulle ginocchia e gattonò verso il secchio. Non voleva farlo avvicinare troppo: Talon era troppo grosso e avrebbe potuto vincerla facilmente. L'idea di rimanere bloccata dalla neve insieme a lui non la entusiasmava per nulla.

Talon si alzò in piedi lentamente e Fiore deglutì a fatica: era davvero un uomo enorme. Quando l'aveva visto sui sentieri, non le era sembrato tanto alto... ma non gli si era mai avvicinata tanto. Sì... non si sbagliava... Talon avrebbe potuto sopraffarla con la forza senza alcuna difficoltà.

Fiore lanciò il secchio verso di lui.

Lui lo raccolse e fece un passo indietro. "Se *però* decidi di scappare, almeno prendi il mio zaino," le disse seriamente. "Ci sono gli scarponcini e le altre cose che ti ho portato. C'è anche una tenda, con delle razioni di cibo."

Fiore sentì un dolore alla testa: Talon le aveva chiesto di non scappare, poi le diceva di prendere lo zaino, qualora fosse scappata? Che confusione! Lei odiava quella sensazione... come se le stesse sfuggendo qualcosa.

"Io non voglio che tu vada via," proseguì lui, "ma se davvero devi, se hai troppa paura di me, voglio che tu abbia il necessario per sopportare la bufera in arrivo. Non è una bugia: le previsioni parlano di almeno due spanne di neve, forse di più. Questa caverna è un posto sicuro in cui stare... beh, non proprio... il posto più sicuro sarebbe a Fallport, ma immagino non sia possibile? Quindi il secondo posto migliore in cui stare è proprio qui. Di me puoi fidarti, Fiore, non ti farò mai del male. Torno con l'acqua."

Al che, Talon si girò e si incamminò in direzione del ruscello.

Fiore tornò a sedersi sui talloni, tenendo a lungo gli occhi fissi sul punto in cui lui era sparito nel bosco. Talon continuava a dirle che non le avrebbe mai fatto del male, che poteva fidarsi di lui. Gliel'aveva già detto varie volte. Ma lei aveva imparato che ciò che gli uomini dicevano non corrispondeva sempre a ciò che facevano. Tuttavia, almeno per il momento, lui era stato sempre e solo gentile.

Fiore si alzò lentamente e si guardò: indossava la felpa che le aveva portato lui, i leggings, le calze... vicino al fuoco c'era il coltello che le aveva lasciato in precedenza. Quella mattina, Talon non si era avvicinato troppo, non aveva fatto altro che starsene seduto sotto la pioggia per parlare con lei.

L'aveva confusa all'estremo, ma non le aveva fatto nulla di male.

Inoltre, Talon aveva intuito correttamente: sotto sotto, lei voleva scappare, allontanarsi da lui, prendere quello zaino e sparire nel bosco, un bosco che conosceva benissimo.

Però aveva anche un altro desiderio: una voglia disperata di un contatto umano, un desiderio alimentato dal sentirsi chiamare bella, intelligente; quel desiderio la spingeva a rimanere. Fiore voleva fidarsi di Talon.

Era combattuta. Assai combattuta.

Fece un passo fuori dalla caverna, sotto la pioggia leggera, poi si addentrò nel bosco.

CAPITOLO QUATTRO

Allontanarsi era un rischio, ma Talon sapeva di non poter tenere d'occhio Fiore ogni secondo, notte e giorno. L'istinto gli diceva a gran voce di tornare per evitare che lei scappasse; ma Fiore era una donna adulta e lui non poteva certo trattenerla con la forza.

Tuttavia, la situazione in cui l'aveva trovata gli aveva spezzato il cuore: ovviamente Fiore era confusa ed era stata trattata da schifo dalle persone con cui era cresciuta e vissuta. Era ancora da stabilire se Fiore fosse davvero Heather Brown, la bimba di otto anni rapita vent'anni prima. Le probabilità erano scarse, ma... e se fosse stata lei?

Mentre si allontanava per raggiungere il ruscello, Talon si sforzò di ascoltare eventuali rumori, oltre a quello della pioggia che rimbalzava sulle foglie d'intorno e dei propri passi. Se però Fiore avesse deciso di scappare, lui non l'avrebbe sentita: era agile e silente come qualunque altra creatura del bosco. La natura era il suo elemento, e se si fosse eclissata mentre lui era via, Talon sentiva che non l'avrebbe ritrovata mai più. L'unico motivo per cui l'aveva trovata in quella grotta era perché Fiore aveva abbassato la guardia, perché pensava che nessuno la stesse cercando.

Dato che lui l'aveva ritrovata, lei non avrebbe mai più commesso lo stesso errore. Non si sarebbe mai più esposta per un'altra borsa di rifornimenti. Anche se lui l'avesse cercata di nuovo in quel bosco, lei sarebbe svanita nel nulla.

Talon odiava l'espressione di sfiducia che le aveva visto negli occhi: per quanto le avesse ripetuto che non le avrebbe mai fatto del male, che gli interessava solo farla star meglio, le parole non avrebbero avuto un senso, senza un gesto: doveva dimostrarle di essere agli antipodi, rispetto ai bruti che si erano approfittati di lei in passato.

Lui non si era mai preoccupato della comunità che viveva vicino a Fallport; aveva sentito dire che era composta da persone innocue, persone che volevano stare per conto loro. Il capo della polizia aveva parlato più volte con il leader del gruppo, il quale gli aveva garantito che tutti gli appartenenti alla comunità rimanevano per scelta; nessuno aveva mai visto alcunché di sospetto, nessuna traccia di abusi.

Invece, evidentemente, era stato tutto un inganno.

Fiore, come probabilmente tutte le altre donne del gruppo, aveva ricevuto un trattamento al limite della schiavitù, i cui segnali erano palesi. A Talon non era sfuggita la sorpresa di Fiore, quando lui si era offerto di andarle a prendere dell'acqua. Né gli era sfuggito lo stupore, causato dal fatto che lui non l'aveva sfrattata da quella caverna.

Talon aveva visto fin troppe donne come Fiore, in passato, donne oppresse e malmenate al punto da non avere idea di come fosse un'esistenza normale.

Ovviamente ad alcune donne faceva piacere occuparsi delle faccende di casa, ma per *scelta* personale, una scelta che secondo lui Fiore non aveva mai avuto. Nei suoi occhi, Talon aveva intravisto una scintilla: scontento? Rabbia? Frustrazione? Lui non l'aveva capito, ma non importava: quale che fosse quell'emozione, lui ne era contento, perché Fiore non sarebbe mai stata in grado di sopravvivere da sola nel bosco, senza quella forza interiore, senza la necessaria determinazione.

Il ritorno alla caverna fu più lungo della camminata al ruscello: Talon non voleva rovesciare l'acqua che trasportava nel secchio. Man mano che si avvicinava al nascondiglio di Fiore, tratteneva il fiato: era quasi certo di scoprire che lo zaino era sparito, insieme a lei, lasciando la radura deserta... invece, quando superò l'ultimo albero e vide Fiore che alimentava il fuocherello nella caverna, Talon tirò un sospiro di sollievo.

Non era scappata.

Il rispetto per quella donna gli crebbe dentro. Era una tosta, anche se lei non lo sapeva. L'autostima di Fiore era inesistente, e Talon si ripromise di fare di tutto, pur di convincerla di essere una donna di valore.

"Dove te lo lascio?" le chiese sottovoce, nella speranza di non farla sentire sotto attacco avvicinandosi troppo.

"Puoi lasciarlo lì," gli rispose con un cenno del capo per indicargli il punto della radura dove si trovava Talon.

Tal appoggiò per terra il secchio con la massima attenzione, poi si girò, dandole le spalle, per tornare al proprio zaino. Non si sarebbe stupito di scoprire che lei ne aveva ispezionato il contenuto, invece, quando lo aprì, lo trovò come l'aveva lasciato.

Ne tirò fuori una piccola tenda per una persona e la montò rapidamente vicino all'albero accanto al quale si era seduto quando lei ancora dormiva.

Fiore lo osservò senza commentare. Dopo aver installato anche il telo esterno antipioggia, Talon si sedette all'ingresso della tenda e frugò nello zaino. Dovette piegarsi su sé stesso perché la tenda era di dimensioni ridotte, ma lui ignorò il dolore alla schiena. Tirò fuori i rifornimenti che aveva portato a Fiore e li mise per terra, poi gettò lo zaino all'interno della tenda. Non era molto ampia, ma lui era abituato a dormire in spazi angusti.

Quando rialzò lo sguardo, notò che Fiore aveva già recuperato il secchio d'acqua e aveva gli occhi puntati su di lui; notò anche che aveva preso il coltellino che le aveva portato in precedenza e l'aveva preparato a portata di mano, una precauzione che lui approvò. Lui non le avrebbe mai dato motivo di usare quel coltello per difendersi, ma gli faceva piacere vederla attenta e cauta.

"Ti ho portato delle altre cose. Ti ho già parlato degli scarponcini," le disse, "ma ho anche un'altra felpa, leggings e calze, un paio di pantaloni cargo che spero davvero ti vadano bene... anche se, ora che ti ho vista, penso che ti andranno larghi. Ho anche una corda, se necessario puoi usarla come cintura. Non sapevo se ti piacesse o meno leggere, ma ti ho portato un libro, delle carte, altra cioccolata, un altro coltello, delle posate e dei piatti, un'altra pietra focaia... ah, anche qualcosa per i capelli."

Tal guardò tutti gli oggetti che aveva tirato fuori e quasi gli venne un colpo: aveva esagerato! Non di proposito, ma quando aveva cominciato a chiedersi cosa potesse volere o di cosa avesse bisogno Fiore, non era più riuscito a fermarsi. Dopo aver tirato fuori i rifornimenti, lo zaino si era alleggerito di parecchio.

Tornò a guardarla e la trovò di nuovo intenta a fissarlo con un'espressione per lui incomprensibile.

"Scusami, è un po' troppo," le disse alzando le spalle. "Mi sono lasciato trasportare."

"Tutta quella roba è per me?" gli chiese.

"Sì."

Invece di rallegrarsi, entusiasmarsi o incuriosirsi, lei gli sembrò ancor più impaurita, rassegnata. "Cosa devo fare in cambio?" gli chiese con tono freddo e impassibile.

Per un attimo, Talon rimase agghiacciato, poi gli venne voglia di imprecare, di prendere a pugni un albero o *chissà* che altro. Però si sforzò di rimanere seduto immobile, non muovendo un solo muscolo. "Nulla. Proprio un bel niente." Comprese che gli abusi sopportati da quella donna erano di gran lunga peggiori di quanto si era immaginato, andavano oltre le molestie fisiche e sessuali che si era aspettato; Fiore aveva sofferto anche molestie psicologiche ed emotive molto gravi.

Avrebbe potuto immaginarlo, in particolare se quella donna fosse stata veramente Heather Brown. Era impossibile che una bimba di otto anni si inserisse in un gruppo sociale incasinato come quella comunità senza essere sfruttata, manipolata, minacciata e molestata, così come era impossibile immaginare le conseguenze di vent'anni di tortura e controllo sulla psiche di una persona.

Pur sapendo di essere imbronciato, incapace di trattenersi, Talon si alzò in piedi, raccolse da terra tutti gli oggetti che le aveva portato e li portò verso la caverna. Li appoggiò appena sotto la sporgenza rocciosa, con l'accortezza di tenere le distanze da Fiore. Lei gli tolse quel pensiero: appena lo vide incamminarsi, arretrò carponi allontanandosi il più possibile da lui, pur rimanendo nella radura.

Lui tornò alla tenda e si sedette di nuovo; poi scostò lo zaino e si sdraiò fissando la parte alta della tenda. Sentì il rumore della pioggerellina che colpiva il telo di nylon, un suono che di solito lo confortava, ma non in quel momento.

"Chi ti fa dei regali e poi chiede qualcosa in cambio è un pezzo di merda," disse con tono profondo e controllato. "Ti ho portato queste cose perché ho pensato che ti facessero piacere, tutto qua. Non mi aspetto nulla da te. Nemmeno un grazie. Te lo ripeterò fino a convincerti: non ti farò mai del male e di me puoi fidarti."

Dopo un respiro profondo, Tal proseguì: "Sono stato in

Marina, prima di trasferirmi negli Stati Uniti. Vivevo in Inghilterra e ho fatto un sacco di cose di cui non vado molto fiero, per conto del mio governo. Alcune delle missioni a cui ho partecipato avevano come motivazione il bene comune, altre invece sembravano prive di senso. Ma la goccia che ha fatto traboccare il vaso è stata una missione in cui dovevamo dare la caccia a un tipo sospettato di essere un terrorista: uno dei cervelli responsabili di alcuni dei peggiori attentati nel mio Paese. Attentati vigliacchi: esplosivi di natura chimica nella metropolitana, bombe nei locali notturni, cose del genere. Abbiamo trovato il suo nascondiglio, ma lui non c'era. Era riuscito chissà come a sapere del nostro arrivo. *Però* abbiamo trovato una stanza piena di donne e bambini."

Tal fece una pausa. Gli sembrava incredibile, ma stava raccontando quell'episodio a Fiore: non aveva mai detto a nessuno cos'era successo quel giorno terribile. Non era nemmeno sicuro del *perché* glielo stesse raccontando. Di sicuro non per guadagnarsene la fiducia. Ma ormai non poteva più fermarsi.

"Avevano una paura folle. Nessuno parlava la nostra lingua, quindi non siamo riusciti a comunicare. Erano terrorizzati dal nostro arrivo. Erano tutti molto magri... alcuni bambini erano pelle e ossa. Io e gli altri della squadra non abbiamo nemmeno avuto bisogno di parlare: abbiamo svuotato gli zaini per distribuire ogni razione alimentare. Abbiamo cercato di farli mangiare, ma nessuno si è fidato."

"A quel punto, mi sono accorto che in quella stanza c'erano anche degli uomini. Erano nascosti dietro alle donne, forse le stavano usando come scudi umani. Nonostante fossero alla fame, quelle donne e quei bambini guardavano gli uomini per avere il permesso di mangiare le nostre razioni. È bastato che l'uomo più anziano scuotesse appena la testa perché abbassassero tutti gli occhi a terra. Le donne erano affamate, i loro *figli* erano alla fame, eppure non hanno accettato la nostra offerta."

"Io e gli altri avremmo voluto ammazzare quegli uomini, ma gli ordini erano chiari e non potevamo colpire nessuno, se non il nostro bersaglio. Quegli uomini non stavano facendo nulla di minaccioso né nei nostri confronti, né nei confronti delle donne. Non impugnavano armi: se ne stavano là seduti e basta. Ucciderli avrebbe causato un incidente internazionale, aggiungendo altra pena a quelle donne e a quei bambini, ferite che si sarebbero portati dietro per tutta la vita."

"Io volevo aiutarli, volevo fare *qualcosa*, ma in quel momento avevamo le mani legate: potevamo solo fare rapporto agli ufficiali superiori, riferire il ritrovamento, chiedere loro di fare qualcosa per aiutare quelle donne e quei bambini e sperare che prendessero le razioni che avevamo offerto."

Tal smise di nuovo di parlare. Ormai non sapeva più dove voleva arrivare. Era bloccato nel passato, con il cuore gonfio dell'immagine di quei bambini con gli occhi disperati, bambini che lui non aveva potuto aiutare.

"Cos'è successo?" gli chiese Fiore, ormai tornata a pochi metri dalla tenda.

Tal ebbe un sussulto: per un momento, si era assentato dal presente, perso di nuovo negli orrori del passato.

"Sono morti," le rispose. "Sono tutti morti. Il terrorista è tornato dopo che abbiamo portato via gli uomini legati alla rete, lasciando donne e bambini dov'erano. Da quel che ho sentito, non ha preso bene l'affronto perché lasciando loro da mangiare avremmo cercato di minare la sua autorità. Non li ha uccisi lui direttamente, no... li ha lasciati dov'erano a morire... e sono morti tutti di fame. La follia totale è che non li ha nemmeno chiusi a chiave in quella stanza: potevano andarsene in qualunque momento, ma dato che lui gli aveva ordinato di rimanere dov'erano, loro non si sono mossi. Chiaramente, avevano una paura atroce di cosa sarebbe successo, se avessero disobbedito."

"Uno dei nostri comandanti ha avvertito un'organizzazione umanitaria della zona, ma gli aiuti non sono arrivati in tempo per salvarli. La mia squadra ha ricevuto il permesso di tornare sul posto per assistere i soccorritori... ma era troppo tardi," concluse Talon.

"Mi dispiace," gli disse lei sottovoce.

"Anche a me. Non meritavano quella fine. Non so cos'avrei potuto fare di diverso, ma da allora... ho chiuso. Non sono più riuscito a fare il mio mestiere. Non facevo altro che pensare a come sarei dovuto intervenire. Avrei dovuto insistere per fare arrivare alla svelta i soccorsi per quelle donne, per quei bambini. Sapevo che il leader dei terroristi era un mostro, sapevo che serviva un intervento immediato... per proteggere quelle donne. Invece non ho fatto nulla."

"Non so bene, cos'è un terrorista?" gli chiese Fiore dopo un momento. "Immagino sia uno molto cattivo. Però non penso che potevi fare di più." Rimase in silenzio per un momento. "Io non ho mai potuto indossare i pantaloni."

Quel cambio improvviso di argomento gli fece alzare la testa. "Come?"

"Mi hai portato dei leggings. Io non ho mai indossato i pantaloni. Solo gli uomini potevano. All'inizio avevo paura di indossarli, anche se ero qui da sola, perché avevo timore che Cipresso lo scoprisse, chissà come. Dopo un po', ho deciso che era un pensiero stupido. Ormai lui non c'era più, ero per conto mio. Non so nulla di quelle donne, ma capisco le loro paure."

Tal si rialzò da terra per mettersi di nuovo seduto. "Se indossi i pantaloni cargo sopra i leggings, scommetto che starai più al caldo," le disse dolcemente.

"Grazie per le cose che mi hai portato," gli rispose.

"Prego. Io non ti farò mai del male, Fiore, di me puoi fidarti."

Lei accennò un sorriso. "L'hai già detto."

"Lo so, ma *continuerò* a ripeterlo finché non mi crederai."

"Mi rendi nervosa," ammise lei.

Lui annuì. Quelle parole non gli dicevano nulla che lui già non sapesse. "Io non sono come gli uomini che hai conosciuto in passato."

"Me ne sono accorta," gli rispose, per poi spostarsi più all'interno della caverna, al riparo dalla pioggerella.

Tal fu sorpreso dalla facilità di quella conversazione, che proprio non si era aspettato. Anzi, lui aveva creduto di dover parlare quasi da solo, invece lei, pur non essendo una chiacchierona, non era nemmeno tanto intimidita.

A un certo punto, la pioggia si affievolì, ma Tal non si mosse da sotto la tenda. Nonostante fosse ancora mattina presto, lui si accorse di essere esausto. Cercò di rimanere sveglio, ma i lunghi giorni e le notti alla ricerca di Fiore si fecero sentire e si addormentò.

Nel dormiveglia, persa ogni cognizione del tempo, sentì il proprio nome gridato con una certa urgenza. Si tirò su un gomito e si guardò attorno allarmato. Non vide nulla di pericoloso, allora guardò verso la caverna. Fiore era in piedi sotto la sporgenza rocciosa all'imbocco della caverna, sembrava innervosita.

"Che c'è? Che succede?" le chiese Tal mettendosi seduto e allungando una mano verso il coltello che teneva sempre in una fondina legata al polpaccio.

"Stavi urlando," gli rispose Fiore. "Ti ho chiamato varie volte per svegliarti, ma non funzionava, così alla fine ho gridato e ti sei svegliato."

Tal si passò una mano sul volto e sospirò. "Scusami, non dormo bene."

"Ma stai bene?"

"Sì, sto bene," la rassicurò, nonostante non fosse proprio la verità. Ricordava vagamente l'incubo: era lo stesso della notte prima, eccetto per la donna che veniva portata via dalle acque del fiume, che aveva preso le sembianze di Fiore. "Grazie per avermi svegliato." La guardò con attenzione per la prima volta... e sorrise. "Ti vanno?" le chiese, notando che si era messa i pantaloni cargo.

Lei annuì. "Avevi ragione, con i pantaloni e i leggings sono più al caldo."

Tal si sentì pervaso di piacere. "Bene." Poi guardò l'orologio al polso. "Hai fame? L'ora del pranzo è passata da un pezzo."

"Ieri sera ho mangiato bene, ma se vuoi posso andare a prenderti uno scoiattolo."

Tal scosse la testa. "No. Non devi procurarmi da mangiare. Sono perfettamente in grado di cacciarmi del cibo, però qui ho qualcosa che andrà benissimo," le spiegò prendendo una confezione di cibo liofilizzato, che le mostrò. "Vuoi provarlo? È un tipo diverso da quello che ti ho lasciato negli altri zaini."

La vide esitante e si pentì di aver fatto troppa pressione, di aver insistito tanto alla svelta.

"Non credo proprio."

Tal fece spallucce come se non gli importasse di nulla, ma dentro si sentì morire all'idea di mangiare davanti a lei. Versò dell'acqua dalla borraccia per preparare il pasto liofilizzato e mangiò di fretta, senza nemmeno gustarselo.

Fiore nel frattempo si mosse di nuovo nella caverna e si mise seduta vicino al fuocherello, a un paio di metri dall'imbocco; Tal notò che aveva spostato all'interno la pila di oggetti che le aveva portato.

Proprio mentre stava pensando a un argomento di cui parlare, gli squillò il telefono satellitare.

Tal si era dimenticato completamente di contattare Ethan, e di sicuro erano passate più di ventiquattro ore dall'ultima chiamata. Tirò fuori il telefono e guardò Fiore: le era tornato in volto uno sguardo impaurito che Tal odiava.

"È il mio amico Ethan che telefona, dovevo farmi sentire ogni giorno per fargli sapere che stavo bene, ma stamattina ero talmente preso, quando ti ho trovata, che mi sono dimenticato di chiamarlo. Adesso gli rispondo e lo metto in vivavoce, così puoi sentire di cosa parliamo. Non voglio darti l'impressione di nasconderti qualcosa. Di me puoi fidarti, Fiore, non ti farò mai del male." Ormai quelle parole erano diventate come un mantra.

Nel sentirle, Fiore rilassò leggermente le spalle e annuì.

Tal rispose alla chiamata, premette il pulsante del vivavoce e alzò il telefono in modo che anche lei potesse ascoltare. Tal non aveva nulla da nascondere a quella donna; ogni singola decisione, ogni azione da quel momento in poi avrebbe avuto l'obiettivo primario di conquistare la fiducia di Fiore.

"Scusa, mi sono dimenticato," disse Tal rispondendo al telefono.

"Santo cielo, Talon, quando non hai telefonato mi sono passate per la testa le ipotesi peggiori, ho pensato che magari eri caduto e avevi perso i sensi e che stavi morendo nel bosco. Ho controllato il radiofaro e non ti muovi da ore."

"Scusami, Ethan. Sto bene. L'ho trovata e ti ho messo in vivavoce così ti può sentire anche lei," gli spiegò Tal.

"Davvero? Che mi venga un colpo, ma è fantastico! Salve signora, sta bene? Le serve qualcosa?"

"Sta bene, si chiama Fiore e si è sistemata in una caverna di gran lusso," disse Tal all'amico. "Cosa dicono le previsioni sulla burrasca?"

"Brutte notizie, amico mio, si sta avvicinando alla svelta. Ormai dovrebbe arrivare da un momento all'altro. Ce la farete a rientrare?"

Tal incontrò gli occhi di Fiore: passavano da lui al telefono che teneva in mano. Tal si chiese se Fiore avesse mai visto un telefono; ne dubitava. "Negativo. Superiamo la bufera qua dentro."

"Merda. Va bene. Vuoi che ti raggiunga uno di noi?"

"No," gli rispose subito Tal. "Ce la caviamo." Non era il caso che Fiore si preoccupasse della presenza di due uomini.

"Avete abbastanza da mangiare durante il maltempo?"

"Ce lo faremo bastare," lo rassicurò Tal.

"È proprio lei?" gli chiese Ethan.

"Non ne sono sicuro, ma puoi dire a Brock che l'ho ringraziata da parte sua," rispose Tal, cambiando velocemente argomento: non voleva ancora parlare di Heather Brown, non credeva che Fiore fosse pronta a parlare del proprio passato.

"Glielo dirò. Fiore, mi senti?" chiese Ethan.

Tal la guardò e ormai si convinse che quella donna era perfettamente a suo agio in una caverna nel bosco: aveva gli occhi spalancati, non rispose a voce, ma annuì.

"Sì, può sentirti," disse Talon a bassa voce.

"Tal è uno di quelli buoni, di lui puoi fidarti al cento per cento. Conosco quel tipo ormai da un pezzo, e anche se parla in modo strano, con la sua tipica cadenza britannica, mi fido ciecamente di lui e gli affiderei la mia vita e anche quella di mia moglie."

Tal apprezzò le parole dell'amico, ma erano pur sempre... solo parole. Fiore avrebbe dovuto constatare direttamente che di lui poteva fidarsi.

"È tutto pronto per la cerimonia di domani? Le nozze di Rocky e Bristol? Oppure il temporale ha fatto saltare qualcosa?" chiese Tal.

"Figurati se un po' di neve può impedire a Rocky di sposarsi! Ha già annunciato che non gli interessa nulla se si ritrova da solo con la sposa."

"È un po' difficile sposarsi, senza qualcuno che celebri," scherzò Tal.

"Veramente l'officiante è già arrivato, ha passato la notte a casa di Bristol, per precauzione. Io e gli altri ci arriveremo a costo di dover camminare."

"Rocky se l'è presa con me perché non ci sono?" chiese Tal.

"Non è certo contento, ma ha capito che avevi qualcosa di più importante da sbrigare."

Tal guardò Fiore: lo stava scrutando concentrata. "Ha capito bene. D'accordo, allora ti telefono domani, all'una in punto, esatto?"

"Sì ma sarà meglio anticipare a mezzogiorno e mezzo: ho la sensazione che Rocky abbia una gran fretta di mettere l'anello al dito di Bristol."

"Intesi. Grazie di tutto, Ethan."

"Ma figurati! Sono contento che l'hai trovata. Fiore? So che non ci conosciamo, ma sono felice che tu stia bene. Tieni d'occhio Tal anche per noi, va bene?"

Tal fece una risatina. "Ma stai zitto, filibustiere!"

Ethan rise. "Ci sentiamo domani."

"A domani." Tal chiuse la chiamata, poi tornò a guardare Fiore. "A cosa pensi, che sei tanto concentrata?"

"A un sacco di cose," gli rispose.

Tal non trattenne un sorriso. "Me l'immagino. Vuoi parlarne?"

"No."

Tal era estremamente curioso di sapere cosa le passasse per la testa, ma ne rispettò la scelta di non parlare e non insistette. "Come vuoi."

"Penso che adesso farò una dormita," gli disse Fiore.

Tal fu sorpreso, ma le annuì comunque. "D'accordo. Io rimango qui. Di me puoi fidarti..."

"...e non mi farai del male," concluse Fiore, terminando per lui la frase.

Tal annuì compiaciuto. "Esattamente."

Poi la osservò sistemarsi sul letto in fondo alla caverna e

chiudere gli occhi. Gli venne il sospetto che non fosse tanto stanca, quanto avesse bisogno di prendersi un po' di spazio per pensare, il che a lui non creava alcun problema. Lo stupore gli nasceva dal fatto che Fiore era disposta a chiudere gli occhi, rendendosi vulnerabile, mentre lui era tanto vicino.

Anche a lui serviva del tempo per pensare. Quella donna andava molto al di là di ciò che lui si aspettava. In realtà, non sapeva nemmeno *lui* che cosa aspettarsi. Ovviamente era una donna spaventata, sfiduciata, ma probabilmente era anche la persona più resiliente che lui avesse mai incontrato.

Nonostante avesse passato un inferno, chiaramente Fiore non era una vittima.

CAPITOLO CINQUE

FIORE FISSAVA TALON da dietro le palpebre socchiuse. Era diventata brava a fingere di dormire negli anni, origliare era stato un ottimo metodo per ottenere informazioni. Non voleva dormire anche per timore che lui decidesse di fare qualcosa. Forse lo stava mettendo alla prova... per vedere se avrebbe cercato di farle del male mentre la credeva addormentata.

Le era rimasta scolpita nella testa anche la conversazione tra i due uomini: lei non sapeva bene come potessero parlare, quando uno dei due era chiaramente molto lontano, eppure era successo.

Più rimaneva sdraiata e più le sorgevano delle domande. Un anno prima, avrebbe ignorato tutti i pensieri che le passavano per la mente: nessuno degli uomini avrebbe mai risposto alle sue domande, sempre che lei trovasse il coraggio di porle. Invece Tal, che conosceva da pochissimo tempo, le dava una certa sicurezza e non se la sarebbe presa se gli avesse domandato tutto ciò che le frullava in testa.

Alla Comune, le apparecchiature elettriche erano pochissime; lei ricordava vagamente alcuni oggetti della vita precedente, ma era passato moltissimo tempo dall'ultima volta che se li era raffigurati con precisione. Era stata troppo presa dall'esigenza di sopravvivere. Invece, in quel momento, non faceva altro che chiedersi come funzionasse esattamente il telefono di Tal. Il ricordo di un telefono attaccato al muro, con un cavo lunghissimo, le tornò in mente, ma lei non aveva visto alcun filo attaccato all'apparecchio di Tal.

Lo osservò dagli occhi socchiusi: Tal stava raccogliendo della legna e la stava ammassando in modo ordinato vicino all'ingresso della caverna. Ogni volta che le andava incontro, lei si irrigidiva; ma lui non superava mai il confine immaginario che separava il bosco dalla sua caverna.

Guardarlo compiere il lavoro di cui lei si era occupata per moltissimo tempo era strano, la scombussolava. Non le tornava in mente alcun uomo della Comune che svolgesse delle faccende considerate da donne. Il che comprendeva in pratica tutte le pulizie, la cura del cibo... ma anche il taglio e la raccolta della legna per il fuoco della cucina.

Fiore non aveva un'ascia, quindi aveva fatto fatica a trovare abbastanza legna per tenere al caldo la sua caverna, ma ci era riuscita. La scioltezza con cui Tal trasportava e impilava dei ceppi voluminosi era impressionante.

Al quinto giro con le braccia piene di legna, Fiore non ce la fece più a rimanere in silenzio.

"Come hai fatto a parlare col tuo amico? Pensavo che i telefoni dovessero avere una spina infilata nel muro per funzionare."

Lui la guardò con calma, per nulla sorpreso di vederla sveglia, al che lei comprese che Tal si era reso conto di essere osservato per tutto il tempo.

"Si chiama telefono satellitare. Non conosco bene tutti i dettagli di come funziona, ma in pratica invia un segnale a un satellite in orbita nello spazio, che poi fa rimbalzare il segnale sulla Terra."

Fiore si accigliò e si mise seduta.

"Hai mai visto un telefono cellulare?" le chiese Tal.

"Ehm... non so cos'è, quindi non so dirti," ammise lei, che odiava non conoscere qualcosa e si infastidiva molto quando si sentiva stupida.

Tal però non sembrò sorpreso: si sedette a terra a un paio di metri dalla caverna appoggiandosi un braccio sul ginocchio. Sembrava totalmente a proprio agio nel bosco, con una naturalezza che lei aveva visto raramente, nonostante i tanti anni trascorsi in quella zona.

"Un cellulare è come un telefono, ma è più piccolo e non ha bisogno di fili. Sfrutta dei segnali che vengono ripetuti da delle torri enormi di metallo. Più ripetitori ci sono e più il segnale è forte. Qui nel bosco non ci sono ripetitori, quindi i cellulari non funzionano. Tantissimi turisti vengono a fare escursioni in montagna e si sentono al sicuro perché si portano dietro il cellulare, ma poi si accorgono che non funziona nel momento del bisogno. La mia squadra di ricerca viene inviata spesso nel bosco per ritrovare escursionisti smarriti."

"È per questo che usi un telefono che si collega al satellite invece che alle torri," commentò Fiore.

Tal fece un gran sorriso e la fossetta si formò più profonda. "Esatto."

"E quello era un tuo amico? Uno degli uomini della squadra di ricerca?" gli chiese.

"Sì, era Ethan. È sposato con Lilly, che è arrivata a Fallport per girare le riprese di un programma TV su Bigfoot. Hai mai visto la troupe che girava nel bosco? Sono passati diversi mesi fa, hanno fatto un gran baccano tra gli alberi."

Fiore accennò un sorriso.

Tal rispecchiò il sorriso. "Li hai visti."

Lei annuì.

"Dai, ti prego, dimmi che li hai presi in giro."

"All'inizio ero confusa, perché urlavano e facevano baccano colpendo gli alberi con dei rami. Era tutto molto strano. Una sera non ho resistito: ho colpito un albero subito dopo che l'avevano colpito loro e si sono agitati parecchio."

"M'immagino," commentò Tal ridendo. "Comunque, quell'intervento è stato il punto focale del programma, non so dirti quante volte l'hanno fatto risentire. Insomma, Lilly ha conosciuto Ethan mentre era a Fallport per il programma, lei faceva le riprese con la telecamera. Poi si è scoperto che uno dei suoi colleghi ha ucciso uno dei presentatori e poi ha cercato di ammazzare anche Lilly, ma lei se l'è cavata e sta bene."

Fiore lo fissò inorridita. "Non lo sapevo. Io mi sono innervosita, per paura che mi vedessero sono venuta qui. Non sono più tornata vicino a quei sentieri per diverse settimane."

"Hai fatto bene: se quel bastardo ti avesse visto, probabilmente non avrebbe esitato a cercare di farti fuori," le disse sottovoce. Poi Tal fece un gran respiro. "Insomma, Ethan e Lilly si sono sposati a ottobre, per la vigilia di Halloween, sono in visibilio dalla gioia e adesso lei è incinta, aspettano il primo figlio. Lui è un po' il leader della nostra squadra di ricerca e soccorso, è un tipo per il quale nutro il massimo rispetto."

"Chi si sposa domani?" gli chiese Fiore.

"Ecco, allora... nella squadra siamo in sette: Ethan, Zeke, Rocky, Drew, Brock, Raiden e io. Zeke ed Elsie si sono già sposati, anche Brock e Finley... sono i due che hai aiutato a scappare da quei bastardi nel bosco. Drew e Caryn invece non hanno fretta di convolare, ma sono impegnati al massimo in un rapporto a lungo termine.

"Io e Raiden siamo gli unici due rimasti single, ma sono convinto che Raid e Khloe stiano covando qualcosa, anche se prendono con le pinze la loro attrazione reciproca. Lavorano insieme in biblioteca."

"L'ultimo rimasto è Rocky, il fratello di Ethan, è lui che si sposa domani. Ha comprato insieme alla fidanzata una bella casa con un terreno e un fienile enorme, che hanno allestito come laboratorio, perché lei produce opere d'arte in vetro istoriato... è proprio in quel fienile che dovrebbe tenersi la cerimonia, domani. Però, con la tempesta in arrivo, credo che in tanti non ce la faranno a presentarsi; ma i miei compagni e le loro donne non si perderebbero l'evento per nulla al mondo."

A Fiore girava la testa per i tanti nomi nuovi che aveva appena sentito, e c'erano moltissime altre cose che ancora non capiva, ma non voleva sentirsi sempre stupida, quindi annuì come se le fosse stato tutto chiaro.

"Bristol non ha voluto abiti speciali per damigelle o testimoni, ma le ragazze andranno alla casa degli sposi sul presto, come hanno fatto in occasione delle nozze di Lilly, per farsi fare capelli e trucco. È una specie di rito. Finley è la proprietaria della pasticceria di Fallport e preparerà la torta nuziale; anche se saremo un gruppetto contenuto, di sicuro rispetteranno le tradizioni, tipo il lancio del bouquet, il primo ballo degli sposi, le fette di torta in faccia."

Ormai Fiore era ancora più confusa: non aveva idea di cosa stesse parlando Tal.

Evidentemente lo smarrimento fu chiaro nel volto di Fiore, tanto che Tal aggiunse: "Scusami, straparlo. Che domande vuoi farmi?"

Fu la prima volta, per quanto Fiore ricordasse, che un uomo si offriva di rispondere alle sue domande. La cerimonia sembrava importante per gli amici di Tal, davvero un grande evento, ma lei non sapeva il perché. Fiore voleva comprendere, ma anni, decenni di condizionamento le impedivano di formulare le domande che aveva sulla punta della lingua.

Di nuovo, fu Tal a leggerle nella mente. "Che ne dici di raccontarmi quello che sai sui matrimoni?" le suggerì.

Ecco qualcosa che poteva fare.

"Quando un uomo decide di volere un'altra moglie, le dice che diventa sua moglie, poi vanno nella tenda insieme, lui la fa sdraiare e fa sesso con lei. A quel punto sono sposati," gli disse.

Tal la fissò per un lungo momento straziante, poi saltò in piedi all'improvviso.

Appena lui saltò in piedi, Fiore sussultò: si aspettava che lui entrasse nella caverna e facesse esattamente ciò che lei aveva appena detto: dichiararla sua sposa e costringerla a giacere sotto di lui.

Invece lui, estremamente agitato, cominciò a camminare avanti e indietro nella piccola radura con le mani intrecciate dietro la nuca.

Poi si fermò e si voltò verso di lei.

"Quello che hai descritto *non* è un matrimonio, Fiore," le disse a bassa voce. "Prima di tutto, uno non può *dire* a una donna che deve sposarlo, caso mai può *chiederglielo*. Due persone si sposano solo se si amano, se non possono immaginare di frequentare altre persone. Poi si dichiarano di amarsi e di onorarsi a vicenda, di solito davanti a parenti e amici. È una festa in cui si celebra l'amore di due persone, non l'orrore che hai appena descritto."

"Quante altre mogli ha Rocky?" gli chiese Fiore.

Tal fece un respiro profondo, alzò lo sguardo al cielo e tornò alla propria tenda. Poi si sedette lentamente e la fissò con un'espressione intensa negli occhi azzurri. "È *illegale* avere più di una moglie. Capita che uno si sposi e che poi tradisca la moglie con un'altra donna, ma la legge consente di sposarsi con una persona sola."

"Io ero la quinta moglie di Freccia. Quando lui è morto, Cipresso mi ha dichiarato subito sua: ero la sesta. Tutte le donne della Comune erano mogli. Molte avevano più di un marito," spiegò Fiore.

Talon la fissò con i muscoli del viso contratti. "Tu volevi sposarli?"

"No." Una parola sola, netta e secca.

Talon scosse la testa. "Mi dispiace per quel che ti è successo," le disse dopo un momento. "Però devi sapere la verità, Fiore: l'esperienza che hai vissuto... non è normale, morale, legale, corretta. Rocky sposa Bristol perché la ama disperatamente. Farebbe di tutto per tenerla al sicuro. Non le farebbe mai del male. Mai. Non la costringerebbe mai a fare qualcosa che lei non vuol fare. Costringere qualcuno a sposarsi è un abuso, puro e semplice."

Fiore sentì qualcosa sciogliersi dentro. Lei non aveva scelto di essere la moglie di Freccia, né di appartenere a Cipresso.

Aveva sempre pensato che ci fosse qualcosa di sbagliato in molti aspetti della Comune, ma non era mai stata in grado di metterli in discussione. Non aveva mai potuto far nulla per cambiare le circostanze. Lei *odiava* non avere il potere di decidere con chi fare sesso, ma non aveva mai avuto scelta. In nulla.

Ciò che le diceva Talon in quel momento, che quei matrimoni non erano né leciti né normali, invece di farla star male, le diede un senso di sollievo per quanto le era successo.

Aveva sempre avuto ragione lei: che sensazione incredibile!

"Mi capisci, Fiore? Non sei mai stata sposata con quei bastardi. Si sono approfittati di te con degli abusi. Se mai ti capitasse di rivedere... com'è che si chiama? Il figlio? Cipresso?"

Lei annuì.

"Ecco, se ti capita di rivedere Cipresso, *non devi* andare con lui. Lui *non è* tuo marito e non ha alcun diritto di farti fare qualcosa che tu non vuoi fare. Hai capito?"

Quelle parole furono per Fiore un sollievo ancor maggiore. Annuì.

"Ecco. Dovresti anche sapere... che io nutro il massimo rispetto per te. Ti ammiro in assoluto: sopravvivere nel bosco per tanto tempo, dopo che quei bastardi ti hanno abbandonata, è un risultato fantastico."

"Non mi hanno abbandonata," disse lei di getto.

"A no?"

"Mi sono nascosta," gli spiegò.

Talon la sorprese con un sorriso... radioso. "Hai fatto bene," le disse.

"Cipresso stava spostando la Comune in Florida, ma io non volevo andare. A me piace star qui, è casa mia. Andarsene mi sembrava... non so... era come se stesse succedendo qualcosa di brutto. Allora sono uscita di nascosto dall'accampamento e mi sono rintanata nel bosco. Conosco questa zona meglio di chiunque altro, perché mi occupavo quasi sempre io della caccia. Lui si è arrabbiato, ma quando ha gridato il mio nome io non sono uscita. Nemmeno quando ha minacciato di chiudermi nella tenda di punizione per un anno. Alla fine non ha avuto scelta, è dovuto andar via. Sono rimasta nascosta ancora a lungo, finché non ho avuto certezza che nel vecchio accampamento non c'era più nessuno ad aspettarmi. Poi ci sono tornata a prendere alcuni oggetti, come le pelli su cui dormo e altre cose utili."

Le emozioni mutevoli sul volto di Talon erano uno spettacolo affascinante. Era passato dal sorriso al broncio, dalla fronte corrucciata a un'espressione dolce.

"Di nuovo, sei una meraviglia per me. Chiunque al tuo posto avrebbe il diritto di sentirsi distrutto. Non immagino nemmeno ciò che hai passato, eppure eccoti qui, con il coraggio sufficiente a farti parlare con un estraneo, seduta in quella grotta, come se tutto ciò che hai fatto non fosse qualcosa di speciale. Mi ricordi molto le compagne dei miei amici."

Fiore inclinò la testa perplessa. "Ah sì?" Lei aveva sempre desiderato un'amica, ma alle donne della Comune non era concesso creare legami emozionali. Se qualcuna veniva scoperta a parlare troppo, al di fuori delle faccende e della manutenzione generale del campo, veniva separata dalle altre e punita. Lei aveva già parlato molto di più con Talon che con chiunque altro in passato. E le piaceva. Moltissimo.

"Sì. Elsie ha un figlio che è stato rapito dall'ex marito di lei, che voleva ucciderlo per incassare i soldi dell'assicurazione; ma Tony è un ragazzo sveglio ed è riuscito a scappare. Poi Elsie si è messa in pericolo accettando di incontrare l'ex marito, pur di registrare tutto ciò che diceva, in modo da incastrarlo e mandarlo in prigione. Io non ho mai conosciuto una persona tanto coraggiosa... finora."

Di nuovo, quel complimento nutrì una parte affamata dell'anima di Fiore, un angolo di sé che nemmeno lei sapeva di avere. "Ma adesso suo figlio sta bene?"

"Sì, sta bene. Anzi, alla grande: ha nove anni ma è un ometto fin troppo cresciuto."

Fiore non capì fino in fondo il senso di quella frase, ma gli rispose: "Io voglio bene ai bambini, specialmente quando sono molto piccoli, perché sono innocenti."

"Tu ne hai mai avuti?" le chiese Talon, quasi con riluttanza. "Bambini?"

"No," gli rispose Fiore abbassando lo sguardo sulle proprie mani, appoggiate alle gambe.

"C'erano tanti bambini alla Comune?"

"Qualche moglie ha fatto dei figli, ma la maggior parte dei bambini della Comune erano adottati e portati dagli uomini."

"*Cosa*?!" le chiese Talon.

Fiore rialzò lo sguardo verso di lui, sorpresa per quel tono rabbioso. "Gli uomini adottavano bambini, soprattutto bambine, maschi solo a volte. Di solito da piccoli, anche neonati. Le bambine venivano promesse ad alcuni bambini fin dall'inizio. Crescevano sapendo che un giorno si sarebbero uniti. Ma in genere gli uomini adottavano delle ragazze. La popolazione del nostro gruppo era composta in maggioranza da donne, più del doppio rispetto agli uomini. Per questo ogni uomo aveva più mogli."

"Che mi venga un accidente!" imprecò Talon.

Fiore trasalì e arretrò un pochino. Non aveva mai visto Talon tanto arrabbiato, nemmeno quando si era messo a camminare avanti e indietro... e la spaventava. Le ricordava troppo la reazione di Cipresso e degli altri quando lei sbagliava o faceva qualcosa di male.

Lui fece qualche respiro profondo. "Scusami, cara, non ce l'ho con te. Tu lo sai dove sono stati adottati quei bambini?"

Lei scosse la testa.

"Ma certo," proseguì Tal scuotendo la testa, "perché non volevano che la gente gli facesse troppe domande. Come mai non nascevano tanti bambini? Se ogni uomo aveva tante presunte mogli, sarebbe normale pensare che ci fossero anche tante gravidanze."

Fiore strinse le labbra: non era sicura di potergliene parlare. Era una delle poche confidenze che le donne si scambiavano, sussurrando, quando erano sicure che non ci fossero uomini nei paraggi.

"Non ti farò mai del male e di me puoi fidarti," le disse Talon a bassa voce; quello slogan ormai familiare la confortò. "Qualunque cosa tu abbia dovuto fare per proteggerti... hai fatto bene. Credo che, nel profondo, anche tu sapessi che c'era qualcosa di sbagliato in quel modo di vivere. Hai fatto quel che ritenevi giusto per evitare che un bambino nascesse in una situazione del genere."

Tal aveva ragione, così gli disse sottovoce: "Fiore di carota selvatica."

"Cosa?"

"È una pianta. Molte volte basta mangiarne i semi per evitare che si formi un bambino. Non so come funziona, ma io schiacciavo i semi e li mettevo nel tè. Me l'ha insegnato una delle anziane quando ho sanguinato la prima volta."

"Che mi venga un accidente," commentò di nuovo Talon, passandosi una mano sul viso.

Fiore rimase seduta, immobile come una roccia, nell'attesa che Talon facesse o dicesse qualcos'altro. Non riusciva a capirlo: non le era chiaro se fosse arrabbiato con lei, o per quale motivo fosse tanto irritato da quanto gli aveva appena detto. Però Talon ci aveva azzeccato: dopo aver passato tanti anni alla Comune, che odiava, l'ultima cosa che voleva era farci nascere un figlio. Aveva visto come erano cresciuti i bambini... ricordava com'era cresciuta lei stessa. Venivano portati via dalle madri molto presto, per essere cresciuti dagli uomini. I ragazzi imparavano a controllare le loro donne, le ragazze venivano abituate a essere malleabili, sottomesse.

Fiore non sapeva il perché, ma si sentiva diversa. Non capiva come mai, ma non poteva essere come le altre donne cresciute nella Comune. Lei metteva tutto in discussione, nonostante le mille occasioni in cui era stata costretta a rimanere nella tenda di punizione: lei era sempre stata diversa. Come una mosca bianca.

"Ecco, allora... come ti dicevo, mi ricordi molto le compagne dei miei amici. Bristol è stata rapita da un suo fan ossessionato che l'ha tenuta legata a un letto, in un appartamento molto vicino a quello in cui viveva Rocky. Lei non si è fatta prendere dal panico, ha fatto tutto ciò che doveva finché non l'abbiamo trovata. Caryn invece era nei vigili del fuoco di New York ed è venuta a Fallport a trovare il nonno che era stato ferito dal tipo che aveva rapito Bristol. Un altro pazzo era geloso di Caryn solo perché era brava nel suo mestiere e così ha cercato di distruggerla dandole fuoco... ma per fortuna non è successo. Poi c'è Finley, che è la proprietaria della pasticceria del paese, la ragazza che hai aiutato a scappare nel bosco... anche lei è stata *quasi* bruciata da una donna, quella che ha mandato i due stronzi che avevano cercato di rapirla nel bosco. Però anche lei è riuscita a cavarsela."

Fiore fissava Talon incredula. "Davvero?"

Lui sbuffò, con un suono simile a una risata. "Davvero. Sono tutte donne molto forti, sopravvissute. Proprio come te."

Fiore si fece seria e gli disse la prima cosa che le venne in mente: "Io non sono stata rapita."

Invece di dirsi d'accordo con lei, Talon la guardò e rimase in silenzio talmente a lungo da farla sentire a disagio.

Poi, finalmente, abbassò lo sguardo distogliendolo da lei e le disse: "Stavo pensando alla tempesta in arrivo."

Un cambio improvviso d'argomento che a Fiore non dispiacque. Le piaceva sentir raccontare delle amiche di Talon, ma la piega di quella conversazione la stava inquietando. Le sembrava le stesse sfuggendo qualcosa di molto importante, e lei odiava non capire cosa fosse.

"Allora?" ribatté.

"Ho raccolto la legna più secca che ho trovato, ne cercherò ancora, ma hai detto che il tuo letto è fatto con delle pelli che hai preso da una tenda in cui vivevi?"

Fiore annuì.

"La tua caverna mi sembra abbastanza isolata dal vento, ma se la tempesta si fa insostenibile, la neve entrerà dentro. Diventerà difficile tenere il fuoco acceso. Che ne dici di cercare un modo per attaccare le pelli all'imbocco della caverna? Così il calore rimarrà all'interno e la neve e il vento all'esterno."

La reazione istintiva di Fiore fu di rifiutare. A lei piaceva quel letto, era pieno di protuberanze e puzzava, ma era sempre meglio che dormire per terra, come aveva fatto per gran parte della vita. Poi però, ripensando al suggerimento di Talon, comprese che era una buona idea. Avrebbe dovuto pensare lei stessa a una soluzione del genere.

"Va bene." Fiore si alzò e cercò di trovare un modo per attaccare le pelli, ma Talon la fermò.

"Ci penso io," le disse. "Se vuoi, intanto puoi spostare la legna nella caverna, verso la parete in fondo, così dovrebbe asciugarsi meglio e quando la userai per il fuoco farà meno fumo."

Talon la sorprese di nuovo. Alla Comune, avrebbe avuto lei la responsabilità di tutto. All'improvviso, le fu chiaro che l'unico motivo per cui Talon non aveva portato lui stesso il legno nella caverna era perché le aveva promesso che non sarebbe mai entrato senza essere invitato.

Raccolse da terra le pelli e le trascinò all'imbocco della caverna cercando di non farsi vedere triste per la perdita di quel giaciglio. Le lasciò per terra e fece un passo indietro, ancora non del tutto a suo agio nell'avvicinarsi troppo a Talon. Fino a quel momento, lui non le aveva fatto nulla di male, ma poteva sempre essere in attesa del momento giusto.

"Non ti farò del male, di me puoi fidarti," le disse dolcemente avvicinandosi.

Quell'uomo sembrava davvero in grado di leggerle nella mente.

Fiore non gli rispose, ma fece qualche altro passo indietro.

Nell'ora successiva, Fiore fu impressionata dalla creatività di Talon: pur non avendo alcun attrezzo nello zaino, era riuscito ad arrampicarsi sopra la sporgenza rocciosa, ancorando le pelli con dei massi e della corda che le aveva portato in passato, e con tanta forza bruta. Lei non sarebbe stata in grado di farcela da sola e si accorse con una certa sorpresa di provare un senso di gratitudine nei confronti di quell'uomo. Non ricordava un'altra occasione in cui era stata tanto grata di avere un uomo vicino. Gli uomini erano quasi sempre la causa dei suoi malesseri, dei dolori, del disagio. Eppure, quasi ogni azione di Talon l'aveva fatta sentire più rilassata.

Spostò tutta la legna in fondo alla caverna come le aveva suggerito lui, poi andò tra gli alberi per scaricarsi e per trovare altra legna e ramoscelli per accendere. Mentre stava tornando da un giro con una bracciata di erba che aveva strappato da terra per farsi un cuscino su cui appoggiare la testa la notte, vide Talon che si allontanava dalle pelli appese all'imbocco della caverna.

Per una frazione di secondo, si sentì presa dal dispiacere. Immaginò che lui, appena vistala allonanarsi, avesse rotto la promessa di non entrare nella caverna.

"Non sono entrato, ho solo appoggiato qualcosa per te."

Fiore non gli credete: in fondo anche lui era un uomo.

Talon però si allontanò rapidamente e andò a sedersi nella sua tenda.

Con esitazione, Fiore scostò un angolo della "porta" appena creata e guardò all'interno della caverna, ormai all'oscuro. Dall'apertura che aveva appena creato entrava abbastanza luce per farle vedere un mucchietto nel punto in cui Talon era in piedi prima. Fissò le pelli con una roccia per far passare più luce ed entrò, avvicinandosi a quel mucchio.

Fu confusa nel vedere quel che Talon aveva portato, era il letto che si era preparato nella tenda: l'aveva portato per lei.

Tornò all'ingresso della caverna e guardò verso Talon: non vide un letto simile nella tenda, per lui.

"Che cos'è?" gli chiese mostrandogli quel materiale leggero, ma sorprendentemente morbido e caldo.

"È il mio sacco a pelo. Dato che ho usato il tuo giaciglio per chiudere la caverna, ti ho passato il mio. È certificato fino a venti gradi sottozero e ti garantisco che resiste bene, anche se sembra tanto sottile. Non posso far molto per il terreno rigido, ma almeno così starai al caldo."

Fiore era perplessa: non aveva idea di cosa significasse

venti gradi sottozero, ma l'idea di accettare il letto di un uomo la agitava. "Non ci dormo con te," sbottò.

Talon si alzò e si girò verso di lei. "Lo so."

"Allora perché... che cosa..." Fiore si interruppe senza completare la domanda.

"Perché ne hai bisogno, perché ti ho portato via il letto, perché la tempesta in arrivo sarà molto rigida e ho bisogno di sapere che tu sarai comoda e al caldo."

Fiore quasi non credette alle proprie parole, ma gli chiese: "E tu?"

Lui sorrise, facendo comparire la fossetta di sfuggita. "Io me la caverò."

Il comportamento di Talon la confondeva, e lei odiava quella sensazione di smarrimento.

Lui non le lasciò il tempo di discuterne ulteriormente. "Hai già provato gli scarponcini che ti ho portato?"

Lei scosse la testa.

"Perché non li indossi? Ne avrai bisogno, se cade veramente una spanna di neve come dicono le previsioni."

Fiore abbassò lo sguardo sulle pelli di coniglio che aveva trasformato in calzature. Pensava di aver fatto un ottimo lavoro nel conciarle, le proteggevano i piedi dal terreno freddo e dalle rocce affilate. Però non poteva negare che il pensiero di indossare degli stivaletti la emozionava. Non ricordava nemmeno di aver mai indossato delle scarpe vere e proprie. Ovviamente, alla Comune non era permesso.

Annuì verso Talon, poi rientrò nella caverna. Si passò una mano sui pantaloni cargo che indossava e non trattenne un sorriso. Già li adorava. Capiva anche il motivo per cui gli uomini obbligavano le donne a indossare abiti lunghi: così potevano toccarle e fare sesso ogni volta che ne avevano voglia. Era tutto più semplice. Invece, con i pantaloni... nessuno poteva toccarla tra le gambe con tanta facilità.

Senza nemmeno capire il proprio impulso, Fiore raccolse

da terra gli scarponcini e li portò all'imbocco della caverna: voleva provarseli mentre Talon la guardava.

Quando lui la vide sedersi con gli scarponcini in mano le sorrise; a Fiore fece piacere, perché ovviamente era anche lui ansioso di guardarla mentre se li provava.

"Allenta i lacci," le disse appena la vide tentare di ficcare a forza i piedi negli scarponi, non riuscendoci. "Bene, così. All'inizio è facile che ti diano una sensazione strana, specialmente per il supporto alle caviglie. No, non preoccuparti, è normale fare fatica a indossarli. Se fossero troppo larghi, non darebbero la protezione e il supporto che servono quando si cammina in montagna."

Fiore si alzò e spinse di peso il piede in uno scarpone. Per un attimo, pensò che fosse troppo stretto e fu presa da un'ondata di delusione; poi però il piede entrò di scatto nel materiale... e lei alzò lo sguardo con uno strano sorriso in volto.

"Come te lo senti?" le chiese Talon.

"Mi sta bene," sussurrò lei meravigliata. Lo scarponcino calzava: la pelle le abbracciava il piede in modo sicuro, robusto. Afferrò al volo l'altra calzatura e la indossò nello stesso modo. Poi si alzò con gli occhi incollati sui nuovi scarponi ai piedi. Indossava i pantaloni e le scarpe. Era coperta dai polsi ai piedi... e si sentiva al settimo cielo.

"Adesso puoi stringere i lacci," le suggerì Talon.

Il sorriso svanì dal volto di Fiore: non sapeva come fare. Sì, sapeva annodare una corda, l'aveva imparato per preparare le trappole, ma stringere i lacci delle scarpe con un nodo impossibile da sciogliere non le sembrava una buona idea.

"Fiore?" la chiamò Talon dalla sua tenda.

Le venne voglia di piangere. Un ricordo della sua vita del passato le comparì come un lampo nella mente. Era in ginocchio per terra, armeggiava con i lacci di una scarpa e piangeva perché non riusciva ad annodarli nel modo giusto. Poi due mani femminili scostavano le sue e una voce suadente le diceva di non preoccuparsi, perché avrebbe imparato presto.

Quell'immagine svanì quasi nel momento stesso in cui si formò, e Fiore si sentì scossa fino al midollo.

Chi era quella donna, che le aveva parlato con tanto amore, con affetto? Quelle scarpe erano sue? Per quanto ne sapesse, lei non aveva mai indossato scarpe, da quando era entrata nella Comune.

"Vuoi che ti aiuti?" le chiese Talon con dolcezza.

Lei alzò lo sguardo e lo vide in piedi a meno di due metri davanti a sé, preoccupato.

"Prometto di non farti del male, di me puoi fidarti."

Come mai quelle due frasi le facevano sorgere dentro una sensazione di calore e di formicolio? Erano solo parole prive di significato. Però Fiore aveva l'impressione che, pronunciate dal quel particolare uomo, significassero tutto.

Annuì con circospezione.

Talon fece un passo verso di lei e si inginocchiò. Gattonò fino a trovarsi ai suoi piedi. Fiore avrebbe potuto allungare una mano e toccargli i capelli, mettergli una mano sulla spalla, invece tenne i pugni stretti lungo i fianchi. Era pronta, qualora lui avesse cercato di afferrarla. Non gli aveva mentito: non aveva intenzione di fare sesso con lui, a prescindere dalla gentilezza che le aveva dimostrato fino a quel momento.

Lui invece non la sfiorò, non la prese per i fianchi cercando di sbatterla a terra con la forza: si limitò ad afferrare i lacci degli scarponcini, li strinse e poi alzò lo sguardo verso di lei. "Si incrociano i lacci, poi uno passa sotto l'altro come quando fai un nodo, ma solo una volta. Il modo più semplice è creare due anelli coi lacci, in questo modo." Glielo mostrò una volta, poi di nuovo. "Immagina che siano le orecchie di un coniglio. Poi incrocia le orecchie di coniglio, ancora, come hai fatto prima, ma tenendo fissi gli anelli. Alla fine stringi. Ecco qua! Le scarpe sono allacciate. Adesso... prova tu."

Slacciò le scarpe tirando un laccio e il nodo si sciolse in meno di un secondo.

Poi si alzò e arretrò di qualche passo, lasciandole uno spazio che lei apprezzò. Accidenti, Fiore stava cominciando ad apprezzare tutto ciò che faceva quell'uomo! Era una sensazione strana, ma non sgradita.

Fiore si abbassò e armeggiò con i lacci, cercando di ripetere ciò che Talon aveva appena fatto. Tuttavia non riuscì a trovare il modo, abbattuta. Quegli stupidi lacci non collaboravano e le facevano venire voglia di piangere.

"Posso aiutarti?"

Fiore mollò i lacci e annuì.

Lui tornò in ginocchio e le si avvicinò. Vedere un uomo chinato davanti a sé le sembrava una stranezza, davvero non ci era abituata.

"Prova ancora," la invitò.

Talon era di nuovo a portata di mano, e quando lei afferrò i lacci, lui allungò le mani per aiutarla.

Fu la prima volta che qualcuno la sfiorò dall'ultima notte di sesso con Cipresso, ma le mani di Talon furono assai più gentili di quanto non lo fossero mai state quelle di Cipresso. Aveva dei calli sui palmi, proprio come lei. Le arrivò al naso il suo profumo muschiato robusto, con una nota di pulito, come quello della felpa, quando se l'era infilata dalla testa la prima volta. Era un profumo confortante, che la fece rilassare più di qualunque altra cosa mentre si concentrava ad allacciarsi le scarpe.

"Ecco, così. Bravissima! Penso che tu sia pronta per la lezione più avanzata: tira il laccio... vedi com'è facile da slacciare?"

Fiore annuì.

"Ecco, adesso prova di nuovo ad allacciarlo. Così. Però adesso incrocia di nuovo le orecchie di coniglio."

"Come un nodo?" gli chiese.

"Sì, ma non stringere troppo. Adesso, prova a tirare... vedi che non si slaccia più tanto facilmente? Questo nodo serve quando cammini in montagna, così i lacci non si sciolgono per sbaglio. Basta che non li stringi eccessivamente e potrai sempre scioglierli. Dai, prova."

Lei ci provò e si accorse con gioia che annodare due volte le orecchie di coniglio non rendeva impossibile scioglierle. Si sentì sciocca a chiamare i lacci "orecchie di coniglio", ma l'aiutava a ricordare la procedura.

Talon arretrò di nuovo, ma rimase in ginocchio mentre lei allacciava l'altra scarpa. Quando ebbe finito, Fiore fissò di nuovo i propri piedi per un lungo momento: non riusciva a capacitarsi, stava indossando degli scarponcini.

Talon si sporse in avanti ed esitò con la mano sopra uno scarponcino per un momento. "Posso sentire come ti sta la taglia?"

Ecco che di nuovo le chiedeva il permesso di sfiorarla. Un altro comportamento anomalo. "Sì."

Lui spinse con le dita la punta dello stivale e lei ne sentì la pressione attraverso la pelle, dritta sull'alluce. "Niente male," le disse soddisfatto. "Prova a camminarci, senti come ti calzano."

Lei fece due passi di lato, allontanandosi da lui, e poi qualche altro passo nella radura.

"Allora?" le chiese Talon.

Gli stivaletti le davano una sensazione strana, era come se le strangolassero i piedi, ma allo stesso tempo glieli tenevano al caldo; quando mise di proposito un piede su una roccia, non la sentì nemmeno. Le foglie scricchiolavano sotto i suoi passi, che facevano più rumore rispetto a quando indossava le pelli di coniglio, ma a lei non interessava. "Mi vanno bene," gli disse sorridendogli timidamente.

"Ero preoccupato, invece sono contento, sono della taglia giusta." Talon si alzò in piedi e sfregò le mani contro i pantaloni. "Devo cercare da mangiare. Ho tante razioni liofilizzate, ma ho la sensazione che finiranno presto, se la tempesta durerà a lungo."

Fiore sbatté le palpebre. *Lui* voleva andare a caccia?

"Ci penso io," gli disse.

"No, tu rimani pure qui."

Fiore si accigliò: le sembrava strano essere sollevata e felice perché non doveva andare a caccia, ma allo stesso tempo la indisponeva quell'ordine di non andarci.

Lui sospirò. "So perfettamente che *puoi* cacciare benissimo e che non hai bisogno del mio aiuto, l'hai dimostrato chiaramente nell'ultimo anno. Però *vorrei* andarci io, perché mi *piace* fare qualcosa per te. Provvedere alle tue esigenze mi fa star bene. Tu puoi rimanere qui, abituati agli scarponi, sistema l'ambiente come preferisci, con le cose nuove, magari puoi trovare altre rocce da usare per fissare meglio le pelli a terra. Sarà meglio ancorarle per bene, nel caso il vento si faccia forte. Altrimenti, se preferisci, puoi anche solo rilassarti e leggere il libro che ti ho portato."

"Non sono brava a leggere," gli spiegò. "Alle donne non era permesso leggere o scrivere."

Talon strinse le labbra per un momento. "Allora, quando torno, posso leggertelo io, se preferisci. Oppure posso aiutarti con le parole che non conosci."

Fiore fissò l'uomo che le stava davanti. La sua prima reazione, quando si era svegliata (quella stessa mattina?), era stata la paura per la stazza di un uomo che avrebbe potuto fare chissà cosa. Invece, più tempo passavano insieme, più lei si convinceva che Talon era totalmente diverso da qualunque altro uomo lei avesse conosciuto. Sembrava sincero nel voler fare qualcosa per lei, invece di farsi servire. Era una sensazione scomoda... ma non spiacevole.

"Va bene."

"Va bene?" le chiese. "Tu rimani qui mentre vado a trovare da mangiare?"

Lei annuì.

"Grazie," le disse con voce profonda, di cuore.

Ecco un'altra novità: le era mai capitato che un uomo la ringraziasse? Lei non se lo ricordava.

Al che, Talon si girò per tornare alla tenda. Afferrò il telefono satellitare e tornò da lei. "Prendi questo; se non torno, oppure se la tempesta diventa insostenibile, premi il pulsante con sopra una stella, poi il numero uno. Ti collegherà con Ethan e lui ti raggiungerà per aiutarti."

"Sa dove sono?" gli chiese.

Lui sembrò riluttante a rispondere, alla fine le disse: "Nel telefono c'è un segnalatore. È un'attrezzatura che costa molto, se ci cade nel bosco o se lo perdiamo, con il segnalatore possiamo sempre ritrovarlo. Poi ci aiuta a ritrovarci più facilmente quando siamo in missione di soccorso."

Fiore non era sicura di apprezzare che altri sapessero dove lei si trovava, ma annuì e afferrò il telefono. Le loro dita si sfiorarono... e lei sentì uno strano pizzicore lungo le braccia.

Si sentì talmente scossa, che quasi lasciò cadere il telefono.

Talon la fissò sorpreso per un lungo momento, come se avesse provato la stessa sensazione; poi si girò e tornò alla tenda. Frugò nello zaino e ne tirò fuori una confezione argentata in cui teneva il cibo liofilizzato, insieme a un gomitolo di spago. Le sorrise e le disse: "Ho scoperto che certi animali vanno pazzi per la salsiccia. A me fa un po' schifo, ma chi sono io per giudicare?" Al che, le fece l'occhiolino e si avviò nel bosco. "Non dovrei metterci molto. Penso che gli animali della zona sappiano bene che sta arrivando una tempesta e saranno contenti di trovare da mangiare, anche per portarsi del cibo nella tana. Tu stai al sicuro mentre sono via."

Al che Talon sparì, svanendo tra gli alberi che circondavano la radura come se quel bosco fosse casa sua.

Fiore abbassò lo sguardo al telefono che teneva in mano e
all'improvviso ebbe una paura folle di premere il pulsante
sbagliato, o di lasciarlo cadere, o di romperlo. Entrò nella
caverna e lo appoggiò con cautela a terra sul fondo della
grotta. Poi svolse il materiale che le aveva dato Talon per
dormire, infine raccolse gli oggetti che le aveva portato per
esaminarli meglio.

Odorò il balsamo e gli oggetti per i capelli, cercò di
passarsi la spazzola tra le lunghe ciocche, ma le fu impossibile
per i troppi nodi. Fece spallucce e mise da parte la spazzola.
Aveva voglia di tagliarsi i capelli, ma non aveva mai trovato il
coraggio di farlo. Alle donne della Comune era vietato
tagliarsi i capelli; qualche anno prima, quando aveva deciso di
tagliarsi le punte con un coltello, era stata punita in un modo
che ancora si ricordava. Era stato Cipresso a impugnare la
frusta, e aveva provato un gran piacere nell'usarla per farle
capire che non era padrona del proprio corpo. Erano gli
uomini a decidere, e lei doveva solo obbedire alle loro regole.

Le ferite delle frustate erano guarite solo dopo mesi,
durante i quali lei aveva dovuto comunque occuparsi delle
faccende che le spettavano. Da allora non aveva più osato
sistemarsi i capelli.

Fiore afferrò il libro che le aveva portato Talon e lo fissò a
lungo. Tenere in mano quel volume le sembrava coraggioso,
anche un po' inquietante. Alla Comune, se l'avessero
scoperta, la punizione sarebbe stata altrettanto feroce, se non
peggiore di quella subita per il taglio dei capelli.

Però lei non era più nella Comune. Era da sola e poteva
decidere per sé. Con quel pensiero ben chiaro nella mente,
voltò le prime pagine del libro, fino a trovare il capitolo uno.

CAPITOLO SEI

TAL FU contento di riuscire a catturare tre conigli senza troppa difficoltà. Si incamminò per tornare alla caverna, pregando che Fiore non se ne fosse andata. Ormai non si aspettava più che scappasse, ma non voleva dare nulla per scontato.

Non le aveva mentito, quando le aveva detto che era una donna fantastica. Era tanto forte da intimorirlo: non aveva bisogno né di lui, né di chiunque altro per sopravvivere; se l'era cavata benissimo anche da sola. Tuttavia, nel vederla confusa in qualcosa che anche i bambini in genere comprendevano facilmente, a Tal veniva voglia di piangere... o magari di ammazzare gli uomini che gestivano la setta in cui lei era stata costretta ad entrare. Fiore non sapeva cosa fosse un cellulare, anche se da un lato aveva conoscenze che molte persone ignoravano, ma dall'altro era ingenua come una bambina piccola.

Quando gli aveva spiegato cosa intendesse lei per matrimonio, gli si era rivoltato lo stomaco. Sentirla parlare di bambini "adottati" e portati nella setta gli aveva fatto venire i conati di vomito. Ogni singolo uomo di quella setta meritava di essere arrestato per molestie su minori, rapimento, stupro e probabilmente decine di altre imputazioni. Tal non aveva dubbi: quegli uomini rapivano i bambini per inserirli nella setta, crescendo i maschi da stupratori poligami. Tutto ciò che Fiore aveva superato, sopravvivendo, lo devastava e lo impressionava in egual modo.

Tal *odiava* come Fiore si irrigidiva ogni volta che lui le si avvicinava, oppure la sua convinzione che lui avrebbe rotto la promessa, entrando nella caverna senza essere invitato. Il fatto che gli avesse detto senza mezzi termini che non sarebbe andata a letto con lui l'aveva addirittura inorgoglito, ma anche fatto infuriare per il solo fatto che lei dovesse preoccuparsi di mettere le mani avanti su quel punto.

A lui non importava quante volte avrebbe dovuto ricordarle che non le avrebbe fatto del male, che poteva fidarsi di lui: gliel'avrebbe ripetuto ogni giorno, ogni ora, fino all'ultimo respiro, se necessario. Nessuno avrebbe mai più fatto del male a quella donna, almeno finché lui l'avesse protetta.

Era un pensiero folle: non era affatto scontato che lei accettasse di tornare a Fallport. Se anche ci fosse tornata, sempre che fosse realmente Heather Brown (cosa di cui lui era sempre più certo ogni minuto che passava), aveva dei genitori che sarebbero stati colmi di gioia per aver ritrovato una figlia da lungo tempo perduta. Certo, si erano trasferiti e avevano divorziato, ma di sicuro avrebbero chiesto alla figlia di trasferirsi più vicino alle loro nuove residenze.

Il pensiero che Fiore se ne andasse gli fece piangere il cuore, ma represse quell'emozione: lei era una donna adulta e lui era onorato di averla conosciuta. Se fosse riuscito ad aiutarla a reinserirsi nella società civile, facendole lasciare alle spalle lo stile di vita marcio insegnato in quell'accidente di setta, per Tal sarebbe stata una grande soddisfazione.

Cercò di ignorare la vocina che gli diceva di non mentire a

sé stesso e riprese il cammino verso la caverna. Quando arrivò, fu allarmato nel non vedere né sentire Fiore.

"Ci sei?" chiamò.

Nel giro di pochi secondi, la testa di Fiore fece capolino da dietro la porta di pelli che le aveva allestito. "Sei tornato."

"Sì," le rispose con un gran sorriso alzando i tre conigli che aveva attaccato a un rametto robusto e aggiungendo: "Ho trovato da mangiare."

"Gnam!" esclamò lei.

Per una frazione di secondo, Tal immaginò la stessa scena, ma alcuni anni più tardi, in una gita, in campeggio con i figli, Fiore che gli dava il bentornato alla tenda, ansiosa di mostrare ai bambini ciò che loro padre aveva portato da mangiare.

Poi Tal tornò alla realtà: non si trovava in un romanzo, lui e Fiore non avevano un futuro insieme.

"Pensavo che sarebbe meglio cuocere la carne stasera, prima che il tempo si faccia pessimo," le disse.

"Sono d'accordo," gli rispose Fiore incamminandosi verso di lui con esitazione. "Ci penso io."

Tal avrebbe voluto ribattere, essere lui a prepararle da mangiare, ma non voleva toglierle in alcun modo l'indipendenza che si era conquistata con tanta fatica. Le annuì semplicemente e le consegnò i conigli, una decisione ricompensata da un gran sorriso sul volto di lei.

Fiore si affrettò a scuoiare gli animaletti, mise da parte le pelli e in un tempo sorprendentemente breve allestì un fuoco più grande appena fuori dalla caverna. Quando si sedettero per mangiare, dei fiocchi di neve cominciavano a cadere blandamente dal cielo.

Durante il pasto, Tal parlò del più e del meno; raccontò a Fiore di Fallport, dei compaesani che lui aveva conosciuto negli anni. Le raccontò altre storie di Tony e degli uomini della squadra, delle loro compagne. Lei non gli fece molte domande, ma lui le lesse negli occhi un grande interesse.

Quando stava per terminare gli argomenti, Tal alla fine le raccontò del proprio impiego dal barbiere.

"Quando sono arrivato a Fallport, non sapevo bene cos'avrei fatto. Il mio ruolo nella squadra di ricerca e soccorso è molto appagante, lo faccio con entusiasmo, ma sapevo fin dall'inizio che non sarebbe stato un impiego a tempo pieno. È molto altalenante, ci sono mesi in cui siamo impegnatissimi, specialmente d'estate, mentre in altri periodi non riceviamo chiamate anche per un mese intero, forse di più. Sapevo che mi serviva un lavoro per tenermi impegnato. Quando ero in Marina e andavamo in missioni di lunga durata, i miei commilitoni si rivolgevano sempre a me per farsi sistemare i capelli. Così mi sono presentato dal barbiere in piazza, il proprietario si chiama Harvey, e gli ho chiesto se aveva bisogno di un aiutante. Devo riconoscergli il merito di avermi assunto nonostante fossi uno straniero, un suddito di Sua Maestà appena arrivato in paese e senza alcuna esperienza professionale. Non lavoro a tempo pieno, ma mi piace chiacchierare coi clienti che passano ogni giorno, di solito uomini, raramente qualche donna."

Fiore lo fissò per un momento. "Tu tagli i capelli?"

Tal fu sul punto di ridere: non gliel'aveva appena spiegato? Poi però ci ripensò e si accorse che Fiore non sapeva che mestiere facesse un barbiere, allora le sorrise e confermò: "Sì, esatto."

Lei abbassò lo sguardo sul proprio piatto, ormai vuoto del cibo che le aveva portato lui, poi guardò il fuoco, poi rivolse lo sguardo al fitto bosco. Tal dubitò che lei avrebbe trovato il coraggio di dar voce alle proprie domande... poi però la vide raddrizzare le spalle e capì che Fiore aveva vinto il proprio imbarazzo e la timidezza di fargli domande.

"Mi tagli i capelli?"

Tal sbatté le palpebre sorpreso. "Come dici?"

"Lo so che le donne dovrebbero avere i capelli lunghi... ma a me non piacciono."

"Le donne possono avere i capelli come li preferiscono," ribatté Tal con calma. "Aspetta di incontrare Caryn: lei porta i capelli *cortissimi*, dice che se sono lunghi le danno fastidio."

"Davvero?"

"Eh sì." Tal esitò prima di farle la domanda che gli frullava in testa, ma alla fine decise di essere schietto. "Come mai non te li sei tagliati da sola?"

Lei sospirò. "Una volta li ho tagliati, un pochino, solo le punte. Cipresso se n'è accorto e mi ha frustata per dare l'esempio alle altre donne. Non ci era permesso tagliarci i capelli. Mai."

La rabbia di Tal minacciò di prendere il sopravvento. La vita di quella donna e di tutte le altre donne di quella setta era stata sottoposta a tormenti insopportabili. Quegli uomini erano dei sadici crudeli. Tal fece un gran respiro dal naso, pregando di riuscire a calmarsi e di trovare le parole giuste da rivolgerle.

"Non ho con me le forbici," le disse finalmente.

Lei strinse le labbra, poi annuì.

"Però posso usare il coltello. Di me puoi fidarti, non ti farò del male."

"Forse sto cominciando a crederci," gli rispose sottovoce.

A quelle parole, Tal sentì una stretta allo stomaco. Mai delle parole tanto semplici l'avevano colpito così profondamente.

"Però... forse non dovrei. Cioè, ho sempre avuto i capelli lunghi... è solo che sono difficili da lavare e mi danno spesso fastidio. Ho provato con gli elastici che mi hai portato... ma proprio non lo so."

Fiore sembrava tanto indecisa, quando un momento prima sembrava voler andare fino in fondo e tagliarsi i capelli. Più Tal ci pensava, più si convinceva che le sarebbero piaciuti i capelli più corti, ma era frenata dalle conseguenze della prima volta in cui se li era tagliati, ovviamente ancora fresche nella memoria.

"Che ne dici di fare un passo alla volta? Magari oggi possiamo tagliarne solo un pochino, due dita, poi domani vediamo come te li senti, e se vuoi ne tagliamo altre due dita. Possiamo continuare pian pianino finché non sei contenta della lunghezza. In fondo sono solo capelli, Fiore, anche se li accorci, poi ricrescono. Se poi decidi che stiamo andando *troppo* lenti e vuoi che te ne tagli di più, si può fare anche così. Hai dei capelli bellissimi, assolutamente splendidi. Mi ricordano i bei fiori al tramonto della mia patria, l'Inghilterra. Però tu non sei più sotto il controllo di nessuno: se vuoi indossare i pantaloni, tagliarti i capelli, dormire su un bel letto comodo, puoi fare quello che vuoi."

Mentre Tal le parlava, lei lo fissava intensamente senza interrompere il contatto visivo, e anche lui non riuscì a distogliere lo sguardo. Le vedeva negli occhi un turbinio di emozioni.

"Li voglio accorciare... ma ho paura."

Tal era orgogliosissimo di lei. Gli uomini con cui Fiore aveva vissuto, gli stessi che probabilmente l'avevano rapita, non l'avevano distrutta. Ci avevano provato, ovviamente, ma lei, chissà per quale miracolo, era riuscita a mantenere un residuo di indipendenza. Senza la volontà ferrea e le spalle robuste, non sarebbe mai riuscita a sopravvivere da sola nel bosco per un anno.

"Di me puoi fidarti," le ripeté sottovoce Tal. "I tuoi capelli sono solo tuoi, il tuo corpo è solo tuo, hai il diritto di decidere cosa indossare, cosa mangiare, cosa dire, chi portarti a letto. *Nessuno* dovrebbe mai costringerti a fare qualcosa contro la tua volontà."

Le lacrime fecero capolino dagli occhi di Fiore, che le trattenne. "Va bene."

"Che cosa va bene?" le chiese Tal.

"Va bene, voglio fare come hai detto, tagliamo due dita oggi, due dita domani, poi il giorno dopo."

"Accidenti, sei coraggiosa!" esclamò Tal mormorando; poi le annuì.

Lei sembrò sorpresa. "Pensi che sia coraggiosa?"

"Diamine, certo!" confermò lui.

"Non è vero, e tu lo sai," ribatté lei con la tranquillità di chi commenta il maltempo.

"Ti sbagli," le disse Tal schiettamente.

Fiore scosse la testa. "Volevo andare in paese, ma era proibito. Ho sentito numerose storie sulla popolazione a cui non piace la gente di fuori, mi hanno convinta che se mi fossi fatta vedere mi avrebbero fatto del male. È un anno che voglio tagliarmi i capelli, ma non ho avuto il fegato di farlo da sola. Un paio di mesi fa ho visto un orso e mi sono presa una tale paura che sono venuta in caverna e ci sono rimasta nascosta per giorni. Non sono coraggiosa, Talon."

Lui avrebbe voluto con tutto il cuore abbracciare quella donna, ma si sforzò di rimanere dov'era. Però le rispose sporgendosi in avanti. "Cara, ti hanno riempita di bugie per vent'anni, cumuli di menzogne; gli uomini con cui hai vissuto erano dei molestatori, te lo dico chiaro e tondo; mentivano per controllare te e le altre donne. Come facevi a sapere che il loro comportamento era sbagliato? Tu stavi solo cercando di proteggerti, non andando in paese o non tagliandoti i capelli, si chiama istinto di conservazione. Per quanto riguarda l'orso? Caspiterina, *chiunque* si sarebbe spaventato a morte, trovandosi faccia a faccia con un orso!"

"Anche tu?" gli chiese lei a bassa voce.

"Certo! Dove sono cresciuto non ci sono tanti orsi. Una volta ne ho visto uno in Russia... pensavo fosse simpatico finché non si è alzato sulle zampe posteriori e mi ha bramito contro; al che, ti giuro, me la sono fatta sotto! I miei compagni d'armi si sono scompisciati dalle risate e hanno detto di non aver visto essere vivente muoversi tanto alla svelta come me, quando sono scappato. L'istinto di conservazione non è affatto sbagliato, anzi: è una *caratteristica* fondamentale, per quanto mi riguarda. È quella vocina dentro che ti dice 'è meglio di no', oppure 'non andare di là', o ancora 'stai mogio e non guardarlo negli occhi', è l'istinto che probabilmente ti ha salvato la vita in più di un'occasione."

Fiore lo guardò come se le stesse consegnando le chiavi della libertà. Poi annuì con lentezza.

"Ecco, allora non dire più che non sei coraggiosa, va bene?"

Lei incurvò le labbra in un sorrisetto. "Va bene."

"Ottimo. Adesso, che ne dici se do una ripulita e poi ti taglio un pochettino i capelli? Poi puoi prepararti a passare la notte prima che monti la tempesta."

"Posso dare io una ripulita," gli rispose un po' preoccupata.

"So che puoi farlo anche tu, ma posso farlo anch'io. Lascia che mi prenda cura di te, Fiore, per favore."

Ecco, di nuovo, quelle parole la sorpresero.

"Penso che nessuno si sia preso cura di te, almeno per un periodo lunghissimo. Fammi questo regalo, cara," le ripeté Tal sottovoce. Fu sollevato quando lei rispose di sì con un cenno del capo.

La neve stava ancora cadendo, ma Tal la ignorò: afferrò la padella che aveva usato per cucinare il coniglio e si avviò verso il ruscello portandosi dietro anche il secchio per riempirlo di nuovo d'acqua. Prima o poi, la tempesta si sarebbe sfogata appieno e non sarebbe stato più tanto facile muoversi nel bosco.

Quando tornò, vide Fiore seduta sul sacco a pelo, con il libro delle Cronache di Narnia sulle ginocchia. Lo stava fissando con le labbra che si muovevano in silenzio. Non si era accorta del suo rientro, così lui si schiarì la gola per evitare di farle prendere uno spavento.

Lei alzò la testa e gli rivolse un altro sorrisetto.

A lui sembrò di ricevere il regalo più prezioso al mondo: quell'espressione accogliente. Appoggiò il secchio d'acqua vicino all'imbocco della caverna. Lei non l'aveva ancora invitato ad entrare e lui non se la sentiva di insistere: se la sarebbe cavata nella tenda. Aveva già sopportato altre burrasche, poteva superarne una in più.

"Ti piace?" le chiese accennando col capo al libro.

Lei sospirò e abbassò lo sguardo. "È difficile."

Tal si sarebbe preso a schiaffi: non aveva nemmeno considerato che Fiore non fosse in grado di leggere. Se quella *era* davvero Heather, era scomparsa quando frequentava la terza elementare, abbastanza grande per poter leggere... ma poi la setta che l'aveva rapita le aveva impedito di leggere e scrivere, quindi erano passati vent'anni dall'ultima volta che lei aveva avuto tra le mani un libro.

Poi lei, quasi per evitare di offenderlo, aggiunse: "Però mi sembra bello, da quel che capisco."

"Vuoi che te lo legga io?" le propose. Però si accorse che quell'offerta non era l'ideale: lui non era solito leggere ad alta voce e non voleva essere indelicato, sottolineando che lei non era in grado di leggere e comprendere il libro da sola.

Lei invece lo sorprese chiedendogli con entusiasmo: "Non ti dispiacerebbe?"

"Niente affatto," le rispose Tal. "Se per te va bene, vorrei avvicinare la tenda all'imbocco della tua caverna: se la tempesta comincia a sfogarsi, voglio essere in grado di sentire sei hai bisogno di qualcosa, e così anche tu mi sentirai meglio."

Lei strinse le labbra e tornò a guardare il libro che teneva sulle ginocchia.

"Senza fretta, Fiore, non voglio occupare il tuo spazio. Non ti farò del male, di me puoi fidarti."

Lei raddrizzò le spalle nel suo solito modo eloquente, poi lo guardò: "Va bene."

"Grazie, cara." Tal si accorse che forse avrebbe dovuto smettere di chiamarla *cara*, ma quella parola continuava a sfuggirgli. "Dammi qualche minuto, poi cominciamo."

Tal non impiegò molto tempo per spostare la tenda, e anche se il terreno era più rigido vicino alla roccia, grazie agli alberi circostanti era anche un punto più protetto dal vento che aveva cominciato a soffiare da circa un'ora. Fissò i paletti della tenda e tirò fuori la torcia ad alta intensità, sistemando anche il fornello a portata di mano per quando sarebbe servito: era un accessorio utile per cucinare, ma anche per scaldare la sua tendina nel momento di nevicata più intensa.

Tal aveva anche un paio di coperte di emergenza; ne prese una e la sistemò per terra, poi si avvicinò all'imbocco della grotta, senza entrare, e le disse: "Se vieni più vicino e ti siedi qui, intanto posso fare il primo taglio di capelli, poi leggiamo."

Mentre lui sistemava le proprie cose, Fiore aveva spostato il letto su un lato della caverna, più vicino alla tenda di pelli. Lui avrebbe voluto suggerirle di riportarlo in fondo, più lontano, dove sarebbe stata più protetta dagli elementi, ma si trattenne.

Gli fece piacere vederla muovere senza alcun timore: Fiore si alzò in piedi e gli si avvicinò, si sedette a circa un metro da lui e arretrò verso di lui.

Teneva la schiena forzatamente dritta, e Tal ne percepì la tensione; tirò fuori dalla fondina il coltello affilatissimo e si inginocchiò dietro di lei. Avrebbe preferito utilizzare le forbici di qualità professionale in dotazione al negozio di Harvey, ma nel frattempo si sarebbe accontentato.

"Non ti farò del male, di me puoi fidarti," le ricordò sottovoce mentre avvicinava le mani a una ciocca dei suoi capelli. In quel momento, si accorse di non poter procedere: i bei capelli rossi di Fiore, trascurati da tempo, le ricadevano lungo la schiena con un'infinità di nodi.

"Posso spazzolarteli, prima?" le chiese a bassa voce.

Fiore si irrigidì ancor di più, scosse la testa senza voltarsi e disse: "Fa male."

Tal chiuse gli occhi frustrato e furioso: i bastardi che avevano approfittato di lei meritavano solo di morire in modo lento e doloroso. Deglutì a fatica e respirò a fondo, poi le rispose: "Nel modo in cui li spazzolo io, non ti farà male."

Attese con pazienza, lasciandola riflettere senza metterle fretta. Poi lei si spostò più in avanti e si alzò in piedi, raggiunse le sue cose ammucchiate in fondo alla caverna, tirò fuori la spazzola che le aveva regalato e gliela consegnò. Fiore aveva un'espressione di disagio, come se avesse preferito essere da tutt'altra parte, evidentemente intimorita.

Tornò a sedersi e intrecciò le dita delle mani appoggiandole sulle ginocchia, concentrando di nuovo lo sguardo sulla parete interna della caverna. Lui avrebbe voluto rassicurarla di nuovo, dirle che sarebbe stato attento, ma sapeva che un gesto valeva più di mille parole, così prese una ciocca di capelli e si mise all'opera sulle punte tenendo i capelli ben stretti con l'altra mano per evitare che gli strattoni della spazzola arrivassero allo scalpo.

Dopo un momento, Tal si accorse che Fiore rilassò un pochino le spalle, non sentendo alcun dolore. A ogni nodo che lui riusciva a sciogliere, lei si rilassava ancor di più.

Servì un po' di tempo, ma alla fine Tal riuscì a passare la spazzola tra i capelli di Fiore, dallo scalpo fino alle punte, senza difficoltà. A un certo punto, lei aveva chiuso gli occhi inclinando la testa all'indietro.

Tal non aveva mai pensato che spazzolare i capelli di una donna fosse un gesto tanto... intimo. Continuò a passare la spazzola tra i capelli lunghi anche dopo aver sciolto ogni nodo. Mentre la luce del giorno cominciava a scemare, la neve continuava a cadere e l'aria della serata si rinfrescava, Tal capì di doversi sbrigare. Sia pur con riluttanza, mise da parte la spazzola e prese il coltello. Da quando aveva cominciato a lavorarle i capelli, erano rimasti in silenzio, ma senza alcun disagio. Sembravano entrambi... a loro agio.

Con molta attenzione, Tal le tagliò le punte dei capelli. Come le aveva promesso, gliene tolse solo un paio di centimetri; quando finì, le scostò i capelli con una mano per farglieli vedere. "Ecco fatto," le disse.

Fiore abbassò lo sguardo su quella mano, poi si voltò per guardarlo in faccia con un'espressione per lui difficile da interpretare. Quando la vide alzare una mano tremante, le lasciò prendere i capelli e lei rimase là seduta a fissarli a lungo.

"Non mi ha fatto male," sussurrò Fiore.

"Che cosa?" le chiese Tal.

"Tu... mi hai spazzolato i capelli. Ogni volta che Freccia mi faceva spazzolare i capelli da una delle altre mogli, mi faceva sempre male."

Quei bastardi con cui aveva vissuto...

"Te l'ho detto che non ti farò mai del male. Sia per una semplice spazzolata di capelli, sia usando le parole come armi... non succederà. E impedirò a chiunque altro di farti del male."

Lei sospirò e tornò a guardarsi le punte dei capelli. "Davvero non ti interessa se mi taglio i capelli?" gli chiese.

"Sono i *tuoi* capelli, cara. Puoi farci quello che vuoi."

"Non voglio essere brutta," sussurrò lei, sempre senza guardarlo.

Tal avrebbe voluto metterle un dito sotto al mento per invitarla a guardarlo negli occhi, invece strinse i pugni. "Tu non potresti *mai* essere brutta," le disse con un po' troppa forza, prendendo fiato per controllare la rabbia.

"Dicevano che i capelli corti sono brutti," ribatté lei.

"Erano degli sfigati bastardi che si divertivano a schiacciare gli altri con la forza," replicò Tal, parlando senza freno. "Degli approfittatori molesti che si divertivano a violentare donne indifese, anche ragazzine, fingendo che fosse normale avere sei mogli, maledizione. I capelli non possono farti diventare brutta, Fiore. Nemmeno i vestiti che indossi o la corporatura. Sono le *azioni* che fanno la differenza, e le azioni di chi ti ha costretta a vivere in comunità erano non soltanto brutte, ma sconce, criminali e totalmente *sbagliate*." Tal avrebbe voluto aggiungere molto altro, ma sapeva di doversi dare una calmata, per non spaventarla.

Si alzò in piedi e si allontanò dalla caverna senza sapere dove andare, solo per tenere sotto controllo la furia camminando.

Non si allontanò molto e tornò dopo breve tempo: Fiore lo attirava come l'ossigeno di cui aveva bisogno per respirare. Non ne comprendeva il motivo, ma era una sensazione che non era necessario approfondire: era così e basta.

"Mi dispiace," le disse appena tornato da lei. Fiore era ancora seduta, ma rivolta verso gli alberi antistanti la caverna. Aveva le braccia avvolte intorno alle gambe e sembrava non notare nemmeno la neve che si stava accumulando ai suoi piedi, protetti dagli scarponcini.

"Sei il primo uomo che si sia mai scusato con me," gli disse lei con un tono da normale conversazione. "Alla Comune, gli uomini avevano sempre ragione, ciò che dicevano era legge. Anche quando facevano confusione o qualcosa andava storto, dicevano che era voluto... per dare una lezione a noi donne."

Quelle parole non lo aiutarono certo a calmarsi.

"Ho sempre pensato che ci fosse qualcosa di strano, che non fosse corretto il modo in cui venivano trattati donne e bambini, ma non potevo farci nulla: era la mia vita, ero incastrata. Grazie per la tua onestà, grazie per aver detto finalmente ciò che ho sempre pensato nel profondo del cuore."

Fiore lo stava spiazzando. "Te ne sei liberata," le disse.

La risata che le sgorgò dalla gola non ebbe un suono divertito. "Non me ne libererò mai," gli disse.

"Ti sbagli," ribatté lui. "Te ne sei già liberata. Hai saputo riconoscere le loro cazzate e la decisione migliore che puoi prendere, per far sì che si becchino ciò che si meritano, è raccontare la tua storia. Senza alcuna vergogna. Perché quel che è successo a te, il modo in cui ti hanno trattata... tu non ne hai alcuna colpa: la responsabilità è tutta loro; si sono approfittati di te, molestandoti per anni. Scappare e vivere la tua vita come avresti dovuto è la vendetta migliore. Mostra a tutti che anche se sei stata bistrattata per un certo periodo, nessuno ha più il controllo su di te, perché sei più forte delle loro manipolazioni e sei uscita da quel tunnel."

"Mi fai venir voglia di crederti," gli disse sottovoce.

"Bene. Non dico che sarà facile. Torneranno sempre a farsi sentire nella tua coscienza, cercando di abbatterti, ma tu sarai forte abbastanza da scacciare le loro parole maligne e uscire dal tuo guscio."

Fiore inclinò la testa sempre fissandolo. "Tu come fai a saperlo?"

Lui fece un cenno col capo verso il pugnetto di capelli che le aveva tagliato, appoggiato vicino a lei, e le spiegò: "Lo so per via di quei capelli: avevi paura di farteli tagliare, ma hai accettato la sfida. Sono proprio atteggiamenti del genere, scelte, decisioni che prendi per te stessa, anche quando senti quelle voci che ti dicono che è sbagliato o che sarai punita."

Fiore abbassò lo sguardo sul mucchietto di capelli, poi tornò a guardare Tal. "Hai ragione."

"Lo so."

Il sorriso che si aprì sulle labbra di Fiore fu genuino.

"Tutti gli uomini sono come te?" gli chiese. "Cioè... a parte quelli nella Comune?"

Tal sospirò. "Non so bene in che senso vuoi saperlo; se ti riferisci al supporto e all'incoraggiamento nei confronti delle donne, la risposta purtroppo è no. Di bastardi ce ne sono tanti anche nel mondo reale, come quelli nella setta maledetta in cui hai vissuto. Però c'è un aspetto positivo: adesso tu sai come riconoscerli. Se qualcuno prova a costringerti a fare qualcosa, tu puoi mandare quel qualcuno a quel paese e andartene da tutt'altra parte. Ti insegnerò io a difenderti, così se per caso uno di quei bastardi cerca di usare la forza contro di te, puoi ribellarti e lottare in modo efficace."

Quando finì di parlare, Tal stava quasi ruggendo dalla rabbia: il solo pensiero che qualcuno sfiorasse quella donna senza averne il consenso lo faceva diventare una bestia.

A quel punto, Fiore lo sorprese: invece di spaventarsi per ciò che le aveva detto, annuì, posò gli occhi sulla fondina che lui teneva legata intorno alla coscia e gli chiese: "Posso portare anch'io un coltello?"

Lui fece una risatina. "Se ti va, certamente, ma devi conoscere le leggi che regolano il porto d'armi in alcuni luoghi."

Lei alzò appena le spalle.

Se Fiore doveva portare con sé un coltello per sentirsi più al sicuro, lui non solo le avrebbe insegnato come usarlo, ma le avrebbe comprato decine di coltelli e di fondine da indossare.

"Ti va ancora di leggere?" gli chiese.

"Certo," le rispose. Tal era stanco, ancora scosso dalle emozioni forti che gli avevano smosso il sangue nelle vene, ma se quella donna voleva che lui le leggesse qualcosa, lui l'avrebbe fatto volentieri.

Fiore allungò una mano dietro la schiena e prese il libro, per poi porgerglielo. Lui fece un passo avanti e lo prese, poi tornò indietro. Per terra si era accumulato uno strato di neve di un paio di centimetri, e a giudicare dal modo in cui i

fiocchi continuavano a scendere, l'indomani mattina si sarebbero risvegliati in una coltre bianca.

Tal aprì la zip della tenda e ci entrò carponi. Si sdraiò in
posizione supina con la testa che sbucava all'esterno. Alzò gli
occhi e vide che anche Fiore si era spostata fino a sedersi sul
sacco a pelo che le aveva portato.

"Mi senti bene?" le chiese.

Lei annuì.

Tal si schiarì la gola e cominciò a leggere.

CAPITOLO SETTE

FIORE SI SVEGLIÒ LENTAMENTE la mattina dopo; Tal aveva letto a lungo, prima di riportare il libro all'imbocco della caverna dicendole di chiudere bene con le pelli e di dormire.

Lei si era detta d'accordo, pur sentendosi in colpa perché Talon sarebbe rimasto fuori, sotto la tempesta di neve, col vento che si sfogava contro la sua tenda, mentre lei era al riparo nella caverna. Però non era pronta a condividere quello spazio, apparteneva *a lei*; aveva trascorso troppo tempo per conto proprio.

Non ti farò del male, di me puoi fidarti.

Quelle parole riecheggiavano nella mente di Fiore, che da un lato voleva credergli, nonostante l'esperienza personale le dicesse che nessun uomo era degno di fiducia.

Mentre giaceva nel sacco imbottito che le aveva ceduto Tal, Fiore ricordò i gesti con cui le aveva spazzolato i capelli. Non aveva strattonato i nodi: era stato estremamente accorto, sciogliendoli con dolcezza e perizia. Quando le aveva passato la spazzola lungo i capelli sciolti, dalla testa fino alle punte, le era piaciuto molto, l'aveva rilassata.

Per la prima volta nella vita, aveva abbassato completamente la guardia vicino a un uomo.

Si accorse con un sussulto del fatto che, nonostante il cervello le dicesse di non fidarsi di Talon perché l'aveva appena conosciuto e probabilmente aveva qualche mira, il cuore si stava convincendo del contrario.

Con un sospiro, contrariata da quella nuova ambivalenza, Fiore riprese il libro e accese la torcia che le aveva portato Talon. La puntò verso le pagine e cominciò a sfogliarle lentamente. Sentirle leggere da lui le era servito a comprendere la storia. Anche se non conosceva ogni singola parola, fu orgogliosa di poter scorrere il primo capitolo dall'inizio alla fine per conto proprio.

Si addormentò di nuovo, sognando del leone Aslan che le parlava con la voce di Talon, dal suono inimitabile. Fu svegliata dal rumore del vento che fischiava insistente e minaccioso all'esterno. Il naso era ghiacciato perché spuntava da quel sacco, e quando si mise seduta le venne un brivido. Nella caverna c'era freddo, ma non un freddo gelido, grazie alle pelli che lui aveva voluto con insistenza attaccare all'imbocco.

Afferrò un pezzo di legno e lo posò sul fuoco, ravvivandolo e assistendo con soddisfazione alle fiamme che riprendevano vigore, scaldando quell'ambiente angusto.

Felice per i leggings, per i pantaloni, per la felpa, gattonò verso l'uscita della caverna e scostò le pelli per sbirciare all'esterno. Sbatté le palpebre sorpresa per la visione che le si aprì davanti: il bianco ricopriva tutt'intorno a vista d'occhio. La neve stava ancora cadendo e si era accumulata dietro alle pelli grazie al vento; riuscì a malapena a distinguere i contorni della tenda di Talon, che pure non distava di molto dal punto in cui lei era inginocchiata.

"Talon?" lo chiamò a gran voce.

Dato che lui non le rispose, Fiore venne presa dall'ansia.

Non che avesse bisogno di lui, era perfettamente al sicuro in quella caverna, poteva rimanerci fino alla fine della tormenta, ma per qualche ragione non le faceva piacere saperlo in quella tenda tanto piccola che non sembrava nemmeno ripararlo.

Appena le venne quel pensiero, una raffica di vento soffiò nella radura e lei vide i teli della tenda sconquassarsi con violenza. "Talon? Va tutto bene?" gli domandò con più forza.

"Sto bene, rimani nella caverna, stai al caldo!" le rispose gridando.

Fiore si morse un labbro, combattuta sul da farsi. La decisione *corretta* sarebbe stata invitarlo dentro, ma lei non voleva fargli venire strane idee; non voleva scoprire suo malgrado che anche lui era come Cipresso.

Non ti farò del male e di me puoi fidarti.

"Talon... la tempesta è troppo violenta per rimanere là fuori, vieni dentro nella caverna."

Quelle parole le uscirono di bocca prima ancora che lei se ne rendesse conto. Per un momento, fu sul punto di correggersi. La caverna non era ampia, e con la presenza ingombrante di Talon non sarebbe rimasto molto spazio per lei. Forse si sarebbe anche ripreso il letto che le aveva prestato, oppure avrebbe cominciato a darle ordini, o tentato di toccarla. Le avrebbe rubato l'indipendenza per la quale si era tanto battuta.

Poi però Fiore scosse la testa: non conosceva Talon da tanto tempo, ma l'aveva spiato nel bosco senza che lui se ne accorgesse e non l'aveva mai visto fare del male ad altri, anzi, trattava sempre con rispetto le donne che soccorreva, anche quando quelle erano maleducate verso di lui.

Ripensò anche al comportamento di Brock con Finley: l'aveva protetta quando si erano riparati sotto alla sporgenza rocciosa, frapponendo il proprio corpo tra lei e il bosco.

"Sei sicura?"

Fiore sussultò per la sorpresa delle parole di Talon. Si era persa nei propri pensieri, dimenticandosi del contesto in cui si trovava. Guardò fuori, il bianco accecante del bosco; notò che Talon aveva aperto di pochi centimetri la zip della tenda e la stava guardando.

"Perché io sto bene anche qui," aggiunse lui.

A lei non sembrava che stesse bene, le sembrava stanco. Si chiese se avesse almeno dormito.

"Sono sicura. Sembra che la neve non si fermerà presto. Anni fa c'è stata una tempesta come questa e siamo rimasti tutti chiusi nelle tende per almeno una settimana, prima che il vento si calmasse e ci permettesse di uscire. Abbiamo spalato neve per un'eternità per raggiungere le altre tende."

Fiore ricordava quella tormenta come se fosse passato solo qualche giorno: si era goduta ben sette giorni da sola, senza dover cucinare per gli altri, o pulire, o andare a caccia. Si era semplicemente rannicchiata in una tenda con le altre mogli di Freccia, rilassandosi. Certo, quando poi il vento si era calmato, lei e le altre erano state incaricate di spalare la neve per ripristinare i sentieri; inoltre, Fiore aveva dovuto adempiere ai doveri coniugali con Freccia nel momento stesso in cui la neve si era interrotta; ma una settimana intera di riposo era stata comunque una bella vacanza.

"Va bene. Allora metto insieme le mie cose e smonto la tenda. Nel frattempo, accosta le pelli e rimani dentro," le disse Talon.

Invece di sentirsi infastidita da Talon che le suggeriva cosa fare, Fiore annuì appena e richiuse la tenda di pelli. Comprendeva bene che Talon le chiedeva di fare qualcosa per il suo stesso bene. Non le stava ordinando di uscire, di prendergli lo zaino e di smontare la tenda per lui. Era una differenza abissale, e le dava un gran sollievo sentire che Talon si preoccupava per lei, pur essendo *lui* in balia della bufera.

Non passò molto tempo, prima che Talon si presentasse all'ingresso della caverna, scostasse le pelli ed entrasse. Aveva il volto e la barba coperti di neve, che aveva attecchito anche sui suoi vestiti. Appoggiò lo zaino e la tenda richiusa vicino all'imbocco e si sedette vicino al punto in cui era entrato, richiuse e fissò le pelli, poi sospirò.

Fiore era tesa, seduta sul sacco a pelo, in attesa che lui facesse qualcosa; che cominciasse a darle ordini, o che le chiedesse cosa gli avrebbe preparato per colazione... *qualcosa*. Invece lui rimaneva là seduto a occhi chiusi. La neve si sciolse dal suo volto e dagli abiti, ma lui rimase seduto immobile.

A Fiore venne persino il dubbio che lui stesse dormendo, ma era impossibile che si fosse addormentato stando seduto... oppure no? "Talon?" lo chiamò sussurrando.

"Sì?" le rispose immediatamente, ma senza aprire gli occhi.

Lei in realtà non voleva chiedergli nulla, voleva solo sapere se era sveglio.

Lui aprì gli occhi e la fissò attraverso la lunghezza della caverna. La luce era fioca, le fiamme guizzavano intrecciandosi. Il vento fischiava all'esterno e Fiore fu di nuovo grata della protezione aggiunta da quelle pelli. Non le sarebbe mai venuto in mente di usarle per chiudere l'accesso, se non gliel'avesse suggerito Talon. Aveva già trascorso un inverno in quella caverna, ma l'anno prima non c'erano state tempeste di neve.

"Tutto a posto?" le chiese Talon. "Vuoi che torni fuori nella tenda?"

"No!" rispose lei di getto. "È solo che..." Fiore non terminò la frase.

"Capisco," aggiunse Talon con calma. "Di me puoi fidarti, non ti farò del male."

Fiore sbuffò e gli chiese: "Non sei stufo di ripeterlo?"

"No, e non mi stancherò mai. Continuerò a ripeterlo finché non ti convincerai nel cuore e nell'animo, ma anche *dopo* è probabile che continuerò a dirlo. Comunque grazie per avermi invitato a entrare."

Lei annuì; sentiva un nodo alla gola e non era sicura di riuscire a parlare.

"Posso alzarmi e mettere un altro pezzo di legno sul fuoco?"

Tal stava chiedendo il permesso *a lei*? Fiore si sentì spiazzata, ma annuì.

Lentamente, lui si alzò e le passò vicino per raggiungere la catasta di legna che aveva raccolto il giorno prima. Poi la esaminò perplesso. "Ripensandoci, forse è meglio aspettare. Non so quanto durerà la tempesta e non voglio esaurire la legna." Poi la guardò. "Tu senti caldo abbastanza?"

Fiore annuì.

Tal tornò al suo zaino e frugò all'interno per un momento; ne tirò fuori un sacchettino e lo strinse tra le mani, poi glielo passò. "Ecco, tieni."

Lei allungò le mani senza pensarci e lo afferrò. "Che cos'è?"

"Uno scaldamani. È un sacchettino con all'interno degli agenti chimici che lo scaldano. Il calore rimarrà attivo per qualche ora, prima di consumarsi. Ti terrà le mani al caldo senza bisogno di usare subito della legna."

Fiore fu sorpresa di sentire che effettivamente le mani le si stavano scaldando... così strabuzzò gli occhi e commentò con un filo di voce: "È una magia."

Talon fece una risata e tornò a sedersi all'ingresso della caverna. "Lo penso anche io. Non chiedermi come funziona perché non ne ho la più pallida idea. So solo che è pieno di sostanze chimiche e che la notte scorsa meno male che ce l'avevo." Indicò i propri scarponi e aggiunse: "Ne ho messo uno per scarpa per passare la notte e oggi i miei piedi mi ringraziano."

Nel frattempo, gli occhi di Fiore si erano adattati alla luce soffusa all'interno della caverna, dopo il bianco accecante della neve, e notò che Talon aveva gli occhi cerchiati, così gli disse subito: "Sembri stanco."

"Sto bene," le rispose con un'alzata di spalle.

Ecco un'altra differenza tra quell'uomo e quelli che Fiore aveva conosciuto in passato: Freccia sonnecchiava spesso e non si faceva alcun problema a dormire anche mentre le mogli lavoravano. Cipresso si comportava allo stesso modo. Invece Fiore aveva l'impressione che Talon non si sarebbe mai appisolato con delle persone indaffarate intorno.

"Ti dispiace se mi cambio la maglia?" le chiese. "La mia è tutta bagnata e non vorrei rischiare di ammalarmi."

Fiore sentì un picco di adrenalina e fu sul punto di scuotere la testa, ma non osò distogliere lo sguardo da quello di Talon: strinse il sacchettino caldo tra le mani e trattenne il fiato, mentre il cuore le accelerava in petto.

Lui frugò nello zaino e ne tirò fuori una maglia a maniche lunghe, poi si voltò, dandole la schiena, e si tolse la felpa, poi la maglietta, infine un'altra maglia nera attillatissima. Fiore rifletteva con meraviglia sulle differenze tra quell'uomo e quelli con cui lei aveva vissuto. Cipresso e Freccia non erano in forma come Talon, tutt'altro: avevano la pelle morbida e la pancia sporgente. Talon invece aveva spalle ampie e sembrava non avere un filo di grasso in tutto il corpo. Gli si vedevano i muscoli della schiena che si contraevano nel muoversi. Aveva muscoli pronunciati persino negli avambracci.

Forse fin troppo presto, Talon indossò un'altra maglia attillata che lo avvolse interamente, sostituì la maglia bagnata con un'altra asciutta e indossò la felpa, poi distese i capi bagnati sul terreno vicino al fuoco.

Infine, tornò a sedersi appoggiando la schiena alla parete rocciosa. "Hai voglia di ascoltare un'altra parte del libro, *Il leone, la strega e l'armadio*?" le chiese.

Fiore annuì. Si sentiva ancora scombussolata dentro. Non

spaventata, era più... emozionata? Non ci capiva nulla. Quando Talon si era tolto la maglia, lei aveva avuto paura che le si mettesse sopra, invece non l'aveva degnata di uno sguardo.

Forse... chissà, forse... poteva *davvero* fidarsi di lui.

Lanciò il libro verso Talon evitando con attenzione le fiamme. Lui le sorrise e lo aprì, riprendendo subito da dove si era fermato la sera prima.

Il tempo smise di contare, mentre Fiore si perdeva nel mondo di Narnia e del leone Aslan. Il vento continuava a sfogarsi all'esterno. Le uscite per i bisogni fisici erano rapide e lei non si sentiva nemmeno in imbarazzo nello sbrigare le proprie funzioni corporali non lontano da lui: le faceva sembrare tutto semplice, normale.

Nel bel mezzo di un capitolo, lui si interruppe esclamando: "Mi venga un accidente, quasi dimenticavo!"

Fiore lo guardò confusa mentre lui frugava nello zaino. Ne tirò fuori il telefono satellitare e le sorrise appena. "Le nozze di Rocky, ho promesso di telefonare."

"Funzionerà?" gli chiese.

Lui corrugò la fronte. "Lo spero, diamine, altrimenti sono nei guai fino al collo."

Compose il numero e mise di nuovo in vivavoce.

"Non devi farmi sentire," gli disse lei rapidamente.

"Invece voglio farti sentire come *dovrebbe* essere una cerimonia nuziale," ribatté lui, proprio mentre qualcuno rispondeva.

"Era ora," disse una voce maschile profonda.

Talon fece una risatina. "Buongiorno anche a te, Brock."

"Circolavano scommesse sul fatto che chiamassi o ti dimenticassi."

"Figurati se mi dimentico qualcosa di tanto importante." Talon fece l'occhiolino a Fiore e mise un dito sulle labbra,

come per chiederle di non fare la spia, perché *in effetti* quasi se
n'era dimenticato. Lei gli regalò un sorriso.

"Ciao, Tal," disse una voce femminile al telefono.

"Ti ho messo in vivavoce," spiegò Brock.

"Ciao, Finley," rispose Talon.

"È lì con te?"

"Sì."

"Si chiama Fiore, giusto?" chiese Finley.

"Sì."

"Ciao, Fiore," la salutò subito Finley. "Mi chiamo Finley
Mabrey. Sono la donna che hai salvato gettando del terriccio in
faccia a quello stronzo, quello che mi teneva un coltello puntato
alla gola. Ti ringrazio di cuore, sul serio, sei stata tostissima
mentre io avevo una paura folle. Hai attraversato di corsa in
quella radura come Wonder Woman o qualcosa del genere. Sei
stata meravigliosa, hai creato un diversivo, dando a me e Brock
il tempo per filarcela. Non so dirti quanto ti sono riconoscente."

"Penso che tu gliel'abbia appena spiegato," le disse Brock
con una risata.

Fiore rimase seduta immobile ad ascoltare i complimenti
dell'altra donna. Non era abituata ai ringraziamenti, non le
capitava mai, la mettevano a disagio. Non sapeva cosa dire o
come reagire.

"Vabbè, a posto, voglio solo farti sapere che il tuo è stato
un gesto coraggioso e fantastico. Spero di poterti incontrare
presto," proseguì Finley. "Ti preparerò la mia specialissima
torta di biscotti alla cannella caramellata. Non la preparo
spesso perché è una faticaccia, ma è buoniiiiiissima! Ha il
sapore dei biscotti alla cannella, ma è una torta al caramello."

"Un momento, come mai a me non l'hai mai preparata?"
chiese Brock alla moglie.

"Perché di no, non mi hai sentito? È una ricetta complicata, mentre i biscotti sono un sacco più facili da fare al volo.

Voglio preparare qualcosa di speciale per Fiore, in pratica ci ha salvato la vita."

"Capito, d'accordo, ci sta," commentò Brock.

Fiore abbassò lo sguardo sulle proprie mani cercando di non piangere. Non aveva idea di cosa fosse una torta al caramello, ma il solo fatto che quella donna, che non la conosceva, volesse preparle qualcosa di speciale le aveva fatto venire un groppo in gola.

"È al telefono? Ciao Fiore, sono Lilly! Siamo qui tutte e sarebbe bello che ci fossi anche tu, ma spero che ci incontreremo presto, così potremo conoscerci."

"Ciao, Fiore!" aggiunse un'altra donna facendosi sentire da lontano. "Sono Elsie!"

"Io sono Caryn, c'è anche Khloe, anche se in questo momento è fuori con Duke. *Fuori*! Con questo tempaccio incredibilmente schifoso! Approfitta del cane solo per sfuggire a questa baraonda... e forse anche per stare lontana da Raiden almeno per un momento, dato che oggi le sta particolarmente sulle scatole."

Fiore aveva la testa in trambusto: non conosceva quelle donne, nemmeno si sarebbe ricordata tutti i loro nomi e non aveva idea del perché fossero tanto gentili con lei.

Talon si spinse via dalla parete su cui era appoggiato e si avvicinò a Fiore gattonando, sempre facendo attenzione a non esagerare per non metterla a disagio; poi le porse il telefono per avvicinarla all'apparecchio.

"Ciao," disse lei dopo un momento, indecisa, non sapendo bene che altro dire.

"Ciao!" rispose un coro di voci scoordinate dall'altra parte del telefono.

"Adesso che avete avuto il tempo di salutarvi, lasciatemi parlare per un secondo con Tal," disse Brock alle signore.

Loro risero tutte e salutarono Fiore a gran voce.

"Tutto a posto?" chiese Brock. "Non siete sepolti dalla neve?"

"No, ce la caviamo, anche se non disdegnerei una tazza di tè," aggiunse Talon con un gran sorriso in volto.

"Voi britannici e la vostra mania del tè," commentò Brock ridendo. "Sul serio, vi serve qualcosa?"

"No; la caverna di Fiore è perfetta, abbiamo da mangiare, il fuoco e siamo rintanati per bene."

"Ottimo."

Lei sentì della musica in sottofondo.

"Sembra che la festa stia cominciando. Adesso sto zitto così sentite cosa succede."

"Prima però dimmi: è tutto a posto anche da voi? Con la tempesta e tutto il resto?"

"Sì, va tutto benissimo. Stamattina abbiamo patito un po' per arrivare qui, ma siamo tutti presenti anima e corpo."

"Ottimo."

L'atteggiamento di Tal, che non aveva paura di mostrarsi preoccupato per gli amici, riaccese in Fiore delle emozioni strane. Secondo la sua esperienza, un uomo non pensava ad altro se non a sé stesso; non le veniva in mente una sola occasione in cui Freccia fosse preoccupato per le persone di cui era responsabile; la filosofia del leader era semplice: le cose andavano come dovevano andare.

Si accorse di essersi sporta in avanti quando la musica che proveniva dal telefono si fece più sonora. Era una melodia piacevole, e Fiore inclinò la testa per sentirla meglio.

"Ho visto una foto dell'abito di Bristol," disse Talon a Fiore sottovoce. "Me l'ha mostrata Lilly, ma mi ha fatto giurare di non dare a Rocky alcun indizio su come fosse. Le scende aderente fino alle ginocchia, poi si apre tutt'intorno. Non ha voluto uno strascico, quindi il velo le arriva fino alle caviglie, e ho sentito che voleva abbinarci delle scarpe da ginnastica per rimanere comoda anche nel giorno delle nozze. Siccome è bassa... anzi scusa, bisognerebbe dire 'minuta', ma a lei non si fa problemi... insomma, ha preferito non indossare tacchi alti per non star male tutto il giorno. I colori della cerimonia sono il rosso e il verde, perché si abbinano ai colori delle feste natalizie; scommetto che ha un bouquet enorme."

Fiore gradiva l'impegno di Talon nel descriverle la scena, anche se non era sicurissima di comprenderne ogni dettaglio, ma annuì comunque.

"Oh, dovresti vedere l'espressione di Rocky," aggiunse Brock a bassa voce. "È un blocco di marmo."

Fiore reagì perplessa per quell'espressione strana che non aveva mai sentito prima.

"Rocky sta vedendo Bristol per la prima volta con l'abito delle nozze," le spiegò Talon. "Un blocco di marmo significa che è rapito dalla sua bellezza e probabilmente si sta chiedendo come ha fatto a essere tanto fortunato."

Di nuovo, le parole di Talon descrivevano una realtà per lei aliena. Quando si era sposata lei, indossava lo stesso abito marrone di sempre, era sudata per il caldo della giornata e per aver preparato la cena; poi Cipresso l'aveva presa sotto a un braccio, facendola marciare di gran lena nella sua tenda e dicendole che si era stufato di aspettare che lei lo accettasse; infine l'aveva spinta a terra e aveva consumato il matrimonio.

"Siamo qui riuniti oggi per celebrare l'unione tra questa donna e quest'uomo," disse una voce profonda che Fiore non aveva ancora sentito. Si avvicinò meglio al telefono, ansiosa di sentire cos'avesse da dire quell'uomo.

Anche Talon si avvicinò, tendendo il telefono verso di lei.

Fiore ascoltò meravigliata e confusa, anche un po' incredula, mentre quell'uomo parlava di amore e di fedeltà, di onore e sacrificio; parlava di avversità che rendevano la coppia più forte, perché due persone innamorate, insieme, potevano superare ogni ostacolo del loro percorso.

Fiore si perse in quelle parole e cercò disperatamente di frenare le emozioni che le si erano accumulate in gola.

Era *quello* il vero significato del matrimonio? Lei non ne aveva idea. La vita alla Comune era tutt'altro: era servizio, obbedienza e punizione.

Fiore sentì poi una voce femminile, forte e chiara. "Dal momento in cui ho sentito la tua voce, quando mi chiamavi nel bosco, ho capito che la mia vita era cambiata. Sei il mio porto sicuro, Rocky. La prima persona che voglio vedere quando mi sveglio, la sensazione delle tue braccia intorno a me quando vado a dormire è la più bella del mondo. Sei la mia ispirazione, il mio migliore amico, il mio amore. Hai cambiato la mia vita in tantissimi modi, non so nemmeno da dove cominciare ad elencarli. Ti amo tantissimo, Cohen Watson. Passerò il resto della vita a tentare di dimostrarti quanto ti amo, ma forse non mi basterà per riuscirci fino in fondo. Ti prometto che con te sarò sempre me stessa, che amerò sempre e solo te, nei momenti difficili e in quelli più belli, festeggeremo insieme i momenti più felici e sarò la tua roccia in quelli difficili, come tu sei la mia. Ti amo."

Fiore si sentiva persa. *Percepiva* l'amore nelle parole di quella donna. Se l'immaginava, con gli occhi puntati verso l'uomo che stava sposando, mentre gli parlava. Dovevano essere in piedi davanti al gruppo degli invitati, gli amici, eppure erano parole tanto intime che lei si sentiva quasi in colpa ad ascoltare.

"Tu sei la mia vita," le rispose un uomo. "Non ho vissuto veramente se non dopo che ti ho incontrata. Non ho mai incontrato persona tanto forte, nemmeno tra i SEAL. Sei la mia meraviglia, Bristol Wingham. Sei una donna intelligente, bella e divertente, con il cuore di un leone, tanto forte che niente può piegarti. Voglio essere l'uomo che ti sta al fianco, celebrare con te ogni singolo successo, sostenerti quando ne hai bisogno. Stare con te mi rende una persona migliore, un uomo migliore. Non ho idea di come essere un marito, ma *so* come essere l'uomo di cui fidarti al cento per cento, la spalla su cui piangere, colui che ti proteggerà nei momenti di bisogno. Quando sei scomparsa..."

La voce di Rocky si spezzò e anche Fiore non riuscì più a trattenere le lacrime. Una le scivolò sulla guancia mentre ascoltava.

"...mi è sembrato che mi avessero strappato sadicamente una parte di me. Non avrei mai smesso di cercarti. *Mai.* Come mai smetterò di proteggerti, di apprezzarti, di prendermi cura di te. Inoltre, sappi che sono tuo, anima e corpo. Non ci sarà mai altra donna. Come potrei anche solo *pensare* di allontanarmi, quando voglio solo che le tue mani mi sfiorino, che la tua voce mi parli fino a notte fonda, che la tua essenza profonda pervada la mia psiche; sei sempre con me, anche quando siamo in luoghi diversi. Non posso immaginare una vita senza te al mio fianco. Ti amo, Bristol, anche se le parole non descrivono fino in fondo ciò che provo veramente."

Fiore non riusciva più a trattenere le lacrime: era difficile credere a ciò che stava sentendo, cioè che un uomo potesse essere tanto fieramente devoto a una donna, dichiarando senza alcun problema i propri sentimenti per lei davanti a molte persone.

Con improvvisa chiarezza, comprese appieno che la Comune era stata solo un abominio: poligamia, donne trattate come schiave invece che come compagne, le punizioni... tutto completamente sbagliato. E malvagio.

A quel pensiero, fu come se un peso le fosse stato tolto dalle spalle. Nulla di ciò che aveva sopportato era meritato, normale, giusto. *Lei* aveva fatto qualcosa di giusto scappando, sfuggendo. Non era stata egoista, né era crollata solo perché non voleva essere "sposata" con Cipresso.

"Potete scambiarvi un bacio... da marito e moglie,"

concluse una voce maschile, e subito le voci in sottofondo cominciarono a esultare.

Fiore alzò lo sguardo verso Talon e fu sorpresa di trovarlo con gli occhi puntati su di *lei*, non sul telefono.

Con estrema lentezza, Talon allungò l'altra mano verso di lei, e visto che lei non si ritraeva, le sfiorò la guancia con le dita, asciugandole le lacrime con un tocco leggero come un sussurro.

"Di me puoi fidarti... non ti farò mai del male," le sussurrò.

Fiore deglutì di nuovo, con fatica.

"È per me un piacere e un onore annunciarvi per la prima volta come marito e moglie, Bristol Wingham e Cohen Watson!"

Si sentì un giubilo generale.

"Ha deciso di tenere il suo cognome da nubile," commentò Talon sottovoce, come se usare un tono di voce normale potesse rovinare il clima del momento. "Bristol è un'artista famosissima, poteva anche tenere Wingham solo per il negozio, ma hanno deciso che sarebbe diventato troppo complicato."

Fiore corrugò la fronte perplessa. "Cos'è il cognome?"

Talon cambiò espressione. "Sì, il nome completo, tu non ne hai uno?"

"Io sono Fiore di Prato al Tramonto, ma molte donne alla Comune avevano nomi simili. E tu?"

"Ross. Talon Ross."

Quel nome le piacque. "Freccia e Cipresso si chiamavano entrambi Bonfiglio. Ho sempre pensato che fosse divertente, perché non erano affatto buoni, tutt'altro." Fiore non aveva mai pronunciato quelle parole ad alta voce, nonostante le avesse pensate in più occasioni.

"Tal? Sei tu?" chiese al telefono una donna con entusiasmo, cogliendo di sorpresa sia Fiore che Talon.

"Sì, Bristol, sono io, mi dispiace non essere presente di persona. Congratulazioni!"

"Grazie! Non preoccuparti, stai facendo qualcosa di importante. La tempesta è davvero brutta, tienila al sicuro, va bene?"

Le lacrime si formarono di nuovo negli occhi di Fiore. Quelle donne, che lei non aveva mai incontrato, mostravano verso di lei più compassione e attenzioni di chiunque altro l'avesse mai frequentata.

"Ne ho tutte le intenzioni," rispose Talon. "Di' a Lilly di fare tante foto, così poi le guardo quando torno."

Bristol rise. "Come se dovessi ricordarglielo! Te lo giuro, è la migliore tra i paparazzi."

"Ciao Tal, hai già trovato Bigfoot?" chiese una voce maschile.

"Eh no, mi dispiace, Rocky, ma ho trovato di meglio," ribatté lui guardando Fiore dritto negli occhi.

"Beh, perlomeno la tempesta ha allontanato chiunque dal bosco," proseguì Rocky, "per cui posso andare in luna di miele senza preoccuparmi che arrivi una chiamata in piena notte perché qualcuno si è perso. Però c'è da dire che se gli invitati non riescono a tornare a casa, dovremo ospitarli tutti qui da noi. Non avrei mai pensato di ritrovarmi la prima notte di nozze con la casa piena di ospiti."

Talon fece una risata.

"Devo andare. Meno male che sei stato presente almeno al telefono!" concluse Rocky.

"Meno male! Congratulazioni, amico mio. Non potevi trovare una donna migliore!"

"Sono un uomo fortunato, lo so! Ci vediamo!"

"Tal?"

"Ci sono, Brock."

"Adesso ti saluto. Cioè, potresti anche collegarti per il ricevimento, ma forse non è il caso, per le batterie del satelli-

tare. Mi raccomando! Intanto io telefono a Harvey e gli dico
che non tornerai nell'immediato. Tanto qui non succede nulla,
come diceva Rocky, quindi non ci aspettiamo missioni, ma
anche se fosse, ce la caviamo. Tu fai quel che devi e prenditi il
tempo necessario."

"Ricevuto."

"La tempesta dovrebbe calmarsi oggi sul tardi, ma il
freddo rimarrà per almeno una settimana. Se hai bisogno di
qualcosa, *qualunque* cosa, telefona. Altrimenti ci
arrabbiamo!"

"Anche tu, mi raccomando, se ci sono novità, fammi
sapere."

"Va bene. Ah, Tal?"

"Sì?"

"Allora è lei?"

Fiore notò che Talon si irrigidì; non aveva idea di cosa
intendesse chiedergli l'amico, ma ovviamente Talon l'aveva
capito.

"Penso di sì, ma non ne sono certo al cento per cento."

"Va bene. Ci fidiamo del tuo istinto. Rimanete al riparo!"

"Ma certo."

"Fiore?"

"Sì?" rispose lei con calma.

"Di Tal puoi fidarti. Piuttosto che farti del male si taglie-
rebbe una mano. So che parla in modo strano, a volte, ma è
un tipo a posto."

Fiore capì che Brock stava solo cercando di prendere in
giro Talon, ma le rimasero impresse le prime due frasi:
un'altra conferma che poteva fidarsi davvero dell'uomo che le
stava davanti, che *non* le avrebbe fatto del male. Guardò Talon
dritto negli occhi e rispose: "Lo so."

A quelle parole, lo vide reagire fisicamente: Talon rilassò
le spalle e un turbinio di emozioni negli occhi le fece capire
che aveva apprezzato quella risposta.

"Un passo alla volta," disse Talon a Brock. "Spero di tornare a Fallport entro la fine della settimana."

Al che, fu Fiore a irrigidirsi. Tal voleva andarsene?

"Sono ansioso di incontrarti, Fiore," disse Brock. "Posso dire con assoluta certezza che anche mia moglie e tutte le amiche hanno lo stesso desiderio. Rimanete al riparo! Ci vediamo."

Talon cliccò un pulsante e chiuse la telefonata senza aggiungere altro.

"Fiore?"

Quando Talon aveva parlato di tornare a Fallport, lei aveva abbassato gli occhi.

"Per favore, mi guardi?"

Non era un ordine, e lei lo apprezzò. Così cercò di sollevare lo sguardo, sia pur con difficoltà.

"Quando tornerò a Fallport, vorrei che ci venissi anche tu."

Lei sbatté le palpebre sorpresa.

"Non ho intenzione di lasciarti qui da sola, ci mancherebbe altro! So che te la puoi cavare anche per conto tuo, che sei andata avanti per molto tempo, ma... ormai non sei più da sola. Io voglio aiutarti, anche se probabilmente ti farà paura pensare di andare in paese, specialmente dopo tutto quello che ti hanno detto quei bastardi con cui hai vissuto. Ma non è un luogo pericoloso. In realtà c'è gente gentile; beh... in gran parte, almeno. Di me puoi fidarti, non voglio portarti a Fallport per scaricarti: avrai un posto in cui stare, un luogo sicuro per abituarti alla vita che avresti dovuto vivere fin dall'inizio."

Il solo pensiero di andare in paese la terrorizzava fino al midollo. Pur cominciando a convincersi che nulla nella vita alla Comune fosse stato normale, Fiore non riusciva a scrollarsi di dosso le filippiche di Freccia sui mali in agguato a Fallport.

"Almeno pensaci. In questo momento, di sicuro vorrai

solo dire di no. Continuare come sei andata avanti finora è di sicuro più semplice, meno stressante, rispetto al rischio dell'ignoto. Ma ti do la mia parola che andrà tutto bene."

Lei annuì. Stranamente, quelle parole la fecero star meglio.

Passarono il resto della giornata rintanati nella caverna; la temperatura rimase straordinariamente piacevole grazie alle pelli, che tennero fuori il vento e l'aria fredda, e al fuocherello che scoppiettava allegramente.

Talon le lesse altre pagine del libro, poi la incoraggiò a leggere *lei stessa* meglio che poteva. Le numerose difficoltà a compitare molte parole l'avrebbero imbarazzata, ma Talon non fece altro che sostenerla.

Poi preparò lui la cena per entrambi, un gesto che le sembrava ancora strano, tanto era abituata a occuparsi lei di tutto il necessario. Condividere con altri le responsabilità era una sensazione anomala, ma piacevole. Quando giunse la notte, Fiore e Talon rimasero seduti al buio nella caverna, illuminata solo dalle fiamme del fuoco, a parlare.

Lui le raccontò tutto ciò che gli veniva in mente di Fallport, un luogo in cui ovviamente gli piaceva vivere, poi le descrisse in modo interessante tutte le persone che conosceva.

Per la prima volta nella vita, Fiore si sentì invogliata ad andare in paese, pur non avendo una casa; ma Talon le aveva promesso di aiutarla a risolvere tutto... e lei gli credeva.

Voleva incontrare Sandra, che gestiva la tavola calda; voleva visitare il negozio di libri di seconda mano; voleva conoscere Khloe e Raiden, che lavoravano in biblioteca. Talon le aveva detto che si poteva fare una tessera speciale per portare a casa gratis dei libri.

Fiore fu incuriosita dalla descrizione dei tre signori anziani che stavano sempre seduti davanti all'ufficio postale, ogni santo giorno, a chiacchierare di tutto e di tutti. Quasi se li immaginava. Non che l'immaginazione l'aiutasse molto, ma il solo pensiero la faceva sorridere.

Quando Talon le descrisse la piazza, il centro di Fallport, chissà come lei si era aspettata che menzionasse un padiglione proprio in mezzo al prato (quello che tutti chiamavano "il cerchio"), circondato dagli alberi. *Come* faceva a saperlo? Lei non se lo spiegava, ma un senso di nostalgia molto particolare cominciò a pulsarle nel petto: una sensazione di timore e disagio che la spinse a chiedere a Talon come fosse la sua vita prima di trasferirsi in Virginia.

Per il resto della serata, Tal le parlò della propria infanzia, dei genitori che abitavano a Londra, ancora entrambi vivi e in salute; poi le raccontò degli aneddoti di quando aveva lavorato nelle forze speciali della Marina di Sua Maestà.

Fiore aveva già compreso che Talon era un uomo totalmente diverso da quelli della Comune, ma quando le palpebre furono troppo pesanti per tenere gli occhi aperti, ormai aveva capito che era un uomo speciale in assoluto. Era un guerriero che aveva vissuto sempre cercando di tenere al sicuro il prossimo.

Le parole di fiducia che continuava a ripeterle, più e più volte, cominciavano a entrarle nell'animo.

No, la verità era un'altra: le aveva già abbracciate nel cuore. Per quanta neve fosse caduta, se lei non si fosse fidata di Talon, non gli avrebbe consentito di avvicinarsi tanto.

Invece era là, sdraiato dall'altra parte della caverna, contro la parete; solo il fuoco lo separava da Fiore, che non gli aveva nemmeno chiesto di rimanere in quel punto: era un'accortezza di Talon per non metterla a disagio. Le aveva lasciato il proprio letto, aveva cucinato, era uscito per scavare un sentiero fino al luogo in cui entrambi erano poi andati a scaricarsi, sistemava le pelli di continuo, controllando che non si aprissero e non volassero via, ma anche per far sì che il fumo del fuoco uscisse.

Ogni suo gesto mirava a metterla a proprio agio; non l'aveva sfiorata, se non per tagliarle i capelli e quell'unica volta in cui le aveva asciugato una lacrima dalla guancia, quando lei era stata sopraffatta dalle emozioni dopo aver sentito le promesse di matrimonio al telefono.

"Talon?" lo chiamò sussurrando. Il vento aveva smesso di soffiare con irruenza e lei sperava che anche la neve si fosse fermata o cessasse presto di cadere.

"Sì?"

La sua voce profonda sembrò rimbombare in tutta la caverna, avvolgendo Fiore come una coperta morbida e calda. Lei era sempre stata una persona solitaria; le ore passate a cacciare nel bosco erano tra i ricordi a lei più cari. Alla Comune non era mai da sola, c'erano sempre le altre mogli che la osservavano, aspettando che lei commettesse un errore per correre a dirlo a Freccia, e dopo la sua morte a suo figlio Cipresso. Attirare l'attenzione sulle altre significava toglierla *da sé*, quindi le altre erano sempre pronte a puntare il dito sui difetti e sugli errori altrui.

Ovviamente anche gli uomini erano sempre pronti a criticare, facendole sentire in ogni occasione i loro occhi addosso.

Fiore immaginò di dover essere grata, per aver avuto solo un marito alla volta: almeno era dovuta andare a letto solo con un uomo. Alcune delle altre donne, quelle più giovani, obbedienti e servili, avevano anche due o tre mariti.

In quel momento, sdraiata nella caverna semibuia, si accorse di essere *contenta* di non essere da sola. Le tempeste le avevano sempre dato fastidio; da sola, non le sarebbe venuto in mente di chiudere l'imbocco della caverna con le pelli, le sarebbe venuto freddo, si sarebbe impaurita, la neve si sarebbe accumulata anche all'interno, per il modo in cui soffiava il vento.

Non solo: le piaceva anche la sensazione di vicinanza con

Talon. Lui non le parlava con disprezzo, non le dava ordini; si rivolgeva a lei come una persona alla pari.

Con improvvisa chiarezza, Fiore *capì* di averlo sempre desiderato: non si era mai sentita importante quanto gli uomini con cui aveva vissuto, che la trattavano da schiava, e lei aveva accettato tutto ciecamente fino al momento in cui Cipresso aveva informato la Comune del trasloco in Florida.

Per mesi, si era chiesta se scappare e nascondersi da Cipresso fosse stata la scelta giusta. Tuttavia, dopo aver conosciuto Talon, sia pure per un periodo tanto breve, si sentiva giustificata. Lui le aveva dimostrato che nascondersi dagli uomini della Comune che l'avevano cercata era stata la scelta giusta.

"Fiore? Tutto bene?" le chiese Talon.

Lei sussultò dalla sorpresa: l'aveva lasciato in sospeso, ad aspettare con pazienza ciò che lei voleva dirgli. Non si era messo a gridare perché non gli aveva parlato subito, non le aveva dato della stupida perché lei si era messa a ragionare, contemplando i propri pensieri. Fiore sospirò. "Volevo solo dirti che sono contenta che sei qui."

Lo sentì sospirare a lungo e si preparò a ogni tipo di risposta.

"Non sai quanto sia importante per me sentirtelo dire," le disse Talon. "Anch'io sono contentissimo di essere qui."

Fiore sentì un calore nuovo che la avvolgeva, un calore che non aveva nulla a che vedere con le fiamme del fuocherello.

Gli sorrise. Se solo una settimana prima qualcuno le avesse detto che si sarebbe ritrovata sdraiata in una caverna a un paio di metri da un uomo, completamente rilassata, lei si sarebbe messa a ridere a crepapelle. Invece era successo.

"Dormi, cara. Penso io a tenere vivo il fuoco durante la notte."

Per una frazione di secondo, Fiore si sentì in colpa per

non aver nemmeno pensato al fuoco, ma poi chiuse gli occhi e si lasciò prendere dal sonno.

———

Quella notte, Tal rimase seduto a guardare Fiore. Troppe emozioni minacciavano di prendere il sopravvento. Felicità per Rocky e Bristol, diventati marito e moglie; conforto perché la tempesta sembrava finalmente sul punto di calmarsi; gratitudine, per aver trovato Fiore prima che il maltempo si sfogasse; sollievo, perché lei si era fidata e l'aveva invitato a entrare nella caverna.

Più lei gli raccontava della vita in quella setta malefica, più gli veniva voglia di dare la caccia a ogni singolo uomo con cui lei aveva vissuto, per rifargli i connotati.

Il fatto che Fiore fosse riuscita a fidarsi di lui, dandogli il permesso di avvicinarsi, era un piccolo miracolo. Le avevano fatto soffrire le pene dell'inferno, eppure lei era ancora altruista e generosa; lui non capiva come facesse, ma gliene era comunque grato.

Ripensò alla cerimonia di nozze, che l'aveva commossa profondamente; Tal non si sarebbe sorpreso di scoprire che nessuno aveva mai dedicato a Fiore un grammo di affetto; da ciò che gli aveva raccontato lei, gli uomini della Comune gestivano il potere con pugno di ferro e le donne erano costrette a obbedire per sopravvivere.

Tal immaginava Lilly e le altre che accoglievano a braccia aperte Fiore al rientro a Fallport. Le avrebbero mostrato il valore di un'amicizia vera, il funzionamento di un vero rapporto d'amore; le sarebbe bastato guardare come si comportavano gli amici con le rispettive compagne.

Fiore rappresentava una contraddizione affascinante tra ingenuità ed esperienza sul campo. Pur non avendo ricevuto un'educazione nel senso scolastico del termine, era comunque più intelligente di tantissimi altri, sotto molti aspetti. Aveva una sete di sapere lampante, si sentiva in imbarazzo per le difficoltà nella lettura, difficoltà che però non le impedivano di insistere.

Ecco, Tal poteva riconoscere che Fiore gli era entrata dentro: la ammirava, la rispettava, era colpito dalla sua capacità di arrangiarsi per un anno in quelle condizioni. Lui non provava compassione o dispiacere per lei; come poteva, quando lei era una donna più forte e determinata di chiunque altro lui conoscesse... inclusi tanti soldati tosti con cui lui aveva lavorato nelle forze speciali?

Tal moriva dal desiderio di abbracciarla, di farle sentire fisicamente il primo abbraccio dolce che Fiore avesse mai ricevuto da un uomo... ma non poteva succedere tanto presto. Così avrebbe solo continuato a parlarle, mostrandole sostegno con i gesti per farle capire che il passato non doveva determinare anche il futuro.

A quel pensiero, Tal aggiunse un pezzo di legno al fuoco, poi tornò con la schiena appoggiata alla roccia e chiuse gli occhi. Addormentarsi era fuori discussione, ma almeno poteva riposare gli occhi per qualche minuto.

CAPITOLO OTTO

COL PASSARE DEI GIORNI, Fiore si sentiva sempre più a proprio agio in presenza di Talon, che non l'aveva mai toccata in malo modo, né aveva detto o fatto alcunché che le ricordasse Cipresso o altri uomini che aveva conosciuto.

Ogni giorno leggevano altre pagine del libro che le aveva portato, a cui lei si era appassionata. Ogni giorno parlavano. Ogni giorno Talon le tagliava un altro po' dei capelli, e a ogni ritocco Fiore aveva l'impressione di scrollarsi di dosso una parte del proprio passato doloroso. Quell'operazione era anche una delle esperienze più provanti che avesse sopportato, perché ogni volta che Talon le toccava i capelli, a lei tornavano in mente di riflesso i ricordi delle giornate passate nella tenda di punizione: da sola, al buio, legata, a volte persino bendata e imbavagliata, incapace di fare altro se non rimanere sdraiata a tremare per la paura.

Talon era paziente e le faceva complimenti di continuo. All'inizio, lei aveva ignorato molte di quelle belle parole: le critiche di Freccia e Cipresso erano ancora troppo fresche per le tante occasioni in cui le avevano dato a gran voce dell'ingrata, inutile, brutta e orribile. Tuttavia, lentamente, quei vecchi epiteti cominciavano ad allontanarsi, spinti via dalle parole di Talon.

Lui le ripeteva varie volte al giorno che aveva dei capelli belli ed insoliti. Quando lei aveva preparato un nuovo paio di calzari con delle pelli di coniglio, lui aveva elogiato quell'abilità manuale. L'aveva aiutata a migliorare nella lettura, confermandole che i suoi commenti sul libro erano molto pertinenti.

Stando accanto a lui, Fiore si sentiva... ammirata. Per tutta la vita, aveva sempre cercato di passare inosservata, di *non* farsi notare, perché attirare l'attenzione non portava mai a qualcosa di buono. Portava a dover adempiere ai doveri coniugali, ad altre faccende, a sentirsi urlare epiteti o a farsi punire per qualche errore.

Invece Talon, anche quando lei aveva rovesciato il secchio dell'acqua e lui era tornato al ruscello per riempirlo di nuovo, nonostante la neve fitta e il freddo, non si era mai sfogato contro di lei, ma aveva solo commentato dicendo che era stato un incidente e che non era un problema. Lei si era aspettata un manrovescio, invece lui non aveva modificato nemmeno il linguaggio del proprio corpo, non si era irritato, non si era fatto serio: nulla.

Per lei era una reazione difficile da comprendere, le creava confusione e sollievo.

Ogni giorno, Talon chiamava uno dei suoi amici per farsi sentire, e ogni giorno Fiore aveva occasione di parlare con una delle rispettive mogli o compagne. Era strano per lei sentirle tanto gentili e amichevoli con una persona che non conoscevano, anche se lei, sotto sotto, aspettava con ansia quelle telefonate.

Erano passati sei giorni dalla tempesta, quando Fiore finalmente capì di essere... felice.

Nell'ultimo anno, si era limitata ad esistere; si era avventurata nel bosco seguendo le persone che passavano sui sentieri, più che altro per noia, per curiosità, per non sentirsi tanto sola.

Tuttavia, una mattina, quando il telefono di Talon squillò, lei si irrigidì: si era abituata a una routine ben precisa, e nessuno aveva mai telefonato a Talon, era sempre lui a farsi sentire dagli amici.

"Parla Talon," disse lui rispondendo... poi, qualche secondo più tardi, spalancò la bocca. "Cosa? Quando? Ma sta bene?"

Ci fu una pausa, mentre Tal ascoltava la voce dall'altra parte della linea. Per la prima volta, non aveva premuto il pulsante che le consentiva di ascoltare la conversazione. Però Fiore non lo interpretò come un gesto di allontanamento: Talon era solo troppo assorbito da ciò che stava sentendo e non ci aveva pensato.

"Che mi venga un colpo! Perché nessuno mi ha avvertito prima?"

Fiore lo sentì parlare con dolore, preoccupato.

"Ecco, va bene, allora arrivo oggi... non lo so... ma non posso non venire. Di' loro che dovrei arrivare stasera. Non so proprio quanto tempo impiegherò a uscire di qui, con tutti i sentieri ricoperti di neve, ma non c'è nulla... intendo davvero *nulla* che mi impedirà di essere presente per supportarli."

Quel tono accalorato fece preoccupare Fiore, che sentì una stretta allo stomaco. Era successo qualcosa e ovviamente Talon stava per andarsene.

Lei non era pronta. Che sensazione strana: *non* voleva che lui andasse via.

"Lo so. Grazie per avermi avvertito. Davvero sta bene? D'accordo, sì, e gli altri come stanno? E Finley? Era tanto ansiosa di fare tutto il percorso insieme a Lilly."

Fiore tenne lo sguardo incollato su Talon, che ascoltava ciò che gli veniva risposto. Lei rimase seduta immobile, non muovendo un solo muscolo nell'attesa di sentire cosa fosse successo.

"Sì, che iattura... va bene, adesso stacco così comincio a sistemare le cose qui."

Mentre l'altra persona gli diceva qualcosa, lui incrociò gli occhi di Fiore, che lo vide pieno di emozioni profonde; lei avrebbe disperatamente desiderato sapere cosa dirgli per farlo star meglio, ma era troppo fuori dal suo elemento.

"Non lo so, davvero, ma farò del mio meglio. D'accordo, ci vediamo presto."

Talon staccò il telefono dall'orecchio e cliccò su un pulsante, poi fece un respiro profondo. Non si mosse da dov'era seduto, sul lato opposto della caverna, ma aveva tutti i muscoli del corpo contratti.

"Era Drew: Lilly ha avuto un aborto spontaneo... hanno perso il bambino."

Fiore inspirò di scatto. "Oh, no!" esclamò con un filo di voce. Lilly era tanto entusiasta della gravidanza! Solo tre giorni prima, proprio lei aveva condiviso con Fiore la felicità propria e del marito Ethan, che aveva appena cominciato a preparare la cameretta in casa loro. Fiore era un'estranea, eppure Lilly le aveva raccontato dettagli tanto personali. Quella perdita doveva averla traumatizzata, lasciandola sconvolta.

"Io devo tornare a Fallport, devo assicurarmi che Lilly stia bene, anche Ethan," le spiegò Talon.

Fiore annuì immediatamente.

"Voglio che venga anche tu con me."

Lei lo fissò con gli occhi spalancati; sentiva il cuore palpitare a mille all'ora. Talon le aveva già accennato di volerla invitare a tornare a Fallport insieme a lui, ma Fiore non si

aspettava che succedesse tanto presto. In primavera, forse...
non se la sentiva ancora di andarsene. Non poteva!

"Di me puoi fidarti, non ti farò del male. Nessuno ti farà
del male. Ti do la mia parola. Con me e con i miei amici sarai
sempre al sicuro. Dalle telefonate, hai conosciuto un po'
anche le altre ragazze. Pensi che farebbero mai nulla per
ferirti? Ci mancherebbe."

Non le stava dando il tempo di replicare; anzi, aveva
cominciato a parlare con frenesia.

"Devo andare da loro, sono i miei amici più cari. Quel che
è successo a Lilly mi fa star male; non ero presente... Drew mi
ha detto che Ethan e Lilly hanno chiesto a tutti di non dirmi
nulla, quando è successo. Lo sai perché me l'hanno tenuto
nascosto?"

Fiore deglutì a fatica e scosse la testa.

"Perché erano tutti preoccupati *per te*. Sapevano che,
appena sentita la notizia, avrei voluto tornare per vedere di
persona come stavano, però non volevano che ti lasciassi qui
da sola."

Fiore lo ascoltò perplessa: il fatto che qualcuno si interes-
sasse tanto *a lei* era un concetto ancora totalmente nuovo per
lei. Nessuno si era mai sforzato di assicurarsi che lei stesse
bene.

"Per favore, Fiore, vieni via con me."

Lei aprì la bocca prima ancora di pensare a cosa rispondergli. "Va bene."

"Va bene?" le chiese, quasi un po' colpito.

Lei annuì.

Talon chiuse gli occhi e sospirò sollevato, come se quella
conferma fosse stata importante.

Fiore si accorse con un sussulto del fatto che quella
conferma *era* importante per lui.

"Grazie," le sussurrò Talon, che poi aprì gli occhi e la fissò con sguardo penetrante. "Non sarà facile raggiungere il mio SUV all'imbocco del sentiero."

"Lo so." Fiore lo capiva: la neve non cadeva più, ma ne era rimasta almeno mezzo metro sul terreno e faceva ancora molto freddo. Ogni volta che lei era uscita per espletare i propri bisogni fisiologici, si era accorta della fortuna di poter tornare a ripararsi in una caverna tiepida.

Lui le fece un cenno col capo. "Grazie al cielo, hai gli scarponi. Ho anche un'altra maglia da farti indossare, è meglio aggiungere uno strato a ciò che già indossi. Io conosco bene il bosco, ma ho la sensazione che tu sappia orientarti anche meglio per ritrovare il sentiero."

Era una domanda, sia pur *non* formulata come una domanda. Fiore annuì lentamente.

"Bene, allora fai strada tu. O meglio... io ti precedo, così posso aprire la strada nella neve e tu farai meno fatica, però puoi dirmi da che parte andare."

La presenza di quell'uomo si rivelava una sorpresa continua: alla Comune, nessun uomo avrebbe mai ammesso di non sapere qualcosa. Mai e poi *mai* quegli uomini avrebbero affidato a una donna il controllo di una situazione importante, come stava facendo Talon in quel frangente. Non le avrebbero mai consentito di fare strada nel bosco, pur sapendo che lei conosceva quegli alberi meglio di chiunque altro. Avrebbero marciato in tondo, si sarebbero persi completamente, piuttosto che chiedere aiuto a una donna.

Talon si alzò in piedi e cominciò a frugare nello zaino. "Non posso lasciare qui la tenda, perché se succede qualcosa e dobbiamo metterci al riparo, ne avremo bisogno; ma voglio lasciarci delle provviste, in caso la caverna torni utile in futuro."

"In che senso?" gli chiese Fiore. Quella domanda le sorse spontanea, senza pensarci, e le fece capire quanto si era abituata a conversare con lui. In passato, se avesse osato fare domande al marito, o a qualunque altro uomo, l'avrebbero presa a schiaffi.

"Questo luogo è il tuo rifugio," le spiegò Talon drizzando la schiena e guardandola negli occhi. "Potrai sempre tornare qui, se ne avrai bisogno o voglia. Io non ti darò mai motivo per voler fuggire in un luogo sicuro nel bosco, ma voglio comunque che tu sappia di avere un rifugio sempre a disposizione, qualora ti serva. Come una rete di sicurezza."

Fiore lo fissò incredula.

Lui abbassò lo sguardo e si voltò. "Dovremo staccare le pelli e arrotolarle, ma possiamo farlo prima di partire. Posso lasciare qui degli altri pasti pronti liofilizzati e mettere nello zaino alcuni degli oggetti che ti ho portato, così li avrai a disposizione quando arriviamo nel mio appartamento. Lascerò qui le carte, uno dei coltellini, posate e piatti, ovviamente il secchio e le pentole. Anche la pietra focaia e la spazzola possono rimanere."

La mente di Fiore turbinava: stava accadendo veramente. Stava per andarsene, per tornare a Fallport. Proprio nell'unico luogo in cui Freccia aveva insistito tanto che nessuno tornasse; anzi, Freccia aveva imposto in modo perentorio soprattutto *a lei* di non tornare in paese. Lei non aveva mai compreso il motivo per cui gli abitanti di Fallport non dovevano vederla, il motivo per cui le era prescritto di avventurarsi in quel paese, ma poi era stata presa dalla lotta per la sopravvivenza e non ci aveva pensato più di tanto.

"Sei sicura che ti vada bene?" le chiese Talon, interrompendo per un momento la preparazione dello zaino.

Fiore deglutì sonoramente e annuì, accorgendosi di essere *veramente* sicura. Aveva paura, anzi, era terrorizzata, ma nelle vene le scorreva anche un senso di aspettativa, di entusiasmo.

"Sei *davvero* sicura?"

"Sì," gli rispose. "Ho paura," ammise, "ma tu devi vedere i tuoi amici. Ce la faccio."

Talon fece un passo verso di lei, poi sembrò riprendere il controllo e si fermò bruscamente. La fissò senza ridurre ulteriormente la breve distanza che li separava.

"Un giorno ho letto qualcosa," iniziò a dirle con un tono normalissimo.

Fiore sapeva che Talon aveva molta fretta di rientrare, eppure si prendeva il tempo di parlare con lei, per cercare di rassicurarla.

"Era una citazione che mi è rimasta impressa. Qualcosa del tipo che quando hai paura è perché stai per fare qualcosa di molto coraggioso, ed essere coraggiosi significa essere abbastanza intelligenti da sapere che, nonostante la paura, magari anche il pericolo... andrai avanti lo stesso, perché la possibilità di avere successo vale il rischio del fallimento."

Fiore assorbì quelle parole nell'animo.

"Cara, se tu *non* avessi paura, mi preoccuperei. Ti hanno detto per tutta la vita che Fallport è un brutto posto, che ci vivono delle persone malvagie. Tu non potevi sapere che erano tutte bugie, non potevi sapere che proprio le persone che dovevano occuparsi di te e proteggerti in realtà ti stavano vessando."

"Tu hai mai avuto paura di qualcosa?" gli chiese Fiore.

"In moltissime occasioni, accidenti," le rispose Talon senza esitare. "Quando ho dovuto abbandonare quelle donne, quei bambini, in missione, ero terrorizzato. Avevo un brutto presentimento, sentivo che, andandomene, non avrei più potuto fare nulla per loro."

"Più di recente, ho avuto paura di non trovarti. Poi ho avuto paura che, *pur* trovandoti, tu saresti scappata. Ho paura di dire qualcosa di sbagliato che ti faccia perdere la fiducia in me. Ho paura che, quando saremo tornati a Fallport, la mia presenza diventerà pesante e tu deciderai di non rimanere."

"Talon," sussurrò lei, non sapendo bene come proseguire.

"Di me puoi fidarti, non ti farò del male," le disse sottovoce. "Se la paura diventa troppa, se ti senti sopraffatta, ripeti sempre queste parole. In qualunque momento, se c'è qualcosa che non sai come gestire, rivolgiti pure a me, ti tirerò io fuori da qualunque situazione. Possiamo fare una camminata, tornare al mio appartamento, dove potrai riprenderti; farò qualunque cosa per garantirti che sei al sicuro e che nessuno ti farà mai del male."

Quelle parole furono come un balsamo per l'anima ferita di Fiore. "Va bene."

"Va bene," ripeté lui. "Vuoi aiutarmi a mettere via tutta questa roba, così se mai ci tornassimo rimarrà tutto intatto?"

Ci tornassimo. *Noi*, non *tu*. Stava parlando al plurale. Sapevano bene entrambi che lei avrebbe potuto tornare anche da sola in quella caverna, ma immaginare che ci tornassero insieme, un giorno, le tolse un peso dal petto. Quella caverna le aveva salvato la vita. Quando era scappata da Cipresso e dagli altri della Comune che cercavano di portarla via, lei non sapeva bene cos'avrebbe fatto. Trovare quel rifugio era stato un miracolo; ne avrebbe sentito la mancanza tremendamente, sotto molti aspetti.

Però quella caverna era stata anche una specie di prigione. Più a lungo ci fosse rimasta e più difficile sarebbe stato andarsene, così immaginava. L'arrivo di Talon era stato lo stimolo che le serviva per un cambiamento. Un cambiamento che le procurava timore, ma che avrebbe afferrato al volo; sapere di poter sempre tornare indietro, se l'avesse voluto, fu l'ultima spintarella che le serviva per voltare pagina nella vita.

Non le servì molto tempo per mettere insieme tutti gli oggetti che voleva portare con sé, mettendo al riparo il resto ben dentro la caverna. L'ultima incombenza fu togliere le pelli, che lei ripiegò per bene, usandole per avvolgere le provviste che sarebbero rimaste in quel rifugio. Misero delle pietre sopra e intorno al mucchio che rimaneva, per evitare che gli animali trascinassero via le pelli.

"Sei pronta?" le chiese Talon dolcemente, mentre lei era in piedi all'imbocco della caverna con lo sguardo perso nel vuoto.

Dopo un respiro profondo, lei annuì. Fiore non era del tutto certa di essere pronta, ma Talon si aspettava che lei fosse coraggiosa, e lei non voleva far nulla che gli facesse cambiare idea.

"Se ti viene troppo freddo, dimmelo: ho ancora l'ultimo scaldamani, devi solo cambiare mano ogni paio di minuti."

"Va bene," gli rispose. Talon si preoccupava molto di lei, non voleva che fosse a disagio; Fiore non ebbe il cuore di raccontargli delle occasioni in cui era andata a caccia d'inverno, con indosso null'altro che quell'accidente di veste marrone che doveva indossare alla Comune, e i piedi avvolti nelle pelli di coniglio. Rispetto a quei momenti, con indosso i leggings, i pantaloni cargo, la maglia a maniche lunghe, la felpa, il piumino, le calze di lana e gli scarponi, si sentiva ben al calduccio.

Si avviarono, con Talon che la precedeva, scavando un passaggio nella neve profonda, mentre Fiore camminava a pochi passi da lui. Non trascorse molto, quando Talon si accorse che lei stava facendo fatica. Nonostante il tepore, le riusciva difficile camminare in quegli stivaletti, dal momento che non aveva mai indossato scarpe prima di allora. Il vento dava più fastidio, lontano dal fitto del bosco e dalla vegetazione che circondava e proteggeva la caverna; era difficile parlarsi e sentirsi se non voltandosi faccia a faccia.

Quando Fiore inciampò e cadde, Talon non se ne accorse subito e proseguì per un tratto, prima di notare che non lo stava seguendo. Così tornò subito da lei scuotendo la testa. "Così non va."

Fiore fu pervasa dal terrore: si era mossa in modo impacciato, e ora lui era impaziente. Si preparò a sentirsi rimproverare con parole forti. Ma si accorse di essere fuori strada.

"Posso usare una corda, se me la annodo intorno alla vita tu puoi attaccarti, anche se preferirei che non stessi tanto lontana. Sarebbe meglio che ti attaccassi alla mia cintura o al mio zaino, mentre camminiamo. Puoi usarmi come una specie di stampella, così ti aiuto a stare in piedi mentre cammini sulla neve. So che non vuoi avvicinarti più di tanto, ma di me puoi fidarti, Fiore, non ti farò del male."

Probabilmente, tanti altri si sarebbero stufati di sentirsi ripetere più volte le stesse frasi; invece a Fiore entravano sempre più nell'animo. Non gli rispose, ma si avvicinò di un passo e gli infilò le dita sotto la cinta.

"Grazie," le disse Talon, che poi le sorrise, sfoggiando di nuovo la fossetta che le fece tremare le ginocchia. Poi lui si girò. "Eccoci qui. Allora, se vado troppo veloce, dimmelo a voce alta. Dimmi anche da che parte andare."

Camminargli vicina le riuscì molto più semplice. Talon procedeva davanti a lei sostenendola come un albero robusto, forte. Quando lei inciampava, oppure quando le sembrava di pesare cento chili mentre trascinava i piedi sulla neve, lui era sempre pronto a supportarla.

Camminarono per un po', poi fecero una sosta, riprendendo la stessa cadenza più e più volte. Anche quando lei non sentiva il bisogno di fermarsi, lui insisteva. Ogni volta, le controllava le dita delle mani per timore che fossero troppo fredde, poi le suggeriva di bere affinché non si disidratasse.

Ecco un altro punto che lei notò: Talon la incoraggiava sempre a bere prima di lui, mentre gli uomini alla Comune mangiavano e bevevano sempre per primi, senza lasciare adito a discussioni.

Camminare sulla neve la stancò più di quanto si aspettasse, nonostante le soste. Pur essendo in buona forma fisica, Fiore di solito non si allontanava tanto dalla caverna, quando c'era maltempo. Arrivare all'imbocco del sentiero richiese più tempo di quanto lei credesse; ci arrivò infreddolita e stanca, coi nervi a fior di pelle.

"Va tutto bene, Fiore. Ci siamo quasi, te lo garantisco. Vedrai che andare a Fallport è una buona scelta."

Talon riusciva sempre a leggerle nella mente in modo preoccupante, che però la consolava. "Lo so." Fiore se lo sentiva, nonostante l'apprensione.

"Lo conosci davvero bene questo bosco, non è vero?" le chiese senza smettere di camminare.

"Ci ho passato quasi tutta la vita," gli rispose. "Sarebbe un po' triste, se non sapessi orientarmi."

"Stavo pensando che la tua esperienza ci sarebbe molto utile, nella squadra di ricerca e soccorso," mormorò Talon, che poi si voltò per sorriderle.

Fiore si bloccò. Lei? Al lavoro con gli altri uomini, quelli che aveva spiato in più occasioni di quante ne ricordasse, mentre cercavano le persone smarrite? No, non poteva. Lei era una donna. Non poteva assumersi una responsabilità come quella.

"Penso che saresti davvero brava," aggiunse lui, notando quella reazione incredula. "Comunque non devi decidere oggi ciò che vuoi fare nel futuro. Oggi devi solo prendere fiato e scoprire tutto un altro mondo che ti aspetta. Un mondo molto più gentile e semplice di quello in cui hai vissuto finora."

Fiore non ne era sicura, ma non si disse contraria.

Talon si mise a ridere. "So che hai tanta voglia di dirmi che sto sparandole grosse, ma te ne accorgerai," le disse, prima di continuare a percorrere il sentiero verso l'imbocco.

Quell'uomo continuava a confonderla... facendole desiderare cose che lei non aveva mai vissuto. Le piaceva che Talon non se la prendesse per quei dubbi, sembrava quasi divertito di vederla in disaccordo con ciò che le diceva. Era diversissimo da chiunque lei avesse mai conosciuto... in un modo che le piaceva. Moltissimo.

Per la prima volta nella vita, Fiore pensò di poter essere una persona diversa.

"Eccoci qua," le disse Talon dopo un po' di tempo.

Erano arrivati allo sbocco del sentiero. Nel parcheggio c'era un'auto, lei immaginò che fosse quella di Tal; era completamente ammantata da una coltre di neve spessa una spanna. Lei si aspettava che non ci fosse nessuno, invece c'era un uomo seduto al volante di un camioncino con uno spazzaneve montato sul davanti; nel vederli emergere dal bosco, quell'uomo sorrise e fece un cenno per salutarli mentre apriva lo sportello del camioncino.

Senza rendersene conto, Fiore si avvicinò a Talon, invece di allontanarsi. Gli tolse una mano dalla cinta e gli prese la mano più vicina.

Lui la guardò sorpreso, ma le strinse subito la mano con la propria, protetta da un guanto.

"Ehi, voi due!" gridò quell'uomo uscendo dal veicolo. "Sono Rory! Mi manda Ethan. Mi ha assunto la settimana scorsa per garantire che arrivassero tutti alle nozze di suo fratello; poi, quando ha sentito che tornavi dal campeggio... comunque, secondo me andare in campeggio in pieno inverno sotto la tempesta è un po' da matti, ma del resto in tanti mi danno del pazzo perché mi piace il mio lavoro, quindi chi sono io per giudicare? Insomma, Ethan mi ha chiesto di venire a spazzare via la neve dalla strada per darvi un passaggio a casa. Potrei anche provare a trascinare il tuo SUV fuori di qui, ma se porto solo voi faremo prima."

Talon gli sorrise rispondendo: "Ci fa comodo un passaggio, grazie!"

"Bene! Wow, che bella signora! Se io passassi una settimana nel bosco, di sicuro non ne uscirei tanto bene quanto

lei. Insomma, nella cabina del mio mezzo staremo un po'
stretti, ma penso che ce la faremo."

Talon le strinse la mano mentre Fiore ripensava a quel
dialogo. Quell'uomo, Rory, non le aveva rivolto più di un'occhiata; non le aveva chiesto che diavolo ci facesse tanto vicina
a Talon. Le aveva persino fatto un complimento!

"Se per te va bene, vorrei andare subito da Lilly e Ethan,"
le disse Talon guardandola negli occhi.

Lei lo scrutò perplessa: sembrava quasi che le stesse chiedendo il permesso. "Ehm... va bene?"

"Potrei anche portarti prima a casa mia, potremmo
cambiarci, potresti farti una doccia e mangiare qualcosa,
prima di andare a trovarli, se preferisci."

Lei aveva sentito quanto era preoccupato Talon per gli
amici; sapeva che ritardare la visita non gli avrebbe fatto
piacere. Lui voleva andare subito da Ethan e Lilly, per dar loro
sostegno, verificare che stessero bene. Lei non aveva mai
provato lo stesso trasporto per qualcuno, né gli altri per lei,
ma voleva fare ciò che poteva per far star meglio Talon.

Fiore scosse la testa. "No, devi raggiungere gli amici il
prima possibile."

Lui le regalò un sorriso e le strinse la mano. "Grazie, cara."

Poi Talon si voltò e si avviò verso il veicolo di quell'uomo;
gettò lo zaino nel cassone e aprì la portiera, saltando su e
scostandosi per accomodarsi sul sedile centrale, vicino a Rory,
che si era rimesso al volante.

Fiore salì sul veicolo e chiuse la portiera, notando quanto
spazio rimase tra le gambe sue e quelle di Talon, che si stava
sforzando di non starle addosso. Tutto ciò che faceva quel-
l'uomo, fin da quando l'aveva visto seduto di fronte alla
caverna, era un tentativo di metterla a suo agio.

Il viaggio verso Fallport non fu silenzioso: Rory non smise
un attimo di parlare lungo tutto il tragitto; era un tipo
cordiale ed estroverso, e riempì ogni minuto di commenti

sugli argomenti più disparati. Raccontò loro dell'invito di Rocky e Bristol alle loro nozze, di quanto si era divertito. Spiegò loro che era vedovo, che la moglie era morta da qualche anno, mentre i figli si erano tutti trasferiti. A Rory piaceva essere utile alla comunità spazzando la neve dalle strade, durante l'inverno. In autunno, circolava con un veicolo che aspirava le foglie secche dai marciapiedi, mentre in primavera e d'estate gli piaceva viaggiare.

Quando cominciarono a intravedere le prime case sul lato della strada, Fiore aveva cominciato a rilassarsi; ma quella sensazione non durò molto, man mano che i palazzi si avvicinavano. Le sembrò che il cuore le palpitasse con forza, uscendole dal petto.

Cosa stava facendo? Non avrebbe dovuto andare in paese! L'avrebbero messa nella tenda di punizione per un anno intero, forse più.

Proprio quando Fiore era sul punto di cedere al panico, Talon le prese lentamente la mano; ormai si era tolto i guanti, e la sensazione della sua mano nuda, con tanto di calli, la raggiunse nel profondo... facendola subito calmare.

Non era più alla Comune. Cipresso non c'era più, l'aveva abbandonata. Era rimasta sola.

No, non era vero: con lei c'era Talon.

Di lui poteva fidarsi, non le avrebbe mai fatto del male.

Fiore si accorse di aver interiorizzato le parole che lui le aveva più volte ripetuto; in quel mentre, Rory accostava davanti a una bella casa, circondata da altre case eleganti e ben tenute.

"Eccoci qua," annunciò Rory allegramente.

"Quanto ti devo per il passaggio?" gli chiese Talon.

"Ma nulla!" esclamò Rory scuotendo la testa. "Figurati, è un piacere! Quando ho sentito il motivo per cui rientravi dal campeggio nel bosco, mi è sembrato doveroso dare una mano." Poi abbassò il tono. "Anni fa, mia moglie ha perso una bimba: è l'evento peggiore che ci sia mai capitato. Poi ne abbiamo avuti tre, ma io ripenso ancora alla mia prima figlia... mi intristisce non averla mai conosciuta. Insomma, se dopo la visita volete un passaggio a casa, basta fare un fischio. Ethan ha il mio numero. Piacere di avervi incontrato... specialmente lei, signorina cara! So di aver parlato troppo, non le ho nemmeno lasciato il tempo di spiaccicare mezza parola... i miei figli mi dicono sempre che mi prendo troppa confidenza, ma io continuo a rispondere che non esiste! Statemi bene, d'accordo?"

Fiore annuì d'istinto. Freccia e Cipresso affermavano sempre che gli abitanti di Fallport erano sospettosi, a volte persino crudeli nei confronti degli estranei; invece Rory era stato tutt'altro, talmente diverso da lasciarla di stucco. Per quanto avesse già dubitato che le persone con cui aveva vissuto le avessero raccontato delle menzogne su diversi punti, Rory era la dimostrazione vivente che i suoi sospetti erano fondati.

"Piacere mio," gli disse sottovoce, dopo essere uscita dal veicolo.

Rory fece un sorriso radioso.

Talon prese lo zaino dal retro del veicolo e salutò Rory con un cenno del capo. Poi le porse una mano, che lei prese, e le chiese: "Allora, sei pronta?"

Lei respirò profondamente, mentre il veicolo di Rory si avviava. "Sì."

Fiore non si sentiva pronta, tutt'altro. Ma non si sarebbe tirata indietro. Prima di tutto, perché gli amici di Talon stavano soffrendo, e lui aveva bisogno di vederli; in secondo luogo, perché desiderava ardentemente una vita diversa. Una vita in cui non doversi più preoccupare di una tenda di punizione, di un marito che la prendeva, di qualcuno che la picchiasse per aver posto una domanda. Voleva un'esistenza come quella che le aveva descritto Talon, in cui poter essere la persona che lei aveva sempre sospettato di essere, sotto sotto. La donna che lei aveva nascosto a tutti, per proteggersi.

"Accidentaccio, quanto sei coraggiosa!" commentò Talon mentre lei gli stringeva la mano. Poi lui si girò e si avviò verso la porta di quella casa.

Fiore si sentì sul punto di vomitare, talmente era spaventata, ma continuò a mettere un piede davanti all'altro, un passo alla volta. Con lei c'era Talon. Di lui poteva fidarsi.

CAPITOLO NOVE

Tal era talmente orgoglioso della donna che aveva al fianco che gli venne la pelle d'oca sulle braccia. Non capiva dove trovasse la forza di uscire continuamente dalla sua zona sicura per vincere le manipolazioni e le convinzioni perverse che i suoi rapitori le avevano ficcato in testa, eppure era innegabilmente sopraffatto da tutto quel coraggio.

Frenò il proprio entusiasmo avvicinandosi alla porta di casa di Ethan e Lilly. Il motivo per cui vi era andato gli cadde sulle spalle come una coltre pesante: era devastato per gli amici e non sapeva che dire per consolarli.

"Sono sicura che saranno felici di vederti," gli disse Fiore sottovoce da vicino.

Chiaramente si era accorta di quel momento di reticenza.

Lui annuì, poi alzò una mano e bussò.

"Avanti!" urlò Ethan da dentro. Tal aprì la porta ed entrò, sempre tenendo Fiore per mano.

"Sei tu, Tal?"

"Sono io, amico!" replicò Talon mentre si chiudeva la porta alle spalle.

Fiore gli strinse la mano e si avviarono insieme verso la

zona giorno della casa, dove trovarono Ethan seduto su una poltrona oversize con in braccio Lilly.

Vedere l'amico che teneva la moglie tanto stretta fece venire a Tal un groppo in gola per l'emozione. Lilly ne aveva già passate fin troppe, aver perso un figlio era una tragedia odiosa.

Ethan si sfilò da sotto Lilly e si alzò in piedi. Senza esitare, Tal fece un passo avanti e lo abbracciò con impeto. "Mi dispiace tantissimo," gli disse a voce bassa.

"Grazie," rispose Ethan ricambiando con forza l'abbraccio.

Tal fece un passo indietro e si rivolse a Lilly, che nel frattempo si era alzata in piedi. La abbracciò con altrettanta forza e si sorprese di sentire gli occhi bagnati dalle lacrime. "Destino infame!" sbottò tra i capelli di Lilly.

Lei tirò su col naso e gli annuì addosso. Lui la tenne stretta per un lungo momento, rimpiangendo di non poter far nulla per gli amici; era impossibile trovare delle parole o dei gesti che alleviassero quel dolore.

Fu Lilly a staccarsi per prima. Gli rivolse un sorriso triste, poi alzò una mano e asciugò le lacrime che avevano bagnato la guancia di Tal.

"Sono devastato per entrambi," le disse Tal.

"Lo so. Ma la tua presenza ci conforta moltissimo," gli rispose Lilly, che poi gli fece un sorriso forzato e gli domandò: "Ti costava tanto farti una doccia, dopo aver lasciato la natura selvaggia per venire a trovarci?"

Tal fece una risatina nervosa e tenne gli occhi abbassati su Lilly per un lungo momento. Era come se cercasse negli occhi dell'amica... qualcosa. Non sapeva bene nemmeno lui cosa. Forse una conferma del fatto che si sarebbe ripresa. Lilly era senza dubbio affranta, ma mentre la scrutava, Tal sentì di poter respirare con più tranquillità, rispetto a quando aveva ricevuto la notizia. Al fianco di Ethan, Lilly avrebbe superato anche quella disgrazia. Perdere un figlio era un brutto colpo, ma lei era circondata da tanto amore.

"Se pensavi che mi prendessi più tempo dello stretto necessario prima di raggiungervi, mannaggia, allora sei fuori di testa," le rispose.

Lilly gli sorrise con dolcezza, poi alzò gli occhi dietro di lui e aggiunse: "Vuoi fare le presentazioni?"

Tal si girò e vide Fiore in piedi all'ingresso dell'ampio salotto, con un'espressione indecisa. Appena Tal si allontanò da Lilly, le si avvicinò Ethan mettendole un braccio intorno alla vita stringendola a sé.

Tal raggiunse Fiore e le disse a bassa voce: "Tutto a posto?"

Lei annuì.

Quella conferma non lo convinse del tutto, ma le sorrise lo stesso. "Bene. Dai, voglio presentarti due dei miei amici più cari."

Lei deglutì a fatica e annuì di nuovo. Notare quella forza soprannaturale lo colpì ancora: Fiore era evidentemente in un ambiente nuovo, non sapeva bene che fare, come sarebbe stata accolta, eppure si fidava di lui, sapeva che lui non l'avrebbe messa in difficoltà. Tal si sentì quasi onorato di conoscerla.

"Vi presento Fiore," disse agli amici. "Loro sono Lilly ed Ethan Watson."

"Che piacere, finalmente ti incontriamo di persona, invece che parlare al telefono," le disse Lilly cordialmente.

"Ciao," le disse Ethan con un sorriso.

"Piacere di fare la vostra conoscenza," rispose Fiore, con un'espressione assai formale, agli antipodi della donna che Tal aveva conosciuto nell'ultima settimana.

"Hai fame, sete?" le chiese Lilly.

"Lil," la richiamò Ethan.

"Non è un problema," rispose lei voltandosi verso il

marito. "Non faccio altro che dormire e stare seduta. Non mi succederà nulla di male, se vado in cucina a preparare due tazze di tè."

Tal ebbe l'impressione che, da quando Lilly era tornata dall'ospedale, Ethan fosse stato iperprotettivo nei suoi confronti... del resto, lui lo capiva benissimo.

"Va bene, ma se tra cinque minuti non torni a riposarti, vengo a prenderti io."

Lilly alzò gli occhi al cielo, poi si mise in punta di piedi per dare un bacetto a Ethan. Infine si rivolse a Fiore per chiederle: "Ti va di aiutarmi a preparare del tè?"

Tal si accorse che Fiore non era entusiasta di quell'idea, ma la vide annuire lo stesso, forse per la paura di rifiutare.

Tal avrebbe voluto chiedere a Lilly di andarci piano, ma si morse la lingua: non c'era bisogno di metterla in guardia, perché lei non avrebbe mai detto o fatto alcunché per incrinare la nascente amicizia con Fiore. Lei sapeva giudicare il carattere delle persone e avrebbe capito che era il caso di muoversi con cautela.

Tal salutò Fiore con un sorriso rassicurante, poi la osservò seguire Lilly in cucina.

Ben sapendo di non avere molto tempo per parlare con Ethan prima che lui andasse a sostenere la moglie, Tal gli chiese: "Come te la passi?"

Ethan si passò una mano nei capelli sospirando. Tal notò l'espressione devastata dell'amico, che fino a quel momento si era contenuto per non appesantire la moglie.

"Non bene," ammise Ethan. "Quando Lilly mi ha chiamato dal bagno gridando e mi ha detto che stava sanguinando di brutto... non ho mai avuto tanta paura in vita mia. Non solo per il feto, ma proprio per lei. Già l'ho quasi persa una volta, non potevo rischiare di nuovo."

Tal si avvicinò di un passo all'amico e gli mise una mano sulla spalla, stringendola forte.

"L'espressione che le ho visto negli occhi, quando il medico ci ha spiegato... era totalmente devastata. In realtà lei l'aveva già capito, ma sentire la conferma del ginecologo che avevamo perso il bambino..."

Ethan non concluse la frase. Tal non riusciva nemmeno a immaginare il dolore che l'amico doveva sopportare.

Ethan si schiarì la gola e cercò di riprendere il controllo delle proprie emozioni. "Ce la caveremo," gli disse. "Lilly deve stare a riposo almeno per un paio di settimane, poi potrà tornare a lavorare. I medici hanno detto che non c'è una causa, non è per qualcosa che ha fatto o che non ha fatto. A volte il feto non si sviluppa normalmente. Ma so che lei si sente responsabile, almeno in parte. Che disastro... non c'è niente che io possa dire o fare che le faccia cambiare idea."

"Vi hanno detto qualcosa per eventuali gravidanze future?" gli chiese Tal. Lui non se ne intendeva, ma in quel momento gli turbinavano in testa mille pensieri e voleva conoscere tutti i dettagli.

"Il dottor Snow è passato ieri e abbiamo parlato con lui di tutto: all'ospedale di Christiansburg eravamo troppo nel pallone per fare domande. Doc ci ha detto che in genere è possibile avere altri figli senza alcun problema. Penso che quella fosse anche la paura più grande di Lilly, che il suo corpo non fosse in grado di portare a termine una gravidanza, per un qualche motivo. Quindi aspetteremo di essere entrambi pronti, sia fisicamente che emotivamente, poi ci riproveremo."

Tal fu sollevato nel sentire che Lilly ed Ethan non avrebbero rinunciato al loro sogno di avere dei figli. La gravidanza aveva entusiasmato entrambi; un eventuale impedimento fisico che precludesse loro la possibilità di avere figli sarebbe stata una disgrazia. C'era sempre la possibilità di un'adozione; anche se Tal non ne aveva mai parlato con loro due, probabilmente l'avrebbero presa in considerazione. Però era palese che prima volevano tentare di concepire un figlio. "Meno male," commentò Tal alla fine.

"Sì. Sai, ci sono momenti in cui l'amore che provo per Lilly è talmente grande che quasi mi spaventa. Davvero, non sono più la stessa persona che ero prima di incontrarla. Meno male che non sono più nei SEAL, perché non so se sarei in grado di svolgere il mio dovere fino in fondo con la stessa efficacia di quando ero single. Quando non sono con lei, la penso di continuo, mi chiedo se sta bene, se il lavoro che sta svolgendo fila liscio, se è felice. Quando mi manda un messaggio o mi telefona, mi trasforma letteralmente la giornata. Sarei imbarazzato dell'importanza che ha per me, se non sapessi che lei la ricambia. Non poter far nulla quando lei sta male è tremendo, Tal. Non so come altro spiegarlo."

"Non c'è bisogno. Se qualcuno ti dà del filo da torcere perché ami tua moglie... tu mandalo a quel paese!"

Ethan fece una risata. "Non sarà la prima volta, né l'ultima."

I due amici si scambiarono un sorriso.

"Adesso cambiamo argomento... com'è la storia con Fiore? Pensi che sia Heather Brown?"

"Ne sono sicuro al novantanove per cento. Non mi ha ancora parlato della vita precedente, al di fuori di quel maledetto gruppo."

"Maledetto?" gli chiese Ethan.

"Anche peggio," grugnì Tal. "Da quel che ho capito, erano dei criminali merdosi. Gli uomini comandavano, le donne venivano molestate fisicamente, mentalmente, sessualmente. Gli uomini si univano a più mogli e le donne dovevano fare tutto ciò che veniva loro comandato, in qualunque momento. Fiore mi ha parlato anche di una tenda di punizione; non è scesa nei dettagli di cosa ci facessero, ma me lo posso immaginare. Pensa che l'hanno frustata perché si era tagliata i capelli."

"Porco cane, ma dai!" esclamò Ethan spalancando gli occhi.

"C'è anche di peggio."

"Di peggio?"

"Sì," proseguì Tal con tono cupo. "Fiore ha detto che in quella setta non nascevano tanti figli perché le donne assumevano semi di carota selvatica per evitare le gravidanze; allora gli uomini, per aumentare i numeri e anche per avere più mogli, andavano in giro e tornavano con dei bambini presi chissà dove."

"*Cosa*?? Cosa vuol dire 'presi chissà dove'?"

"È quel che ha detto Fiore: tornavano con dei bambini anche piccoli e dicevano di averli adottati. I maschi venivano cresciuti per comandare, le femmine venivano prese in carico dall'uno o dall'altro uomo come merce, oppure assegnate ai bambini come future spose."

"Che mi venga un colpo!" esclamò Ethan. "Hanno rapito bambini per decenni?"

"Sembra proprio di sì."

"Devi riferire tutto a Simon."

Tal inspirò profondamente. "Lo so... ma ho la sensazione che Fiore sarà riluttante... gli uomini la spaventano a morte, Ethan."

"Con te sembra cavarsela."

"Sì, ma è anche vero che non ha avuto molta scelta. La tempesta è arrivata di colpo e se non mi avesse invitato nella caverna, dove viveva da ben un anno, me la sarei passata male."

"Si fida di te," commentò Ethan.

"Non penso che si fidi."

"Si *fida*," ribadì Ethan. "Tu non te ne sei accorto perché stavi parlando con Lilly, ma non ti ha tolto gli occhi di dosso. Quando Lilly ti ha asciugato le lacrime, Fiore ha fatto un passo avanti, come se volesse consolarti lei. Poi si è trattenuta ed è tornata indietro dov'era prima... ma hai fatto breccia, amico mio."

Le parole di Ethan furono un balsamo per Tal, che si sentì molto meglio. "Insomma, non so bene come toccare l'argomento, provare a suggerirle che anche lei era stata rapita quando aveva otto anni."

"Troverai il modo," disse Ethan con sicurezza.

Tal non aveva la stessa fiducia dell'amico.

"Ti ha detto quanti anni avevano quei bambini? Quelli che gli uomini portavano alla setta?"

"Piccoli. Ha usato la parola 'bimbi'."

"Quindi magari hanno cambiato metodo, dopo aver preso lei," commentò Ethan. "Siccome l'hanno rapita che aveva già una certa età, è probabile che le siano rimasti dei ricordi della sua vita precedente e le è rimasto uno spirito indipendente. Così hanno fatto fatica a obbligarla ad accettare il suo ruolo nel gruppo."

Tal aveva fatto lo stesso ragionamento. "Sono d'accordo. Penso che in alcuni momenti le siano tornati ricordi della vita prima del rapimento, ma non ho voluto farle pressioni. Al momento, sospetto che abbia bloccato ogni ricordo per istinto di conservazione."

"Magari tornando qui a Fallport le riaffioreranno quei ricordi."

"Non so se sia un bene o un male."

"È un bene," commentò Ethan. "Ha bisogno di sapere che la vita a cui l'hanno costretta non era normale, anzi, nemmeno legale."

"Penso che *questo* l'abbia capito. Le ho detto la stessa cosa. Quando quelli del gruppo hanno fatto i bagagli e se ne sono andati, un anno fa, lei si è nascosta nel bosco per non doverli seguire."

"Ha fatto bene!" commentò Ethan con entusiasmo.

"È una tosta," aggiunse Tal. "Ha tanta forza che mi sorprende."

"Allora si inserirà perfettamente tra le nostre donne."

Ethan aveva ragione: Fiore si era già inserita nel gruppo di amiche, pur non avendole ancora incontrate di persona. Tal sperava solo che fosse in grado di gettarsi alle spalle le brutte esperienze del passato per accogliere a braccia aperte le nuove amicizie.

———

"Allora come ti senti?" le chiese Lilly.

Fiore sbatté le palpebre sorpresa: come mai Lilly stava chiedendo *a lei* come stava, quando stava affrontando un'esperienza orribile? Si sentiva frastornata. "Io mi sento bene."

"Non sarà stato facile, vivere nel bosco. Cioè, anche a me piace dormire in tenda ogni tanto, ma, da quel che ho capito, tu ci sei rimasta per molto tempo."

Fiore fece spallucce. "Non è tanto male." Lo pensava davvero: si era abituata a vivere in tenda e sotto molti aspetti la caverna era stata anche meglio.

"Ti va di bere una tisana?"

Fiore si sforzò di nascondere le proprie reazioni. Le tisane non le piacevano. Le *odiava*. Le foglie che le donne della Comune usavano per preparare le tisane avevano un sapore orribile. Lei non si era mai abituata a quel saporaccio, ma all'epoca non c'erano alternative. Le donne dovevano bere tisane, mentre gli uomini bevevano birra. "Ehm... grazie."

Lilly rise un pochino. "Immagino che le tisane non ti piacciano molto."

Fiore non sapeva bene che dire. Era un test? L'avrebbero guardata dall'alto al basso, se lei non avesse gradito l'offerta? L'avrebbero cacciata da quella casa?

"Non è un problema se non ti piacciono... davvero, ma

penso che le foglie che uso io ti piacerebbero: a me non piace il tè normale, pensa che non bevo nemmeno il tè freddo perché sinceramente ha il sapore dell'acqua sporca."

Fiore strabuzzò gli occhi: anche lei aveva sempre avuto quella stessa sensazione.

"Però di recente ho trovato questa miscela: mela alla cannella. È un infuso che ha il sapore del Natale. Beh, mi rendo conto che è una fesseria, ma sa di frutta fresca con l'aggiunta della cannella, che mi dà un certo pizzicore in bocca. Cacchio, anche questa sembra una fesseria. Insomma, ti giuro che è buono. Che ne dici di provarlo e se poi non ti piace non lo bevi? Posso offrirti dell'acqua, o del succo di frutta, qualunque cosa ti tolga di bocca il sapore, se non ti piace."

Un ricordo riaffiorò nella mente di Fiore: un profumo preciso, di cannella e altre spezie, che riempiva l'aria mescolandosi al profumo dell'abete. Non sapeva bene da dove arrivasse quel ricordo, ma non ricordava di aver mai usato delle spezie alla Comune. Gli uomini potevano usare il sale e degli altri condimenti nel cibo, ma le donne no. Freccia affermava che le spezie fossero deleterie per il corpo femminile.

"Ti va di assaggiarlo? Ti garantisco che se non ti piace non me la prenderò."

Fiore annuì con riluttanza.

Lilly le sorrise di nuovo. "Le altre ti vorranno bene: quando siamo tutte insieme, è difficile intervenire e dire la propria, e tu non sei certo una chiacchierona, il che farà loro piacere, ma creerà anche delle difficoltà, perché vorranno sapere tutto di te e se non riusciranno a sfilarti risposte a sufficienza, verranno invogliate a curiosare ancor di più."

Fiore corrugò la fronte: quella curiosità sembrava preoccupante. Lei era abituata a stare tranquilla, anche se, tanto tempo prima, la propensione a parlare troppo le era stata fatta passare con la forza.

"Accidenti, scusami! Non è un male, ci mancherebbe!

Siamo solo delle chiacchierone di natura... beh, a parte Khloe. Però, se preferisci stare in disparte ad ascoltare, guarda che va benissimo! Nessuno se la prenderà. Dai, adesso ti ho fatto preoccupare senza volerlo."

"No davvero," le rispose Fiore, che non voleva che Lilly ci rimanesse male. "È solo che... le donne venivano giudicate male se parlavano, anche tra loro."

Un'espressione triste attraversò il volto di Lilly, che poi tornò a sorridere. "Beh, adesso sei con noi e non devi più preoccuparti. Parlare è positivo, è il massimo." Fece una risatina. "Adesso sembro l'elfo Buddy che dice: 'Adoro sorridere, è la mia attività preferita'."

Fiore sorrise per educazione, pur non avendo idea di cosa stesse parlando Lilly.

"Ecco, ho aggiunto altra confusione. Scusa, è che l'altro ieri ho appena guardato quel film, sai, è un film di Natale. Un giorno dobbiamo guardarlo insieme. Comunque sia, ti va di riempire d'acqua il bollitore? Lo trovi laggiù."

Fiore si voltò verso il punto indicatole da Lilly e vide sul mobile un bel contenitore di ceramica. Lo afferrò, staccandolo dalla base su cui era appoggiato e lo portò al lavandino. Era passato molto tempo dall'ultima occasione in cui aveva usufruito di un rubinetto per l'acqua, così le nacque spontaneo un sorriso, mentre riempiva il bollitore.

"Adesso stai pensando a qualcosa di bello," le disse Lilly.

"Stavo pensando che è bello non dover camminare mezz'ora per andare a prendere l'acqua al ruscello," le spiegò Fiore.

"Ecco come ti sei tenuta in forma," commentò Lilly. "Non sai cosa darei, per avere le gambe come le tue; anche i capelli e le labbra. Sei davvero bella, Fiore."

Fiore spalancò gli occhi e fissò la nuova amica.

"E che occhi che hai! Santo cielo, sono affascinanti!"

Quei complimenti avvolsero Fiore d'affetto. Certo, Talon

le aveva già detto che era bella, ma lei aveva filtrato quei complimenti pensando che stesse solo cercando di conquistare la sua fiducia per andare a letto con lei. Invece non aveva idea del motivo per cui Lilly le stava dicendo quelle belle parole. Le donne non si facevano mai complimenti tra loro, almeno, a lei non era mai capitato. Però quelle parole le fecero piacere.

Del resto, non si era nascosta da Cipresso rifugiandosi nel bosco perché era sempre più convinta che alla Comune ci fosse qualcosa... di sbagliato?

"Grazie," riuscì a rispondere con voce gracchiante.

"Ci mancherebbe. Adesso puoi rimettere il bollitore sulla base, poi spingi giù quella leva... sì, brava, così. Adesso l'acqua si scalderà. Potrei anche mettere le tazze direttamente nel microonde, ma Tal si lamenta sempre che noi *Yankee* non sappiamo preparare il tè... e sai che c'è? Ha proprio ragione: scaldando l'acqua in questo modo, anche le tisane hanno un sapore migliore."

Fiore si sentì di nuovo persa, ma annuì e sorrise.

Mentre aspettavano che l'acqua si scaldasse, Lilly si appoggiò al mobile, persa per un momento nei propri pensieri, così Fiore si preoccupò: Lilly era stata molto cordiale, impegnandosi al massimo per metterla a suo agio, ma lampi di dispiacere riaffioravano tra quei gesti di felice accoglienza.

"Mi dispiace tanto per il tuo bambino," le disse Fiore sottovoce.

"Grazie. È che... è successo tutto all'improvviso. Non avevo mai temuto di perdere il bimbo."

"Qualche anno fa," le disse Fiore lentamente, "ho trovato nel bosco una cerva incinta. Io stavo cacciando, dovevo procurare da mangiare per la Comune. Quella cerva era facile da uccidere, ma io non ce l'ho fatta a farle del male. Aveva una zampa impigliata in una lenza rimasta vicino al ruscello. Se ne avessi parlato con qualcuno, sarei stata punita per non aver portato la carne agli altri, così non l'ho mai raccontato. Ogni volta che sono tornata in quella zona, ho portato delle carote del nostro orto. La cerva era sempre là. L'ho chiamata Chloe."

"Comunque sia, un giorno sono tornata nello stesso punto... ma lei non c'era, perché aveva partorito la cerbiatta, che però non è sopravvissuta. Io l'ho chiamata Little Chloe e l'ho sepolta. Chloe non l'ho vista mai più. Non so cosa le sia successo. Forse era troppo triste e non è sopravvissuta, o magari l'ha trovata un altro cacciatore. Però io preferisco pensare che sia scappata via da quei cattivi ricordi del cucciolo che non ha avuto la fortuna di vivere: è andata altrove per ricominciare. Voglio credere che abbia trovato un altro cervo e che sia rimasta di nuovo incinta. Però poi ha partorito un'altra Little Chloe e adesso girano insieme nel bosco, mangiando foglie e vivendo felici."

Appena smise di parlare, Fiore si sentì ridicola: parlare di una cerva che perdeva il cucciolo era un'idea stupida, non c'entrava nulla con la perdita di un figlio per una madre.

Lilly però si spinse lontano dal mobile e le si avvicinò con le lacrime agli occhi per chiederle: "Posso abbracciarti?"

Fiore si irrigidì e riuscì a malapena ad annuire.

Lasciarsi avvicinare le fece riaffiorare una strana sensazione di disagio. Rimase ferma immobile tra le braccia di Lilly, che però non sembrò turbata.

"Grazie," le disse Lilly sottovoce, espirando aria calda sul collo di Fiore. "Sono d'accordo, penso che la tua Chloe sia viva e che stia bene con la sua cerbiatta, e penso che si ricordi ancora con affetto della donna che l'ha salvata, liberandola da quella lenza e portandole da mangiare le carote."

Fiore alzò lentamente le braccia e le avvolse intorno a Lilly senza stringere.

In quella posizione, tra le braccia di Lilly, Fiore si abbandonò all'immagine di un ricordo: era bimba e una donna la stava abbracciando. Aveva i capelli profumati, con un aroma confortante.

Fiore sbatté le palpebre con forza e sussultò tra le braccia di Lilly.

L'amica la lasciò andare immediatamente e si allontanò. "Scusa se ho esagerato. È solo che mi piacciono gli abbracci," le disse con un'alzata di spalle.

"Va bene... è solo... è passato moltissimo tempo da quando sono stata abbracciata."

Lilly le sorrise. "Penso che l'acqua sia pronta." Prese le tazze da un pensile e le avvicinò al bollitore, poi strappò due bustine di carta.

Fiore fu subito curiosa. Lei aveva sempre preparato gli infusi con delle foglie pestate fino a diventare poltiglia, su cui versava l'acqua calda. Le foglie le si infilavano sempre tra i denti appena beveva, finché non le sembrava di masticare acqua. Uno schifo totale.

Invece il profumo che usciva dalla tazza, mentre Lilly versava l'acqua calda sulle bustine, era delizioso. Dolce.

Fiore guardò più da vicino Lilly che affondava le bustine nell'acqua, che si colorava di marrone.

"Più lasci le bustine nell'acqua, più il sapore diventa forte. Non so se lo preferisci più forte o più leggero."

Non lo sapeva nemmeno Fiore.

"Allora... facciamo così: ne preparo uno più forte, come piace a me, e uno un po' più delicato; tu li assaggi entrambi e se preferisci il gusto del mio posso rimettere la bustina nella tua tazza, così si intensifica. Va bene?"

Fiore annuì. Ormai era in un territorio talmente sconosciuto che preferiva lasciar decidere a Lilly il sapore della tisana. Si faceva pena da sola, perché ignorava come preparare una tazza di tisana in quel modo, ma era determinata a imparare tutto ciò che poteva. Evidentemente, vivendo alla

Comune, si era persa molto, ma imparare cose nuove la entusiasmava.

"Qualcuno aggiunge alla tisana del latte o dello zucchero, ma io penso che il sapore vada già bene e non abbia bisogno di aggiunte. Però anche qui puoi sempre sperimentare e trovare ciò che preferisci." Lilly le passò una tazza. La tisana all'interno era più chiara di quella nell'altra tazza. "Assaggiala e dimmi se ti piace."

Fiore abbassò la testa, indecisa, inspirando l'aroma dalla tazza. Il profumo dolciastro era più forte di prima e lei si accorse con stupore di avere l'acquolina in bocca. Bevve un sorso della tisana bollente... e deglutì spalancando gli occhi. "Che buona!" esclamò sorpresa.

Lilly sorrise felice. "Vero? Dai, adesso prova la mia, senti se ti piace di più o di meno."

Fiore accettò la tazza che Lilly le stava porgendo e ne bevve un sorso. L'aroma di mela alla cannella era molto più intenso... e dolce.

Lilly sorrise. "Preferisci la mia. Tienila. Rimetto la bustina nella tua tazza per un paio di minuti, poi la bevo io."

Fiore bevve un altro sorso di tisana mentre Lilly si occupava dell'altra tazza. Ben presto si ritrovò a bere ancora, sospirando di soddisfazione.

Fiore era arrivata in paese da meno di un'ora e già si stava rendendo conto coi propri occhi del fatto che gli abitanti di Fallport non erano pericolosi come glieli avevano descritti gli uomini della Comune: Ethan e Lilly erano stati gentilissimi con lei. Inoltre, aveva riscoperto un piacere semplicissimo come bersi una tazza di tisana. Le venne spontaneo chiedersi che altri piaceri l'aspettassero.

La Comune era stata per lei come una famiglia per moltissimo tempo, una famiglia che le aveva impedito di conoscere altro. Lei aveva accettato come oro colato le parole di Freccia e degli altri uomini sul mondo al di fuori del gruppo. Per arrivare a desiderare qualcosa di diverso, ci erano volute la morte di Freccia e la cattiveria di Cipresso.

Bere quella tisana deliziosa nella cucina di Lilly era solo il primo il primo passo di una vita nuova, un passo che la riempì di felicità. Le dispiaceva il motivo che l'aveva spinta in quella casa, la perdita di Ethan e Lilly, ma non poteva dispiacersi di essere stata ritrovata da Talon. Lui l'aveva scossa, risvegliandola da quello stato di torpore in cui si era adagiata.

"Hai l'espressione di una che sta pensando tanto," commentò Lilly.

"È così," le rispose Fiore semplicemente.

"Beh, pensare può far bene, ma non perderti troppo con la testa fra le nuvole. Credimi, non ne vale sempre la pena," aggiunse Lilly facendole l'occhiolino. "Puoi fidarti di Tal: è un brav'uomo, come tutti gli altri della squadra di ricerca e soccorso Eagle Point. Potresti sentir raccontare che è stato un killer, che ha eseguito gli ordini del suo governo senza pensarci due volte, ma non è affatto vero. Ethan è stato un SEAL della Marina, è vero, ha dovuto uccidere, ma non l'ha mai fatto in modo indiscriminato. Se non fosse stato per le missioni che ha compiuto in Marina, tantissimi innocenti sarebbero morti. Penso lo stesso di tutti gli altri amici."

Fiore si sentì di nuovo persa: non aveva mai immaginato che Talon fosse un killer. Lui le aveva raccontato l'episodio delle donne e dei bambini che aveva cercato di salvare e che poi erano morti a causa degli uomini della loro stessa comunità. Quello di Talon non le sembrava un comportamento da killer.

"Dico solo che arrivare qui a Fallport potrebbe anche farti paura, ma che puoi fidarti di Tal: lui ti sosterrà sempre. Sei in un mondo diverso da quello in cui hai vissuto, ma è un bene. A prescindere da dove vivi, capita spessissimo anche ai migliori di avere delle brutte esperienze. Guarda me e le mie amiche. Però, con le persone giuste al fianco, si supera tutto."

Fiore ebbe l'impressione che Lilly stesse cercando di farle capire qualcosa senza dirlo apertamente, ma lei non ci arrivava. Così si limitò ad annuire di nuovo.

"Ecco. Insomma, puoi fidarti di Tal e degli altri. Anche di Simon."

"Chi è Simon?" le chiese Fiore.

"È il capo della polizia. Un tipo fantastico, che vuole il meglio per Fallport. Ah, c'è anche Doc Snow, il medico, una persona meravigliosa. Quando gli abbiamo telefonato eravamo nel panico più totale, ma lui è rimasto calmo e ci ha raggiunti dal suo studio. Poi ha fatto arrivare l'ambulanza per farmi trasportare a Christiansburg ed è rimasto insieme a noi per rispondere a tutte le nostre domande. Penso che l'altro ieri se ne sia andato solo dopo mezzanotte. Se poi hai bisogno di parlare tra amiche, puoi telefonare a me, a Elsie, Bristol, Caryn, Finley, o anche a Khloe."

"Ehm... va bene," rispose Fiore, che aveva l'impressione che Lilly stesse aspettando una qualche conferma.

"Sono sicura che anche le altre vorranno conoscerti il prima possibile. Magari potremmo trovarci allo Sweet Tooth. Dovrai assaggiare uno dei rotolini alla cannella di Finley: sono deliziosissimi! Ah, poi devi vedere la vetrata istoriata all'Occhio di Bue: è una meraviglia! Ti piace leggere?"

Fiore annuì: leggere le piaceva, anche se non le riusciva molto bene, ma non se la sentì di ammetterlo.

"Bene. Khloe lavora in biblioteca: sono sicura che ti aiuterà a scegliere dei libri. Tony, il figlio di Elsie, ci passa sempre dopo la scuola; è un ragazzo dolce e divertente. Probabilmente ti darà il tormento per parlare della vita nel bosco; sai, ama il campeggio e tutte le attività da 'maschio'. Quando poi incontrerai Caryn, non lasciarti intimidire: è una tosta, ma dentro ha un cuore dolce come il miele."

A Fiore girava la testa, ma più Lilly parlava e più le veniva voglia di incontrare le altre. Non sapeva bene che tipo di discorsi fare con loro, o come comportarsi, ma se la loro gentilezza fosse stata anche solo la metà di quella di Lilly, Fiore non avrebbe avuto di che preoccuparsi.

"Sei pronta a tornare seduta?" domandò Ethan entrando in cucina.

Fiore sussultò per la sorpresa... e si allontanò immediatamente di un passo dall'uomo imponente che si stava avvicinando.

Lui la guardò appena di sfuggita, senza dire o fare nulla di allarmante: avvolse Lilly con un braccio, stringendola a sé.

"Sì," rispose Lilly guardandolo con gli occhi pieni d'amore.

Fiore li osservò attentamente: ovviamente Lilly non aveva paura del marito, tutt'altro. Tutti i rapporti che lei aveva osservato alla Comune, almeno dal punto di vista delle donne, erano guidati dalla paura. Avevano tutte timore di dire o fare qualcosa di sbagliato, meritandosi una punizione. Quando veniva loro ordinato di andare nella tenda del marito, eseguivano l'ordine sempre con aria rassegnata. Nessun marito aveva *mai* abbracciato la moglie nel modo in cui Ethan abbracciava Lilly, né si ponevano domande come quelle che Ethan aveva appena rivolto alla moglie. Erano sempre ordini da eseguire, *vai là, fai questo, più veloce, smettila*.

"Tutto a posto?"

Fiore trasalì sentendosi interpellata. Ethan e Lilly erano usciti dalla cucina, poi era entrato Talon e Fiore non se n'era nemmeno accorta, tanto era persa nei pensieri del passato. "Sì."

"Lilly ti ha detto qualcosa che ti ha fatta agitare?"

Fiore scosse subito la testa. "No, per nulla. Che buona questa tisana, non è affatto come me l'aspettavo."

Talon non se la sentì di commentare quel cambio di argomento. "Che buon profumino."

"La vuoi assaggiare?" gli chiese Fiore porgendogli la tazza. Lei non si aspettava che lui accettasse, invece lui prese la tazza e la girò, per bere un sorso dalla stessa parte in cui aveva bevuto lei. Chissà per quale motivo, Fiore arrossì, senza mai staccare gli occhi da quelli di Talon.

"Per me è un po' dolce, ma non è male," commentò lui ridandole la tazza.

Fiore la riprese timidamente. "Ce ne sono tanti tipi?"

"Oh, sì, esistono centinaia di tisane diverse."

Lei reagì con stupore. "Davvero?"

"Eh sì."

"Wow." Fiore apprezzò l'atteggiamento di Talon, che non la sminuiva perché ignorava cose che di sicuro chiunque altro sapeva, al di fuori della Comune. Cercando di comportarsi con naturalezza, Fiore girò la tazza tra le mani e bevve un altro sorso di tisana nello stesso punto in cui aveva bevuto anche lui.

Talon sorrise, ma non commentò quel gesto. Fiore non sapeva nemmeno l'origine di quella sensazione: del resto lui non era interessato a lei fisicamente... almeno non le sembrava. Talon non l'aveva mai sfiorata, a parte quando l'aveva tenuta per mano. Era stato molto attento a mantenere una certa distanza, evitando qualunque avvicinamento intimo... almeno fino a quel sorso dallo stesso lato della tazza.

"Sei pronta ad andare? Non so tu, ma io ho un bisogno disperato di una bella doccia. Lilly è stata troppo educata e non se l'è sentita di commentare, a parte la battuta che ha fatto, ma di sicuro non ho un gran buon profumino."

Fiore pensò subito al modo in cui la nuova amica l'aveva abbracciata: chissà che fastidio le aveva provocato, dato che non ricordava nemmeno l'ultima volta che si era fatta un bagno. D'inverno c'era sempre troppo freddo e lei si lavava velocemente sotto i vestiti. Quando indossava la veste marrone le riusciva più facile, ma comunque non si era lavata molto spesso nemmeno allora, perché poi impiegava molto a riscaldarsi.

Abbassò la testa per l'imbarazzo.

"Fiore? Che succede?"

Lei alzò le spalle e tenne lo sguardo abbassato.

"Per favore, mi guardi negli occhi?"

Accidenti! Quando Talon le chiedeva di fare qualcosa in modo gentile, invece di darle degli ordini, lei non sapeva resistergli. Così alzò lo sguardo.

"Lilly pensava solo a darti il benvenuto e metterti a tuo agio. La tua presenza le ha fatto bene, come distrazione. Ethan ha detto che oggi gli sembra più felice rispetto agli ultimi giorni, da quando ha capito di aver perso il bambino. Non sentirti in imbarazzo. Semmai, dovrei essere io a imbarazzarmi, perché non ho voluto che perdessimo tempo a lavarci prima di venire qui."

Sentire un uomo che si assumeva la responsabilità di una propria decisione era un'esperienza nuova per Fiore. Decidere di raggiungere gli amici per assicurarsi che stessero bene non era stato un grave errore, ma comunque... "Sta davvero meglio?" gli chiese sottovoce.

"Starà meglio," ribadì Talon con decisione. "Davvero ti è piaciuta quella tisana?"

Fiore annuì.

Lui le fece un gran sorriso, poi allungò una mano per prendere alcune bustine dalla scatola.

"Che cosa fai?" gli chiese lei quasi inorridita.

"A te piace questa tisana, a casa mia non ne ho, quindi faccio in modo di procurarti qualcosa che ti piace bere, almeno finché non avremo il tempo di andare a fare la spesa e comprarne una bella scorta."

"Ma stai rubando!" gli sussurrò lei.

"No... è solo un prestito. Quando andiamo in negozio gliene compro una scatola nuova."

Fiore non si capacitava di quell'atteggiamento tanto spregiudicato. Prendere qualcosa che apparteneva a qualcun altro equivaleva a una settimana di punizione in tenda.

Fece un respiro profondo. No. Ormai non era più alla Comune. Cipresso non c'era più. Le donne che amavano fare la spia e denunciarsi a vicenda non c'erano più.

"Non le dispiace?" gli chiese sottovoce.

"Ci mancherebbe. Anzi, scommetto che, appena le diremo che dobbiamo andare, lei ti offrirà di portar via la scatola intera. Fidati di me, Fiore, non farò mai nulla che ti metta in difficoltà."

"E non mi farai mai del male."

Lui reagì a quelle parole con un'espressione compiaciuta. "Mai," ripeté con un filo di voce. Poi si mise in tasca le bustine e aggiunse: "Finisci di bere la tisana, poi andiamo a salutare."

Il modo in cui le parlò poteva anche sembrare un ordine, ma non ne aveva il tono. Almeno non sembrava un ordine come quelli di Freccia o Cipresso. Ormai la tisana si era raffreddata abbastanza, e Fiore riuscì a berla tutta in pochi sorsi. Talon le prese la tazza dalle mani e la mise nel lavello.

"Dovrei lavarla," gli disse Fiore, ma Talon la fermò con un gesto della mano.

"Ci pensa Ethan più tardi."

Fiore fu di nuovo sorpresa dal fatto che un uomo lavasse le stoviglie; ma aveva visto più volte Talon nella caverna svolgere compiti simili e così non ci pensò più di tanto. Fissò per un attimo la mano di Talon, poi la prese. Si accorse che Talon non l'aveva mai toccata senza chiederle prima il permesso, a parte nel veicolo di Rory. Anche in quell'occasione, si era mosso con estrema cautela, lasciandole tutto il tempo di scostarsi, se l'avesse desiderato.

Era un uomo incredibilmente diverso da quelli che lei aveva conosciuto, tanto da farle girare la testa.

Si incamminarono verso il salotto mano nella mano; Fiore

vide Lilly di nuovo in braccio al marito. Non le sembrò che lui la costringesse. Quando lei era giovane, Freccia la teneva sulle ginocchia e le accarezzava i capelli. Era una posizione scomoda, che la metteva a disagio, specialmente quando lui la toccava tra le gambe dicendole che era una brava ragazza.

Al contrario, Lilly teneva la testa appoggiata sulla spalla di Ethan e gli stringeva una mano, mentre con l'altra gli accarezzava il petto. Lui la teneva stretta a sé con un braccio intorno alla schiena. Le gambe di Lilly penzolavano da una parte. Sembravano entrambi a loro agio, in sintonia.

"Adesso togliamo il disturbo," disse Talon.

"Oh, dovete andare così presto?" chiese Lilly rialzando la testa.

"Sì," rispose Talon con fermezza. "Devo portare Fiore a casa, farle fare una doccia, darle da mangiare e cercare di capire come risolvere per i vestiti e tutto il resto."

"Se ha bisogno, può prendere da me," suggerì Lilly senza esitare.

"Grazie, apprezzo l'offerta, ma sono sicuro di avere qualcosa da farle indossare, almeno finché non andremo a fare spese," le rispose Talon.

"D'accordo, ma se cambi idea, basta dirlo. Possiamo portare qualcosa da te; cioè, non può certo prendere a prestito da Bristol."

Fiore non capì bene il motivo per cui gli altri tre ridacchiarono.

"Bristol è alta un metro e mezzo," le spiegò Talon vedendola confusa.

"Invece io e te siamo alte più o meno uguali," aggiunse Lilly con un sorriso.

"Prendi pure qualcosa dal frigo, se hai fame," suggerì Ethan.

"Oh! Fammi alzare, Ethan, voglio andare a prendere una scatola di tisana da dare a Fiore."

Talon strinse la mano di Fiore come a rimarcare un *te l'avevo detto* e poi rispose: "Ho già sfilato qualche bustina per accontentarla. Siamo a posto."

Lilly tornò ad appoggiarsi a Ethan. "Ah, va bene, ottimo."

Quella risposta non fece altro che rinforzare ciò che Talon le aveva detto sulla tisana: a Lilly davvero non importava, e nemmeno a Ethan. A ogni minuto che passava, Fiore stava imparando qualcosa di nuovo e meraviglioso. Le si stava aprendo la mente a uno stile di vita completamente diverso.

"Però fatevi sentire," aggiunse Lilly. "Immagino che Fiore non abbia un telefono, quindi non posso chiamarla. Le altre vorranno incontrarla appena possibile."

"Certamente. Pensavo a un inserimento graduale in società. Ancora niente telefono, non vorrei esagerare. Devo parlare con Simon, ma mi faccio sentire e organizzo qualcosa appena lei è pronta, così potrà incontrare anche le altre," disse Talon.

Fiore non sapeva bene il motivo per cui Talon doveva parlare con Simon, che a quanto aveva capito era il capo della polizia. Quell'informazione la rese estremamente nervosa. Aver vissuto nel bosco tanto a lungo le avrebbe creato dei problemi? L'avrebbero messa in carcere?

"Fidati di me," le disse Talon stringendole la mano. "È tutto a posto."

Lei si rilassò. Quella richiesta immediata di fiducia la mise più a suo agio, forse perché ormai si era abituata a quelle parole, o forse perché Talon non le aveva mai dato un solo motivo per *non* fidarsi di lui.

"È stato davvero un piacere conoscerti, Fiore," le disse Lilly.

"Anche per me," le rispose Fiore.

"Grazie per essere passati," aggiunse Ethan.

"Mi dispiace non essere stato presente quando è successo," disse Talon.

"Adesso ci sei, e per noi è importantissimo," gli rispose Ethan.

L'amicizia profonda che legava Talon agli altri era evidentissima.

"Oh, aspetta, presumo che non vogliate tornare a casa a piedi?" chiese Ethan.

Tal sbuffò. "Mi venga un accidente, ho dimenticato che non ho la macchina."

"Prendi il mio Outback," gli disse Ethan. "Domani telefono agli altri per farti portare indietro l'auto."

"Grazie mille. Rory, il tipo dello spazzaneve, ha detto che me l'avrebbe liberata dalla neve."

"Perfetto. Le mie chiavi sono in una ciotola in cucina," aggiunse Ethan.

"Chiudiamo la porta a chiave uscendo?" domandò Talon.

"Sì, per favore."

"Spero di rivederti presto. Se hai bisogno di qualcosa, di' pure a Talon di farmelo sapere, va bene?" chiese Lilly a Fiore sottovoce.

Fiore non aveva idea di cosa le potesse servire, ma annuì lo stesso.

Talon le fece strada in cucina per prendere le chiavi della macchina, poi la accompagnò alla porta. Quando furono usciti, chiuse la porta con la sicura, raccolse lo zaino che aveva lasciato fuori e si incamminò con lei verso il veicolo parcheggiato nel vialetto.

Fiore stentava a credere alla facilità con cui Ethan aveva offerto la propria macchina a Talon. Gli uomini che aveva conosciuto lei erano molto gelosi dei propri veicoli. Cipresso non consentiva mai a nessuno di guidare il suo furgone. Mai.

Talon le aprì la portiera sul lato passeggero e attese che lei si fosse seduta prima di chiuderla, poi fece il giro per raggiungere il posto di guida. Dopo essersi allacciato la cintura di sicurezza, si voltò verso di lei chiedendole: "La cintura?"

Per un attimo, lei non capì bene cosa intendesse, poi le fu chiaro: prese la cintura e se la fece passare davanti al petto. Nei furgoni della Comune, le cinture non funzionavano mai.

Quando l'agganciò, Talon le sorrise e avviò il motore. Mentre guidava, le disse: "Adesso dovrai fare una scelta, Fiore."

Il pensiero di dover prendere una decisione su qualcosa la fece agitare subito. A lei non piaceva dover decidere. Di solito, qualunque fosse la sua scelta, andava sempre a finire male, almeno per lei. Specialmente quando a farla decidere era Cipresso.

"Adesso ti porto al mio appartamento, così ci laviamo entrambi, mangiamo qualcosa e magari ci laviamo anche i vestiti. Poi puoi decidere di rimanere nel mio appartamento da sola, mentre io vado a dormire al Motel Camping Mangree, oppure posso portare *te* al motel. Di sicuro Edna sarà felicissima di prenderti sotto la sua ala protettrice. Se no, se ti fidi di me, possiamo rimanere entrambi nell'appartamento, tu prendi la mia camera e io dormo sul divano."

Fiore fissò Talon che guidava. Le sembrava rilassato, come se non gli importasse quale opzione avrebbe scelto lei. Il pensiero di farsi portare in un motel e di rimanerci da sola non la allettava. Ormai si era abituata alla presenza di Talon. In realtà era un pensiero ridicolo, perché era rimasta da sola nel bosco per quasi un anno, ma lei conosceva quel bosco come le proprie tasche, mentre in paese si trovava in un mondo che non comprendeva appieno. Le sembrava tutto nuovo. Rimanere da sola le creava più timore del normale.

Stare da sola nell'appartamento di Talon non la intimoriva altrettanto, anche solo perché ci abitava lui, ma non le piaceva l'idea di rimanerci quando non c'era lui. Se fosse successo qualcosa? Se avesse rotto qualcosa? Non voleva rischiare di farlo arrabbiare: se gli avesse rovinato qualcosa, magari lui non le avrebbe più parlato.

Il pensiero di perdere Talon le fece quasi venire un attacco di panico. Fiore ebbe l'impressione che lui fosse come un'ancora di salvezza in quel nuovo mondo in cui si era ritrovata. "Rimaniamo entrambi da te," gli disse finalmente.

"Sei sicura? Non mi sembri sicura," commentò Talon.

Fiore prese fiato. "Sono sicura."

"Va bene. Allora facciamo così. Però ti avverto che ti chiederò un *sacco* di volte se hai cambiato idea. In qualunque momento, puoi sempre scegliere una delle altre opzioni e a me andrà benissimo, d'accordo? Non mi sorprenderei se le altre ti offrissero ospitalità, puoi anche stare da una di loro. Nel mio appartamento *non sei* in prigione: puoi entrare e uscire come e quando vuoi. Va bene?"

Fiore annuì, anche se non le veniva in mente un solo motivo per voler andar via. Non aveva soldi, non sapeva *come* guadagnarne, non sapeva leggere o scrivere molto bene. Talon era quasi costretto a tenerla con sé: le venne in mente che lui le avrebbe chiesto di andarsene prima che lei si sentisse pronta.

"Non pensare troppo," le disse Talon con dolcezza. "Lo so che adesso è tutto nuovo per te, ma stai andando benissimo. Lilly mi è sembrata molto più felice dopo averci incontrati, rispetto a quando siamo arrivati. Direi che è merito *tuo*, Fiore."

"Merito mio? Io non ho fatto nulla."

"Forse sì, forse no, ma le sei stata vicina, ti sei lasciata coccolare da lei, l'hai aiutata molto. Non so di cosa abbiate parlato, in cucina, ma qualunque cosa tu le abbia detto... le è servita."

Di cosa avevano parlato? Fiore cercò di ricordarselo. Tisane. Gli occhi. La cerva di nome Chloe. Forse Talon aveva ragione? Forse quell'aneddoto le era servito a star meglio, almeno un pochino? Non le sembrava verosimile. Era solo una stupida storia su una cerva. Però, sotto sotto, Fiore ebbe una bella sensazione: le sembrava di aver *aiutato* una nuova amica, almeno un poco.

"Il mio appartamento non è niente di lussuoso. Ci sono due camere da letto, ma una è praticamente vuota. Quando mi sono trasferito dall'estero non mi sono portato dietro molto. Non sono uno che sente il bisogno di comprare tanto, se non mi serve. Magari adesso sarà il momento di compensare. Posso aggiungerci un letto e una cassettiera per te. Direi... senz'altro una libreria; per riempirla possiamo andare al Libro Aperto, è il negozio di libri usati che c'è in centro."

Fiore lo fissò con gli occhi spalancati. "Non devi comprare delle cose per me."

"Su questo non sono d'accordo, ma possiamo anche decidere man mano. Presto potresti aver voglia di vivere per conto tuo."

Fiore sentiva la testa vorticare. Talon era già stato con lei più gentile di chiunque altro nella vita. La confondeva... ma allo stesso tempo la confortava.

"Allora, vestiario... ho delle maglie e delle felpe che puoi indossare, ma ovviamente i miei pantaloni non ti andranno bene. Per stanotte, i pantaloni della tuta dovrebbero bastare, anche se saranno larghissimi. Stasera laviamo leggings e pantaloni cargo così puoi indossarli domani. Forse avrei dovuto accettare l'offerta di Lilly e prendere in prestito qualche abitino per te, ma non volevo farla alzare, e poi... anche tu hai diritto a qualcosa di tuo. Degli abiti nuovi che sceglierai tu stessa. Ho la sensazione che non ti sia mai capitato."

Su quello aveva ragione.

"Ecco, allora domani andiamo a far compere. Poi la spesa per la cucina, poi dovrò parlare con Simon."

"Ehm... sono nei guai?"

"No!" esclamò Talon con tanta prontezza che lei non poté

non credergli. "Però ci sono delle cose di cui dobbiamo parlare."

"Sulla Comune," aggiunse lei. Non era una domanda.

"Esatto. Anche su come ci sei arrivata."

Fiore ci pensò perplessa: *come* ci era arrivata? Lei aveva sempre creduto di essere stata adottata come gli altri bambini.

"Ma per oggi hai già sopportato fin troppo: prima i chilometri di camminata al freddo, poi il viaggio in un veicolo con un estraneo per tornare a Fallport, che hai visto per la prima volta, poi hai incontrato i miei amici, che sono in lutto per la perdita del loro primo figlio... è stato un giorno ricco di emozioni, e non è nemmeno finito. Devi ancora vedere la mia dimora."

"La tua dimora?"

"Scusa, sono le mie abitudini britanniche che saltano fuori. Il mio appartamento."

"Mi piacciono le tue abitudini," gli disse Fiore con una certa timidezza.

"Grazie." Talon accostò in un parcheggio davanti a un edificio a due piani. "Penso che sia il palazzo più alto di tutta Fallport." Fece un gran sorriso. "Io sto al secondo piano, vicino alla rampa di scale. Sei pronta?"

Era pronta? Il primo impulso di Fiore fu dire di no e chiedere di tornare nel bosco. Almeno là sapeva cosa aspettarsi. Non era una vita particolarmente comoda, ma almeno lei ci era abituata. Però fece un respiro profondo e annuì.

"Sei fortissima, accidenti," le disse con un filo di voce. Poi la guardò negli occhi e aggiunse: "Non ti farò del male, di me puoi fidarti. Vedrai che andrà tutto bene, te lo prometto."

Che altro poteva fare Fiore, se non credergli?

CAPITOLO DIECI

FIORE SI ERA FATTA una doccia e si era cambiata, indossando i pantaloni enormi e la maglia che Talon le aveva prestato, e solo allora le venne un pensiero: forse avrebbe dovuto fare più attenzione a denudarsi, dato che quello in pratica era il bagno di un estraneo.

Ma quell'estraneo era Talon, che ormai le sembrava *tutt'altro* che uno sconosciuto, per cui non si era soffermata a pensarci prima. Veramente, era stata travolta dalla novità nel secondo stesso in cui era entrata nell'appartamento di Talon.

Quando erano stati a casa di Ethan e Lilly, Fiore era riuscita a controllare la curiosità e la meraviglia, pur trovando tutto diverso, più moderno. Era più preoccupata di non rendersi ridicola, preoccupata per Lilly, così non aveva pensato più di tanto a tutti gli oggetti sconosciuti che la circondavano.

Quando però era entrata nell'appartamento di Talon, si era accorta di avere gli occhi strabuzzati a tal punto da sembrare fuori di testa. Dal televisore enorme agli elettrodomestici appoggiati sui piani di lavoro della cucina... lei si sarebbe soffermata volentieri a indagare su tutto. Per molto tempo, Fiore aveva vissuto privata di ogni tipo di tecnologia. Gli uomini del gruppo avevano delle radio e qualche altro apparecchio elettronico, ma lei non era mai riuscita ad avvicinarvisi, men che meno a utilizzarli, o a chiedere come funzionassero.

Talon però non le aveva lasciato il tempo di fare altro, solo di seguirlo nella camera in cui l'avrebbe accomodata, le aveva preparato i vestiti da indossare dopo essersi lavata, le aveva mostrato come funzionava la doccia e poi l'aveva lasciata da sola.

Anche l'acqua calda l'aveva distratta. Fiore non ricordava l'ultima volta in cui si era fatta una doccia con l'acqua calda. Ogni tanto, soprattutto d'estate, le donne bollivano l'acqua per fare un bagno, ma per il resto si lavavano con delle spugne.

Il getto d'acqua della doccia l'aveva fatta rinascere, come se gli anni di sporcizia e sudiciume fossero scesi con l'acqua nello scarico; Fiore poteva quasi sentire la pelle che si liberava dell'ombra di Freccia e di Cipresso, tanto era stata oppressa e abbattuta. Persino quando era rimasta da sola nel bosco, aveva temuto il ritorno di Cipresso, arrabbiatissimo perché lei si era nascosta. Se l'avesse trovata, le avrebbe fatto passare mesi nella tenda di punizione: lo sapevano benissimo entrambi.

La minaccia di quel trattamento fatale la tormentava, nonostante non avesse visto né Cipresso né altri uomini della Comune, da quando era scappata. Aveva covato per lunghissimo tempo quel gesto di ribellione, di cui da un lato era orgogliosa, ma che l'aveva costretta a vivere in uno stato d'ansia e di paura fin dal primo giorno di libertà.

Fino a quella doccia. Essere trattata alla pari, con pari dignità rispetto agli altri, le aveva sprigionato un senso di ottimismo dal profondo. Lilly era stata gentilissima, pur dovendo elaborare un lutto tremendo per aver perso il figlio in grembo. Non l'aveva presa in giro perché non conosceva i vari gusti di tisane, non l'aveva guardata dall'alto al basso in alcun modo, tutt'altro.

Ma soprattutto, anche il marito si era comportato allo stesso modo. Ethan l'aveva accolta cordialmente, non le aveva dato alcun ordine, e il modo in cui aveva mostrato la propria preoccupazione per Lilly aveva fatto capire veramente a Fiore che lo stile di comando di Freccia era stato in tutto e per tutto sbagliato. Freccia stabiliva le regole alla Comune in quanto era il leader anziano. Era quello che ordinava le punizioni e insegnava a donne e bambini come comportarsi.

Finita la doccia, Fiore aveva usato l'asciugamano più morbido che avesse mai sfiorato in tutta la vita, indossando poi i vestiti che Talon le aveva prestato. Aveva tentato di spazzolarsi i capelli, dopo aver usato lo shampoo che le aveva indicato Talon, ma era stato impossibile, per via dei troppi nodi.

Quando uscì dal bagno, non vide Talon nella camera. C'era un letto enorme con sopra quattro cuscini; per un attimo, Fiore si chiese quante mogli avesse Talon, per avere bisogno di tanti cuscini. Poi scosse la testa. No, Talon le aveva detto che non era sposato e lei gli credeva. Non aveva mai né detto né fatto qualcosa che le sembrasse falso... e lei era diventata molto brava, negli anni, a capire le persone. Fino al punto da capire che quasi tutto ciò che diceva Cipresso era una bugia.

Quel letto la rese estremamente nervosa, pur sembrandole molto più comodo di qualunque altro giaciglio lei avesse mai utilizzato per dormire. Il sacco che Talon le aveva dato nella caverna era molto più morbido delle pelli che stava usando lei, dieci volte meglio di quando era costretta a dormire per terra, alla Comune.

Però Fiore ricordava anche il materasso che era stato di Freccia e di cui Cipresso aveva preso possesso dopo la morte del padre. Lei si era dovuta sdraiare su quel materasso ogni volta che le era toccato adempiere ai suoi doveri di moglie. Era arrivata a odiare quella morbidezza dietro la schiena, per ciò che aveva dovuto sopportare in quelle occasioni.

Girò intorno al letto e notò vagamente la cassettiera contro una parete e la finestra, da cui entrava la luce del tardo pomeriggio. Uscì dalla camera e si ritrovò in corridoio, da cui passò in una stanza con una TV enorme; vide Talon in piedi nel cucinotto che occupava un angolo della stanza. Talon teneva in mano un bicchier d'acqua e guardava fuori da una piccola finestra sopra il lavandino.

"Ho finito," gli disse sottovoce.

Lui girò la testa di scatto e posò il bicchiere. Poi la fissò talmente a lungo da metterla a disagio. Quando si accorse che la stava osservando in modo inquietante, Talon abbassò subito lo sguardo e prese dal ripiano un secondo bicchiere che lei non aveva notato prima.

Poi camminò verso di lei con l'acqua in mano.

"Immaginavo avessi sete," le disse porgendole il bicchiere.

Fiore annuì e prese l'acqua che le stava offrendo. Ne bevve un sorso, sorpresa per... il sapore pulito. L'acqua che si usava alla Comune, presa dai ruscelli come quella che beveva alla caverna, era buona, ma aveva sempre un retrogusto sabbioso, per via del terriccio che ci scorreva.

Nell'acqua di Talon non c'era alcun terriccio.

"Ti senti meglio?" le chiese Talon a voce bassa.

A un tratto, Fiore si sentì intimidita e poté solo annuire.

"Ottimo. Laverò i nostri vestiti dopo che mi sarò fatto la doccia. Vuoi guardare la TV mentre mi sistemo?"

Fiore annuì con entusiasmo. Sapeva cos'era un televisore; non sapeva bene come, ma lo sapeva.

Talon non le toglieva gli occhi di dosso; la squadrò dalla

testa ai piedi e viceversa. Quando arrivò ai capelli, gli venne un sussulto. "Vuoi che cerchi di spazzolarteli, quando ho finito?" le chiese con un cenno del capo.

La prima reazione di Fiore fu quella di rifiutare, perché poteva pensarci da sola. Poi le tornò in mente il modo dolce con cui le aveva spazzolato i capelli nella caverna. "Me ne tagli ancora un po'?"

"*Vuoi* che te ne tagli ancora un po'?" le chiese di rimando.

Fiore si trovava in difficoltà per tutte quelle decisioni da prendere. Si era abituata a sentirsi dire cosa doveva fare a ogni ora del giorno. Quando si era ritrovata da sola nel bosco, aveva faticato a ordinare le proprie azioni senza i rigidi programmi della Comune da seguire, ma alla fine si era creata una routine tutta sua. Una routine che poi aveva dovuto gettare al vento. Talon le chiedeva di continuo cosa volesse fare, o se le andasse bene ciò che lui stava facendo. Era difficile per lei abituarsi. "Sì?" gli rispose titubante.

"Dipende da te, cara. Posso tagliarne ancora un po', oppure li spazzoliamo e poi decidi in base a come te li senti. Adesso che i capelli sono lavati e che puoi acconciarli come ti pare, magari cambi idea sul tagliarli."

Fiore non pensava che avrebbe cambiato idea. Anche con quel po' che Talon le aveva già tagliato, si sentiva molto meglio. I capelli erano ancora lunghi, tanto che le scendevano fin quasi alle natiche, ma soprattutto erano pesanti e le ricordavano troppo la vita alla Comune, quando non aveva altra scelta se non tenerli lunghi. "Penso di volerne tagliare ancora un po'," gli disse alzando il mento, pronta a discutere con Talon, come se lui avesse qualcosa da obiettare.

"Allora li tagliamo. Per la cronaca... ti stanno bene, anche meglio di prima. Non mi ero reso conto delle tante sfumature di rosso."

Chissà perché, Fiore sentì le guance più calde. A Freccia erano sempre piaciuti i capelli di Fiore, ma Cipresso addirit-

tura li adorava. Quando le faceva adempiere i doveri coniugali, le prendeva i capelli nel pugno e se li teneva vicino al
naso. A volte non arrivava nemmeno al sesso: la faceva solo
rimanere sdraiata, immobile, mentre si avvolgeva dei capelli
intorno al pene e si masturbava. Lei odiava l'espressione
accesa con cui la guardava, mentre le diceva che amava quei
capelli.

Chissà perché, invece, quando Talon le disse che i capelli
le stavano bene, fu una sensazione... piacevole. Forse perché
non la stava guardando con la stessa lascivia di Cipresso.
"Grazie," gli rispose sottovoce.

"Ci mancherebbe. Dai, troviamo qualcosa di interessante
in TV."

Talon si voltò e afferrò un aggeggio lungo e piatto, lo
puntò al grande schermo appeso alla parete. Fiore sussultò
quando due persone comparvero all'improvviso sullo
schermo, ridendo sguaiatamente per qualcosa.

"Mi venga un colpo, scusami, ho dimenticato di abbassare
il volume l'ultima volta che l'ho spenta," le disse Talon dispiaciuto. "Vediamo... cosa danno... un programma poliziesco...
no. Football? Dubito che ti interessi. Un programma di cucina... chissà... hmmm. Cacchio, non so proprio cosa ti possa
piacere."

Le immagini sullo schermo si alternavano con rapidità, ma
Fiore era divertita da quei colori brillanti e dai tanti
programmi trasmessi. "Puoi mettere quello?" gli chiese indicando l'apparecchio mentre Talon scorreva tra i vari canali.

Lui si fermò e si voltò verso di lei. "Quale?"

"Eh... quello con lo sfondo viola e il tipetto verde tanto
carino."

Talon tornò a guardare lo schermo e le chiese: "*StoryBots*?"
Fiore fece spallucce. "Penso di sì."

Talon non commentò in alcun modo quella scelta di un
programma educativo per bambini: premette subito un

pulsante e l'immagine viola riempì lo schermo all'improvviso. "Non ci metterò molto, quindi se comincia e ti accorgi che non ti piace, poi troviamo qualcos'altro," le disse.

Fiore però era già stata catturata dalle immagini che si muovevano sullo schermo, e sentì vagamente Talon che ridacchiava, ma non distolse lo sguardo dalla TV. Lui la accompagnò dolcemente verso il divano e la invitò a sedersi, mentre lei era già persa nel mondo di Beep, Bing, Boop e Bo, i curiosi robot che cercavano di scoprire come funzionavano i computer. Anche Fiore si poneva lo stesso quesito.

Quando Talon tornò, il programma stava per terminare.

"Immagino che ti sia piaciuto."

Lei sorrise. "So che è per bambini, ma ho davvero imparato tanto! Anche le canzoni erano carine."

Quando finalmente si voltò verso Talon, Fiore sbatté le palpebre per la sorpresa: si era abituata a vederlo con la barba incolta, e lui se l'era accorciata mentre lei guardava la TV. Indossava una maglia che gli metteva in evidenza i muscoli del petto, con un paio di pantaloni della felpa, proprio come lei, anche se a lui cadevano molto meglio. Dal divano su cui era seduta, Fiore riuscì a sentire il profumo di fresco e di pulito.

In breve, quell'uomo era totalmente diverso da Freccia, da Cipresso e da qualunque altro uomo della Comune. Era... bello, l'unica parola che le veniva in mente guardandolo.

"Stai bene?" le chiese Talon.

Fiore abbassò gli occhi e annuì.

"Bene. Metto i vestiti in lavatrice. Vuoi fare uno spuntino, prima che cominci a spazzolarti i capelli?"

Fiore sentì le farfalle nel ventre. Erano da soli, e lui avrebbe potuto fare ciò che voleva senza che nessuno lo scoprisse; invece di approfittarne, però, lui si teneva a distanza, voleva darle da mangiare, aiutarla a sistemare i capelli.

Fiore poteva anche essere ingenua su molti aspetti del mondo di Talon, ma sapeva tutto sul sesso e su come funzionava tra due persone. Prima di perdere la verginità, era stata educata dalle donne della Comune, che le avevano spiegato come facevano gli uomini a sdraiarsi su di lei e a metterle dentro il pene. In astratto, lei poteva anche capire che a qualcuno piacesse fare sesso, ma non si era mai spiegata bene il perché.

Per la prima volta nella vita... stava cominciando a comprenderlo. Le *piaceva* guardare Talon. Le piaceva quel sorriso, e il pensiero di quelle mani tra i capelli le fece venire un pizzicore ai capezzoli.

Invece di spaventarsi o di essere presa dal panico, Fiore fu... sollevata. In realtà, lei *voleva* che Talon la toccasse. Non era sicura di volersi sdraiare sotto di lui, ma se *lui* gliel'avesse chiesto, gli avrebbe detto di sì. Di lui poteva fidarsi, non le avrebbe fatto del male.

Con quel pensiero in mente, Fiore sorrise di nuovo.

"Fiore? Quel sorriso significa che vuoi mangiare qualcosina?" le chiese Talon.

Non era quello il vero significato del sorriso, ma lei annuì lo stesso. Si sforzò di rimanere seduta sul divano mentre lui si incamminava verso la cucina che si apriva sull'ampio salotto. Le aveva ripetuto più volte che non era tenuta a sbrigare faccende per lui, perché aveva vissuto da solo per tanto tempo e non si aspettava da lei alcun servizio domestico, il che le faceva solo piacere.

Con quel pensiero in mente, dato che lui non le aveva chiesto aiuto, Fiore rimase dov'era.

Dopo non molto tempo, Talon tornò con un piatto per lei. "Non c'era molta scelta, ti ho preparato del formaggio con dei cracker; non sono proprio freschissimi, ma penso che il sapore del formaggio compenserà." Arricciò il naso. "Avrei dovuto accettare l'offerta di Ethan e prendere qualcosa dal suo frigo. Se questo non ti piace, posso fare un salto in negozio e prendere qualcosa per farti passare l'appetito. Più tardi posso ordinare una pizza o qualcos'altro."

Fiore non sapeva cosa fosse una pizza, ma scosse la testa. "Questo andrà benissimo." Era la verità: non doveva uccidere, scuoiare, cuocere, e forse nemmeno lavare il piatto dopo aver mangiato. Si sarebbe goduta quello spuntino molto più di quanto Talon immaginasse, a prescindere dal sapore.

"Va bene, ma con me non devi farti riguardo: se non ti piace non devi mangiarlo. Lo stesso vale per qualunque pasto. Puoi dirmi esattamente quello che pensi e se qualcosa non ti va, vedrai che non me la prendo. Anzi, lo stesso discorso vale per *qualunque* cosa ci capiti: se c'è qualcosa che non ti va, se ti viene timore o se non ti piace, non devi fare altro che dirmelo e smettiamo subito, oppure ce ne andiamo."

Talon non aveva idea dell'importanza di ciò che le stava dicendo: Fiore non aveva mai avuto modo di esprimersi su nulla in vita sua, né sul cibo, né su tutto il resto. "Va bene," gli sussurrò.

"Ottimo." Talon prese un cuscino dal divano e lo posò sul pavimento, poi si sedette sul divano dietro al cuscino. "Se ti siedi qui posso prenderti meglio i capelli. Vuoi guardare il prossimo episodio del programma, mentre ti spazzolo i capelli e ci facciamo uno spuntino?"

Fiore si voltò dall'altra parte per non fargli vedere le lacrime che le stavano gonfiando gli occhi. Talon era *troppo gentile...* tanto da farla quasi crollare.

Si spostò e scese dal divano, andando a sedersi davanti a lui. Nonostante non ce ne fosse bisogno, Talon le mise un altro cuscino dietro la schiena, tanto per farla star comoda. Poi le porse il piatto. "Ti va di tenerlo tu?"

Lei prese il piatto e lo fissò con occhi appannati. Un piatto di cibo, abiti puliti, una sciocca trasmissione per bambini e Talon che le spazzolava i capelli: un'emozione travolgente.

Tenendo il piatto con una mano, prese un cracker con l'altra. Sentì Talon che si muoveva verso di lei, ne sentì il petto caldo sfiorarle la nuca mentre anche lui si prendeva un cracker; si irrigidì per un attimo, pensando che stesse per prenderla, ma quando lui tornò a sedersi, Fiore lasciò andare un lungo sospiro.

Come poteva *desiderare* di essere toccata da lui, e allo stesso tempo averne paura? Che confusione! Ma soprattutto rabbia. Non aveva intenzione di consentire a Freccia e Cipresso di toglierle ciò che lei aveva sempre desiderato: un senso di appartenenza. Trovare delle amicizie. Essere accettata. Crearsi una famiglia. Una famiglia *vera*, non quel miscuglio incasinato della Comune.

Venire in paese l'aveva spaventata moltissimo; Fallport le era stata descritta come un centro abitato pericoloso, i cui abitanti erano dei mostri. Invece Fiore stava scoprendo rapidamente che i veri mostri erano le persone con cui aveva vissuto.

Però Fiore sapeva anche che quelle sensazioni nei confronti di Talon potevano nascere dal fatto che lui era stato il primo uomo in assoluto a essere gentile con lei. Ciononostante, non aveva intenzione di reprimere la gioia di quel piacere. L'aveva visto coi propri occhi: anche gli amici di Talon lo rispettavano e gioivano della sua compagnia, il che l'aiutava moltissimo a fidarsi delle sue emozioni.

"Dimmi se ti faccio male," le raccomandò Talon mentre le passava con leggerezza una mano sui capelli.

Un brivido percorse il corpo di Fiore, che annuì. Talon avviò l'episodio successivo, che parlava di educazione alimentare, ma non fu interessante come il precedente: Fiore sapeva già di non poter mangiare continuamente dolci.

Talon le spazzolò i capelli con molta delicatezza. Nono-

stante Fiore avesse visto i tanti nodi, le sembrò quasi che non
ce ne fossero, mentre la spazzola le lisciava le ciocche. A un
certo punto, Talon si alzò per andare a recuperare le forbici;
lei era talmente rilassata che nemmeno vedendo le forbici si
agitò.

Le spuntò leggermente i capelli. Lei avrebbe voluto dirgli
di tagliarne di più, ma lui era talmente attento e delicato che
lei non volle dire o fare nulla che gli dispiacesse.

Molto tempo dopo il tramonto, Fiore si sentiva coccolata
quanto non era mai stata in tutta la vita. Aveva la pancia
piena, era pulita, al caldo su un lato di un divano accogliente,
e Talon le aveva lasciato guardare vari episodi di quel
programma per bambini. Aveva imparato a conoscere vari
animali del mondo, il funzionamento delle orecchie e dei
vulcani, cosa fosse l'elettricità. Era un programma informa-
tivo che non entrava troppo nel dettaglio. Il problema di
Fiore era il suo desiderio di scoprire *di più*.

Il suo cervello stava assorbendo tutte le informazioni che
poteva, ma lei ne voleva delle altre.

"Domani andiamo in biblioteca," le disse Talon, seduto
dall'altra parte del divano, come se le avesse letto nella mente.

"Pensavo che andassimo a fare la spesa di alimentari?" gli
chiese confusa.

"Ci andiamo, poi passiamo in biblioteca. Tony è in
vacanza dalla scuola, ma Elsie ce lo porta lo stesso al pomeriggio perché gli piace passarci il tempo... e ovviamente lei
non lo lascia a casa da solo, quando lavora con Zeke all'On
the Rocks."

"Poi andiamo a parlare con Simon?" gli chiese con inquie-
tudine. I poliziotti erano corrotti, malvagi, amavano mettere
in galera le persone.

"Forse," le rispose Talon con naturalezza.

Fiore lasciò andare un sospiro di sollievo. Se avesse
potuto, avrebbe rimandato all'infinito l'incontro con la poli-

zia. Non sapeva ancora come mai Talon volesse farle incontrare quell'uomo.

Talon le sorrise. "Va tutto bene?"

Fiore annuì.

"Sei comoda?"

Annuì di nuovo.

"Bene. Se c'è qualcosa di cui hai bisogno, se vuoi qualcosa... devi solo dirmelo e io mi farò in quattro per accontentarti."

"Perché?" La domanda le sorse spontanea, senza nemmeno pensarci, e la fece rabbrividire. Era proprio il tipo di domanda che l'aveva sempre messa nei guai in passato. Ma Talon non era un uomo della Comune: non le sembrò minimamente irritato o infastidito.

"Perché hai avuto una vita difficile, perché ti meriti il meglio, perché mi piace vederti felice. Mi *piaci*, Fiore. Ne hai passate di tutti i colori e so che è fin troppo presto per pensare a un qualunque tipo di relazione, ma... chissà, quando sarai pronta..." Talon si interruppe abbassando la voce.

Lei sentì il cuore batterle forte nel petto mentre fissava Talon. Le stava dicendo ciò che le sembrava di sentire?

"Sicuramente, qualunque psicologo si arrabbierebbe con me perché affronto questo argomento, ma ho visto coi miei occhi quanto può essere breve la vita." La fissò con occhi azzurri penetranti. "Mi piace tutto di te, cara. La tua forza, la tua determinazione a sopravvivere, nonostante tutto ciò che ti è capitato. La tua capacità pratica di prendere la vita un giorno alla volta. Il tuo aspetto fisico, il tuo grande cuore. Non mi è sfuggita la tua preoccupazione per Lilly, una donna che avevi appena incontrato e per la quale non eri tenuta a provare alcun tipo di dispiacere. Invece ti sei fatta coccolare da lei, permettendole di sentirsi ancora serena per un po'. So che anche le altre ti vorranno molto bene e ti aiuteranno a orientarti qui a Fallport, per una vita libera dall'oppressione di un manipolo di stronzi."

"Così... quando avrai la sensazione di essere pronta... sappi che io ci sono, che vorrei essere il tuo uomo, Fiore: vorrei avere il *privilegio* di appartenerti."

Fiore deglutì. "Ehm... va bene."

"Bene," ripeté lui semplicemente, come se non le avesse appena stravolto l'esistenza.

Quell'uomo voleva appartenerle? Non era così che andava, oppure sì? Non avrebbe dovuto dirle il contrario, che *lei* doveva appartenergli? Che confusione... eppure, sotto sotto, Fiore sentiva il cuore che faceva le capriole come Beep nell'episodio di *StoryBots* che aveva appena guardato.

"Si sta facendo tardi. Domani ci aspetta una giornata intensa. Pensi di poter dormire?"

Fiore annuì immediatamente. Era sfinita, ma non voleva interrompere la serata perché si stava divertendo.

"Bene, perché io sono stanchissimo e penso che potrei addormentarmi anche in piedi," le disse Talon. "Dai, andiamo a controllare che ci sia tutto il necessario per la notte."

Anche lui era stanco. Ecco un'altra cosa che Talon faceva spesso e a cui lei ancora doveva abituarsi: ammettere una propria debolezza. Era confortante sapere di non essere l'unica.

Lo seguì nella camera da letto e vide gli abiti che aveva indossato prima: erano ben piegati sulla cassettiera. Glieli aveva lavati e asciugati. Un altro modo in cui si prendeva cura di lei, altre sensazioni piacevoli che le attraversarono il corpo.

"Domani troveremo altri vestiti da farti indossare." Scostò la coperta e fece un passo indietro, allontanandosi dal letto verso la porta. "Dormi bene, Fiore. Questa è la prima notte del resto della tua vita, cara." Poi Talon si girò prima che lei potesse rispondergli e uscì, chiudendosi la porta alle spalle.

Fiore guardò quel letto e sorrise.

Non si tolse gli abiti che aveva indosso: salì solo sul letto e si tirò le coperte fino al mento. La luce a soffitto era ancora accesa, ma a lei non importava. Le piaceva la luce. Chiuse gli occhi e cercò di rilassarsi, di apprezzare quel materasso di lusso. Non sentiva dolore alle ossa per le asperità del terreno. Sentiva caldo.

Ma più rimaneva là sdraiata e più si sentiva a disagio.

Non avrebbe dovuto trovarsi in quel letto, non le apparteneva. Era di Talon. Ne sentiva il profumo sulle coperte e sul cuscino sotto la testa. Talon le aveva lasciato il proprio letto, ma a lei non sembrava giusto. Per quanto cercasse di ripetersi che non era un problema, le *sembrava* un problema.

Senza la minima idea di quanto tempo avesse passato a fissare il soffitto, Fiore saltò giù dal letto e andò alla porta. La aprì, per fortuna senza fare rumore. Andò in punta di piedi nel corridoio, passò davanti alla stanza vuota che Talon le aveva promesso di arredare per lei e arrivò alla stanza della TV.

Talon era sdraiato sul divano su cui erano stati seduti tutta sera. Dormiva con il broncio, e lo vide girarsi su un fianco con un grugnito.

Silenziosa come una cerva nel bosco, Fiore fece un passo verso di lui. Poi un altro. Vicino a Talon si sentiva al sicuro. Lui non le avrebbe fatto del male, di lui poteva fidarsi.

Le parole che le aveva ripetuto innumerevoli volte le riecheggiarono nella mente, così lei si accovacciò sul pavimento vicino al divano e chiuse gli occhi.

Lo sentì respirare sopra di lei e si sentì appagata. Le sembrava più giusto, rispetto a rimanere da sola nell'altra camera.

———

Tal si svegliò di soprassalto. Accidenti! Aveva sperato ripetutamente che gli incubi di cui aveva sofferto da quell'ultima missione incasinata se ne fossero finalmente andati via, invece lo tormentavano ancora, dopo anni.

Con un sospiro, si passò una mano sul volto. Il divano era molto comodo per sedersi e guardare dello sport in televisione, ma dormirci sopra era un altro paio di maniche. Si stiracchiò... poi si bloccò quando un suono gli arrivò alle orecchie. Qualcuno respirava profondamente.

Tal si mosse lentamente e imprecò, perché non aveva un'arma a portata di mano, dato che la teneva in camera da letto. Si voltò e allungò la testa per vedere meglio nonostante il buio.

Dal corridoio proveniva una luce pallida... sufficiente a fargli intravedere una forma sdraiata sul pavimento vicino al divano.

Fiore.

Era sdraiata su un fianco, girata verso di lui, profondamente addormentata. Non aveva né cuscino né coperta.

Tal non aveva idea del perché fosse là, invece che nel letto dove l'aveva lasciata.

Il pensiero di saperla sdraiata nel letto in cui di solito dormiva lui lo aveva tormentato a lungo, mentre cercava di addormentarsi. Non avrebbe dovuto dirle nulla, sulla possibilità di un rapporto. Era troppo presto e lui lo sapeva. Ma non era riuscito a controllarsi. Senza dubbio, Fiore si sarebbe presto mossa in totale autonomia e altri uomini l'avrebbero notata. Era di una bellezza disarmante. Aveva anche un animo dolce, nonostante tutto ciò che le era successo.

Probabilmente lo vedeva come un soccorritore, o qualcosa del genere, una premessa non adatta a una sana relazione sentimentale. Pur sapendolo benissimo, lui non era riuscito a resistere e le aveva dichiarato il proprio interesse.

Con un altro sospiro per la propria stupidità, Tal si mise

seduto, poi si alzò facendo attenzione a non colpire la donna che dormiva sul pavimento; le si inginocchiò vicino. Non voleva spaventarla toccandola, così la chiamò per nome sussurrando. "Fiore."

Lei non si mosse.

Tal accennò un sorriso. La trovava sempre adorabile, ma in quel momento in modo particolare. Tuttavia, vederla usare un braccio come cuscino, sdraiata sul pavimento rigido, non era affatto piacevole. La chiamò di nuovo per nome, con un po' più di forza.

Al che lei sussultò... e si rannicchiò immediatamente mettendosi le braccia sulla testa.

Lui imprecò mentalmente... e si ripromise di vendicarla, fosse l'ultima cosa che avrebbe fatto... poi si alzò rapidamente e si allontanò di un gran passo da lei per lasciarle spazio.

"Sono io, Talon. Non ti farò del male, qui sei al sicuro."

Lei si tirò su subito facendo leva su un gomito e si voltò verso di lui, come per riuscire a vederlo meglio nonostante il buio. "Talon?"

"Sì, sono io. Siamo nel mio appartamento. Come mai dormi sul pavimento?" le chiese.

"Ehm... mi sembrava giusto."

"In che senso?" le chiese con un tono che anche a lui sembrò eccessivo; ma Talon aveva bisogno di comprenderla.

"Il letto era morbido... quasi troppo morbido. Non ci sono abituata. Poi ho pensato che non era giusto, io sul letto e tu qui sul divano. Nel mio mondo non funziona così. Perciò sono venuta qui a dirti di fare a cambio, ma poi ti ho visto dormire e non volevo svegliarti."

"Così hai deciso di dormire sul pavimento?" le chiese incredulo.

"Non è un problema. tanto ci sono abituata."

Lui non le si avvicinò, ma si inginocchiò per guardarla negli occhi. Nel salotto c'era ancora buio e non riusciva a vederla chiaramente, nonostante la luce che proveniva dalla camera da letto, di cui si rese conto solo in quel momento. Però doveva farle capire che tipo di uomo era.

"Sei abituata a qualcosa che non è accettabile," le disse con fermezza. "La vita che hai vissuto è finita: ora ne comincia una nuova. Una in cui le donne sono esseri preziosi, in cui mangerai sempre per prima, avrai il letto più comodo, farai la doccia per prima, sempre con l'acqua calda; una vita in cui ti proteggerò da chiunque osi anche solo *guardarti* nel modo sbagliato."

"Ma è... non lo so che cos'è," gli disse mettendosi seduta.

"È il mondo di Tal, il mondo in cui vivi. Mi hanno insegnato a trattare donne e bambini come dei tesori. Tu hai avuto la sfortuna di incontrare il peggio dell'umanità, ma io farò di tutto e di più per aiutarti a dimenticare ciò che ti hanno insegnato. Nel mio mondo, tu puoi fare tutte le domande che vuoi, puoi non essere d'accordo finché vuoi, puoi anche mandarmi a quel paese e nessuno se la prenderà con te."

"Nel mio mondo, hai degli amici e delle amiche che ti proteggeranno senza farsi domande. Perché sai, anche loro vivono nel mondo di Tal e di loro puoi fidarti come di me, perché nemmeno loro ti farebbero mai del male."

"L'unica cosa che *non* puoi fare, nel mio mondo, è trattarti come una persona non all'altezza mia o degli altri. Per come la vedo io, tu sei di gran lunga al di sopra di tantissime altre persone, per via di ciò a cui sei sopravvissuta. Meriti una corona d'oro, ma io posso offrirti solo un letto comodo, programmi che ti piacciono alla TV, e la promessa che la tua vita si è appena trasformata in meglio, molto meglio."

Quando finì di parlare, Tal stava quasi ansimando, ma non si mosse. Nemmeno di un centimetro. Probabilmente la stava spaventando, ma doveva farle capire che mai e poi mai le avrebbe consentito di dormire su quel cavolo di pavimento.

"Penso di volerci vivere, nel tuo mondo," gli sussurrò.

"Bene, perché ci sei già." Tal si alzò lentamente e fece un passo verso di lei porgendole la mano. "Dai, alzati dal pavimento e torna a letto."

Lei mise la mano nella sua, e Tal sentì ogni muscolo del corpo rilassarsi. La aiutò ad alzarsi, poi le appoggiò una mano dietro la schiena e la fece girare verso il corridoio. Appena lei cominciò a camminare, lui staccò la mano, tenendola vicina.

Entrando in camera da letto, notò le coperte ammucchiate, come se Fiore si fosse rigirata nel letto prima di alzarsi. Gliele distese per bene, poi le fece cenno di rimettersi a letto.

Lei salì sul letto e gli disse: "Non so se posso dormire, sapendo che sei di là sul divano, mentre io sono qui."

A lui non piacque quel palese senso di colpa, ma le aveva garantito che poteva dire tutto ciò che le passava per la mente, senza che lui se la prendesse. Così pensò per un lungo momento a cosa risponderle, combattuto, poi fece il giro del letto e si sdraiò sulle coperte, vicino a lei. "Così va bene?"

"Sì."

In quell'unica parola, Tal sentì un grande sollievo.

"Luce accesa o spenta?" le chiese.

"Ti dispiace se la teniamo accesa? Dovrei essermi abituata al buio, invece preferisco vederci."

"Certo che non mi dispiace," le disse Tal.

"Talon?" lo chiamò dopo un minuto.

"Sì?"

"Non voglio una corona d'oro. Voglio solo sentirmi al sicuro."

"Tu *sei* al sicuro," le rispose immediatamente. "So che ti servirà un po' di tempo, per convincertene, ma rimane comunque vero."

La sentì sospirare senza dire una parola.

"Buona notte, cara, dormi bene."

"Anche tu," gli rispose a bassa voce.

Tal non si addormentò subito; in parte perché gli piaceva ascoltare il suono dei respiri profondi di Fiore al suo fianco, o del materasso che si muoveva quando lei si rigirava nel sonno. Quando finalmente anche lui cedette alla stanchezza, dormì profondamente come non faceva da anni, sapendo che la donna che gli aveva cambiato la vita in meglio era al sicuro, contenta, di fianco a lui.

CAPITOLO UNDICI

TAL SAPEVA benissimo che stava rinviando l'incontro di Fiore con Simon. Da un lato, voleva farle raccontare alla polizia tutte le informazioni possibili sui leader di quella setta, affinché fossero rintracciati e incriminati, dall'altro però gli piaceva troppo vederla rilassarsi sempre di più, vederla uscire dal guscio, e non voleva fare nulla che mettesse in pericolo i progressi degli ultimi giorni passati a Fallport. Riportare a galla il passato e dirle che era stata rapita quando aveva otto anni sarebbe stato un brutto colpo, e lui se lo sentiva.

Negli ultimi quattro giorni, le altre donne non si erano certo tirate indietro. Tal aveva accompagnato Fiore alla pasticceria Sweet Tooth per farle incontrare Finley. Nessuno poteva resistere alla personalità estroversa e amichevole di Finley, infatti Fiore non aveva fatto eccezione. Poi l'aveva accompagnata a casa di Bristol e Rocky, dove Fiore era rimasta estasiata da alcune opere d'arte che Bristol aveva creato con i vetri colorati e che non aveva ancora spedito agli acquirenti. Aveva visto anche il luogo in cui si erano svolte le nozze che lei aveva sentito per telefono.

Tal e Fiore avevano pranzato insieme all'On the Rocks il

giorno dopo l'arrivo a Fallport, e lì avevano incontrato Elsie e Zeke; poi erano andati in biblioteca a conoscere Tony. Ovviamente, *anche* quell'incontro era andato benissimo. All'inizio, Fiore si era mostrata timida, ma Tony, come al suo solito, aveva aggirato quella reticenza conquistando la simpatia di Fiore con la sua parlantina instancabile.

Fiore era rimasta impressionata dall'enorme esposizione di libri, ma Raiden, dopo aver scambiato due parole con Tal, l'aveva aiutata a scegliere alcune letture che non fossero troppo difficili per lei, considerando che probabilmente era arrivata a un livello scolastico di seconda elementare.

Anche Khloe era passata a salutarla; Fiore era rimasta un po' sulle sue con lei e con Duke, il segugio di Raiden, ma era sembrata felice di conoscerli.

In seguito, erano tornati a casa di Lilly e vi avevano trovato anche Caryn. Tal aveva avuto l'impressione che Fiore non riuscisse a staccare gli occhi dai capelli corti di Caryn. Quando era arrivato Drew, le aveva dimostrato senz'ombra di dubbio quanto apprezzasse la sua donna, nonostante i capelli corti, con un bacio fin troppo profondo e prolungato; Tal aveva notato l'espressione perplessa di Fiore.

Accompagnarla in giro in centro e mostrarle tutto ciò che lui aveva sempre dato per scontato era stato divertente, ma allo stesso tempo anche straziante. Erano passati al negozio di arredamento per comprare un letto per la camera degli ospiti, insieme a una piccola cassettiera, poi altri vestiti per Fiore, nell'attesa che le amiche le procurassero dei capi più adatti; avevano fatto la scorta di cibo, comprando ciò che a lei piaceva e ciò che a lui andava di farle provare. Fiore aveva tenuto gli occhi strabuzzati durante tutta la permanenza nel negozio di alimentari. Non aveva detto molto, ma chiaramente era sopraffatta dalla gioia e dall'entusiasmo.

Il giorno prima, erano andati a passeggio in piazza, tanto per godersi Fallport, senza una meta in particolare. Si erano fermati al negozio di alimentari di Grogan, dove Tal non aveva resistito e le aveva comprato una delle maglie "Casa di Bigfoot" che Harry Grogan aveva fatto produrre per venderle ai turisti. Avevano salutato anche Silas, Otto e Art, che nonostante il freddo di inizio gennaio erano al loro solito posto, davanti all'ufficio postale. Poi avevano pranzato all'Occhio di Bue, la tavola calda la cui proprietaria, Sandra, aveva accolto cordialmente Fiore.

Tal l'aveva persino portata dal barbiere per farla conoscere ad Harvey, il proprietario. Una volta in negozio, Fiore si era fatta accorciare i capelli da Tal. Tutto sommato, a lui aveva fatto piacere farle visitare Fallport. Anche se non ci era né nato né cresciuto, si era affezionato a quel paesino e agli abitanti, generalmente amichevoli.

Avevano passato le sere guardando la televisione, preparando insieme la cena e parlando del più e del meno. Le aveva letto altri capitoli tratti da *Il leone, la strega e l'armadio*, godendosi l'entusiasmo di lei nell'imparare qualcosa e nel lanciarsi in uno stile di vita nuovo, costellato di confusione e timori.

Per Tal, le notti erano state paradisiache e frustranti. Fiore doveva ancora passare una notte nel letto che le aveva comprato e sistemato nella camera degli ospiti. Quando arrivava l'ora di andare a dormire, Tal scorgeva sempre la paura negli occhi di Fiore, la quale non aveva mai ammesso il timore di dormire da sola in una camera separata, ma era una paura ovvia: le piaceva tutto ciò che la circondava, ma era anche travolta dalle emozioni.

Così avevano risolto dormendo insieme nel letto a due piazze in camera di Tal. Lei dormiva da una parte, sotto le coperte, lui dall'altra, sopra. Tal non dormiva molto bene, ma per la prima volta in vita sua non aveva trascorso la notte in preda agli incubi. L'agitazione gli nasceva dall'essere sdraiato vicino a Fiore, di cui sentiva il respiro, che lo rendeva appagato in un modo mai vissuto in passato... un respiro che non voleva perdersi per un solo momento.

Fiore gli faceva venire voglia di diventare un uomo migliore. Era stata bistrattata dagli altri, in passato, e lui voleva proteggerla da chiunque anche solo osasse mettere a rischio la bolla in cui lei viveva.

E Tal sapeva senza un briciolo di dubbio che dirle del suo rapimento quando aveva otto anni avrebbe incrinato quella felicità. Per ciò che Tal aveva capito, le persone di quella setta erano stati gli unici genitori che lei ricordasse. Fiore non aveva mai condiviso con lui alcun ricordo della vita prima degli otto anni, sempre che gliene fossero rimasti. Ormai Tal era certo che Fiore avesse sepolto tutti quei ricordi per istinto di conservazione... e come poteva biasimarla?

Quindi farla parlare con Simon avrebbe senz'altro scalfito la gioia vibrante che Fiore stava vivendo, per cui Tal era molto restio ad affrontare quell'incontro. Però sapeva di non poterlo evitare. Bisognava trovare e arrestare Cipresso per evitare che continuasse ad affliggere donne e bambini.

Tal uscì dal letto in silenzio per non disturbare Fiore. Era ancora molto presto e voleva lasciarla dormire. La vita nel bosco non era stata facile, ma Fiore doveva ancora abituarsi ai ritmi e alle attività che l'avevano impegnata ultimamente.

Tal abbassò lo sguardo su di lei prima di uscire dalla camera, e sorrise. Fiore aveva sempre molto caldo. Ogni sera, andava a dormire sotto le coperte, ma si risvegliava scoperta perché le aveva scalciate via nottetempo. Il freddo invece non le dava fastidio, né le dispiaceva che nell'appartamento la temperatura rimanesse fresca. Tal immaginava si fosse abituata al freddo vivendo per molti anni all'addiaccio. Un altro aspetto di lei che aveva appreso con piacere.

Prese dei vestiti per cambiarsi ed entrò in bagno senza far rumore. Quando ne uscì, non poté evitare di posare di nuovo gli occhi sul letto. Fiore aveva i capelli sciolti sul cuscino, con le ciocche color del rame che spiccavano sul bianco delle federe. Era spaparanzata sul letto con braccia e gambe aperte, come se l'inconscio le avesse dato il permesso di occupare il più possibile quel letto comodo.

Dopo parecchi minuti, mentre preparava una tazza di tè per sé e una per Fiore, per fargliela trovare pronta al risveglio, Tal si rese conto di avere ancora il sorriso sulle labbra. Gli occhi spalancati con cui lei aveva osservato gli scaffali pieni di tè e tisane gli avevano fatto venire voglia di ridere, mentre la guardava nell'imbarazzo della scelta. Così gliene aveva comprate venti scatole diverse. Fiore aveva assaggiato anche il caffè... che le aveva fatto schifo. Lui riusciva a berlo, ma era profondamente britannico e preferiva di gran lunga il tè.

Si mise seduto sul divano sorseggiando la sua bevanda calda e aprì il laptop per leggere le notizie del giorno. Arrivato a metà di un articolo che trattava delle crescenti tensioni in Medio Oriente, sentì bussare alla porta. Sorpreso per quella visita di primo mattino, anche perché non stava aspettando nessuno degli amici, Tal si alzò per andare alla porta.

Appena la aprì, gli si strinse lo stomaco e si accorse che il tempo era scaduto. Simon gli aveva concesso qualche giorno, ma ovviamente era giunta l'ora.

"Buondì," gli disse Simon con un cenno del capo.

Tal replicò il cenno e fece un passo indietro, lasciando entrare nell'appartamento il capo della polizia.

"Devo parlare con lei," disse Simon con tono serio, senza troppi preamboli. Teneva una cartella sotto il braccio e aveva un'espressione inquieta in viso. Non era in uniforme, un dettaglio che Tal apprezzò: non gli era sfuggito il disagio di Fiore a ogni accenno alla polizia. Simon indossava un paio di jeans, una maglia con il logo del dipartimento di polizia di Fallport sulla taschina anteriore sinistra, e una giacca di pelle.

"Mi dai un attimo per parlarle, prima?" gli chiese Tal chiudendo a chiave la porta.

"Da quel che so, sei tornato a Fallport con lei da qualche giorno," replicò Simon.

Non era una risposta negativa, ma chiaramente la sua pazienza aveva raggiunto il limite.

"Dobbiamo andarci piano," insisté Tal.

"Pensi che sia Heather?" gli chiese Simon.

Tal sospirò, poi annuì.

"Ha il diritto di sapere," gli comunicò Simon.

"Sono d'accordo con te, ma ha una paura folle della polizia. I bastardi con cui viveva dicevano a tutte le donne che, se fossero andate in città, sarebbero state arrestate; che la gente di qui dava loro la caccia; che sarebbero state maltrattate, prese a pesci in faccia... il che è ironico, considerando le condizioni in cui vivevano."

"Tutte ragioni in più per parlarle," gli spiegò Simon. "Così potrà rendersi conto in prima persona che a me sta a cuore il suo interesse e che tutto ciò che le hanno detto è una stronzata. Poi mi servono tutte le informazioni che posso raccogliere per trovare le persone coinvolte, per fare giustizia, sia per lei che per le altre donne."

Simon abbassò il tono. "Ce l'ho avuta proprio sotto al naso per tutto il tempo, Tal, avrei dovuto trovarla. Avrei dovuto fare di più per le donne e i bambini che vivevano in quel gruppo. Non ero qui quando è stata rapita, ma ho seguito l'istinto del capitano precedente, immaginando che le persone di quella comunità fossero innocue; pensavo che fossero degli hippy disadattati che non facevano nulla di male. Se quel che mi ha già detto Ethan è vero, quelli erano tutt'altro che innocui, al contrario: voglio sbatterli *dentro*, Tal. Ma per farlo ho bisogno del suo aiuto."

Tal sospirò. Simon aveva ragione, e lui lo sapeva; ma gli dava molto fastidio il dolore che quel colloquio avrebbe provocato a Fiore. "Almeno mi permetti di avvertirla? Mi basta mezz'ora con lei, poi potrai interrogarla."

"Non ho intenzione di interrogarla, cazzo," ribatté Simon. "Concedimi un minimo di fiducia, santo cielo."

"Scusa," gli disse Tal. "È che mi dispiace per lei."

"Dispiace anche a me. Prenditi pure del tempo, dille ciò che devi dirle; quando siete pronti, vi aspetto qui."

"Quindi non vai via finché non le parli," commentò Tal con una smorfia rassegnata.

"Esatto." Simon si voltò verso la cucina e aggrottò la fronte. "Merda, ho dimenticato che non bevi caffè."

Tal ridacchiò. "No, ma ho diversi tipi di tisane, se vuoi puoi scegliere."

Simon accennò un sorriso. "Solo uno svitato non comincia la giornata con un buon caffè."

Per qualche motivo perverso, vedere Simon irritato in quel momento diede come un senso di soddisfazione a Tal, che poi se lo fece passare: non voleva che la frustrazione per la mancanza di caffeina si ritorcesse contro Fiore. "Se vuoi, hai tempo di fare un salto da Grinders. Ti prometto che non scapperemo."

Simon si voltò verso Tal con uno sguardo intenso. "Ci andrò piano con lei," gli disse sottovoce, ma con un tono solido come l'acciaio. "A prescindere dalla stanchezza, o dal bisogno estremo di caffeina, non sfogherei mai la mia frustrazione su una donna innocente."

Tal lo sapeva: Simon era un poliziotto eccellente; però si preoccupava comunque per il colloquio con Fiore.

"Talon?"

Come se quei pensieri l'avessero evocata dal nulla, Fiore lo chiamò dal corridoio. Aveva indosso un'altra felpa di Talon, pur avendo dei vestiti molto più adatti a lei. Indossava anche il paio di jeans che le aveva comprato lui. I capelli le cadevano sulle spalle, per poi scendere, ancora lunghi, fino a metà schiena, ma non più fino al sedere. Però non si era ancora abituata a spazzolarli appena alzata. Erano in disordine e a Tal venne voglia di correre da lei per passarci le mani.

"Sono nei guai?" gli chiese con voce tremante.

"No," le rispose immediatamente, dando le spalle a Simon. Il capo della polizia poteva anche aspettare: la priorità di Tal era il benessere di Fiore, non le buone maniere nei confronti di un ospite.

Quando la raggiunse, le mise le mani intorno ai fianchi e la invitò a girarsi per tornare nel corridoio. Negli ultimi giorni, Fiore si era sempre più abituata a quel contatto, con gran sollievo di Tal. Ormai non sussultava più quando lui le si avvicinava.

"Dai, torniamo in camera nostra."

Camera nostra. L'espressione gli uscì senza pensarci.

Lei non commentò: si lasciò portare rapidamente al sicuro, nella camera da cui era appena uscita. Appena Tal chiuse la porta, lei si girò verso di lui. Si teneva le braccia intorno alla vita come per proteggersi, con la fronte aggrottata. "Talon?" lo chiamò di nuovo.

"Dai, siediti," le disse con dolcezza, indicandole il letto.

Lei scosse la testa e gli rispose: "No. Dimmi solo cos'ho fatto di male e cosa succederà."

Tal non trattenne un sorriso.

"Perché quel sorriso?" gli chiese, quasi arrabbiata.

"Penso che sia la prima volta che mi dici di no," le spiegò.

Fiore si irrigidì e lo fissò con gli occhi spalancati.

"Per la cronaca, sono orgoglioso di te. Se preferisci stare in piedi, camminare, fai quel che vuoi... Voglio solo che tu sia comoda mentre ti parlo di qualcosa di importante. Ma tu non sei affatto nei guai. Simon è qui solo per parlarti senza gridare. Non per arrestarti. Te lo garantisco. Di me puoi fidarti."

La vide inspirare profondamente, poi tirare un lungo sospiro di sollievo. Infine, Fiore lo guardò con un sorrisetto.

"Ti ho detto di no, vero? E ho anche preteso che rispondessi a una domanda."

"Certamente."

"Allora? Hai intenzione di rispondere?"

Il buonumore lo abbandonò. Tal si mise seduto sul ciglio del letto e tirò su una gamba. Guardò Fiore dritto negli occhi e le chiese: "Non mi hai parlato molto della tua infanzia. Ti ricordi qualcosa?"

Lei lo fissò perplessa. "No."

"Sei sicura? Nemmeno degli sprazzi, qua e là?"

Lei continuò a fissarlo, quasi senza batter ciglio. "Perché?"

Tal sospirò. Andare per le lunghe non dava sollievo a nessuno dei due. "Fiore... sono quasi certo che tu sia cresciuta qui a Fallport. Il tuo nome era Heather Brown e ti hanno rapita quando avevi otto anni. Penso che ti abbiano rapito gli uomini di quella dannata setta. Ti hanno cercata per mesi, ma nessuno ha trovato indizi su cosa ti fosse successo."

Fiore era rimasta talmente immobile, che Tal si chiese se stesse respirando.

Quando finalmente si mosse, fece un passo verso il letto sussurrando: "Adesso è meglio se mi siedo." Si lasciò cadere sul bordo del letto con lo sguardo perso nel vuoto, evitando il contatto visivo con lui; a Tal dispiacque quel distacco, ma continuò a spiegarle.

"Non ne sono sicuro, ma da quel che mi hai raccontato penso che ti abbiano presa come facevano con tutti gli altri bambini di ogni età. Ti hanno cresciuta convincendoti che fosse tutto normale, hanno inculcato a te e a tutte le donne e i bambini la paura dei centri abitati per tenervi lontano, così che nessuno sospettasse del gruppo, per far credere che fosse composto solo da hippy innocui... in modo che nessuno ti riconoscesse. Ti hanno fatto credere che la poligamia fosse normale, e anche molestare bambine 'sposandole'. *Nulla* dello stile di vita con Freccia e con gli altri era normale o corretto, ma te l'ho già detto. Tu non hai nessuna colpa. Eri solo una bambina, quando ti hanno presa."

Fiore a quel punto lo guardò negli occhi. Invece della devastazione che lui si aspettava di leggerle negli occhi, ci trovò... sollievo?

"Come sai che sono io, questa Heather?"

"Beh, la certezza assoluta ce l'avremo solo facendo un test del DNA. I tuoi genitori hanno lasciato un campione di DNA alla polizia, dopo il rapimento, qualora fosse servito."

Lei sbatté le palpebre. "Ho dei genitori?" gli sussurrò.

"Sì. Anche se... di recente ho scoperto che purtroppo sono morti. Mi dispiace *moltissimo*. Credo che si siano trasferiti qualche anno dopo il tuo rapimento, dopo che le ricerche si erano chiuse senza successo. Da quel che ho sentito, erano devastati, tanto da non poter più vivere in questo paese senza di te. Ovunque andassero, c'era sempre qualcosa che ricordava loro del dramma che gli aveva spezzato il cuore. Non sapere cosa ti era successo li ha distrutti e non sono riusciti a voltare pagina. Tua mamma ha cominciato a bere perché non sopportava la tua perdita; è morta in un incidente stradale una decina di anni fa. Tuo papà è morto di infarto quasi cinque anni fa."

"Avevo fratelli o sorelle?" gli chiese Fiore sottovoce.

"No. Ma dagli articoli che ho letto negli archivi del tempo, tutta la cittadinanza ti ha un po' adottata, quindi sotto molti aspetti sei la sorella e la figlia di Fallport."

Lei non disse nulla, ma si voltò per tornare con lo sguardo perso nel vuoto, e Tal strinse i pugni. Avrebbe voluto prenderla tra le braccia, dirle che sarebbe andato tutto per il meglio, ma non voleva fare nulla che la spaventasse, o che le facesse perdere lo strenuo controllo che aveva tenuto fino a quel momento sulle proprie emozioni.

Poi lei lo prese alla sprovvista: raddrizzò la schiena e si

voltò verso di lui. "Allora Simon è qui per parlarmi di questo? Per capire se sono Heather?"

"Sì. Anche per sentire se puoi raccontargli meglio di Freccia e di Cipresso, e di tutti gli altri con cui hai vissuto. Le persone che hanno rapito te e chissà quanti altri bambini non dovrebbero cavarsela senza conseguenze. Hanno commesso azioni illecite, immorali, e devono essere punite per i loro crimini. Te la senti, Fiore?"

"*Heather*. Mi chiamo Heather," affermò con decisione.

Tal sbatté le palpebre sorpreso. "Non ne siamo ancora sicuri."

"È così," insisté lei. "Per tutta la vita, ho avuto la sensazione di essere fuori posto. Tutte le altre donne e le ragazze accettavano semplicemente il modo in cui erano trattate. Io no. Mi mettevo continuamente nei guai. Ho passato più tempo di chiunque altra nella tenda di punizione, anche da adulta. Non riuscivo a capire, ma dovevo mettere in discussione quei limiti, dire sempre qualcosa di sbagliato al momento sbagliato, fare troppe domande. Non sai che enorme sollievo è per me sapere che ho sempre avuto ragione, che i miei sospetti erano fondati. Ho anche un cognome," aggiunse con gli occhi pieni di lacrime. "Un cognome che non è lo stesso di tutte le donne che mi circondano."

"Beh, dovresti sapere che Brown è un cognome abbastanza diffuso negli Stati Uniti. Milioni di persone hanno lo stesso cognome," le disse Tal, incapace di nascondèrglielo.

Lei si lasciò scappare uno sbuffo misto a risata. "Non mi interessa. Almeno è mio, io sono Heather Brown."

A quel punto, fu Tal a chiudere gli occhi e sospirare.

"Talon?"

Lui riaprì subito gli occhi. "Sì?"

"Avevi paura di dirmelo."

"È così," le confermò. "Non sapevo come avresti reagito, potevi arrabbiarti, impaurirti o negare categoricamente."

"Io *sono* arrabbiata," gli disse alzando una spalla. "E ho anche paura, non posso certo negarlo. Non ricordo quando sono arrivata alla Comune, ma passavo tanto tempo nel bosco. A volte mi prendevano e mi ci portavano senza preavviso, con una mano sulla bocca, qualcuno mi ha anche sussurrato nell'orecchio delle minacce di dover passare più tempo nella tenda di punizione, se avessi gridato. Forse è stato quando mi cercavano? Non lo so. Ma più tempo passo in giro per Fallport con te, e più mi sembra... di conoscerla."

"In che senso?" le chiese Tal.

"Sai, come col signor Grogan, quando mi ha parlato, mi è venuto come un flash di esser già stata in quel negozio. Percorrere quelle corsie mi è sembrato un gesto familiare."

"Harry c'era già, quando eri piccola," le disse Tal con un cenno del capo. "Che altro?"

"Art. Non ho ricordi specifici con lui... ma mi sembrava di conoscerlo già, prima che me lo presentassi. Poi c'è il padiglione in piazza. Potresti... mostrarmi la casa in cui ho vissuto?"

"Se lo desideri," le rispose Tal.

"Mi dispiace che i miei genitori non abbiano vissuto abbastanza a lungo per scoprire cos'era successo. Però... io non me li ricordo davvero. Penso che alcuni ricordi mi siano tornati come delle immagini rapide, ma forse era in sogno. O forse solo delle illusioni."

"Non preoccuparti," le disse Tal per tranquillizzarla.

"È per questo che volevi tanto ritrovarmi?" gli chiese.

Tal scosse la testa. "No. Quando Brock e Finley mi hanno raccontato ciò che hai fatto per loro, quando li hai salvati, la storia mi ha incuriosito... e mi sono preoccupato; eri nel bosco, al freddo, con una tunica e senza scarpe. *Dovevo* trovarti... per aiutarti. Solo quando ero già deciso, veramente ossessionato dal trovarti... solo allora ho scoperto di Heather e del rapimento. A me non importa se sei Heather o Fiore o un'altra: adesso mi piaci per la persona che sei. Ammiro la tua forza, la tua resilienza, la tua intelligenza. Sono anche molto fiero di te per come stai affrontando tutti i cambiamenti che hai vissuto negli ultimi giorni."

"Io non sono intelligente," gli rispose con qualche esitazione.

"Col cavolo che non lo sei," ribatté lui. "C'è l'intelligenza sui libri, ma c'è anche l'intelligenza della vita. Tu hai più buonsenso e conoscenze di ciò che conta nella vita di chiunque altro abbia mai conosciuto. Inoltre, puoi sempre andare a lezione e imparare ciò che ti è stato tolto col rapimento. La capacità di sopravvivere nel bosco, la forza di auto-conservazione, quella è molto più difficile da apprendere."

"Penso che tu lo dica solo per gentilezza," gli rispose dopo un momento.

"Non è così," insisté lui. "Io ti ammiro più di chiunque altro conosca."

Lei deglutì a fatica e sussurrò: "Sono Heather Brown. Non sono Fiore di Prato al Tramonto. Un momento... ma sono ancora sposata?"

"Tu non sei *mai* stata sposata," le rispose Tal quasi con un grugnito. Poi prese fiato cercando di calmarsi. "Ne abbiamo parlato: quei codardi che ti hanno rapita erano dei pedofili, assolutamente malvagi. Per sposarsi legalmente, bisogna inoltrare dei documenti all'anagrafe. Posso garantirti che loro non li hanno nemmeno compilati. Per non parlare del fatto che è illegale sposare più di una persona alla volta."

"Bene."

Era *davvero* un bene.

"Allora... Simon è ancora qui?"

"Sì."

"Cosa sta facendo di là?"

"Non lo so, non mi interessa, ma non volevo che ti desse lui i dettagli del tuo passato. Volevo essere io a spiegarti."

"Perché?" gli chiese.

"Perché lui non lo conosci, conosci *me*. Di me puoi fidarti. Se non avessi preso bene l'annuncio, sarei tornato da lui per dirgli che oggi non te la sentivi di parlare."

Lei spalancò gli occhi. "L'avresti mandato via?"

"Sì."

Tal non riuscì a leggere l'emozione negli occhi di Fiore. Sperava non fosse paura.

"Adesso sei pronta a parlare con lui? Se no, se hai bisogno di digerire la questione, non è un problema. Posso portarti a vedere la casa in cui hai vissuto da bambina, o qualunque altro posto. Possiamo andare a trovare Lilly, puoi anche parlarne con lei, se ti va."

"Voglio fare tutto questo," gli rispose, "ma voglio parlare con Simon. So di essere Heather, me lo sento dentro, però voglio le prove. Voglio dirgli tutto ciò che so di Cipresso e della Comune. Quello che hanno fatto non è giusto. Sia per me, che per gli altri bambini che comparivano all'improvviso. Meritano di sapere chi sono davvero."

"Perbacco, quanto sono orgoglioso di te," le disse Tal con voce rotta dall'emozione. Avrei dovuto immaginare che questa donna non avrebbe fatto una piega, dopo aver appreso del suo passato.

"Ho paura lo stesso," gli disse sottovoce, "ma adesso so che le sensazioni che ho sempre covato erano vere, che non ero io quella sbagliata, che non ero una cattiva moglie, o una negativa verso la comunità... mi sembra di tornare a respirare."

Tal si alzò in piedi e le porse la mano. "Allora dai, andiamo a parlare con Simon."

Lei si alzò e gli prese la mano. "Talon?"

"Dimmi, cara."

"Posso... pensi che..." Fiore non proseguì.

"Cosa? Puoi chiedermi quello che vuoi. Di me puoi fidarti, non ti farò del male."

"Posso avere un abbraccio?" gli chiese di getto.

Senza aggiungere altro, Tal la tirò a se avvolgendola con le braccia. Rimasero in quell'abbraccio per un paio di interminabili minuti. Abbandonati l'uno nell'altra, confortandosi a vicenda. Tal fece un respiro profondo appena prima che lei allentasse l'abbraccio.

"Sono pronta," gli disse con determinazione.

Tal intrecciò le dita con lei e si avviarono insieme verso la porta.

CAPITOLO DODICI

LA MENTE di Heather era in subbuglio per le numerose informazioni che aveva appreso. Simon le aveva spiegato tutto ciò che sapeva sul rapimento di vent'anni prima, inclusi gli sforzi fatti per ritrovarla. Lei si era convinta che polizia e abitanti di Fallport avessero fatto tutto il possibile per trovare delle tracce e scoprire cosa le fosse successo.

Pur essendo un uomo anziano, Freccia non era mai stato un idiota: quando Fiore era arrivata alla Comune, lui l'aveva tenuta ben nascosta. Aveva aperto varie volte alle forze dell'ordine tutte le tende e i terreni del gruppo, fino a convincerli che lei lì non ci fosse. Il resto era stato solo una questione di tempo: le aveva fatto il lavaggio del cervello, convincendola che a Fallport vivessero solo dei nemici, che andarci sarebbe stato il peggiore errore della sua vita.

Lei non poteva certo biasimarsi, per non aver mai provato a scappare. Era stata talmente traumatizzata dal rapimento, dalle botte e dalle minacce, che il cervello le aveva nascosto il passato per farle sopportare quella situazione. Per farla sopravvivere.

Simon le aveva spiegato tutto, inclusi i dettagli dei mecca-
nismi psicologici che si instaurano tra rapiti e rapitori; Fiore
apprezzava quell'impegno per non farla star male a causa di
ciò che aveva fatto, costretta ad adattarsi a quelle nuove
circostanze.

Quando Simon le aveva chiesto con titubanza di raccontargli ciò che sapeva su Cipresso e sugli altri uomini, su dove
fossero andati, Fiore... no, *Heather* gli aveva rivelato tutto,
senza tener nascosto il minimo dettaglio. Non provava alcun
senso di lealtà verso quel gruppo, persone che le avevano
tolto tutto ciò che lei conosceva e amava.

Ripensare a tutti gli altri bambini arrivati dopo di lei, ai
quali veniva raccontato che erano stati adottati, le aveva
procurato i conati di vomito. Cipresso e tutti gli altri sapevano benissimo ciò che stava succedendo e dovevano pagare
per le loro azioni. Per lei e per tutti gli altri.

Simon le aveva passato un tampone all'interno della
guancia per prelevare un campione di DNA, dicendole che
avrebbe chiesto al laboratorio di esaminarlo e di comunicare i
risultati al più presto, per avere la conferma definitiva che lei
era veramente Heather. Ma lei lo sapeva già. Simon l'aveva
avvertita che, qualora i risultati avessero confermato che lei
era Heather Brown, probabilmente si sarebbe sparsa la voce.
Aveva aggiunto che, in generale, i bambini rapiti non si ripre-
sentavano dopo vent'anni vivi e vegeti. C'erano stati alcuni
casi sporadici, ma le probabilità favorevoli erano quasi nulle.
Quindi, se la storia fosse arrivata alla stampa, lei sarebbe stata
sommersa di richieste per un'intervista.

A lei quell'ipotesi non era piaciuta, ma Talon aveva assicurato sia a lei, sia a Simon che ci avrebbe pensato lui. Sapere di
avere la protezione di Talon le rendeva meno stressante l'idea
di spargere la voce.

Prima che il capo della polizia se ne andasse, le chiese

come preferisse farsi chiamare. Lei rispose *Heather* senza esitare. Nella sua mente, Fiore non esisteva già più. Era stata un personaggio finto, creato da Freccia e accettato da tutti quelli che ne avevano seguito i piani morbosi.

Lei voleva essere Heather, la donna che aveva sfidato Cipresso nascondendosi tra gli alberi quando lui era partito per la Florida; la donna che era sopravvissuta da sola nel bosco per un anno; la donna che Tal aveva ritrovato e che sembrava piacergli. *Ecco* chi voleva essere.

Tre giorni dopo il colloquio con Simon, dopo aver scoperto la sua vera identità, Heather era seduta sulla veranda sul retro della casa di Bristol, a sorseggiare una tazza della sua tisana preferita, chiacchierando con Bristol e con Elsie, mentre Tony, Zeke, Talon e Rocky giocavano a football nel cortile.

Le sembrava surreale. In passato, lei non aveva mai conosciuto il lusso di starsene seduta a chiacchierare, specialmente con altre donne. Doveva sempre darsi da fare. Alla Comune, c'era sempre qualche faccenda da sbrigare. Tende da riparare, cucire, cacciare, cucinare, pulire, badare ai bambini... di tutto. Le piaceva poter stare seduta e godersi la compagnia di altre persone, specialmente perché faceva sempre meno fatica a parlare con loro.

L'aria era frizzante, ma c'era il sole. Heather era totalmente a proprio agio con la felpa e i jeans, ai piedi gli stivaletti che le aveva portato Talon quando lei viveva ancora nella caverna; Elsie e Bristol invece erano tutte infagottate come se ci fosse una temperatura glaciale, con tanto di coperte che Rocky aveva portato fuori.

"Tony si è sentito importantissimo quando gli hai chiesto aiuto con il libro che stai leggendo," le disse Elsie.

Heather arrossì e abbassò lo sguardo sulla tazza che teneva tra le mani. "Facevo fatica con una parola, non la riconoscevo. Quando lui me l'ha letta, mi sono accorta che ne conoscevo il significato. Solo che non l'avevo mai trovata scritta. Ci sono troppe parole che hanno una forma scritta diversa da come si pronunciano."

"Che parola era?" le chiese Bristol.

"Risciacquo," rispose Heather. "Non so perché si scriva con una C. Non c'è un motivo logico."

"Hai assolutamente ragione. Che mi dici allora di 'Fantascienza'? Perché si scriva con una I?" le chiese Elsie.

"Si scrive con la I?" le chiese Heather.

Ridacchiarono tutte.

"Penso che questa conversazione riuscirebbe meglio con carta e penna," commentò Elsie. "Sì, 'Fantascienza' si scrive con la I, proprio come c'è la C in 'Acquisto' ma la Q in 'Aquila'."

"Non riuscirò mai a imparare tutta quella roba," borbottò Heather.

"Sì, certo che puoi, non ho alcun dubbio. Ma anche se non la impari... a chi importa?" chiese Bristol alzando le spalle.

"A me importa, penso," ammise Heather. "Alla Comune, le donne non potevano né leggere né scrivere. Non potevamo imparare *nulla*. Dovevamo solo sbrigare le faccende. Intendo proprio tutte," chiarì con un filo di amarezza. "Gli uomini potevano guidare, leggere libri, andare nei centri abitati... tutto ciò che impedivano a noi donne. Non era giusto, mi dava un fastidio terribile."

Bristol allungò una mano e la appoggiò sul braccio di Heather. "Mi dispiace tantissimo."

"Anche a me," comentò Elsie. "Le nostre situazioni non erano simili, niente affatto, ma il mio ex è stato orribile con me. Mi dava della stupida in ogni occasione, mi prendeva in giro per tutto ciò che volevo fare e che andava oltre il servirlo e riverirlo."

Heather fece un profondo sospiro e si voltò verso di lei. "Però tu hai sposato Zeke?"

"Zeke non ha *nulla* da spartire con il mio ex," le rispose Elsie senza esitare, con voce decisa. "Ammetto che all'inizio mi ero ripromessa di non avere più rapporti con nessuno. Volevo solo pensare a Tony, metterlo al primo posto, non lasciare avvicinare alcun uomo. Però Zeke ha abbattuto lentamente le barriere che mi ero costruita attorno. È stato gentile con me *e anche* con Tony, dimostrando in innumerevoli occasioni che potevamo fidarci di lui, che non ci avrebbe mai feriti come aveva fatto il mio ex."

"Quando ero tenuta in ostaggio, avevo la massima fiducia in Rocky, sapevo che mi avrebbe ritrovata. Non sapevo come o quando, sapevo solo che ce l'avrebbe fatta. Io dovevo solo usare la testa, non far nulla che facesse uscire di senno il rapitore. È passato più tempo di quanto sperassi, ma alla fine Rocky *mi ha* trovata e da allora si prende cura di me," raccontò Bristol.

"La prima cosa che Talon mi ha detto è stata che potevo fidarmi di lui perché non mi avrebbe mai fatto male," ammise Heather.

"Non mi sorprende," commentò Bristol con un sorrisetto.

"Mi sembra una frase tipica di Tal," confermò Elsie.

"E tu?" chiese Bristol.

Heather si accigliò. "Io cosa?"

"Tu ti fidi di lui?"

Heather annuì prima ancora di pensare a come rispondere.

"Bene. Perché se avessi risposto di no ti saresti meritata una bella ramanzina," commentò Bristol con un sorrisetto.

"Io... È... *strano*, perché ho sempre avuto paura degli uomini, per tutta la vita. Perché non mi hanno mai trattata bene, mi hanno fatto del male ripetutamente. Eppure, quando sto con Talon... mi sento al sicuro."

Bristol girò la sedia per sistemarsi davanti a Heather, poi si sporse verso di lei. "Ti ha raccontato cosa faceva di lavoro?"

"Che faceva il killer? Sì."

Heather si stupì di vedere sia Elsie sia Bristol con gli occhi spalancati.

"Che c'è? Era un segreto e non dovevo dirlo?" chiese loro.

"No, è che di solito preferiscono descriversi come militari. Killer ha una connotazione negativa."

"Connotazione?" chiese Heather, indispettita perché non era ancora in grado di conoscere tutte le parole che gli altri usavano.

"Sì, la connotazione è un po' la sensazione che ti dà una parola."

Heather annuì. *Così* aveva capito. Sentire la parola "nozze" le faceva accapponare la pelle, mentre le altre avevano chiaramente solo emozioni positive al riguardo.

"Insomma, mio marito e suo fratello gemello Ethan erano insieme nei SEAL della Marina. Hanno compiuto un sacco di missioni con cui poi hanno fatto fatica a convivere," le spiegò Bristol.

"Aspetta, Ethan e Rocky sono gemelli?" chiese Heather.

"Sì. Dizigoti, significa che non si somigliano."

"Ah, che cosa carina," commentò Heather.

"Veramente. Comunque sia, uomini come i nostri... come tutti gli altri nella squadra di ricerca e soccorso... portano le azioni eroiche su tutt'altro piano. Sentono la protezione degli altri come un dovere personale. Si arrabbiano quando succede qualcosa di male e loro non riescono a impedirlo. È come se ce l'avessero nel DNA. Se la prendono *moltissimo* quando a subire maltrattamenti sono donne o bambini."

"Talon mi ha parlato di una missione che ha svolto, in cui donne e bambini sono morti. Ha detto che è rimasto ferito nel profondo," raccontò Heather.

"Mi sembra logico," commentò Elsie con un cenno del capo.

"Assolutamente," aggiunse Bristol.

"Che cosa?" chiese Heather, sentendosi persa.

"Tal ha un'esigenza profonda di prendersi cura degli altri. Più di tutti gli altri amici. Immagino sia in parte per quel che è successo in quella missione. Quel che sto cercando di dirti è che per lui sei perfetta," concluse Bristol.

Heather fissò la sua nuova amica, non capendo fino in fondo cosa intendesse.

"Non sto dicendo che tu debba provare dei sentimenti particolari per lui, né oggi, né domani, magari nemmeno tra un mese. Ma se rimani aperta a ogni possibilità, penso che potresti innamorarti di Talon."

"Di lui puoi fidarti. Ti fidi *già* di lui," aggiunse Elsie. "E credimi: so che la fiducia è il primo passo per dei sentimenti più profondi."

Heather avrebbe voluto sorprendersi per quel che le dicevano le amiche; avrebbe voluto protestare, dicendo di non essere pronta a stare con un altro uomo; che non sarebbe *mai* stata pronta. Ma sarebbero state tutte bugie. Più conosceva Talon, e più le piaceva, più lo rispettava. Dopo le conferme di quanto fossero sbagliati gli uomini della Comune, dei degenerati (un'altra parola che aveva appena imparato), Heather si sentiva meglio anche quando passava il tempo con Talon.

Nel profondo, Heather voleva ciò che avevano anche Elsie e Bristol. Voleva una vita normale. Una famiglia. Un marito che la trattasse con rispetto. Un uomo che la amasse.

Bristol la osservò per un lungo momento, poi tornò a sedersi rivolta verso i ragazzi che giocavano a football; infine sorrise e disse a Heather: "Penso che non dovremo incoraggiarti più di tanto: sai già che uomo straordinario è Tal."

"Lo so," confermò Heather. Era arrossita, ma non sapeva che farci.

"Lascia che si prenda cura di te," aggiunse Elsie con dolcezza. "Non rimanerci male. Ne ha bisogno anche lui, sono sicura che quando pensa a te sta molto meglio."

"Fa stare meglio anche me," ammise Heather sottovoce. "Nessuno aveva mai fatto qualcosa per me... beh, almeno che io mi ricordi... e quando mi alza le coperte per farmici infilare sotto, oppure quando mi prepara da mangiare qualcosa che potrebbe piacermi o che volevo assaggiare... mi fa venire una strana sensazione, come un formicolio."

"Aspetta: hai detto che ti alza le coperte?" le chiese Bristol.

Heather annuì. "Sì. Quando andiamo a letto."

"Andate a letto insieme?" le chiese Elsie con gli occhi spalancati.

"Sì. Non dovremmo?"

"No, cioè, va benissimo. Perfetto!" esclamò Elsie rapidamente con un sorrisone. "Giusto, Bristol?"

"Giusto," confermò Bristol con un cenno deciso del capo. "Tu devi fare quello che ti senti, non importa quello che dicono gli altri."

Heather finalmente capì cosa stavano sottintendendo le amiche e chiarì di getto: "Non facciamo sesso."

Elsie le diede un colpetto rassicurante sul braccio. "Sai, penso che sappiamo bene entrambe che per molte donne fare sesso non significa avere un'intimità con un uomo. Il mio ex faceva sesso con me, ma non aveva alcun significato. Dimmi una cosa: ti piace dormire vicino a Tal?"

"Sì." Fu facile rispondere a quella domanda.

"Allora non devi preoccuparti di quel che dovresti fare o di quel che la gente pensa che dovresti fare o non fare. Tu e Tal dovreste fare *sempre* ciò che vi sembra giusto."

Heather annuì. "Certo."

"Certo," ripeté Elsie.

"E adesso che abbiamo cercato goffamente di intrometterci nella tua vita personale con dei consigli di cui chiaramente non hai bisogno... quando pensi che arriveranno i risultati del DNA?" chiese Bristol.

"Non lo so. Simon ha detto che avrebbe telefonato a Talon appena saputo qualcosa. Però... chissà, forse si è dimenticato di farsi sentire, perché da quando l'ho incontrato, tutti quelli che vedo a Fallport hanno cominciato a chiamarmi Heather, mi dicono che sono felici che sia stata ritrovata e che sia tornata a casa."

Elsie e Bristol risero insieme.

"È normale a Fallport. Qui i segreti non rimangono tali a lungo," commentò Bristol. "Meno male. È grazie a *questo* modo di spargere voce che mi hanno ritrovata. Perché quando sono scomparsa la gente ci ha fatto caso e si è fatta sentire."

"Le attenzioni ti danno fastidio?" le chiese Elsie. "Devo ammettere che a me è servito del tempo per abituarmici, quando tutti parlavano di ciò che era successo a me e a Tony."

Heather fece spallucce. "Mi fa strano, ma io sorrido e ringrazio tutti. Di solito c'è anche Talon con me, penso che sia di aiuto. Ha un certo effetto sugli altri, li intimidisce."

"A te non fa lo stesso effetto," disse Bristol. Non era una domanda.

"A me no," confermò Heather.

Elsie e Bristol si scambiarono un sorriso ed Heather ebbe di nuovo l'impressione che le sfuggisse qualcosa, ma non ne era sicura. Decise di non fare domande, temendo fosse qualcosa di male. Ma lei non si aspettava malignità dalle amiche, che continuavano a sorridersi a vicenda.

Le venne un pensiero fugace: a volte le amicizie potevano ingannare , ma lei non sarebbe mai tornata alle condizioni di vita della Comune, dove le donne non esitavano a sparlarsi alle spalle, pur di evitare attenzioni negative.

"Palla!" gridò qualcuno.

Bristol ed Elsie si abbassarono subito nelle rispettive sedie; invece Heather, che non sapeva bene cosa volesse dire quel grido "attenzione", reagì più lentamente all'avvertimento.

Una palla da football le arrivò addosso agli stinchi, facendola gridare più per la sorpresa che per il dolore. Nel muoversi rovesciò la tazza, versandosi il tè sulle ginocchia.

Prima ancora che Heather si rendesse conto di cos'era successo, Talon l'aveva già raggiunta. Lei notò di sfuggita che Elsie e Bristol si erano alzate e spostate per lasciargli più spazio. Lui le tolse la tazza dalle ginocchia e l'aiutò ad alzarsi in piedi. "Resisti, cara, so che probabilmente ti fa male." Si tolse la felpa e cominciò a usarla per darle dei colpetti sulle gambe e sull'addome, per asciugare il tè.

Lo spavento per ciò che era successo le passò, ed Heather si rese conto che il tè che stava bevendo nel frattempo si era raffreddato. Si era bagnata, ma non si era scottata.

"Sto bene," gli disse con voce un po' tremante.

"Lascia che ci pensi io," le rispose Talon inginocchiandosi davanti a lei, con un tono che ne esprimeva l'agitazione. Le sollevò lentamente le gambe dei pantaloni e si preoccupò nel vedere un segno rosso su uno stinco.

"Mi dispiace tanto!" le sussurrò Tony, in piedi davanti ai tre gradini che portavano alla veranda, con gli occhi pieni di lacrime. "Pensavo che la prendessi."

"Era troppo lontana," gli spiegò Talon, "ed era impegnata a parlare con le amiche. Non è stata una bella mossa, Tony."

Temendo cosa sarebbe successo a Tony, che rischiava una punizione, Heather si impegnò per sminuire l'accaduto. "Sto bene," affermò con decisione. "Non mi ha fatto male. Allora che programmi ci sono per il resto della giornata?"

Talon la guardò negli occhi e lei si sentì addosso gli

sguardi anche di tutti gli altri. "Tony non è nei guai," le disse
Talon con dolcezza.

"Sei arrabbiato," gli sussurrò Heather.

"Sono agitato perché potevi farti male, perché ti ha
lanciato la palla senza fare attenzione; ma non gli farei *mai* del
male. Nemmeno Zeke o Rocky. Penso che gli dispiaccia già
abbastanza."

Heather distolse lo sguardo da Talon per rivolgerlo a Tony
e notò che le guance del ragazzo erano rigate dalle lacrime.
Talon non si sbagliava: Tony era mortificato.

"Davvero non volevo farti male," le disse con voce spez-
zata. "Mi dispiace tantissimo."

"Non preoccuparti," gli rispose Heather. "Dovevo fare più
attenzione."

"No, tu eri in veranda a farti gli affari tuoi," la corresse
Zeke con calma. "È stato un errore di Tony."

Heather ci stava male per Tony.

"Quando giocano a football, 'palla' significa che devi
abbassarti," le spiegò Bristol avvicinandosi.

"Me lo ricorderò per la prossima volta," rispose Heather
con un sorrisetto.

"Ti darei qualcosa da metterti, per cambiarti, ma non
penso che i miei vestiti ti andrebbero bene," le spiegò Bristol.

"Allora la porto a casa," affermò Talon con decisione.

"Ma davvero, sto bene, sono solo un po' bagnata,"
protestò Heather, che non era ancora pronta a interrompere
le chiacchiere con le amiche.

"Hai la gamba rossa per il colpo, potrebbe gonfiarsi. Ti
porto a casa."

Heather aprì la bocca per protestare ancora, ma Elsie
parlò per prima. "Lascia che si prenda cura di te, Heather."

Heather si voltò verso la nuova amica e ricordò ciò di cui
avevano appena discusso: sospettavano che Talon avesse

bisogno di una donna di cui occuparsi. Allora, semplicemente annuì.

"Grazie," le disse Talon sottovoce rialzandosi.

Elsie gettò le braccia intorno a Heather prima che lei potesse muoversi. "Mi dispiace tantissimo che Tony ti abbia colpita con la palla. Grazie per non averlo fatto stare peggio di quanto già non stia."

"Non l'ha fatto apposta," rispose Heater per tranquillizzarla. Ovviamente le venne spontaneo ripensare alle tante occasioni in cui si era messa nei guai alla Comune. Anche quelli erano stati in gran parte incidenti. Lei non aveva bruciato di proposito il pesce, rovinando la cena. Non aveva dato fuoco apposta alla maglia che stava cucendo. Si era avvicinata troppo al fuoco perché fuori c'era un freddo glaciale, così le fiamme avevano lambito il tessuto. In entrambe quelle occasioni, aveva trascorso due settimane intere nella tenda di punizione.

Tornò al presente quando Bristol la abbracciò promettendole che si sarebbero riviste presto.

Poi Talon le mise un braccio sotto le ginocchia e l'altro dietro la schiena, sollevandola come se fosse stata un peso piuma. Lei si sarebbe spaventata, se chiunque altro avesse provato a prenderla in braccio; ma non con Talon.

Si rilassò tra le sue braccia e accennò un sorriso a Zeke e Rocky. "Magari la prossima volta avremo più tempo per parlare."

I due amici fecero un sorriso e annuirono. Poi Talon, chiaramente impaziente, la trasportò sul suo SUV, la fece accomodare lentamente sul sedile del passeggero e le allacciò la cintura di sicurezza. Fece il giro del veicolo, si mise al volante e avviò il SUV per il vialetto, allontanandosi dalla casa di Bristol e Rocky prima che Heather se ne rendesse conto.

"Sto davvero bene," gli ripeté.

"Mi fa piacere; però torniamo a casa, così puoi cambiarti e poi do un'occhiata alla gamba, per sicurezza."

Heather avrebbe anche potuto insistere a dire che stava bene, che non c'era bisogno di controllare la gamba, che quel pallone non l'aveva colpita con molta forza, che più che altro era stata colta di sorpresa... ma rammentò le parole delle amiche e decise che quelle attenzioni la facevano stare molto bene... così accettò con un cenno del capo.

CAPITOLO TREDICI

TAL CAMMINAVA AVANTI e indietro inquieto nel suo salotto ripensando a ciò che era successo la sera prima; non aveva dormito bene, e in mattinata Heather gli aveva chiesto se era stata lei a far qualcosa di male. Lui ovviamente aveva negato, ma dopo qualche ora sapeva di doverle parlare, di doverla rassicurare, perché la causa di quell'agitazione non era *lei*... ma la sensazione di impotenza che lui aveva provato, mentre lei aveva dovuto affrontare una serata come quella.

Il giorno prima, Heather era stata con Finley nella cucina dello Sweet Tooth, mentre lui lavorava dal barbiere. Harvey era stato più che comprensivo e aveva lasciato a Talon tutto il tempo che gli serviva, ma lui non voleva approfittare troppo della generosità del capo. Inoltre, Heather apprezzava sempre il tempo che trascorreva con Finley.

Poi però erano andati a cena all'Occhio di Bue... e là era cominciato il disastro. Ormai si era sparsa la voce del ritorno di Heather.

Da quando Simon aveva confermato che il DNA corrispondeva a quello di Heather Brown, gli abitanti di Fallport si erano fatti prendere la mano. Il sindaco aveva persino proposto una parata improvvisata per le vie della città, ma Heather aveva rabbrividito all'idea, che quindi era stata scartata.

Però erano usciti articoli online, sulla *Fallport Gazette*, e chiunque avesse conosciuto la piccola Heather era stato intervistato. I dettagli su dove fosse stata e sulla tragedia che aveva vissuto erano stati scarsi, ma la gente aveva comunque fatto ipotesi.

Così, non solo Heather era diventata una celebrità tra i cittadini di Fallport, ma la voce era trapelata ufficialmente anche al di fuori di quella piccola comunità.

Di conseguenza, mentre Heather e Talon stavano cercando di cenare all'Occhio di Bue, lei era stata circondata all'improvviso da giornalisti locali e nazionali. Tutti volevano intervistare la ragazzina, ormai donna, che era stata miracolosamente ritrovata dopo vent'anni.

Sandra aveva fatto del suo meglio per respingere ogni intruso, ma quando era arrivato il quinto maleducato a interrompere la cena avvicinandosi al tavolo e sbattendo un microfono in faccia a Heather, dopo che le era stata scattata l'ennesima fotografia, Talon si era stufato: le aveva messo un braccio intorno alle spalle e, grazie anche all'aiuto di alcuni compaesani, si era fatto strada senza troppe manfrine tra la decina e passa di giornalisti, per raggiungere il suo SUV.

Così erano tornati al sicuro nell'appartamento, ma Tal aveva la sensazione che ben presto i giornalisti sarebbero arrivati a bussare anche a quella porta. La storia di Heather era unica, e il racconto di una bambina scomparsa e ritrovata dopo tantissimi anni interessava a tutti.

"Mi dispiace per ieri sera," disse a Heather, che stava seduta sul divano.

"Non è colpa tua," gli rispose con un tono piatto e vagamente distaccato.

Lui strinse i denti e sospirò. Aveva previsto che capitasse, che tutti volessero conoscere la sua storia. Le avevano fatto domande inopportune, per conoscere i dettagli della prigionia... perché era stata una prigionia: nonostante l'assenza di catene alle caviglie, Heather era pur sempre stata tenuta prigioniera.

Tal andò in cucina a prenderle una Sprite. Heather non aveva gradito il gusto del vino, né quello della birra, ma le piacevano le bevande gassate e dolci. Tornato da lei, Tal si sedette sul divano e le passò la lattina.

Lei gli sorrise e ne bevve un sorso. "Forse dovrei tornare alla mia caverna."

Tal scosse la testa ancor prima che lei terminasse la frase. "No!" le rispose di getto... poi fece un respiro profondo per controllare la paura che gli scorreva nelle vene. "Vuoi davvero tornare nel bosco?" le chiese con un po' più di calma.

A quel punto toccò a Heather sospirare. "No." Abbassò lo sguardo sulla bevanda che teneva in mano. "Mi piace stare qui. Non devo preoccuparmi di trovare da mangiare o di tagliare la legna. Adoro i miei nuovi vestiti e sono tutti gentilissimi. Adesso che so come sono finita alla Comune, non voglio più avere nulla a che fare con loro, mai più. Tornare nel bosco sarebbe come dargliela vinta."

Tal allungò una mano per prendere quella di Heather. Voleva solo stringerla, farle sentire la propria vicinanza, ma quando anche lei strinse, quasi con disperazione, lui non la lasciò più andare. "Non l'avranno mai vinta. Simon li troverà e gliela farà pagare per quel che ti hanno fatto."

Lei fece spallucce. "Vorrei tanto cambiare il passato," gli disse a bassa voce. "Odio pensare all'effetto devastante che la mia scomparsa ha avuto sui miei genitori. Mi chiedo quante altre famiglie abbiano sofferto allo stesso modo, perché Freccia incoraggiava a rubare i bambini." Alzò lo sguardo verso di lui. "Come poteva essere tanto... orribile? Tanto immorale? Che tu ci creda o meno, all'inizio con me è stato anche gentile. Penso di averlo preso un po' come un nonno."

"Finché non ti ha costretta a fare sesso con lui," mormorò Tal con disgusto.

Heather arricciò il naso. "Sì fino a quel momento. Ma comunque, tra tutti gli uomini della Comune, lui è stato quello meno cattivo. Anche se, in realtà, dato che era il leader, probabilmente era anche quello più depravato. Doveva sapere cosa facevano gli altri. Forse ordinava anche di trovare altre ragazze. Si prendeva sempre l'incarico di guidare i ragazzi che si univano al gruppo." Le venne un brivido. "Sapeva quel che faceva e non gli importava."

Tal si sentì inerme. Non poteva fare altro che starsene là seduto e lasciare che Heather gli affondasse le unghie nel dorso della mano. Certo, lei non si rendeva conto di fargli del male, ma lui ne aveva subite di peggio. Avrebbe sopportato per tutto il tempo necessario.

Al che, Heather lo guardò, ma invece delle lacrime, aveva gli occhi pieni di determinazione. "Li *odio*. Li odio tutti. Mi hanno portata via da una famiglia che mi amava. Dalla mia vita. Mi hanno negato il cibo, sono diventata una schiava, mi hanno violentata, non mi hanno dato dei vestiti adatti, hanno fatto di tutto per sottomettermi con la forza."

"Però non ci sono riusciti," commentò Tal sottovoce.

"No, non ci sono riusciti," ribadì lei raddrizzando la schiena, "ma solo perché quando mi hanno presa ero già grandina. Se avessi avuto qualche anno di meno, non avrei ricordato nulla della mia vecchia vita. Avrei creduto a tutto ciò che cercavano di insegnarmi, a tutto ciò che dicevano delle donne, che sono indegne, che devono obbedire agli uomini senza fare domande."

Heather aveva ragione e anche Tal li *odiava* quanto lei.

Il dottor Snow aveva suggerito a Heather di parlare con una psicologa che operava a Christiansburg e lei si era detta d'accordo, ma Tal non aveva ancora avuto il tempo di fissare il primo incontro. Anche lui era totalmente d'accordo di farla parlare con un professionista, per superare tutto ciò che le era successo, anche se non le dava l'impressione di aver bisogno di psicoterapia per un lungo periodo di tempo. Pur essendo tornata a Fallport solo di recente, Heather gli era sbocciata sotto gli occhi. Anche il tempo trascorso con le altre le era servito moltissimo.

La sua Heather era forte come la roccia.

Un momento... la *sua* Heather?

Eh sì.

Sì, era esattamente così che la pensava.

Fin da quando Brock e Finley gli avevano raccontato della donna misteriosa che li aveva salvati, Talon era stato in preda all'ossessione di ritrovarla e di aiutarla. Gli sembrava che l'anno passato da sola nel bosco avesse già avuto l'effetto di un'ottima terapia. Heather aveva dimostrato di essere autonoma, di non avere bisogno di un uomo, di poter fare ciò che voleva, quando voleva; doveva essere stata una liberazione.

Tal non sapeva se l'odio nei confronti di Cipresso fosse benefico, ma era sempre meglio del dispiacere o del desiderio di proteggerlo. "Dobbiamo affrontare un certo discorso."

Lei lo fissò con gli occhioni verdazzurro spalancati in attesa.

"Adesso che la tua storia è trapelata, temo che i giornalisti impazziti di ieri sera siano solo la punta dell'iceberg. C'è un rischio concreto che Cipresso o qualcun altro di quelli con cui vivevi lo venga a sapere. Scopriranno che sei viva e che vivi a Fallport."

La osservò mentre impallidiva. Lei gli strinse di nuovo la mano.

"Qui sei al sicuro," le disse subito, "ma devi saperlo, per poterti proteggere. Pensi che potrebbero mandare qualcuno per parlarti, per cercare di convincerti ad andar via con loro?"

Heather annuì, ma non disse nulla.

Tal non avrebbe mai voluto chiederglielo, ma gli sembrava doveroso: "Pensi che potrebbero dire o fare qualcosa che ti convinca ad andartene? So che è passato del tempo, da quando frequentavi il loro mondo, ma ti hanno manipolata per vent'anni. Se Cipresso torna e comincia a gridare a minacciarti di chiuderti nella tenda di punizione... pensi che andresti con lui?"

Nonostante gli occhi pieni di paura, Heather raddrizzò la schiena e gli rispose: "Non seguirò mai, *mai* Cipresso Bonfiglio. Non importa quel che dice, non importa cosa fa, non andrò mai in Florida con lui."

"Potrebbe cercare di costringerti," la avvertì Tal.

"Allora lotterò. Non sono più la persona che conosceva. Non sono più Fiore. Sono Heather Brown. Adesso mi *piace* la mia vita. Ho delle amiche, un letto morbido. Sto al caldo e non devo indossare quell'orribile veste marrone. Posso calzare le scarpe e guardare negli occhi gli uomini; sto imparando a leggere e scrivere meglio. Mi piace vivere nel tuo mondo, Talon. Non vorrei mai andarmene."

Lui sentì il cuore gonfiarsi nel petto e non riuscì a resistere: si portò le loro mani intrecciate alla bocca e le baciò il dorso solennemente. "Anche a me piace averti nel mio mondo, cara."

Poi Heather lo sorprese: si sporse in avanti, appoggiò la lattina sul tavolino di fianco al divano, poi tornò verso di lui; gli lasciò andare la mano, gli mise un braccio intorno all'addome... e gli si *accoccolò* addosso.

Fu un gesto naturale come il respiro, come se si fossero messi in quella posizione ogni sera.

Tal inspirò lentamente, godendo la sensazione di avere addosso quella donna, il profumo dello shampoo e del balsamo dolce che gli riempivano le narici. Le mise un braccio intorno alle spalle e rimasero così in silenzio, felici della vicinanza di un altro essere umano.

"Mi è mancato," gli disse sommessamente dopo qualche minuto.

"Che cosa?" le chiese Tal.

"Questo. Un abbraccio. Un contatto umano. Nessuno alla Comune si sfiorava se non per il sesso. Niente abbracci, niente strette di mano. Freccia di solito mi *toccava*, ma io non potevo nemmeno sfiorarlo durante i doveri coniugali. Dovevo solo stare là sdraiata e aspettare che finisse. Lo stesso con Cipresso."

"Adesso non parliamone più," commentò Tal goffamente. "Quelli non erano doveri coniugali, maledizione, tu non eri sposata."

"Dico solo che... così sto bene."

Tal si sforzò di gettarsi alle spalle quelle parole. Per fortuna, Heather non gli sembrava completamente distrutta e traumatizzata da ciò che era stata costretta a subire, ma a lui dava ancora un enorme fastidio. "Sto bene anch'io," le disse per rassicurarla.

"Talon?" lo chiamò alzando la testa per guardarlo negli occhi.

"Sì?"

"Pensi che ci sarà qualcuno disposto a stare con me, dopo aver scoperto cosa mi è successo? Sai... per via del rapimento."

Lui si rabbuiò, sorpreso da quella domanda. "Ma certo! Perché pensi di no?"

"Non lo so," gli rispose alzando le spalle.

Tal attese un attimo, ma dato che lei non aggiunse altro, continuò: "Con me puoi parlare di tutto, Heather. Dimmi quello che ti passa per la testa."

Lei nel frattempo aveva abbassato lo sguardo, ma dopo averlo ascoltato tornò a guardarlo negli occhi. "Pensi che *tu* potresti provare qualcosa nei miei confronti, oltre all'amicizia?"

A quella domanda, lui quasi si strozzò. Pensava di essersi espresso in maniera chiara, quando le aveva detto che la sentiva sempre più vicina e importante, e non era passato molto tempo. Ma forse lei aveva bisogno di conferme, o forse non aveva capito bene cosa intendesse dirle.

Era il caso di muoversi in punta di piedi: non era sicuro che Heather fosse pronta a parlare di un rapporto futuro... non era nemmeno sicuro fosse il caso di cercare un rapporto con lei, per quanto lo desiderasse disperatamente. Tuttavia, due cose aveva chiaro in mente...

...innanzitutto, Tal non voleva nemmeno *pensarla* insieme a un altro uomo. E poi, non voleva fare o dire qualcosa che la spaventasse più di quanto lo era già.

Ovviamente l'attesa della risposta si era prolungata un po' troppo, perché lei cominciò a tirarsi fuori dall'abbraccio.

Tal la tenne stretta, rifiutandosi di lasciarla andare. Infine, le rispose semplicemente: "Sì."

Lei tornò a fissarlo. "Sì?" gli chiese inclinando un poco la testa.

"Sì," le ripeté. "Se non avessi provato un profondo legame con te, ti avrei portata dritto da Simon. Lui poteva trovarti un luogo in cui vivere, contattare delle organizzazioni benefiche per procurarti degli abiti e per soddisfare altre necessità. Non ti avrei presentata ai miei amici, né ti avrei incoraggiata a frequentarli. Non dormirei al tuo fianco tutte le notti. Non sarei tanto preoccupato che qualcuno di quella maledetta setta scopra che tu sei qui e faccia o dica qualcosa che ti induca a tornare da loro."

"Mi sei entrata nel cuore in un modo che nessun'altra donna aveva mai sfiorato, Heather. Tanto che ho una paura folle. *Tu* mi fai paura: non voglio fare nulla che ti faccia venire voglia di andartene. Rimango sdraiato nel letto, la notte, solo per sentirti respirare e per ringraziare il cielo di averti trovata; ringrazio Dio perché tutto sommato stai bene, perché sei riuscita chissà come a conservare un carattere bello e dolce, anche dopo che l'inferno ha cercato di abbatterti."

"Allora, penso di poter provare qualcosa per te, oltre l'amicizia? Cara... io provo già qualcosa per te."

Le ultime parole furono sussurrate, ma Tal non poteva mentire. Si rifiutava di mentirle.

Heather lo fissò senza battere ciglio, e a quelle ultime parole, incurvò le labbra in un bel sorriso. "Anch'io," gli disse.

Quella risposta fu come un fulmine che lo colpì al cuore; ma lui cercò di non reagire. "Hai bisogno di tempo. È poco che sei venuta via dal bosco, e io sono l'unico uomo che hai frequentato."

Lei scosse la testa con decisione. "Ho frequentato un sacco di uomini," ribatté.

Tal le scostò una ciocca di capelli dalla guancia e gliela sistemò dietro l'orecchio. Gli piacevano quei capelli, ormai lisci e morbidi. Glieli aveva spuntati fino a farli ricadere sulle scapole, e lei non gli aveva ancora detto che bastava. Più glieli accorciava e più le ciocche si arricciavano. Tal dovette sforzarsi per non affondare le mani in quei capelli affascinanti. "Intendo dire uomini normali," chiarì. "Brave persone."

Un'espressione ostinata attraversò i tratti del volto di Heather, e Tal si preparò d'istinto a sentirne la reazione.

"Ti ho osservato," gli disse, "nel bosco. Ho seguito te e i tuoi amici mentre facevate le vostre ricerche, anche se all'epoca non capivo esattamente cosa stavate facendo. Però ti ho visto ridere con loro, tornare serio quando dovevi, trattare con attenzione le persone che si erano smarrite e fatte del male. Ho ascoltato le tue conversazioni e ho osservato anche altre persone che si avventuravano nel bosco. Ho sentito uomini parlare delle rispettive donne mentre loro non c'erano, li ho sentiti vantarsi della loro vita sessuale; dicevano di odiare il loro lavoro, di aver rubato sul posto di lavoro... è meraviglioso quanto si può scoprire, osservando e ascoltando gli altri, quando pensano di essere da soli o tra amici."

"Ho conosciuto altri uomini, a parte quelli della Comune, e tu, Talon, tu sei quello che voglio. Tu mi hai detto che adesso vivo nel tuo mondo, ed è proprio quello che voglio. Io *voglio* essere nel tuo mondo. Tu non mi farai del male, di te posso fidarmi. Me l'hai ripetuto un'infinità di volte, ma me l'hai anche dimostrato. So di non essere intelligente, di essere diversa, ma se mi dai una possibilità, posso imparare. Posso essere come le altre donne che hai frequentato."

Alle ultime parole di autocommiserazione, Tal sentì il cuore quasi spezzarsi. Senza pensarci, si sdraiò sul divano portando Heather con sé. Lei gli finì seduta a cavalcioni sulla pancia. "Di me *puoi* fidarti e non ti farò *mai* del male," le disse con slancio. "E sei anche la donna più intelligente che io conosca. Non conosco nessun altro in grado di fare ciò che hai fatto tu. Sei stata più furba di Cipresso e di tutti gli altri. Ti sei nascosta dove nessuno potesse trovarti. Li hai costretti ad andarsene senza di te. Ti sei salvata, che già è incredibile e meraviglioso di per sé... ma hai anche un fascino irresistibile. Ti ricordi di quanto ti ho raccontato su quelle donne e quei bambini? Quelli che non sono riuscito a salvare?"

Lei annuì. Gli aveva appoggiato le mani sul petto, sostenendosi su di lui.

"Se avessero avuto anche solo metà del tuo coraggio, avrebbero trovato un modo per salvarsi. Probabilmente non è giusto che io dia giudizi, perché non conosco le loro circostanze, ma tu ti sei salvata, sei stata in grado di sopravvivere al bosco... nientemeno che in una veste e a piedi scalzi... e così mi hai commosso e colpito più di qualunque altra donna."

"Se mi vorrai, sarò tuo," le promise. "Penso ancora che, col passare del tempo, ti accorgerai di avere davanti a te tutto un mondo pieno di uomini disposti a fare la fila, pur di stare con te. Ma finché non cambierai idea, io sono felice di stare con te, di aiutarti a navigare in un mondo che sembra ancora eccessivo e travolgente."

Gli occhi di Heather si riempirono di nuovo di lacrime mentre gli chiedeva: "Sei mio? Volevi dire che io sono tua?"

"No. Voglio dire che pendo dalle tue labbra. Farò i salti mortali per accontentare qualunque tuo desiderio. Tu non *apparterrai* mai più a qualcuno, Heather. A meno che tu non *scelga* di concederti a qualcuno. Sei libera da tutte quelle cavolate. Da questo momento in avanti, sei tu a decidere il tuo destino. Non io, non chiunque altro. Sei tu a decidere ciò che vuoi. Io sarò felice di guidarti, di aiutarti con tutte le informazioni che ti servono per prendere le tue decisioni, ma la responsabile sei tu. Responsabile di come procederemo... di tutto."

Una lacrima le cadde dagli occhi e lei alzò una mano con impazienza per asciugarla. "Io voglio baciarti," gli disse a voce bassa. "Ho visto Lilly, Elsie e le altre che baciavano i loro mariti. Io invece non ho mai baciato nessuno."

Talon sentì il cuore sussultare nel petto. Si sforzò di toglierle le mani dai fianchi e se le mise dietro la testa, cercando una posizione il meno minacciosa possibile. "Allora baciami," le disse sottovoce.

Lei sorrise... poi tornò subito seria.

"Che succede?"

"Non ho mai... stare di sopra è strano."

La rabbia nei confronti degli uomini che si erano approfittati di lei in passato minacciò di travolgerlo. Tal aveva capito fin troppo bene ciò che lei stava cercando di dirgli. "Non è strano," la rassicurò. "Nei rapporti normali, a volte l'uomo sta sopra, a volte la donna. Ci sono tantissimi modi diversi in cui si può stare insieme in intimità. Questo è solo uno dei tanti."

Le lesse negli occhi una graduale comprensione, poi la vide annuire. "Allora posso baciarti?" gli chiese.

"Tu puoi baciarmi in qualunque momento, dove e quando ti va," le rispose con fervore.

"Me lo dici se sbaglio?" gli chiese.

"Tu non puoi sbagliare, cara," le rispose. "Te lo garantisco."

Tal sapeva di non dover accelerare, sapeva di doverle lasciare più tempo. Probabilmente Heather si stava affezionando a lui perché era stato il primo uomo a comportarsi con gentilezza nei suoi confronti dopo vent'anni di inferno. Però non poteva sottrarsi. Ormai era troppo preso. Si sentiva in grado di fare solamente *una* cosa: darle ciò che lei voleva. Lasciarla sperimentare. Ridarle la libertà, l'indipendenza... pregando che lei alla fine decidesse di rimanere.

Se se ne fosse andata, Heater l'avrebbe straziato, ma lui l'avrebbe lasciata scegliere con un sorriso, anche se lei avesse desiderato lasciarlo.

Mentre Heather si abbassava lentamente su di lui, il cuore di Tal cominciò a battergli contro il torace. Lui tenne gli occhi aperti, come anche lei, mentre gli sfiorava tentennante le labbra con le proprie.

Heather si allontanò di pochi centimetri e lo fissò. "Così?"

"Così," le confermò. "Prova ancora, con più intensità."

Lei si abbassò e spinse le labbra completamente su quelle di Tal, che non riuscì a resistere: aprì la bocca e le leccò il labbro inferiore.

Heather si allontanò di scatto e lo guardò con gli occhi spalancati.

"In alcuni baci si usa la lingua. Si lecca, si succhia, si mordicchia," le spiegò.

Heather si bagnò le labbra con la lingua e Tal quasi gemette.

Quando tornò a baciarlo, i tentennamenti erano in parte già superati. Fu *lei* a leccargli un labbro, e lui fece fatica a tenere le mani dov'erano. Avrebbe voluto infilarle le dita nei capelli e tenerla ferma mentre la assaporava, ma le aveva detto di prendere l'iniziativa e lui si sarebbe fatto ammazzare, pur di mantenere la parola.

I lunghi capelli di Heather caddero intorno a loro come una specie di tendina, proteggendoli dal resto del mondo, mentre il bacio non si fermava.

Heather imparò alla svelta, seguendo i movimenti della testa di Tal. Ogni volta che lui faceva qualcosa, lei ripeteva lo stesso gesto. Quando lui le mordicchiò il labbro inferiore, lei ricambiò. Quando lui gemette, gemette anche lei.

Ben presto, Heather non ebbe più bisogno di ripetere i gesti di Tal: prese il pieno controllo del bacio infilandogli la lingua in bocca, poi le loro teste si inclinarono e cominciarono a pomiciare senza freni.

Tal sentì il sapore della bibita che Heather aveva appena bevuto, ed ebbe l'impressione che non sarebbe più riuscito a bere Sprite senza ricordare quel preciso istante. Durante il bacio, lei gli portò una mano sulla guancia, passando le dita sulla barba incolta; il tocco morbido della pelle di Heather che gli sfregava i peli del viso gli fece venire la pelle d'oca alle braccia.

Heather si staccò per prendere fiato e Tal si accorse di ansimare quanto lei.

"Mi piace baciare," gli disse arrossendo.

"A me piace baciare *te*," le rispose.

"Mi piace anche stare di sopra," aggiunse lei con innocenza.

Le immagini di ciò che potevano fare, mentre lei gli stava sopra, scorsero nel cervello di Tal, che dovette dar fondo a tutto l'autocontrollo per non spingere col bacino contro di lei. Gli era venuto durissimo, ma per fortuna lei non se n'era ancora accorta. Però era solo una questione di tempo. Heather era innocente sotto molti aspetti, ma di sicuro conosceva il significato di un'erezione, e lui non voleva farle tornare dei cattivi ricordi.

Tal non fece in tempo a concludere quel pensiero, che Heather si mosse. Si mise seduta per un attimo, muovendosi indietro a sufficienza per appoggiargli l'inguine sull'uccello.

Rimasero entrambi immobili.

CAPITOLO QUATTORDICI

"Ignoralo," le disse Talon.

La prima reazione di Heather fu di paura: conosceva il significato di un pene eretto. Aveva sentito tra le gambe fin troppe volte quelli di Cipresso e di Freccia; ma si era sempre trovata sotto di loro. La semplice differenza di trovarsi sopra Talon le faceva sembrare tutto notevolmente diverso.

Senza pensarci, ondeggiò leggermente sul corpo di Talon, solo una volta. Stare sopra le dava... potere. Le piaceva. Un sacco.

"Heather," la chiamò Talon, che però non si mosse. Non la afferrò. Non la costrinse a fermarsi o a spostarsi, per metterla sotto. Il potere che le dava quell'accettazione le arrivò alla testa.

Guardando l'uomo che le stava sotto, vide che teneva i pugni stretti sopra la testa e che aveva le labbra gonfie per i baci.

Baciarlo era stata un'esperienza *totalmente* diversa da come lei se l'era immaginata. Era stato... quasi travolgente. La prima volta che le lingue si erano toccate, le era sembrato strano; ma poi Talon le aveva mordicchiato il labbro inferiore, provocandole una scossa che le aveva percorso tutto il corpo, attraversando i capezzoli e il centro, tra le gambe. Una sensazione che lei non aveva mai vissuto.

Così era stata presa da una curiosità sconfinata. Heather aveva già visto un pene, ma solo di sfuggita, al buio. Quando Freccia e Cipresso facevano sesso con lei, si concludeva sempre tutto molto alla svelta. Inoltre, non ce l'avevano grosso e duro come quello di Talon.

Heather si mosse all'indietro fino a sedersi sulle cosce di Talon per fissargli il gonfiore enorme nei jeans. Allungò una mano per toccarlo, senza pensarci.

"Heather!" la richiamò Talon seccamente, appena lei toccò il tessuto dei jeans.

Lei lo guardò in faccia. Lo vide stringere i denti, con ogni muscolo del corpo contratto. Sotto al sedere, ne sentiva anche le cosce rigide.

"*Non* aprirmi i jeans," le intimò.

Lei inclinò la testa confusa.

"È troppo presto, cara. Non voglio spaventarti, farti tornare dei brutti ricordi. Puoi toccarmi, se proprio lo desideri... ma solo con i vestiti addosso. Va bene?"

Lei annuì immediatamente. Avere il via libera per toccare quell'uomo era emozionante: Heather strinse la mano intorno al gonfiore dei jeans, tra le gambe di Talon, che gemette sonoramente, spingendo i fianchi di un nonnulla.

Il potere che Heather sentì in quel momento fu nuovo quanto quello di stare di sopra, ma di enorme soddisfazione. Quando le era capitato di sentirsi a capo di qualcosa? Mai. Alla Comune, doveva fare sempre come le dicevano. Non aveva il controllo su ciò che indossava o che mangiava, su ciò di cui si parlava, su ciò che poteva dire. In quel momento, con Talon? Poteva fare tutto ciò che voleva, quando e come voleva. Poteva mangiare cioccolata senza doversi sottoporre prima a delle attività dolorose, poteva mangiare ogni volta che aveva fame. Poteva indossare gli abiti che le piacevano.

E poteva toccare, invece di limitarsi a *essere* toccata.

"Ti piace?" gli chiese.

"Non sai quanto, cara," le rispose ansimando.

Talon chiaramente pensava che Heather non non avrebbe scelto di stare con lui, una volta conosciuti altri uomini, ma si sbagliava. Lei aveva cercato di spiegarglielo, ma si era accorta che lui non le aveva creduto. Certo, non si conoscevano da molto tempo, ma lei l'aveva *capito*. L'aveva osservato. Talon era un brav'uomo; da quando l'aveva raggiunta alla caverna, non aveva detto o fatto nulla che la inducesse a cambiare idea.

Se Talon la credeva tanto scema da desiderare un uomo diverso, purtroppo si sbagliava di grosso. Lei era più preoccupata che fosse *lui* a stancarsi. Heather si rendeva conto di tutto ciò che le rimaneva da imparare. Probabilmente Talon si sarebbe stancato di doverle spiegare tutto, trattandola con le pinze per non irritarla.

La verità era che... Heather era più che pronta ad andare avanti. La possibilità di vivere una vita normale le era stata negata per vent'anni, e lei non voleva sprecare più un solo attimo.

Voleva ciò che aveva Lilly; ciò che avevano Elsie, Bristol, Caryn e Finley. Voleva un uomo che la amasse, proprio come gli uomini della squadra amavano le rispettiva compagne. Voleva che quell'uomo fosse Talon.

Continuò ad accarezzargli il pene da sopra i jeans e sentì i capezzoli irrigidirsi, mentre ne delineava forma e dimensioni. "Ce l'hai grosso," gli disse di getto, per poi fare una smorfia. Era un commento stupido.

"Non *troppo*," le rispose senza traccia di offesa o di stupore per quelle parole.

Heather si agitò su di lui.

"Baciami ancora, Heather," le intimò.

Un ordine che lei eseguì senza alcun problema, dato che anche lei desiderava baciarlo.

Per portarsi più avanti, Heather fu costretta a staccare la mano dal pene, ma si schiacciò su di lui per sentirlo tra le gambe mentre lo baciava.

In quei baci, Heather perse la sensazione del tempo; a un certo punto, alzò la testa con espressione perplessa.

"Cosa? Che c'è?" le chiese lui immediatamente.

Erano talmente sulla stessa lunghezza d'onda, che lei si sarebbe preoccupata se non le avesse fatto piacere.

"Ma tu... tu non mi stai toccando," gli disse con indecisione.

"Non voglio spaventarti," le spiegò. "Dirigi tu i giochi, Heather."

"Tu non mi spaventi. Non mi farai del male. Io... non so se voglio stare sotto di te, ma puoi toccarmi... se ti va."

"Oh, certo che mi va," le rispose con un filo di voce.

Talon abbassò le braccia lentamente e le appoggiò il palmo enorme di una mano sul braccio, portandolo dal polso alla spalla. Con le dita dell'altra mano, le sfiorò la schiena scendendo verso il basso, per poi spingerla con forza contro il proprio corpo.

Con il dorso della mano, le sfiorò le guance e il collo, dove la strinse dicendole: "Baciami ancora."

Lei abbassò la testa prima ancora che lui finisse di parlare. Quando si baciarono, Talon la strinse tra le braccia, e intanto col pollice le sfiorava la pelle sensibile della nuca, mentre la assaporava stando sotto di lei.

Heather non riuscì a star ferma e ondeggiò i fianchi per sfregarsi contro quel pene eretto. Quanto le piaceva! Ne voleva di più. Lo voleva più vicino.

Dopo vari minuti, Talon interruppe il bacio ma le tenne la mano dietro la nuca. Le fece appoggiare la fronte sulla propria sussurrandole: "Più forte, cara. Sfrega contro di me con più forza. Prenditi ciò che vuoi."

Lei lo prese in parola, godendo del modo in cui la teneva stretta, pur non sapendo il perché; ogni volta che un uomo l'aveva stretta a sé, per lei era stato un terrore.

Tal le infilò le dita sotto la cintura dei pantaloni cargo e lei le sentì sulla pelle sensibile delle natiche. Continuò a sfregarsi contro di lui, fissandolo negli occhi mentre lui spingeva i fianchi contro di lei più volte... per poi fermarsi all'improvviso.

Un lungo gemito gli sfuggì dalla bocca, poi uno sbuffo e un sospiro, infine chiuse gli occhi, rimanendo immobile sotto di lei.

Heather si fermò: non era sicura di cosa fosse appena successo. Era confusa, e sentiva nel corpo un turbinio di pizzicori.

"Accidenti, che donna!" esclamò Talon dopo qualche secondo, aprendo gli occhi e fissandola meravigliato.

"Cos'è successo? Stai bene?" gli chiese lei.

Talon stesso sembrò confuso per un attimo, poi tornò a sospirare. "Non lo sai?"

Lei scosse la testa.

"Sono venuto."

Heather rimase perplessa.

"Sai cosa significa?"

"Sì, ma pensavo succedesse solo quando un uomo era dentro la moglie."

Un lampo di rabbia gli illuminò gli occhi, poi Talon riprese il controllo. "No. Uomini e donne possono vivere momenti di piacere, anche orgasmi, in qualunque momento, con gli stimoli giusti. Possiamo masturbarci, toccarci per provare piacere, oppure farci toccare per provare lo stesso piacere."

Heather sentì la testa che le girava. "Possiamo toccarci? Non è illegale?"

"No."

"E non dobbiamo essere sposati?"

"No."

"E... anche le donne possono?"

"Sì."

Heather era in visibilio, ma anche di nuovo incazzata. Alla Comune c'erano talmente tanti divieti che non riusciva nemmeno a riderci sopra. "E adesso... a te è piaciuto?"

Talon fece una risatina e lei ne sentì la pancia muoversi. "Non mi è solo piaciuto: ho *goduto*," le rispose rassicurandola. "Non ricordo quand'è stata l'ultima volta che sono venuto nei pantaloni. Mi è bastata la sensazione dei tuoi baci, sentirti contro di me... non ce l'ho fatta a trattenermi."

Heather si sentì pervasa da un orgoglio nuovo. Era stata *lei* a fargli quell'effetto. Si abbassò su di lui e guardò tra i loro corpi. Talon non ce l'aveva più duro, e sui jeans tra le gambe aveva una macchia scura.

"Mi sembri orgogliosa," le disse Talon con una smorfia.

"È solo... non sapevo che potesse succedere senza averti dentro di me."

"Tu non hai mai avuto un orgasmo, vero?" le chiese Talon con dolcezza.

Heather scosse la testa senza alcun imbarazzo. In fondo, stava parlando col suo Talon.

Lui le sorrise, mostrandole la fossetta sotto la barba. "Vedrai che ci divertiremo."

Se solo pochi giorni prima, qualcuno le avesse detto che il sesso poteva essere divertente, Heather avrebbe reagito ridendo a crepapelle. Per lei, il sesso non era mai stato divertente, né era stato comodo o piacevole, o nessun altro aggettivo positivo. Era stato un dovere, che quasi sempre faceva male. Un'esperienza da concludere il prima possibile.

"Ma non adesso. Penso che basti, per un giorno, come

educazione sessuale," le spiegò mettendosi seduto mentre la teneva sulle gambe senza difficoltà.

Il modo in cui riusciva a spostarla senza alcun problema le fece capire per la prima volta quanto fosse forte: avrebbe potuto costringerla a mettersi sotto di lui in qualunque momento. Avrebbe potuto afferrarla e farle davvero male; invece le aveva lasciato il controllo, giacendo sotto di lei docilmente, senza nemmeno esitare.

Talon le mise le mani intorno al viso: "E tu stai bene?"

Lei aggrottò la fronte. "Perché, non dovrei?"

"Ci abbiamo dato dentro intensamente, e hai fatto qualcosa che non avevi mai fatto prima."

Eccolo di nuovo, dolce e protettivo, che la coccolava preoccupandosi per lei. "Sto bene."

"Ottimo."

"Io... ti piaccio davvero?" gli chiese.

Lui la guardò con un'espressione dolce che la intenerì. "Mi piaci davvero."

Gli sorrise.

"Però devo andare a cambiarmi," aggiunse Talon.

Heather fece una risatina. "Sì, devi cambiarti."

"Sei davvero orgogliosa del risultato," le disse.

"Un pochino," confermò lei.

"Fai bene. Pensa che il mio autocontrollo è altissimo. In missione, controllavo le mie emozioni, come mi controllo sessualmente. Invece, con te, cara, non ho controllo su *nulla*."

"Mi dispiace...?" gli disse con incertezza.

"Non devi. Sono come argilla tra le tue mani e mi piace tantissimo."

Al che, Talon si alzò, facendole appoggiare i piedi sul pavimento. Attese di vederla stabile, poi si abbassò per baciarla dolcemente sulle labbra. Non fu un bacio carnale come quelli di prima, ma le piacque profondamente allo stesso modo. "Torno subito," le disse.

Lei lo guardò dirigersi verso il corridoio; quando non lo vide più, Heather sorrise e si abbracciò. Aveva notato subito Talon, spiandolo nel bosco, anche quando non sapeva che fosse lui a lasciarle i regali. Si domandò come fosse stata tanto fortunata da essere ritrovata proprio da *lui*.

Si sentì travolta dalla determinazione di prendere il controllo della propria vita. Freccia aveva sempre reagito con astio, quando le veniva in mente qualcosa di nuovo. Lei era sempre stata ostinata, incapace di togliersi di testa qualcosa completamente. Talon poteva anche pensare che lei decidesse di volere un altro uomo, dopo averne conosciuti diversi, ma si sbagliava.

Più tardi, quando Talon tornò dalla doccia, sembrò tutto... più semplice. La toccò di più... con piccole carezze, sfiorandola con le dita dietro la schiena mentre andavano in cucina, passandole una mano lungo il braccio mentre stavano seduti fianco a fianco sul divano a guardare la TV, invece di mettersi dall'altra parte... gesti del genere.

Si stavano rilassando dopo cena (Talon le aveva insegnato a preparare la parmigiana di melanzane, che lei adorava), quando il telefono squillò.

"Tal," disse rispondendo. "È un po' tardi... va bene... d'accordo. Ti aspettiamo." Riattaccò con un sospiro.

Heather si voltò verso di lui con apprensione. "Che c'è?"

"Era Simon. Vuole passare per parlarti di qualcosa."

Heather non nascose la tensione.

"Andrà tutto bene, non permetterò che ti succeda nulla."

Lei respirò lentamente dal naso e annuì.

Dopo una decina di minuti, si sentì bussare alla porta. Talon si alzò per andare ad aprire, mentre Heather rimase in piedi vicino al divano, nervosamente. Lo vide tornare dopo qualche secondo insieme al capo della polizia.

"Mi fa piacere rivederti," le disse Simon con un cenno del capo.

Heather gli rispose con un sorrisetto, ma allo stesso tempo prese la mano di Talon.

A Simon non sfuggì l'intimità che si era creata tra i due, ma a Heather non importava: voleva far sapere a tutti che Tal era il suo uomo, che non si sarebbe staccata da lui... le aveva detto che le sarebbe stato vicino fintanto che lei avesse voluto, e lei l'avrebbe voluto per sempre.

"Volevo parlarti della stampa," le disse Simon dopo che si furono seduti.

"Sono fuori controllo," brontolò Talon.

"Ancora non hai visto niente," commentò Simon scuotendo la testa. "Da quella cena, quando siete sfuggiti dalla tavola calda, ne sono arrivati altri. Hanno parcheggiato tutt'intorno alla piazza e lungo Main Street. L'hotel vicino alla statale è tutto esaurito. Whitney ed Edna hanno rifiutato le stanze a chiunque avesse anche solo l'aspetto di un giornalista; un gesto carino, ma penso che non se ne andranno se non dopo aver ottenuto un qualche comunicato."

"Non faremo sfilare Heather in giro come un fenomeno da baraccone solo per soddisfare qualche malato di mente," commentò Talon scaldandosi.

"Non è questo che chiedo. Fallport è tutta compatta," aggiunse Simon.

"In che senso?" chiese Heather.

"Nel senso che la sorpresa e l'entusiasmo che hanno provato tutti, quando si è scoperto chi eri veramente, si stanno consumando alla svelta, dato che fin troppi giornalisti sono invadenti e maleducati. Tu sei Heather Brown, sei sempre stata cittadina di Fallport; i giornalisti parlano con tutti quelli che trovano, fanno domande impertinenti su di te e su ciò che hai passato... con il loro comportamento stanno stufando rapidamente i nostri bravi concittadini: sono tutti dalla tua parte, decisamente. Penso che te ne accorgerai, quando avrai voglia di uscire: sono tutti determinati a proteggerti, formando come un muro di gomma tra te e la stampa, se necessario. Però..." Simon lasciò la frase in sospeso.

"...non basterà," concluse Talon.

"Esattamente. La presenza della stampa non viola alcuna legge. Sono dei rompiscatole, ma non fanno nulla di illecito andando in giro nella speranza di vederti."

"Allora cosa devo fare? Devo andar via? Tornare per un po' alla mia caverna?"

"No!" esclamò Talon voltandosi verso di lei. "Adesso questa è casa tua, e quei bastardi non possono costringerti ad allontanarti."

L'atteggiamento protettivo di Talon le trasmise di nuovo una sensazione di calore in tutto il corpo. "Allora cosa?"

"Penso che dovresti scegliere qualcuno di tutto rispetto a cui raccontare la tua storia, così la curiosità verrà soddisfatta," le suggerì Simon.

"No," rispose Talon scuotendo la testa.

"Ascoltami bene," ribatté Simon. "Non sto parlando di una enorme conferenza stampa, nulla del genere... ma il mondo muore dalla voglia di conoscere Heather, di sapere dov'è stata. Fattene una ragione, Tal, è una notizia enorme. Pensa ai genitori degli altri bambini dispersi: farebbero di tutto per ritrovare vivi i figli. Parlare apertamente, raccontare la storia di Heather potrebbe ridare speranza a tutte le famiglie con dei minori scomparsi."

"Potrebbe anche dare maggiore disperazione, se non si trovano altre informazioni," ribatté Talon. "Sai benissimo anche tu che il ritorno di Heather è un'anomalia. Purtroppo, quasi tutti i bambini rapiti non hanno la stessa fortuna."

"*Certo*, lo so, ma è proprio per questo che sono tutti tanto curiosi. Ti ricordi quando è stata ritrovata Elizabeth Smart? Accidenti, è stato un miracolo che l'ha fatta diventare il gioiello americano. Ma dopo qualche intervista, è tornata a una vita normale. Poi è arrivata Jaycee Dugard, che era stata tenuta prigioniera per diciotto anni e aveva partorito due figli, il cui padre era l'uomo che l'aveva rapita: adesso è libera. Per non parlare di Shawn Hornbeck, Katie Beers, Carlina White, Elisabeth Fritzl, ma anche di Michelle Knight, Amanda Berry, Gina DeJesus..."

"Questa storia è diversa," insisté Talon.

"Non è diversa," ribatté Simon tranquillamente.

"Un momento, chi sono tutte quelle donne?" chiese Heather.

"Erano state tutte rapite, rimaste in prigionia per mesi, o anche per anni, prima di essere ritrovate. Da allora, sono tornate a un'esistenza relativamente normale e non sono più prede di una stampa invadente," le spiegò Simon.

"Erano come me, e adesso stanno bene?" chiese Heather con un filo di voce.

"Stanno bene."

Heather si voltò verso Talon. "Posso incontrarle?"

Lui sospirò. "Non lo so."

"Adesso potresti chiedere anche a Opal Williams di intervistarti, probabilmente accetterebbe," le disse Simon.

"Chi?" chiese Heather a Talon con un sussurro.

"È un'attrice molto nota che tiene un programma in televisione, ultimamente è diventata famosa perché intervista delle celebrità o altre persone coinvolte in eventi di cui si parla molto."

"Come il mio?" gli chiese Heather.

Tal annuì, poi si voltò verso Simon. "Non mi piace questa opzione."

"Nemmeno a me, ma l'idea è che i giornalisti non se ne andranno finché non ottengono quello che vogliono. Se Heather sceglie la persona a cui raccontare la propria storia... magari gli altri perderanno interesse, dopo aver perso lo scoop."

Talon sospirò. "Più la si mette al centro dell'attenzione e

più c'è il rischio che uno di quei bastardi che l'hanno rapita la scopra e cerchi di venire a riprendersela."

"Così potremo anche arrestarlo, raccogliere più informazioni sugli altri bambini rapiti, scoprire dove vivono adesso," ribatté Simon. "Ho contattato le autorità in Florida e ho raccontato tutto sulla Comune, spiegando che si sta trasferendo nel loro territorio: FBI, anticrimine e FDLE, il dipartimento delle forze dell'ordine della Florida... sono stati avvisati tutti. Ma se la storia di Heather raggiunge la ribalta nazionale, allerterà tutti, non solo la polizia; così magari la Comune verrà rintracciata e fermata anche prima."

Heather tenne gli occhi incollati su Talon, che fissava Simon con aria di sfida, rifiutandosi di guardarla. "Talon?" lo chiamò sussurrando.

Lui le strinse di nuovo la mano, ma senza voltarsi.

"Talon," gli ripeté. "Se raccontare la mia storia può aiutare altri bambini a liberarsi da quelli... voglio raccontarla."

Lui fece un respiro profondo e finalmente la guardò. "Non voglio che ti mettano fretta e non voglio farti fare qualcosa che può ritorcersi contro di te."

"Starai al mio fianco?"

Lui aggrottò la fronte. "Ma certo che sì! Perché mai dovresti dubitarne?"

Heather alzò le spalle. "Non lo so, forse perché adesso sei tanto arrabbiato. Pensavo che forse è un po' troppo, che non vuoi affrontare tutto questo."

A quel punto, Talon si girò completamente verso di lei, mettendole le mani intorno al viso. "Non sono arrabbiato con te, sono incazzato con quei bastardi che ti hanno rapita e maltrattata. Sono arrabbiato coi giornalisti, che non si fanno il minimo riguardo a bersagliare una persona già traumatizzata da ciò che le è successo, per spillarle una storia morbosa."

"Ho avuto il tempo di accettare ciò che è successo," gli rispose Heather alzando le mani per afferrargli i polsi, accarezzandoli con i pollici nel tentativo di consolarlo. "Adesso sono libera, ma ci sono altre donne e bambini, quelli che vivevano con me, che sono ancora là. Loro forse a differenza mia non ricordano nulla della vita prima della Comune, non sanno che quello stile di vita è diverso da tutto il resto del mondo. Non è giusto. Se raccontando la mia storia li aiuterò, allora devo raccontarla."

Talon chiuse gli occhi e sospirò. Poi li riaprì e fissò quelli di Heather. "Sei la persona più forte che abbia mai conosciuto: avresti tutto il diritto di covare rancore, amarezza, disperazione, invece il tuo primo pensiero è aiutare gli altri."

"Ho paura," ammise lei. "Non mi piace parlare della mia vita alla Comune. Non era bella. Qui a Fallport mi piace... mi piace come l'ho trovata, quando ci siamo tornati. Mi piace poter camminare in piazza, andare in biblioteca con Tony, parlare con Art e i suoi amici davanti all'ufficio postale. Mi piace tantissimo trascorrere del tempo con Finley nella sua pasticceria, imparare come si preparano i dolci. Non posso fare nulla, se c'è sempre qualcuno pronto a farmi domande o a scattarmi delle foto ogni volta che metto piede in giro."

"Cazzo, hai ragione," commentò Talon.

"Non so chi sia la persona giusta a cui raccontare la mia storia, ma puoi pensarci tu, mi fido del tuo giudizio. Organizza tu. Non voglio che Cipresso o chiunque altro mi impedisca di vivere. Voglio andare avanti, e se per vivere devo farmi intervistare, allora va bene."

Talon la fissò per un attimo, poi si chinò e la baciò dolcemente. Dopo un altro sospiro, le tolse le mani dal viso e si girò verso Simon. "Telefona a Opal."

Simon fece una risatina. "Cioè, pensi che abbia il suo numero privato salvato in memoria?"

Talon accennò un sorriso. "Immagino che non sarà troppo difficile attirarne l'attenzione. Mandale una mail, oppure un

messaggio su Facebook... non so, *qualcosa*. È una intelligente,
sa quanto è importante questa storia: risponderà."

"Farò quel che posso."

"Prima organizziamo l'intervista e meglio è. La vogliamo
qui, a Fallport, dove Heather è circondata da una rete sociale
di supporto."

"Non chiedi molto, vero?" gli domandò Simon con
sarcasmo.

"Accetterà," aggiunse Talon. "Adesso è tardi, siamo stan-
chi, Heather deve andare a dormire."

"Giusto. Per quel che vale... nemmeno a me entusiasma
questa situazione. Mi fa incazzare sapere che quei farabutti
siano rimasti qui, nella mia comunità, per anni, senza che io
mi accorgessi di cosa mi stesse succedendo sotto al naso."

"Non è colpa tua," gli disse subito Heather. "Erano bravi a
nascondersi. Tenevano traccia di tutto ciò che facevamo,
controllavano che non dicessimo nulla. Se anche fossi venuto
alla Comune a fare domande, avrebbero nascosto i bambini
per non farteli vedere, come hanno fatto con me quando ero
piccola, mentre gli altri avrebbero detto ciò che dovevano
dire agli estranei. Ci hanno raccontato storie di ogni tipo per
spaventarci, dicendoci cosa ci sarebbe successo se ci avessero
portati via. Non è stata colpa tua."

Simon sospirò. "Sei molto gentile a dirlo, ma il mio senso
di colpa non si attenua. Ci risentiamo presto; nel frattempo,
vi consiglio di rimanere in disparte."

"Ci avevamo già pensato," gli rispose Talon, che poi si alzò
e accompagnò alla porta il capo della polizia.

Quando tornò, prima che potesse dirle qualcosa, Heather
gli chiese: "Cosa significa 'attenua'?"

Talon la fissò per un lungo momento, poi scosse la testa.
"Dopo tutto ciò che hai appena sentito, con l'intervista da
organizzare per raccontare cosa ti è successo, è quello che ti
preoccupa?"

"Non posso cambiare cosa mi è successo, posso solo andare avanti. Non voglio fare la parte della stupida che non capisce ciò che dice la gente."

"Non sei stupida," le disse goffamente avvicinandosi a lei.

Le si sedette di nuovo vicino sul divano e le prese le mani tra le proprie.

"Allora... cosa significa 'attenua'?"

"Attenuare significa che qualcosa di spiacevole diventa meno intenso," le spiegò.

Heather ci pensò per un momento, poi si rabbuiò. "Mi dispiace che Simon ci stia male. Freccia sapeva quel che faceva e ci riusciva bene, molto bene."

"Non importa. Uomini come Simon e come me... si ritengono molto bravi a osservare e scoprire quando qualcuno racconta delle panzane. Quando ci accorgiamo di esserci sbagliati, non la prendiamo molto bene."

"Cosa posso fare per aiutarlo a star meglio?" gli chiese Heather.

"Puoi vivere a lungo e felice," le rispose Talon senza esitare.

"Va bene, sarà fatto." Heather non riuscì a capire l'espressione sul volto di Talon, ma prima che potesse chiedergli cosa avesse in mente, lui si alzò tenendole la mano.

"Sei pronta per andare a dormire?"

Heather annuì, si alzò in piedi e si avviò insieme a lui verso la camera da letto.

Dopo aver indossato un paio di boxer larghi e una maglia che le aveva prestato Talon, Heather salì sul letto. Fino a quella notte, lei era sempre rimasta da una parte del letto, mentre lui rimaneva dall'altra parte, sopra le coperte. Quella sera, si infilò anche lui sotto le coperte insieme a lei, ma rimanendo sempre sullo stesso lato. Dopo ciò che era successo sul divano, a lei non andava di rimanere tanto lontana da lui.

Talon le aveva detto che lei gli piaceva e che lui le apparteneva.

Così, gli si avvicinò fino a stargli addosso a un fianco. Lui non le chiese cosa diamine stesse facendo, né la allontanò, così Heather gli appoggiò la testa sulla spalla e provò una forte emozione quando lui la cinse con un braccio, stringendola a sé.

"Così va bene?" gli chiese con un sussurro.

"Certo."

"Non è strano? Le persone sposate stanno attaccate mentre dormono? Cioè, io non lo so, perché non ho mai dormito con un uomo."

"Non è strano, e sì: le persone che si vogliono bene spesso dormono abbracciate, a prescindere che siano sposate o meno. In realtà non esistono regole sul dormire insieme. Alcuni non amano dormire attaccati, anche se si vogliono comunque bene, però non sentono il bisogno del contatto fisico."

"E tu cosa ne pensi?" gli chiese. "Ti dà fastidio?"

"Da quando dormo vicino a te, ho riposato meglio, come non riposavo da lunghissimo tempo," le rispose Talon sottovoce. "Non mi sono più venuti gli incubi che mi tormentavano dalla missione di cui ti ho raccontato. Ho la sensazione che averti tra le braccia mi farà dormire anche meglio."

"Anch'io," gli disse Heather allegramente. "Anche se..."

"Cosa? Anche se?" le chiese Talon.

"Sei molto caldo," gli confessò.

Talon si rilassò sotto di lei e ridacchiò. "È vero. E tu patisci il caldo. Dev'essere tutto il tempo che hai trascorso vivendo all'aria aperta."

"Probabile. Se mi allontano mentre dormi, ti offendi?" gli chiese.

"No... e se ho comunque bisogno di un qualche contatto, *a*

te dà fastidio? Ad esempio con un piede, oppure con una mano sulla schiena?"

Lei gli sorrise. "Nessun fastidio."

"Bene, perché adesso che ti ho baciata e ho il tuo permesso di toccarti... non penso di potermi fermare."

Talon sembrava sapere sempre la cosa giusta da dire. "Mi piace quando mi tocchi. A un certo punto mi insegnerai cos'è l'orgasmo, vero?"

Talon quasi si strozzò, poi si concesse una lenta risatina che Heather sentì vibrare dalla mano che gli teneva appoggiata sul petto. "Certo, cara. Ma penso che imparerai alla svelta, proprio come con tutto il resto. Davvero non ti dà fastidio, quando ti tocco?"

"No, il tuo tocco non ha *nulla* a che vedere con gli altri. Conosco la differenza tra ciò che facevano loro e ciò che abbiamo fatto noi poco fa sul divano. Mi fido di te, non mi farai del male."

"Puoi dirlo forte. Ma comunque, se ti senti nervosa, se in qualunque momento hai paura, tu dimmelo. Io non me la prendo, non mi offendo. Ci fermiamo per lasciarti il tempo di elaborare ciò che succede. Va bene?"

Lei gli annuì addosso. "Prima dicevo sul serio. Non voglio che mi facciano perdere altra vita. Voglio andare avanti. Con te. Quando mi tocchi tu non ho le stesse sensazioni di quando lo facevano loro. Quando mi baci mi sento tutta vibrare, mi si stringe il cuore, ma in senso buono. Io voglio *vivere*, Talon."

Lui si voltò e la baciò in fronte, poi la strinse. "Allora andiamo avanti insieme," la rassicurò.

Rimasero in silenzio per un po', poi Heather lo chiamò. "Talon?"

Lo sentì rispondere con un tono divertito. "Sì?"

"Dicevi sul serio, che mi appartieni?"

"Dicevo sul serissimo."

"Io non ho mai potuto avere nulla che mi appartenesse,"

gli spiegò. "Mi prenderò cura di te al meglio, così non vorrai mai smettere di appartenermi."

Lo sentì respirare a tratti ma non osò guardarlo negli occhi.

"Anch'io mi prenderò cura di te al meglio," le rispose con il tono di una promessa, che Heather accolse nell'anima.

"Dormi bene, cara. Prenderemo ogni giorno come viene, d'ora in avanti."

"Domani posso andare a trovare Bristol e il suo nuovo micio?" gli chiese Heather.

"Certo."

"Mi tagli ancora un po' i capelli?"

"Se vuoi posso portarti al Taglio Perfetto... hanno più esperienza nelle acconciature femminili," le rispose.

"No. Mi fido di te."

"Va bene, allora sì, si può fare."

"Penso che mi vadano bene lunghi così, ma magari proviamo un pochino più corti."

"Va bene."

"Quando ho parlato con Finley, mi ha detto che Khloe stava svezzando un'altra micia in cerca di una nuova casa."

Dal petto di Talon sgorgò un'altra risata vibrante. "Vuoi un gattino?"

"Forse?" gli rispose, ben sapendo di volerlo davvero tanto.

"Va bene. Domani parlo con Rocky, così mi può portare la roba che serve per creare l'ambiente giusto per un gatto. La cassetta con la lettiera, un tiraunghie, la pappa, dei giochi, cose così."

Heather alzò la testa. "Davvero?"

"Vuoi un gattino?"

Lei si accigliò: gli aveva già detto che ne voleva uno. "Sì."

"Allora domani parlo con Rocky."

Heather fu pervasa da una grande gioia. Quell'uomo era...

indescrivibile. Lei sapeva solo di non essersi mai sentita tanto
coccolata. Tanto amata.

Amata. Lei amava Talon? Lui la amava? Heather non era
sicura di conoscere l'amore. Aveva vissuto troppo a lungo
privata di una qualunque forma di affetto. Sapeva solo che con
lui si sentiva al sicuro. Desiderata. Bella. Intelligente. Si
sentiva importante.

Sdraiata addosso a lui, Heather si rese conto che le sensazioni nei confronti di Talon erano le stesse anche quando era
in compagnia degli altri amici, quindi *non erano* motivate solo
dalla sua gentilezza. No, con Talon, tutte le emozioni erano
molto più *profonde*. Heather non riusciva nemmeno a immaginare di baciare un altro uomo, né di farci sesso. Le bastò quel
pensiero per farle venire un brivido di paura.

"Tutto bene?" le chiese Talon mezzo assonnato, sentendo-
sela tremare addosso.

"Sono contenta che sei stato proprio *tu* a trovarmi," gli
sussurrò.

"Se no, non avrei mai smesso di cercarti," le disse.

Non passò molto tempo, e i respiri di Talon si fecero più
lenti e regolari, mentre il braccio intorno a lei si rilassava. Si
era addormentato tenendola stretta a sé. Si era reso vulnerabile con lei... come se le appartenesse davvero.

"Mio," commentò Heather con un filo di voce quasi
impercettibile. Poi si addormentò anche lei con il sorriso in
volto, sapendo in fondo al cuore che, nonostante tutto il male
che aveva subito, era riuscita comunque a trovare la persona
con cui era destinata a condividere il proprio futuro.

———

Cipresso Bonfiglio lesse l'articolo online con un cipiglio di
rabbia sul viso. *Sapeva* che quella stronza si era nascosta per
sfuggirgli! Tutti gli avevano assicurato che doveva essere

rimasta uccisa in un incidente di caccia. Nessuno poteva concepire che una donna osasse disobbedire a un uomo della Comune, men che meno al leader del gruppo. Non dopo gli anni di addestramento.

Invece, nel profondo, Cipresso aveva sempre saputo che Fiore era fuggita.

Freccia aveva fatto di tutto per toglierle dall'animo ogni residua disobbedienza, ma non ci era riuscito, e Cipresso l'aveva capito guardandola negli occhi. Li aveva visti pieni di scontento.

L'avevano portata alla Comune troppo tardi. Da lei, avevano imparato una lezione. Era servito troppo tempo per farle dimenticare la sua vecchia vita, abituandola al suo nuovo ruolo. Da allora, avevano smesso di prendere bambini grandi quanto Fiore e si erano limitati ad accettare solo bambini al massimo di quattro anni, più facili da plasmare, da istruire.

Nonostante l'atteggiamento ribelle, Cipresso aveva *sempre* desiderato Fiore. Dopo il fallimento del padre nell'addestrarla, alla morte di Freccia, Cipresso aveva colto al volo l'occasione e aveva preso subito Fiore in moglie... compiendo ogni azione possibile e immaginabile per dimostrarle che non avrebbe tollerato alcuna insubordinazione, a differenza del padre.

Eppure quella stronza gli si era *nascosta*!

Quando era giunto il momento di traslocare in Florida, Cipresso non aveva avuto scelta, se non quella di abbandonarla... ma quando aveva scoperto che era viva... quando tutto il mondo aveva scoperto la sfrontatezza con cui Fiore gli aveva disobbedito, l'incapacità di tenerla sotto controllo...

Cipresso era determinato a rimetterla in riga.

L'avrebbe tenuta nella tenda di punizione per un anno, maledizione, andando solo lui a trovarla, per dimostrarle chi fosse a comandare... magari per portarle da mangiare una volta al giorno, sempre che si fosse comportata bene. Quando l'avrebbe fatta uscire, Fiore si sarebbe comportata da perfetta moglie della Comune.

Il trasloco in Florida era stato difficile: Cipresso era abituato a comandare, ma si era ritrovato con due gruppi e con una gestione condivisa. Però quella mossa gli aveva consentito di sposare *altre* sei donne; un vantaggio, dato che lui si era stancato delle vecchie mogli. La Comune continuava a crescere con molto entusiasmo. Nell'ultimo anno, erano state aggiunte tre nuove bambine, dai sei mesi ai tre anni di età. Cipresso aveva già dichiarato che la bimba di tre anni era destinata a diventare sua moglie; l'addestramento stava andando molto bene.

C'erano anche due nuovi ragazzi, che in futuro sarebbero diventati membri rispettabili del gruppo, prendendo moglie. Stavano già imparando a trattare le donne come esseri secondari rispetto agli uomini, e mostravano un'ottima predisposizione in tal senso.

Gli uomini del gruppo si davano il turno nel reclutare nuovi adepti, e toccava a Cipresso procurare un'altra futura moglie. In Florida, tre donne del gruppo erano incinte; un dato promettente, dato che nel gruppo della Virginia non erano nati molti bambini. Cipresso sapeva che quelle stronze si erano inventate dei sistemi per evitare le gravidanze, ma anche quel comportamento si era interrotto dall'arrivo in Florida. Nel frattempo, servivano nuovi adepti, perché la durata della gravidanza rubava troppo tempo... motivo per cui Cipresso si stava dirigendo a nord.

Lui sapeva esattamente dove andare: in Virginia aveva dei conti in sospeso. Avrebbe trovato una bambina, poi avrebbe riacciuffato la sua indomita compagna.

Fiore si sarebbe pentita di averlo sfidato. L'avrebbe punita fino a farla implorare di perdonarla; l'avrebbe riportata nel luogo in cui l'aveva presa in moglie la prima volta, confermando la propria supremazia. Avrebbe preso due piccioni con una fava, mostrando alla nuova accolita quali sarebbero stati i suoi futuri doveri, mentre metteva in ginocchio Fiore.

L'aveva messo in imbarazzo agli occhi di tutta la Comune, per cui doveva pagarla cara.

Nessuna donna diceva di no a Cipresso. Mai.

CAPITOLO QUINDICI

LA SETTIMANA seguente trascorse senza particolari incontri tra Heather e la stampa. I giornalisti erano ancora accampati in centro, ansiosi di spillare ogni briciolo di informazione, però i cittadini di Fallport avevano fatto quadrato.

Diffondevano voci fuorvianti su dove Heather passasse il tempo per allontanare i veicoli della stampa dai parcheggi della piazza, che poi occupavano con le proprie auto per lasciarcele, in modo che i giornalisti fossero costretti a parcheggiare altrove. I negozianti rifiutavano l'ingresso ai giornalisti e qualcuno era stato persino cacciato fuori.

Erano tutti compatti, tranne Whip Johansen, il proprietario della Tana; del resto c'era da aspettarselo, dato che nessuno aveva rispetto per lui, né i clienti del circolo del biliardo avevano alcun contatto con Heather.

Di conseguenza, Heather era riuscita a tornare in biblioteca con Tony, aveva mangiato un paio di volte all'Occhio di Bue, si era intrattenuta a lungo a chiacchierare con Henry Grogan, con cui aveva parlato degli anni in cui i suoi genitori vivevano ancora a Fallport; era andata anche al Libro Aperto, da cui era uscita con un borsone pieno di libri.

I mobili che Tal aveva comprato per lei erano ancora inutilizzati nella camera degli ospiti. Lui intendeva lasciarle uno spazio personale, credendo che le avrebbe fatto piacere, dopo tutto ciò che aveva passato, invece Heather non aveva trascorso nemmeno una notte in quella stanza. Ma lui non aveva certo intenzione di lamentarsene.

Addormentarsi con Heather tra le braccia era un paradiso. Non aveva mai dormito meglio in assoluto. Gli incubi che l'avevano tormentato per molti anni erano totalmente assenti. L'unico problema era che più passava il tempo con lei e più la voleva. Desiderava *tutto* di lei. Quando Heather gli aveva detto di non essere mai stata baciata o abbracciata, quasi gli aveva spezzato il cuore, ravvivandogli il desiderio di trovare i bastardi che l'avevano rapita e di ammazzarli nel peggior modo possibile.

Però Talon doveva credere che Simon e l'FBI stessero operando al meglio per trovare Cipresso e i suoi seguaci in Florida. Non avrebbe dovuto essere tanto difficile trovare un gruppo numeroso di uomini e donne come quella dannata setta, eppure si stava rivelando un'impresa sorprendentemente complicata, più di quanto lui si aspettasse.

Nel frattempo, Tal rimaneva il più possibile con Heather. Ogni giorno che passava, la vedeva sempre più fiorente. Incontrare persone nuove la intimidiva ancora un poco, ma dopo una decina di minuti, inevitabilmente, Heather si rilassava e conquistava il cuore di chiunque incontrasse.

Era una donna resiliente, gentile, con una personalità a cui nessuno poteva resistere. I cittadini di Fallport, tanto entusiasti di vederla tornare, rispettavano comunque la sua riservatezza e non le facevano domande impertinenti: la trattavano come una di loro.

Così, com'era prevedibile, i vecchi ricordi cominciarono a riaffiorare.

Un giorno, mentre faceva la spesa all'alimentari di Grogan,

Heather si era imbattuta in una signora anziana in piedi a metà di una corsia; si era fermata e l'aveva fissata con gli occhi spalancati. Dopo poco aveva capito che quella donna era la sua maestra, l'anno in cui l'avevano rapita. Dopo essersi riconosciute, le due donne si erano messe a piangere.

Heather e Tal aspettavano Khloe per la consegna dell'ultima gattina ancora in cerca di casa. Rocky aveva fornito a Tal tutto il necessario e anche di più. L'appartamento si era riempito di giochi per gatti. Oltre a un albero per gatti, in dispensa c'erano quaranta scatolette di pappe, un pacco di crocchette e tre lettiere. A Tal sembrava un po' eccessivo, ma ogni volta che Rocky portava qualcosa, Heather reagiva sorridendo, quindi anche a Tal andava benissimo: che l'appartamento si affollasse pure di provviste per gatti, pur di farla felice.

"A che ora ha detto che arrivava Khloe?" chiese Heather interrompendo i pensieri di Tal.

Le sorrise. "Verso l'una."

"Le prepariamo qualcosa da mangiare?"

"Tranquilla, cara. Non si aspetta che le prepariamo da mangiare. Fa solo un salto qui durante la pausa dal turno in biblioteca."

"Se poi non si trova bene con me?"

"Khloe? Si trova benissimo con te," le disse Tal confuso.

"Ma no, la gattina!" esclamò Heather preoccupata.

"Si innamorerà di te," la rassicurò.

"Ho sempre voluto un cucciolo, ma non ho mai potuto," gli spiegò Heather con lo sguardo perso nel vuoto.

Per quanto Tal odiasse sentire tutti gli abusi che Heather aveva dovuto sopportare, dalle sessioni di psicoterapia online era emerso che parlare dei momenti di prigionia era fondamentale per superare il trauma... sempre che Heather ne parlasse spontaneamente, coi propri tempi. Tal non voleva che lei si vergognasse a parlare degli ultimi vent'anni. "Non mi viene in mente nessuno più adatto di te a prendersi cura di un animale," le disse apertamente.

Per fortuna, lo sguardo perso di Heather riprese luce e si voltò verso di lui.

"Tu hai più amore da dare di chiunque altro. Attiri affetto come una spugna e lo restituisci decuplicato: alle persone che incontri per strada, ai bambini, agli animali."

"È un difetto?" gli chiese a bassa voce.

Tal non riuscì più a starle lontano. Ormai gli riusciva fisicamente impossibile mantenere una certa distanza da lei. Quando le era vicino, sentiva una profonda esigenza di contatto. Fece un passo verso di lei e la avvolse con un braccio intorno alla vita. Lei gli mise subito le mani sul petto appoggiandosi a lui e facendolo sospirare di gioia.

"Tutt'altro," le rispose. "Penso che sia perché non ti è stato dato abbastanza amore, ti sono mancate le amicizie, il contatto umano, quindi adesso stai recuperando; dato che non hai potuto ricambiare alcun affetto, adesso lo trasmetti a valanghe. Non so proprio come fai a essere tanto dolce, dopo tutto ciò che hai passato... però ci riesci."

"Non sono dolce. L'altro ieri ho riso quando un giornalista è inciampato nel marciapiede mentre cercava di farci una foto."

Tal scosse la testa. "Se lo meritava," commentò con voce ferma. "Sii te stessa, Heather. Non preoccuparti di come pensi che *dovresti* comportarti. Penso che questo sia un bell'aspetto di te, che non hai alcuna idea preconcetta di cosa dovresti dire o fare: sei più naturale, più aperta. Non hai passato gli ultimi vent'anni sui social media a farti influenzare e giudicare da milioni di estranei... quindi sei rimasta più autentica."

"Ingenua, vuoi dire?" gli chiese mormorando senza guardarlo negli occhi.

"Non c'è niente di male," precisò Tal. "A me piace molto

che tutto sia così nuovo per te. Come spalanchi gli occhi quando assaggi una delle fantastiche creazioni di Finley, l'entusiasmo di finire un altro libro che hai preso in prestito dalla biblioteca, il modo in cui cogli ogni opportunità per imparare qualcosa di nuovo."

"Io voglio essere una persona di cui tu sei orgoglioso, non una a cui devi continuamente insegnare qualcosa... ad esempio come si usa il microonde."

"Ma io *sono* orgoglioso di te," ribatté lui immediatamente. "Sei una donna incredibile, cara. Nella tua situazione, potresti essere distrutta, amareggiata, invece hai tenuto la testa alta per accogliere nuove esperienze. È un miracolo. *Tu* sei un miracolo." Tal decise di aver parlato abbastanza e si chinò verso di lei.

Lei alzò la testa per incontrarlo a metà strada. Tal non aveva mai passato troppo tempo a valutare l'importanza di un bacio: per lui era sempre stato qualcosa che precedeva "i momenti succosi"; tuttavia, in una settimana aveva cambiato idea, cogliendo ogni singola occasione per baciare Heather. Con lei, anche un bacio era un'esperienza incredibilmente intima, ricca di significati profondi, più del sesso che lui aveva fatto con altre donne.

Appena cominciarono a baciarsi, Heather iniziò a muovere le mani. Sentirsi addosso quelle mani era come una tortura, per Tal, ma lui voleva lasciarla esplorare. Voleva che si sentisse totalmente libera, con lui. Heather gli infilò le dita sotto la maglia e le portò più in alto. I capezzoli di Tal la affascinavano, infatti ci mise subito le mani sopra. Li accarezzò, li pizzicò, li titillò. Come sempre, quegli stimoli li fecero divenire più turgidi, mentre l'uccello si allungava.

Baciare Heather era uno sforzo di autocontrollo: ogni volta che lei lo toccava, Tal ne voleva di più. Per quanto desiderasse pomiciare con lei per ore, Tal staccò le labbra dalla bocca di Heather: Khloe poteva arrivare da un momento all'altro, e lui non voleva certo farsi trovare con un'erezione.

Heather gli sorrise, mentre gli sfiorava i capezzoli dolcemente con i pollici. "Mi piace toccarti."

"E a me piace toccare te," le rispose, ricordando la notte prima, quando lei l'aveva finalmente convinto a farle toccare l'uccello senza l'impiccio dei boxer. Lui era quasi esploso, quando lei glielo aveva afferrato con la mano calda. Era venuto in poco tempo e con una forza amplificata da lei che si leccava le labbra mentre lo fissava.

A lui dava fastidio essere venuto già due volte, mentre lei non aveva ancora avuto un orgasmo, però ne avevano parlato e lei aveva ammesso di sentirsi ancora nervosa riguardo al sesso, il che non lo aveva minimamente sorpreso. Così lui era contento anche solo di abbracciarla, lasciandole tutto il tempo che le serviva per stare meglio.

Era solo una questione di tempo, prima che facessero l'amore, e per quanto lo innervosisse il rischio che i brutti ricordi tornassero a farsi sentire, Tal non vedeva l'ora di farla sua. O forse sarebbe stata Heather a farlo *suo*?

Il sorrisetto che le vide sul volto gli fece credere che anche Heather stesse ripensando alla sera prima, quando l'aveva aiutato a darsi una ripulita, prendendosi tutto il tempo per esplorare l'uccello con le mani e con gli occhi e spiegandogli che non aveva mai visto un pene tanto da vicino. A quelle parole, lui non avrebbe mai potuto impedirle di soddisfare quella curiosità... che aveva finito per eccitarlo *di nuovo*.

Tal non sapeva se il loro rapporto si stava muovendo troppo alla svelta oppure no. Lui non voleva certo mettere a rischio la ripresa di Heather. Forse era troppo presto per una convivenza e per l'intimità di un rapporto sessuale. Se solo si fosse accorto di una minima esitazione da parte di Heather, avrebbe messo un freno alla loro relazione; invece, lasciarle il controllo dell'intimità fisica sembrava darle sempre maggiore sicurezza, minimizzando la paura di un atto che in passato Heather aveva dovuto sempre subire come cinico, doloroso e privo di emozioni.

Un colpo alla porta interruppe la bolla di intimità in cui si erano immersi.

"È arrivata!" esclamò Heather con emozione e con un sorriso enorme stampato sul volto.

Tal la guardò allontanarsi di getto e correre verso la porta. Fece un respiro profondo e pregò che l'erezione si calmasse prima che Khloe potesse squadrarlo. Per precauzione, rimase in cucina dietro al tavolo.

Quando Heather tornò nella zona giorno, aveva già tra le braccia una gattina nera. Tal ne sentiva le fusa anche da lontano.

"Non le ho ancora dato un nome, pensavo toccasse a te. Sono felicissima che la prenda tu, era l'unica rimasta, dietro la biblioteca, gli altri sono tutti accasati. Però Bristol e Lilly potevano prenderne solo uno a testa e a casa mia non posso tenere animali."

Tal sentì l'entusiasmo nella voce di Khloe e si voltò verso di lei per osservarla, distogliendo l'attenzione da Heather e dalla gattina.

"Pensa che lei è la più coccolona, per questo pensavo fosse la più adatta a rimanere in casa. Gli altri due si divertivano a giocare e a rincorrere topi, insetti e altri animali, invece questa piccolina, quando andavo a portare la pappa, pensava solo alle coccole. È anche un po' schizzinosa, quindi tienila d'occhio; se vedi che non mangia, dovrai inventarti qualcosa. Prova a mescolare crocchette di marche diverse, o pappe di vari gusti. Bristol mi ha detto che Rocky ti ha portato le pappe che usavo io, ma mi sono accorta che si stanca di mangiare sempre le stesse e dopo un po' alza il nasino. Ah, arranca con la zampa posteriore destra: l'ho controllata e penso che non sia nulla di grave, ma se peggiora, se smette di appoggiarla, allora va fatta visitare. Vaccinazioni tutte fatte, ma quando compie un anno bisogna fare i richiami."

Khloe conosceva i gattini di cui si era occupata molto più di quanto Tal si aspettasse. Forse non era tanto strano, dato che li aveva seguiti per settimane... ma lui immaginò che non tutti gli amanti dei gatti randagi fossero esperti quanto lei.

"Li ho portati da un veterinario di Christiansburg. So che non è il massimo, prendere la macchina per andarci, ma il dottor Ziegler è un inetto, non gli porterei a far vedere un animale nemmeno se lo *odiassi*."

Heather stava accarezzando la testolina della micia, fissava Khloe e annuiva a ogni informazione.

Tal sapeva bene che Khloe aveva una pessima opinione del veterinario di Fallport, ma sentendola parlare con tanta veemenza si chiese cosa le avesse fatto esattamente quell'anziano signore per attirarsi una tale ira.

"Sarai una mamma gatta meravigliosa," disse Khloe a Heather. "Vedo che vi siete già procurati un sacco di provviste e giochi, fantastico. Ti direi... prova a metterla giù così prende confidenza con l'ambiente. Mostrale dov'è la lettiera, gioca un po' con lei, poi lascia che riposi. Per lei è una giornata memorabile, sono sicura che presto sarà sfinita."

"Grazie mille per avermela portata," le disse Heather.

"No no, grazie *a te* per averla presa. Ora devo andare. La mia pausa è terminata e Raiden si incazza se torno tardi."

"Ne dubito," commentò Tal, uscendo dal cucinotto, per poi passare un braccio intorno a Heather e stringerla a sé, mentre lei continuava a coccolare la gattina. "Da quel che ho sentito, lo stai aiutando tantissimo. Ti offri sempre di aiutarlo con gli utenti, aiuti i bambini a leggere, sei una delle pochissime persone a cui Duke vuole bene più che allo stesso Raid."

Khloe sorrise. "Duke è un mito. È il tipico segugio. Ha sempre fame, bava al muso, gli piace dormire e quando è ora di darsi da fare è in grado di seguire una traccia olfattiva per decine e decine di chilometri."

A quel punto, Tal capì: Khloe amava gli animali più delle persone.

Lei e Raiden si somigliavano più di quanto lui avesse pensato.

"Comunque sia, se hai dei dubbi o delle domande, chiamami o mandami un messaggio senza farti problemi. Un momento, ma Tal ti ha preso un telefono?"

Heather annuì. "Anche se non sono ancora tanto brava a usarlo."

"Non è un problema. Può contattarmi Tal, se ti serve qualcosa. Però, davvero, qualunque domanda, sono felice di aiutarti."

"Grazie mille," le ripeté Heather.

Khloe le sorrise. "Ci mancherebbe. Comunque devo dirtelo... sono contentissima che tu sia qui con noi e non più da sola nel bosco."

"Anch'io," le disse Heather semplicemente.

Le due si scambiarono un sorriso, poi Khloe si girò e si diresse verso la porta. "Conosco la strada. Ci sentiamo!"

Tal sentì la porta dell'appartamento aprirsi e chiudersi, ma non distolse l'attenzione da Heather e dalla micetta.

Heather guardava quasi in estasi la creaturina che teneva in braccio, ormai era chiaro che ne era già innamorata.

"Che ne dici di chiamarla Babbuccia? Ha delle macchie bianche su ogni zampetta, sembra quasi che indossi le pantofole."

"Penso che sia perfetto."

Heather si voltò verso Tal e gli disse: "Sono felice, penso di non essere mai stata tanto contenta negli ultimi vent'anni. Ho un uomo, delle scarpe, dei vestiti che posso scegliere, una casa in cui stare al caldo, un letto morbido, qualcosa da mangiare senza bisogno di ammazzare, amici e amiche, e adesso anche un gattino! Se un anno fa, quando mi nascondevo nel bosco per sfuggire a Cipresso, mi avessi detto che mi sarei trovata in questa situazione, ti avrei riso in faccia. Grazie, Talon, per essere venuto a cercarmi."

Lui sentì il cuore sciogliersi. Se anche non l'avesse già amata, senza dubbio a quel punto se ne sarebbe innamorato follemente. Heather era tanto grata per ciò che tanti altri davano per scontato; aveva passato le pene dell'inferno, eppure riusciva a trovare il bello nella vita. Lui si sarebbe impegnato fino in fondo per non farle mai perdere quell'atteggiamento positivo. "Prego," le rispose con voce gracchiante.

Heather però non sembrò notare le forti emozioni che l'avevano travolto: tornò con gli occhi sulla micia dicendo: "Ciao, Babbuccia. Adesso sei a casa tua. Di me e di Talon puoi fidarti, non ti faremo del male. Che ne dici di fare un giretto del tuo nuovo appartamento?"

Tal rimase dov'era, respirando lentamente e cercando di riprendere il controllo delle proprie emozioni, mentre Heather cominciava a fare il giro dell'appartamento, mostrando a Babbuccia ogni angolino. Sentirle usare le stesse parole che lui le aveva ripetuto più volte, per rassicurare la gattina, lo colpì più di quanto si aspettasse. Lui aveva temuto che Heather non riuscisse più a fidarsi di nessuno; invece vederla sorridere e parlare con amore a quel micetto, completamente rilassata e a proprio agio in quell'appartamento, gli fece tirare un sospiro di sollievo.

Heather se la sarebbe cavata. Chi l'aveva rapita, si era impegnato al massimo per cambiarla, per plasmarla, facendola diventare un oggetto sessuale, una schiava sottomessa che non pensasse, che non studiasse, che si piegasse a ogni ordine ricevuto. Era stato un fallimento totale. Anche se le erano serviti vent'anni, lei era riuscita a sfuggire.

A Tal sarebbe piaciuto essere anche solo la metà

dell'uomo che Heather si meritava. Avrebbe fatto qualunque cosa, pur di esser degno di lei; l'avrebbe protetta, prendendosi cura di lei al meglio. *Ecco* perché aveva passato tanti anni nell'esercito: per impedire che quella donna venisse anche solo avvicinata di nuovo dal male.

"Oh! Penso che le piaccia!" esclamò Heather. "Vieni a vedere, Talon! Sta salendo sul suo albero!"

Con il volto sorridente, Tal si incamminò per raggiungere Heather, che guardava con meraviglia la micetta. Non gli importava che gli amici lo prendessero in giro o che gli dessero dell'imbambolato, perché era vero, e a lui andava bene al cento per cento: avrebbe dedicato sé stesso a Heather, fine della storia.

———

Il mattino dopo, Heather era seduta di fianco a Tony sul divano di Talon e si impegnava a stare attenta e seguirlo, mentre il ragazzo leggeva ad alta voce il libro che le aveva portato. Da quando Khloe aveva consegnato Babbuccia, Heather non era più uscita dall'appartamento, ma non le dispiaceva. Era follemente invaghita di quella gattina, che la sera prima le si era addormentata sulle ginocchia, facendole venire agli occhi lacrime di gioia.

Quando Heather aveva portato la micia a letto con sé, si era accorta che Talon non era molto entusiasta, però non le aveva negato quel piacere: era troppo buono con lei. Nessuno l'aveva mai trattata con tanta bontà. Talon non le parlava dall'alto al basso, la ascoltava, dando importanza a ciò che lei pensava, alle sue opinioni. Era un'emozione travolgente a cui lei non avrebbe mai potuto rinunciare.

Amava Talon.

Dopo poche sessioni di psicoterapia online, l'aveva già ammesso con la psicologa, la quale le aveva fatto una sfilza di domande su quei sentimenti, ovviamente mossa dal sospetto che ciò che Heather provava per Talon non fosse amore vero, ma semplice gratitudine per il suo aiuto, a cui si aggiungeva la dedizione al primo uomo che le aveva mostrato affetto.

Heather però sapeva che la verità era un'altra. Certo, era grata a Talon per l'aiuto... ma era grata anche a *Simon* per l'aiuto, pur non provando per il capo della polizia gli stessi sentimenti che provava nei confronti di Talon.

Heather non era un'idiota. Non tutti gli uomini erano come Cipresso e come gli altri della Comune. Lei non si stava *accontentando* di Talon. Nemmeno lontanamente. Aveva visto come gli altri amici trattavano le loro compagne: esattamente come Talon trattava lei. Aveva incontrato altri uomini single a Fallport, nessuno le aveva fatto battere il cuore, né le era venuta la pelle d'oca alle braccia quando la guardavano. Né poteva immaginare di baciare o toccare un altro uomo.

Heather conosceva i propri sentimenti. Talon le apparteneva, gliel'aveva detto lui stesso. E lei non avrebbe rinunciato a lui... beh, a meno che non capisse che lui non ricambiava lo stesso amore.

Quel pensiero fu talmente doloroso che lei lo spinse lontano dalla propria mente, cercando di concentrarsi sul momento presente... e sul ragazzo.

Elsie aveva chiesto a Talon se Tony poteva rimanere anche a dormire, perché voleva prendersi una serata libera dal lavoro al locale per passarla insieme a Zeke. Talon aveva chiesto a Heather se fosse d'accordo e naturalmente lei aveva accettato.

Heather era felice di passare il tempo con quel ragazzo. Tony era diversissimo dai ragazzini della Comune: era curioso, poneva sempre milioni di domande e la rispettava moltissimo. Anche quella era una novità: lei era abituata a ricevere ordini dagli uomini, ordini a cui doveva obbedire, perché i maschi della Comune pensavano sempre di saperla più lunga degli altri, a prescindere che avessero sei o sessanta anni. Le femmine erano costrette a fare tutto ciò che veniva loro chiesto dai maschi di ogni età.

Tony andava sempre in biblioteca dopo la scuola, e a lei piaceva stargli seduta accanto mentre faceva i compiti. Heather imparava con lui e lo trovava entusiasmante e divertente. Certo, Tony era convinto che i compiti non fossero divertenti, quindi era contento di farsi assistere da lei.

Leggevano spesso insieme anche dopo aver finito i compiti, finché lui non doveva tornare a casa. Pur essendo a Fallport da un tempo relativamente breve, Heather sentiva di essere migliorata molto nella lettura.

"Heather?" la chiamò Tony; lei sbatté le palpebre, accorgendosi di non aver prestato alcuna attenzione a ciò che lui stava leggendo. Si guardò intorno per trovare Babbuccia e la vide profondamente addormentata sull'albero per gatti, illuminata da un raggio di sole che entrava dalla finestra. Sentì Talon che preparava la cena in cucina.

Ecco un'altra cosa a cui Heather aveva faticato ad abituarsi: Talon insisteva spesso a cucinare o a fare le pulizie per lasciarle il tempo di leggere o di risolvere problemi di matematica, o anche per giocare con la gattina. Non sembrava minimamente dispiaciuto di svolgere quelle che i membri della Comune avrebbero definito "faccende da donne".

"Heather?" la richiamò Tony, costringendola a rivolgergli l'attenzione.

"Sì?"

"Ti piaceva vivere nel bosco?"

Heather si accorse che tutti i rumori provenienti dalla cucina si interruppero. Era come se Talon stesse origliando quella conversazione, pronto a intervenire se Tony le avesse fatto domande troppo delicate, col rischio di farla agitare. Talon era sempre sul chi va là per proteggerla, e lei lo apprezzava più di quanto potesse spiegare. In molte occasioni, quando erano insieme in giro per Fallport, lui la interrompeva prima che potesse rispondere alle domande potenzialmente offensive che qualcuno le poneva.

Come quando una donna, che lui sapeva essere una famigerata chiacchierona, le aveva chiesto come avesse fatto a non rimanere mai incinta.

"Sì e no," rispose Heather a Tony.

Lui ci rimase perplesso. "Come può essere sì e no? Cioè, a me piace molto il campeggio, mi piace in tutto e per tutto. Se potessi vivere in una tenda nel bosco, *certo* che ci vivrei! Però devo andare a scuola e la mamma non vuole che mi sporchi, poi non le piacciono gli insetti. Quindi non posso. Quando divento grande, però, stai pur certa che vado a vivere in tenda."

Heather sorrise all'entusiasmo ingenuo di quel ragazzo. "Beh, anch'io adoro la natura. Svegliarmi al mattino col canto degli uccelli è sempre stata la parte migliore della giornata. Vedere gli altri animali nel loro ambiente naturale è meraviglioso."

"Hai visto anche Bigfoot?" le chiese Tony con gli occhi spalancati. "Insomma, ci sei stata per molto tempo. Zeke ha detto che sei vissuta in una caverna per un *anno* intero! Devi averlo visto!"

"Chi è Bigfoot?" chiese Heather, che ben sapeva a cosa si riferisse il ragazzo, ma era curiosa di sentirgli descrivere con parole sue la creatura leggendaria. Lilly le aveva già raccontato le circostanze di come era arrivata a Fallport per filmare un programma televisivo sulle tracce di Piedone. Heather si era ricordata di aver intravisto delle persone con le telecamere girovagare nel bosco ogni sera. Così si spiegava anche l'aumento del numero delle persone che percorrevano i sentieri sui monti Appalachi e la maggiore frequenza con cui lei aveva visto Talon e gli altri negli ultimi sei mesi, rispetto all'anno prima.

"Non sai chi è Bigfoot?" le chiese Tony con gli occhi spalancati. "È un mito! Tipo uno scimmione, però umano. È altissimo, cioè, quasi tre metri, più alto persino di Raiden! È tutto peloso e ha dei piedi *enormi*! Ruggisce e grugnisce, e si nasconde dalla gente."

"Ah, vuoi dire Darryl?"

Tony si era spostato sul ciglio del divano, preso dall'entusiasmo, e la fissava meravigliato. "Sai come si chiama di nome?" le chiese.

Heather fece una risatina e decise di togliere dalle spine il ragazzo. "Tony, stavo solo scherzando! Ho visto uno spot in TV in cui una signora parlava con Bigfoot, e quando lei gli ha detto che lo chiamavano tutti 'Piedone', lui ha reagito confuso e ha risposto: 'Ma io mi chiamo Darryl'."

Tony la fissò perplesso, poi si voltò verso la cucina. "Tal, l'hai visto anche tu lo spot?"

"Sì, bello, l'ho visto. Vuoi che te lo trovi su internet così lo guardi?"

"Sì!"

Heather aveva dimenticato che molto di ciò che si trasmetteva in TV poteva essere visto anche sul telefono di Talon. Osservò con un sorrisetto Tony che correva in cucina per guardare il video che Talon gli aveva trovato.

Poi, il ragazzo rise e tornò di corsa da lei. Un aspetto che accomunava Tony e i ragazzi della Comune era che raramente si limitavano a camminare. Erano sempre pieni di energia e correvano a destra e a manca.

"Che forte!" esclamò Tony con un sorriso enorme. "Però, sul serio, non l'hai mai visto Bigfoot?"

Heather fece spallucce. "Purtroppo no, mi dispiace. Cervi, scoiattoli, procioni, opossum, pipistrelli, puzzole, tacchini, topi, picchi, conigli, serpenti, gufi, tamie, volpi, porcospini... anche un orso, ogni tanto."

"Wow, davvero?"

"Sì, davvero."

"Anch'io voglio vedere un orso," commentò Tony con malinconia.

"Sono sicura che un giorno lo vedrai," gli disse Heather.

"Così sembra tutto bellissimo, però hai detto anche che *non* ti piaceva vivere nel bosco," le disse Tony. "Come mai?"

"Beh... ero sempre da sola," ammise Heather. "Nessuna compagnia, nessuno con cui parlare."

Tony ci pensò per un momento, poi annuì. "Eh sì, anche a me mancherebbe la mamma. Anche gli amici, tutti voi."

"D'inverno faceva anche molto freddo. Non avevo un bel letto caldo e morbido come adesso. Non potevo farmi una doccia o un bagno, dovevo aspettare che le temperature salissero."

Tony arricciò il naso. "Saltare il bagno non mi darebbe fastidio."

Heather rise. "Puzzavo," gli sussurrò. "Non va bene!"

Tony non le sembrò convinto, probabilmente puzzare di sudicio non era un deterrente sufficiente per un ragazzino. Così proseguì: "Dovevo trovarmi da mangiare e preparare tutto, e se non riuscivo a catturare del pesce, o un coniglio, o qualcos'altro, mi veniva fame."

"Non avevi degli spuntini pronti?" le chiese Tony.

"No."

"Io degli spuntini pronti me li porterei," le disse con tono determinato.

Heather gli sorrise.

"Immagino che non avessi nemmeno la TV, eh? O un telefono?" le chiese Tony.

"Eh no. Niente elettricità. Non avevo nemmeno dei libri," aggiunse Heather.

"Accidenti, che brutto," commentò Tony abbassando lo sguardo sul libro che aveva messo da parte. "Magari, invece di viverci nel bosco, posso andarci più spesso a campeggiare," rifletté dopo un minuto. "Però i libri e gli spuntini me li porto di sicuro! Ah, anche un bel sacco a pelo. Magari Zeke viene con me, così possiamo chiacchierare."

"Mi sembra un piano perfetto," gli disse Heather.

"Sai che ci sono persone che sono sempre nel bosco perché ci lavorano?" gli chiese Talon unendosi a loro dalla cucina e appoggiandosi allo schienale del divano.

"Sì, come te, Zeke e gli altri, che cercate le persone disperse."

"Beh, sì, ma ci sono anche lavori a tempo pieno, persone che vengono pagate per stare nel bosco," gli spiegò Talon.

"Davvero?"

"Eh sì. Ad esempio i vigili della forestale, i ranger, i boscaioli, i guardiacaccia, ci sono anche alcuni lavori di ricerca, persone che studiano gli animali nel loro habitat naturale."

"Forte," commentò Tony con un filo di voce. "Anch'io voglio fare uno di quei lavori."

"Allora devi studiare sempre al meglio che puoi, così ti fai le conoscenze per arrivare dove vuoi."

"Ci arriverò!" Si rivolse di nuovo a Heather. "Vuoi che legga ancora, oppure posso giocare con Babbuccia?"

Heather gli sorrise. "Penso che Babbuccia sarà felicissima di giocare." Non ne era sicura, dato che la gattina sembrava completamente rilassata e mezza addormentata. Anche se era passata solo una giornata, Heather aveva già imparato che era importante fare stancare la micia prima di andare a dormire, altrimenti la bestiolina sarebbe saltata sul letto impedendole di dormire, o peggio: tenendo sveglio Talon. Anche se anche lui ovviamente voleva bene a quella gattina, non era il caso di tormentarlo.

La cena fu deliziosa: Talon aveva preparato dei cheeseburger con patate arrosto; poi, Tony si mise a chiacchierare di Silas, Otto e Art, che discutevano sempre su chi avesse vinto più partite a scacchi.

"Scacchi?" gli chiese Heather.

"Sì, non fanno altro; stanno sempre seduti a giocare a scacchi e a fare gossip," le spiegò Tony allegramente. "D'inverno si portano una stufetta per non morire assiderati. Si mettono là seduti senza preoccuparsi se fa freddo o se fa caldo. Anche se, quando c'è troppo freddo o troppo caldo, rimangono più a lungo a mangiare all'Occhio di Bue."

Heather sorrise e sentì su di sé gli occhi di Talon, che si era messo seduto vicino a lei sul divano e le aveva preso le gambe, fecendogliele appoggiare sulle proprie. Heather era comoda, al caldo, felice.

"Gli scacchi si giocano su una scacchiera, che è fatta da quadrati bianchi e neri. Ci sono i re e le regine, ognuno si muove sulla scacchiera seguendo delle regole diverse," le spiegò Tony. "Io preferisco giocare a dama, ma Zeke sta cercando di insegnarmi anche a giocare a scacchi."

Heather deglutì a fatica e disse qualcosa che non avrebbe mai ammesso nella sua vecchia vita alla Comune: "Penso di sapere come si gioca a scacchi."

"Pensi?" le chiese Talon inclinando la testa.

"Alla Comune, solo uomini e ragazzi potevano usare i giochi, ma io li ho osservati. Non ci ho mai giocato, ma penso di sapere come si fa."

"Come mai potevano giocare solo i ragazzi?" le chiese Tony.

Heather si voltò verso di lui: Tony era seduto sul pavimento, davanti al divano; guardava la TV, ma nel porle quella domanda si era voltato verso di lei.

Heather alzò le spalle. "Perché quelle erano le regole."

Talon intervenne per spiegargli meglio. "Perché Heather ha dovuto vivere con degli uomini che non rispettavano le donne, che non ne capivano la meravigliosa bellezza, l'intelligenza, che è almeno alla pari, se non anche più di quella degli uomini. Perché quelli erano degli stronzi violenti che dovevano opprimere le donne solo per sentirsi più importanti e sopperire alle loro mancanze."

Heather deglutì a fatica. Talon aveva ragione, ma a lei sembrava strano dire tutto a un ragazzo.

Tony fece un ampio cenno col capo. "Allora è meglio che lei sia qui con noi, vero?"

"Sì, Tony, molto meglio."

Talon le strinse la gamba e lei non poté far altro che chiudere gli occhi e ringraziare il cielo per dov'era e per Talon.

"Tutto a posto?" le chiese Talon sottovoce dopo qualche minuto, quando Tony era tornato a guardare la TV.

Lei annuì.

Talon la fissò per un lungo momento, poi anche lui annuì. "Forse dovrei accompagnarti all'ufficio postale, così può allenarti e migliorare negli scacchi, con Art e gli altri."

Heather scosse la testa. "Oh, no, sono certa che siano molto più bravi di me. Io non ho mai nemmeno giocato una vera partita."

"Non importa. Chissà, magari dai loro una bella scrollata, li scuoti un poco," ribatté Talon. "Però stare seduta all'aperto in piazza forse non è una buona idea: anche se alcuni giornalisti se ne sono andati, ce ne sono ancora tanti che non resisterebbero a scattarti delle foto o a chiederti di fare delle dichiarazioni. Parlerò con Sandra, vediamo se può mettere una scacchiera quando vanno da lei a pranzo."

Ecco uno dei tanti aspetti di Talon a cui Heather si era affezionata: cercava sempre di accontentarla, voleva proteggerla, farle vivere esperienze che lei non aveva mai vissuto. Gli sorrise.

Più tardi, Heather era in piedi appena fuori dalla camera degli ospiti, osservava Talon che rimboccava le coperte a

Tony, nel letto nuovo. La stanza era ancora un po' spoglia, c'erano solo un letto a una piazza e una cassettiera, ma lei teneva gli occhi incollati sul suo uomo e su quel ragazzo. Anche quella era un'esperienza nuova. Alla Comune, i ragazzi dormivano tutti sotto la stessa tenda e non c'erano "coperte" da rimboccare o tenerezze di alcun tipo.

Talon si sedette sul bordo del letto, parlando con Tony a voce bassa. "Hai passato una buona giornata?"

"Sì. Babbuccia è tanto bella e gli hamburger erano speciali. Pensi davvero che potrei fare uno di quei lavori nel bosco? A me il campeggio piace tantissimo."

"Ne sono sicuro."

"Vuoi tornare con me nel bosco?"

"Ma certo. Però forse è meglio se aspettiamo che faccia meno freddo?" gli chiese Talon.

Tony sospirò, poi annuì. "Cosa mangiamo per colazione? Possiamo andare allo Sweet Tooth e prendere dei rotolini alla cannella?"

Talon ridacchiò. "Ma certo, amico."

"Tal?"

"Sì?"

"Penso che non mi piacerebbe vivere sempre nel bosco. La mamma mi mancherebbe troppo. Anche Zeke, e anche tu."

"È normale, non devi per forza."

"Pensi che Heather fosse triste, quando ci viveva tutta sola?"

Talon fece un respiro lungo e profondo. Sapeva che lei era in piedi ad ascoltare dietro la porta, ma non esitò a rispondere al ragazzo. "Sono sicuro che fosse triste, ma a volte dobbiamo fare delle scelte, non perché vogliamo, ma perché dobbiamo."

"Come quando ho preso la macchina per tornare a Fallport, anche se sapevo che mi sarei messo nei guai."

"Bravo, esattamente."

Heather aveva sentito la storia del padre biologico di Tony, che aveva organizzato il rapimento del figlio per farlo uccidere e incassare i soldi dell'assicurazione; Tony però gli aveva rubato la macchina ed era tornato da solo a Fallport in cerca di aiuto. Lei era rimasta stupefatta e col cuore spezzato allo stesso tempo.

"Nella vita, a volte, si incontrano delle persone straordinarie, persone che sopravvivono a esperienze che nessuno dovrebbe mai affrontare, persone che comunque rimangono gentili e amorevoli."

"Come Anna Frank. Cioè, alla fine è morta, ma penso che sarebbe diventata una donna fantastica," rispose Tony.

In classe, aveva studiato la seconda guerra mondiale e l'olocausto, ed era rimasto affascinato da quella ragazzina e da ciò che aveva passato. Anche Heather aveva ascoltato con molto interesse quel racconto, anche perché non si ricordava nulla della storia studiata a scuola prima del rapimento.

"Lo penso anch'io," gli rispose Talon. "Heather è una di quelle persone, sai? È stata trattata malissimo dalle persone con cui viveva, eppure è rimasta meravigliosa, dentro e fuori."

"Davvero è stata portata via quando aveva la mia età?" gli chiese Tony.

"Temo proprio di sì."

"E non ha più i genitori, vero?"

"Infatti, non ci sono più."

"Beh... però ci siamo noi, giusto?"

"Giusto," confermò Talon.

"È bella, mi piacciono i suoi capelli," aggiunse Tony.

"Anche a me."

"E poi è molto intelligente. Quando l'ho conosciuta, c'erano tante parole che non conosceva, invece adesso ne ha imparate un sacco."

"Impara alla svelta."

"Dovrebbe rimanere," disse Tony con determinazione.

"Dovresti sposarla. Zeke ha la mia mamma, gli altri amici hanno le compagne, le mogli, tu invece no. Potrebbe rimanere qui con te, voi due potreste sposarvi."

"Lo pensi davvero?" gli chiese Tal.

Heather sentì le guance paonazze, ma non se la sentì di allontanarsi da quella porta.

"Sì. O la sposi tu, oppure il signor Smith della scuola. Però lui è vecchio e quando starnutisce fa un rumore ridicolo. Quindi penso che tocchi *a te*."

Talon ridacchiò. "Prenderò in considerazione il tuo consiglio."

"Quindi significa che la sposerai?" gli chiese Tony.

"Significa che adesso è tardi e devi metterti a nanna. Non voglio che tua mamma e Zeke pensino che ti teniamo sveglio oltre l'ora stabilita," gli rispose Talon.

"Non significa questo," brontolò Tony, "però ho capito."

Talon si abbassò e lo baciò sulla fronte. "Dormi bene, caro."

"Buona notte. Ah, Talon?"

"Sì?"

"Sono contento che l'hai trovata e l'hai portata indietro."

"Anch'io, Tony. Anch'io." Al che, Talon si alzò, mentre Heather si allontanò per non farsi vedere da Tony.

"Dormi bene. Se hai bisogno di qualcosa, io sono con Heather in fondo al corridoio."

"Lo so. Me la cavo da solo. Se mi sveglio prima di voi, mi metto a leggere. Lo faccio sempre anche con la mamma."

"Ottima idea. Ti voglio bene."

"Anch'io ti voglio bene, Talon. Buona notte."

A quel punto, Talon uscì dalla cameretta e chiuse la porta quasi completamente, lasciando solo una fessura. "Tutto a posto?" chiese a Heather.

Lei annuì.

"È un ragazzo curioso," le disse, sempre sussurrando.

"Non mi dispiace rispondere alle sue domande," gli rispose senza problemi.

"Ottimo."

Per un secondo, Heather temette che Talon tornasse sull'ultima domanda di Tony. Invece lui le chiese solo: "Vuoi guardare ancora la TV o preferisci andare a dormire? Se non sei ancora stanca, che so... possiamo leggere."

"Letto," gli rispose senza doverci pensare. La televisione era sempre interessante, ma a volte diventava un po' troppo. Lei preferiva il silenzio della notte, lontana dai fiumi di parole, di musica, di persone che cercavano di vendere prodotti con la pubblicità.

"Benissimo. Allora vai pure avanti, intanto vado a prendere Babbuccia."

Lei sorrise e annuì.

Quando Heather finì di lavarsi i denti e di cambiarsi, trovò Talon a letto con Babbuccia. La gattina si era sistemata al solito posto: sul cuscino di Heather. Lei in genere si addormentava con la testa sulla spalla di Talon, quindi il cuscino non le serviva.

Heather fece due carezze a Babbuccia e la ascoltò fare le fusa mentre Talon era andato in bagno. Quando ne uscì, spense la luce e si infilò sotto le coperte sul suo lato del letto, stringendo subito Heather e sospirando di soddisfazione appena lei gli fu addosso.

"Pensavo che leggessimo?" gli chiese.

"Se vuoi possiamo leggere. Prima volevo solo stringerti per un attimo."

Lei non ebbe nulla da ridire.

Avrebbe voluto altri baci, ma all'improvviso si sentì troppo stanca per muoversi. Per quanto le piacesse frequentare Tony, l'energia inesauribile del ragazzo era un po' sfiancante: le faceva domande di continuo e andava costantemente stimolato. Certo, a lei faceva molto piacere, ma non era abituata a quell'impegno costante.

"Per la cronaca," le disse Talon dopo un momento, "io penso che l'idea di Tony sia eccezionale."

Heather si irrigidì mentre lui continuava a parlare.

"Anch'io penso che dovresti rimanere. In fondo, penso di essere più adatto io del povero signor Smith, che fa uno strano rumore quando starnutisce."

"Io non ti ho sentito starnutire," ribatté lei.

Talon ridacchiò, e lei ne sentì addosso le vibrazioni.

"È vero, ma sei già qui, tanto vale che rimani. Comunque sia, nessuna pressione. Se decidi che ti serve uno spazio tuo, ti aiuto a trovare il domicilio adatto. Se vuoi frequentare altre persone, cercherò di farmi da parte, anche se mi darà un fastidio infernale. Nessuno potrà controllarti mai più, Heather. Questo posso assicurartelo. Tuttavia, per la cronaca... a me piace averti qui. Mi piace addormentarmi tenendoti tra le braccia. Mi piace tutto di te. *Non voglio* che tu vada via e certamente non voglio che baci degli altri uomini. Però, se è quello che vuoi, ciò di cui hai bisogno, ti sosterrò sempre, al cento per cento."

"Non voglio andare via e non voglio baciare qualcun altro," gli rispose sottovoce.

"Mi fa piacere."

Il sollievo fu chiaro nel tono della sua voce.

"Domani parlo con Art e Sandra, vediamo se si può mettere una scacchiera da farti usare. Vuoi venire con me a prendere i rotolini alla cannella allo Sweet Tooth? O preferisci stare qui con Tony?"

"Sto qui."

"Va bene. Sai che Babbuccia se la cava, se la lasciamo da sola in appartamento, vero?" le chiese con una risatina.

"Sì, lo so," gli rispose, forse non abbastanza convincente.

"Dormi bene, cara. *Io* dormirò bene di sicuro. Sono spossato. Tony è un vulcano."

"Spossato?" gli chiese.

"Sì, scusa il mio vocabolario... significa stanchissimo, esausto."

"Mi piace il tuo vocabolario," gli spiegò. "Anch'io sono spossata."

"Ne vorresti uno, un giorno? Un figlio?" le chiese.

Heather si irrigidì di nuovo. Non ci aveva mai pensato. Mentre viveva alla Comune, aveva fatto di tutto per evitare una gravidanza. Non voleva avere una figlia che venisse trattata come lei e come le altre donne, e aborriva il pensiero di un figlio che venisse cresciuto imparando a odiarla, o a trattare le altre donne e le ragazze come spazzatura.

Tuttavia, ormai era libera, non viveva più in una caverna nel bosco, e dopo aver incontrato Talon e aver visto quanto era gentile e dolce con lei, con Babbuccia, con Tony...

Il pensiero di avere un figlio non le sembrava più tanto inquietante.

"Lascia stare," le disse Talon, non sentendola rispondere. "È troppo presto per una domanda del genere."

"Io penso di sì," sbottò lei, "però non so come si fa la mamma."

"Figurarsi," commentò Talon, "saresti una mamma meravigliosa."

Non le disse altro, ma dato che le aveva fatto quella domanda, lei non riuscì a smettere di pensarci.

Talon si voltò e le baciò la tempia, poi sospirò e chiuse gli occhi.

Quella notte, Heather sognò una bimbetta coi capelli rossi che alzava le braccine verso di lei chiamandola mamma. Al fianco aveva Talon, che le guardava entrambe con un'espressione talmente colma d'amore da farle scoppiare il cuore di gioia.

CAPITOLO SEDICI

IL GIORNO DOPO, non fu possibile preparare gli scacchi, ma Heather non se la prese: era chiaramente felice di trascorrere la giornata nell'appartamento con Babbuccia. Tal riuscì a convincerla a uscire di casa solo tre giorni dopo, per incontrare Lilly ed Ethan. Il medico aveva dato a Lilly il permesso di tornare alle sue regolari attività. Si ritrovarono a casa di Bristol per un pranzo vivace e chiassoso.

Dopo *altri* tre giorni, Talon finalmente portò Heather all'Occhio di Bue per incontrare Art e gli altri due anziani, che l'avrebbero messa alla prova sulla scacchiera.

Le prime partite furono difficili, ma quando lei ricordò bene come si muoveva ciascun pezzo, diventò un'avversaria formidabile. Ovviamente era stata molto attenta, quando gli uomini della Comune giocavano, e anche l'intuito l'aiutava molto. Non vinse alcun incontro, ma negli ultimi ci andò molto vicina. Persino Art ne fu positivamente impressionato.

Poi si fermarono a pranzo, nonostante fosse già pomeriggio; Heather si crogiolava nella soddisfazione per le partite a scacchi ben riuscite, quando il telefono di Talon squillò. Lui vide che era Simon a chiamare, così gli rispose, nella speranza che il capo della polizia avesse nuove informazioni su dove si trovassero i rapitori di Heather.

"Opal Williams sarà a Fallport domattina. Pensavo di farvi incontrare qui, alla stazione di polizia."

Talon sentì il cuore perdere un colpo. Era un arrivo totalmente inaspettato! Certo, era stato lui a suggerire a Simon di telefonare a Opal per chiederle di incontrare Heather, ma mai e poi mai si sarebbe aspettato che quell'idea desse un frutto concreto.

"Ma no, proprio lì no!" gli rispose immediatamente. La mente di Tal turbinava di ipotesi nel tentativo di trovare l'ambiente più adatto per quell'intervista.

"Beh, hai tempo fino a domani per pensare a un posto migliore e per portarci Heather. Sono sicuro che lo staff di Opal si occuperà del trucco e menate varie."

"Un certo preavviso sarebbe stato utile," commentò Talon con un tono chiaramente frustrato.

"Questo è il preavviso. Io l'ho saputo soltanto adesso. Prima sapevo solo che ci si stava pensando. Sembra che nell'agenda di Opal ci sia stata una cancellazione inattesa, così si è creata un'occasione per venire qui. Pensavo ti facesse piacere chiudere questo capitolo il prima possibile."

Simon aveva ragione. "D'accordo. Ti richiamo presto."

"Vedrai che andrà tutto bene," gli disse Simon con un tono insolitamente gentile.

"Lo spero proprio," ribatté Talon, che poi chiuse la chiamata.

"Cosa c'è? Che succede?" gli chiese Heather.

Per fortuna, avevano quasi finito di mangiare; Tal si alzò e le porse la mano.

Heather la prese senza esitare e si alzò in piedi. Salutarono Sandra con un cenno della mano e la ringraziarono per il pranzo, poi si avviarono fuori dalla tavola calda. L'aria era fredda, ma non insopportabile. Dopo la terribile tempesta di neve e il freddo glaciale che l'aveva accompagnata, le temperature si erano stabilizzate, tornando a medie normali per quel periodo dell'anno.

"Talon?" lo chiamò mentre lo seguiva verso il SUV. Lui si guardò attorno e per fortuna non vide alcun giornalista nei paraggi. Molti si erano arresi ed erano tornati da dove erano venuti; ma alcuni erano ancora in circolazione, e ogni tanto ne giungeva qualcuno nuovo nella speranza di arrivare per primo allo scoop.

Arrivati al SUV, Talon si mise al volante, fece un respiro profondo e si voltò verso di lei.

"Cosa succede? Mi stai spaventando," gli disse Heather.

Cacchio: lui non voleva farla preoccupare. "Scusami. Stavo solo pensando. Era Simon al telefono."

"Ha trovato la Comune?" gli chiese Heather.

"No. Cioè, veramente non gliel'ho chiesto. Ha chiamato per dirmi che Opal sta venendo qui a Fallport. Arriverà domattina."

Heather sbatté le palpebre sorpresa. "Davvero?

"Sì."

"Ottimo."

"Ottimo?" ripeté lui.

Heather alzò le spalle. "Sì. Hai detto che è la persona giusta a cui raccontare la mia storia, così poi tutti gli altri mi lasceranno in pace. Io sono pronta."

Heather non mancava mai di sorprenderlo e di colpirlo positivamente.

"Tu sei agitato," aggiunse corrucciandosi. "Non dovrei farla, l'intervista?"

"No, non è quello. Io... È solo che ultimamente stai andando alla grande. La psicologa dice che ti stai adattando benissimo. L'ultima cosa che voglio è una ricaduta perché sei costretta a parlare di tutto."

"Sai, io *voglio* parlarne," gli spiegò Heather. "Penso che...

forse, se qualcuno ascolta la mia storia, può capire se altre persone come Freccia e Cipresso hanno creato comunità simili in altri luoghi. I miei genitori non sono vissuti abbastanza a lungo per scoprire cosa mi è successo, per ritrovarmi viva e vegeta... ma se vado in TV a parlare della mia esperienza, posso dare ad *altri* genitori la speranza di ritrovare in vita i loro figli rapiti chissà dove. L'ha detto anche Simon. Certo, non ti nascondo che sono anche nervosa, però tu sarai con me, giusto?"

"Ma certo, non ti lascerei mai da sola ad affrontare qualcosa del genere."

"Allora andrà tutto bene," concluse lei con decisione.

Tal fu di nuovo estremamente colpito. "Sai, mi meravigli," le disse. "Accidenti, sei talmente forte che non so dirti quanto."

"Non è vero, non sono forte," lo corresse Heather. "Sono *arrabbiata*. Freccia e la Comune mi hanno tolto troppo. Mi ci sono voluti vent'anni, ma sono riuscita a liberarmi. Però ci sono tantissimi altri che non hanno avuto la stessa fortuna. Ti dicevo dei bambini e delle bambine che arrivavano al campo... da dove arrivavano? Chi erano i *loro* genitori? Parlando apertamente, spero di aiutare la polizia a trovare Cipresso e tutti quei ragazzi, così potranno tornare a casa dalle loro famiglie."

Tal le si avvicinò e le mise lentamente una mano dietro la nuca. La fece avvicinare e la baciò in fronte. "Lo spero anch'io," le disse a voce bassa.

Rimasero seduti nel SUV per un lungo momento, poi lui prese fiato e le tolse la mano dalla nuca. "Dobbiamo trovare il posto migliore per l'intervista. Magari le ragazze possono aiutarti a trovare dei vestiti che ti mettano a tuo agio. Io devo telefonare agli altri per aggiornarli su quanto sta per succedere. Cacchio, domani dovevo lavorare. Mi dispiace dover chiedere ad Harvey un altro giorno libero, ma non so come altro fare. Dovrei..."

Smise di parlare quando Heather gli appoggiò una mano sul braccio dicendogli: "Andrà tutto bene".

Dopo un respiro profondo, Tal annuì. Aveva ragione lei. Sarebbe andato tutto bene. Non gli sfuggì l'ironia: era stata *lei* a rassicurarlo, in quel frangente. Le sorrise e girò la chiave nel blocchetto d'accensione.

––––––––

Il mattino dopo, Heather si sentiva nervosa. Non conosceva quella Opal, ma la sera prima Talon le aveva mostrato online una delle sue interviste, per farle capire come sarebbe andato l'incontro con una delle giornaliste televisive più famose in circolazione. In quella registrazione, Opal intervistava un principe che proveniva dallo stesso Paese di Talon e la donna che aveva sposato di recente. Si erano trasferiti negli Stati Uniti e quel trasloco doveva aver creato un sacco di trambusto. Dopo aver guardato l'intero episodio, Heather si era sentita meglio. Opal poneva anche domande difficili, ma non in modo scontroso... sembrava una persona educata.

Talon aveva organizzato l'intervista presso il Bed & Breakfast di Chestnut Street. L'aveva suggerito Lilly, che ci aveva dormito quando era arrivata a Fallport per filmare le riprese del programma su Bigfoot, e che aveva fatto amicizia con la proprietaria: Whitney Crawford. Chiaramente, Brock, Raid e Drew avevano passato il pomeriggio del giorno prima al B&B per trasformare la sala da pranzo in uno studio televisivo improvvisato. Avevano aiutato Whitney a spostare i mobili e a fare le pulizie, facendo il possibile per aiutarla ad accogliere una celebrità della TV in quella casa.

Heather e Talon erano arrivati al B&B verso le sei e mezza del mattino. Lei aveva incontrato una produttrice che le aveva spiegato alcune delle domande preparate da Opal. Heather l'aveva ringraziata per l'opportunità di prepararsi a discutere di alcuni argomenti difficili.

Poi era stata portata in una delle stanze degli ospiti, dove una signora le aveva sistemato i capelli e un'altra le aveva applicato del trucco sul viso. Heather non si era mai messa il rossetto; quando la truccatrice finì, Heather sentì il viso strano, persino più pesante.

Poi era giunto il momento. Era ora di incontrare Opal. Ora di raccontarle tutta la storia.

"Sei ancora in tempo, se non te la senti," le disse Talon con dolcezza accarezzandola dietro la testa con il pollice. Era rimasto al suo fianco per tutto il tempo. Quando le attenzioni ricevute stavano per travolgerla, lui era sempre pronto ad aiutarla.

"No, voglio andare avanti," gli rispose con un tono di voce non determinato quanto lei avrebbe voluto.

Talon la accompagnò lontano dal trambusto e si appoggiò contro un muro, facendola girare in modo che desse la schiena alla stanza e potesse concentrarsi su di lui; le mise le mani ai lati del viso e le fece alzare lo sguardo.

"Vedrai che andrai benissimo," le disse sottovoce. "Chiunque ti vedrà avrà voglia di dare personalmente la caccia a Cipresso e a tutti gli altri che hanno osato farti del male."

Heather mise le mani ai fianchi di Talon e si aggrappò alla sua maglia, stringendola.

"Sei bellissima... però sappi che il trucco, i vestiti e la messa in piega sono carini... ma io ero attratto da te già quando ti ho vista nella caverna, coi capelli ingarbugliati, il viso sporco, i miei vestiti che ti andavano larghi. Non sono interessato a te per l'aspetto esteriore, ma per il tuo spirito da combattente. Avresti potuto cedere tanto tempo fa, accettare le circostanze, arrenderti. Invece no: hai continuato a lottare, anche quando eri in difficoltà, anche quando sembrava persa ogni speranza. Ecco la Heather di cui mi sto innamorando.

Stamattina devi solo presentarti, essere te stessa. Non avere paura di dire la verità. Qui sei al sicuro. Protetta."

"Di te posso fidarmi, non mi farai del male." Gli sussurrò Heather. Quanto volte si era ripetuta quelle parole? Più di quante ne ricordasse. Per lei, erano state come un'ancora di salvezza. Anche quando ancora non si fidava di lui fino in fondo, si era aggrappata comunque a quella promessa.

"Sono parole vere adesso come lo erano la prima volta che te le ho dette," le confermò.

"Ti stai innamorando di me?" gli chiese sottovoce, accorgendosi di ciò che le aveva detto.

"Sì."

Una parola. Semplice e diretta.

Lei gli sorrise e ammise: "Penso che anch'io mi sto innamorando di te."

Lui accennò un sorriso e spuntò la fossetta nella guancia, dietro la barba ben curata. "È ora: dai che ce la fai."

Heather annuì e chiuse gli occhi appena lui abbassò la testa. Lui la baciò con una tenerezza estrema, e per quanto lei amasse la sensazione del contatto tra le loro labbra... all'improvviso non le sembrò bastare. Voleva tutto di quell'uomo. Talon le aveva già insegnato moltissimo nel campo dell'intimità sessuale, e lei era pronta ad andare fino in fondo.

"Heather?" Una voce armoniosa la chiamò da poco lontano.

Lei si girò, sempre sentendo la mano di Talon dietro la schiena, e si trovò davanti una bella donna dalla pelle scura. La riconobbe dal programma che aveva guardato la sera prima. "Salve," le disse con una certa timidezza.

"Sono Opal Williams," le disse la donna porgendole la mano. "È un vero piacere conoscerti."

"Il piacere è mio," le rispose Heather.

"Sono contenta che tu stia bene."

"Anch'io," le rispose Heather.

Opal accennò un sorriso. "Penso che ci faremo una bella chiacchierata. A volte le persone che intervisto sono troppo agitate, vengono travolte dall'emozione di conoscermi e non sanno più cosa dire."

Heather alzò le spalle. "Io so che sei famosa, ma sono vent'anni che non guardo la TV perché non potevo, quindi per me... sei una persona come un'altra."

Al che, Opal sorrise più ampiamente. "Come un'altra," confermò.

"Talon non mi lascerebbe fare nulla che mi facesse sembrare stupida, o parlare con qualcuno intenzionato a ferirmi; per questo ho accettato di parlare con te. Per questo, e perché voglio che qui tutto torni normale. Voglio andare allo Sweet Tooth senza preoccuparmi che qualcuno salti fuori da dietro l'angolo con una macchina fotografica; voglio andare all'Occhio di Bue senza che qualcuno mi gridi delle domande da un altro tavolo. Mi dicono tutti che, rispondendo alle tue domande, tornerò a essere la solita, noiosa Heather Brown."

"Non credo che tu sia mai stata noiosa," le disse Opal, che poi si voltò e indicò un'altra donna dietro di sé, la quale si avvicinò. "Prima dell'intervista, per prepararti, voglio presentarti Lilac Lee."

Heather fece un cenno di saluto all'altra donna.

"Lilac è stata rapita quando aveva ventun anni ed è stata tenuta prigioniera per undici anni."

Heather inspirò di scatto e fissò con gli occhi spalancati la donna che le stava davanti. Era più anziana di Heather, ma sembrava in salute. E felice. Aveva dei tatuaggi sulle braccia e sul petto, che spuntavano in parte dallo scollo a V dell'abito che indossava. Aveva i capelli scuri tagliati corti, quasi della stessa tonalità di rosso di Heather. Aveva anche due piercing: uno al labbro e uno al sopracciglio. Heather non aveva mai visto un look simile.

"Ciao," le disse Lilac porgendole la mano.

Heather gliela strinse e si leccò le labbra nervosamente. Quella donna sembrava tanto... normale. Aveva sentito in parte la sua storia: era stata rapita già da adulta, ma nella casa in cui era stata tenuta prigioniera aveva sofferto quanto Heather, se non di più.

"Se ti fa piacere, dopo l'intervista vorrei tanto parlarti."

Heather annuì subito. Voleva farle moltissime domande.

Opal e Lilac si voltarono, e Talon le si avvicinò. Heather ne sentì la barba contro la guancia prima che lui le sussurrasse: "Non sapevo che ci fosse anche lei. Va tutto bene?"

Heather annuì e si voltò verso di lui. Apprezzava quel supporto più di quanto riuscisse a spiegargli. Ricordava le parole di Lilly, che le aveva descritto Talon come un uomo nato per prendersi cura di una donna, e provò una gioia immensa perché quella donna era *lei*.

La produttrice le fece cenno di avvicinarsi e di sedersi sul divanetto posto davanti alle molte luci preparate per l'occasione. Talon la baciò alla tempia, poi lei si fece forza e andò al divano.

Dopo tre ore, Heather si sentiva sfinita, sia mentalmente che emotivamente. Aveva provato altrettanta stanchezza solo dopo giorni di caccia. Una stranezza, perché quei giorni le sembravano ormai lontani, anche se in realtà non era passato nemmeno un mese da quando aveva lasciato la caverna nel bosco.

Opal le aveva posto anche domande difficili, ma vedere Talon in piedi dietro le luci, tra le telecamere, che con la sua presenza le offriva un punto di riferimento mai tentennante, le aveva dato il coraggio di rispondere a ogni domanda in totale onestà. Non era stato facile, ma quando fu tutto finito, lei si sentì più... leggera. Come se condividere quell'esperienza, con tutto ciò che aveva comportato... le sensazioni che aveva provato quando era legata nella tenda di punizione, essere presa per moglie contro la sua volontà, il terrore nel decidere di nascondersi nel bosco quando la Comune stava facendo i bagagli per traslocare... i motivi per cui non aveva tentato di fuggire prima... era come se quell'intervista avesse chiuso il cerchio della sua vita precedente.

Quando le luci furono spente e le telecamere smisero di registrare, Opal si avvicinò a Heather per chiederle: "Posso abbracciarti?"

Heather annuì e chiuse gli occhi, mentre la giornalista la stringeva tra le braccia; aveva addosso un profumo, probabilmente uno costoso; coi capelli le fece il solletico alla guancia, ma fu uno degli abbracci più affettuosi che Heather avesse mai ricevuto, a parte quelli di Talon. Heather si era aperta completamente; aveva condiviso dettagli che non aveva mai raccontato, nemmeno a Talon. Eppure Opal la rispettava. La apprezzava. Che sensazione inebriante!

Opal si staccò da lei, le mise le mani sulle spalle e la fissò per un lungo momento, poi annuì con decisione. "Te la caverai benissimo." Quindi la salutò e si avviò verso l'uscita, sempre con la produttrice al fianco.

Heather si girò... e sbatté le palpebre sorpresa: dietro a Talon c'erano Lilly ed Ethan, insieme a tutti gli altri, Elsie, Zeke, Bristol, Rocky, Caryn, Drew, Finley, Brock, c'erano anche Khloe e Raid. Duke era addormentato sul pavimento, ignaro di tutto il trambusto che lo circondava.

Gli occhi di Heather si riempirono di lacrime. "Ma... siete venuti tutti?" chiese quasi balbettando.

"Ma certo che ci siamo!" esclamò Caryn avviandosi verso di lei a grandi falcate e abbracciandola.

"Pensavi che non saremmo venuti? Le amiche si supportano tra loro," le disse Finley sottovoce.

"Peraltro... è *Opal*!" aggiunse Elsie con un tono di voce chiaramente emozionato.

Risero tutti.

"Non piangere," le disse Lilly. "Se cominci tu, poi piagnucoliamo tutte."

Le riusciva difficile abituarsi a tutto quel supporto, dopo essere stata da sola per tanto tempo. Ormai non incolpava più le altre donne della Comune per i loro comportamenti. Erano state tutte condizionate per evitare che parlassero tra loro, o che facessero amicizia. Era troppo forte la paura di ciò che sarebbe successo loro, se si fossero avvicinate troppo.

Erano tutte impegnate a sopravvivere come potevano.

Un movimento sulla sinistra catturò l'attenzione di Heather, che notò Lilac: la guardava con un sorrisetto in volto.

"Ragazze, mi date un minuto?" chiese Heather alle amiche; non voleva offendere nessuno appartandosi per parlare con Lilac.

"Ma certo. Tutto il tempo che vuoi," le rispose Bristol. "Whitney ci ha preparato da mangiare, ma dobbiamo aspettare che spariscano le telecamere e tutto il resto; poi riportiamo il tavolo e le sedie per accomodarci."

"Heather?"

Lei alzò lo sguardo verso Talon: sapeva cosa voleva chiederle senza bisogno di interrogarlo. "Sto bene. Voglio solo parlare con lei per un minuto."

"Va bene. Se hai bisogno di me, sono qui."

"Lo so." Talon era solido come una roccia, e lei lo sapeva.

Parlare con l'altra donna la innervosiva, ma Heather fece un respiro profondo e si incamminò verso di lei. "Eccomi," le disse avvicinandosi.

"Eccoci," replicò Lilac con un sorriso cordiale. L'anello al labbro era un dettaglio a cui era difficile abituarsi, ma lei era talmente gentile che Heather se ne dimenticò in breve tempo.

"Mi dispiace molto per quanto ti è successo," le disse.

"Dispiace *a me* per quanto ti è successo," ribatté Lilac.

"Però, adesso che ho sentito la tua storia e che ho visto tutto il supporto che hai... so che te la caverai benissimo."

Quelle parole di ottimismo la fecero star bene. "Io... Posso farti una domanda?"

"Puoi chiedermi quello che vuoi," le rispose Lilac.

"Non conoscevo bene la tua storia, prima di oggi, prima che Opal ne parlasse. Ha detto che ti sei sposata?"

Lilac annuì. "Sì. L'ho conosciuto tramite amici, ci siamo sposati tre anni dopo il giorno in cui sono stata ritrovata."

"Che bello!"

Lilac inclinò la testa e accennò un sorriso. "Cos'è che vuoi sapere *davvero*?" le chiese dolcemente.

"Io... come hai fatto a sapere... dopo tutto quello che ti era successo... eri nervosa?" Heather si accorse di aver fatto confusione, ma non sapeva come trovare le parole giuste.

"Sì e no," le rispose Lilac. "Ero nervosa, perché lui mi piaceva moltissimo e anch'io volevo piacergli. Ero preoccupata che non riuscisse a vedere altro, oltre a ciò che mi era successo, che mi vedesse sempre come la povera ragazza che era stata rapita e tenuta in ostaggio per oltre un decennio. Però, vicino a lui stavo *bene*. Mi sentivo al sicuro. Lui non mi ha mai fatta sentire una diversa. Per lui... ero semplicemente Lilac."

A ogni parola che le sentiva dire, Heather si rilassava sempre più. Erano esattamente le stesse emozioni che lei provava vicino a Talon.

"È stato difficile... voi fate sesso?" le domandò di getto, rimpiangendo subito di averglielo chiesto.

"Lo facciamo," le rispose Lilac con un sorriso. "E comunque non è stato affatto difficile innamorarmi di lui. Quel che ha fatto il bastardo che mi ha rapita è totalmente diverso dal fare l'amore con mio marito... anche se allora eravamo solo fidanzati. Una differenza come tra il giorno e la notte. Non ti dico che sia sempre tutto facile, che non ci siano dei giorni in cui i brutti ricordi mi travolgono, ma mai quando sto con mio marito."

"Ho scelto di non essere una vittima, di non lasciare che il resto della mia vita fosse rovinato. Sono sopravvissuta, e con mio marito sono più forte. Abbiamo anche adottato un bimbo, la famiglia è la mia costante motivazione. Se il tuo dubbio è se sia sbagliato o assurdo sentirti attratta da quel tipo affascinante che nelle ultime tre ore non ti ha mai tolto gli occhi di dosso... la risposta è no. Vivi la tua vita, Heather. Ama. Ridi. Non lasciare che quegli imbecilli ti impediscano di innamorarti, di avere dei figli... di andare avanti."

Quelle parole furono per Heather come una liberazione che nessun altro avrebbe potuto darle. Lei amava Talon. Non le sembrava *troppo* presto, ma era preoccupata che qualcuno la giudicasse male. Che fosse in qualche modo assurdo *voler* stare con un uomo, dopo tutto ciò che le era successo. Sentire che Lilac era felice e che viveva una vita normale da donna sposata, dopo la terribile tragedia che aveva subito... fu un sollievo inimmaginabile per Heather.

Le due donne si scambiarono un lungo abbraccio sentito. "Vuoi rimanere a mangiare con noi?" chiese Heather.

"No, ma grazie per l'invito. Devo tornare a casa. Domani mio figlio ha una festa di compleanno, non è il suo, è quello di un amico, per cui dobbiamo cercare un regalo da portargli. Poi mi manca moltissimo mio marito."

Heather la capì. "Certo. È stato un piacere conoscerti."

"Anche per me. Adesso fai parte di un gruppo ristretto," le disse Lilac con tono serio. "È un club di cui nessuno vorrebbe far parte, ma ci siamo comunque. Se hai bisogno di qualcosa, intendo dire *qualunque* cosa... parlare, piangere, sfogarti sulle ingiustizie della vita... tu fatti sentire. Non sei sola. Siamo un numero considerevole, donne rapite e tenute in ostaggio per mesi, o per anni, sopravvissute per raccontare la nostra storia.

Quando sarai pronta, posso metterti in contatto con altre come noi."

"Io... penso che mi farebbe piacere," le rispose Heather.

"Benissimo. Allora stammi bene... e non avere paura di *vivere*."

Al che, Lilac le fece un sorriso e seguì un uomo che stava portando fuori un faretto. Talon si avvicinò a Heather prima ancora che lei si voltasse verso gli amici.

La fissò per un lungo momento, poi le sorrise. "Mi sembri... contenta."

"Infatti," confermò lei. "Però ho anche fame."

"Allora dai, mangiamo," le disse semplicemente.

Il sollievo che Heather gli lesse negli occhi le fece capire quanto fosse stato stressato da quell'intervista. Talon era preoccupato per lei, lo si vedeva chiaramente.

Heather si chiese come le fosse piovuta addosso la fortuna di farsi trovare da quell'uomo, grazie al cielo. Un uomo che aveva scelto di stare con lei... e gliel'aveva detto. Lei voleva mostrargli quanto fosse importante quel rapporto... ma prima voleva godere della compagnia di amici e amiche.

Vivere... proprio come le aveva suggerito Lilac.

Heather non era una stupida: sapeva che, appena l'intervista fosse andata in onda, si sarebbe presentato un altro fiume di persone che volevano parlarle, intervistarla... proprio come quando si era sparsa la voce che l'avevano ritrovata dopo tanti anni. Però era anche piuttosto certa che i cittadini di Fallport l'avrebbero supportata e protetta, proprio come stavano già facendo.

Se anche le fosse toccato di stare in casa per un certo periodo, pazienza: poteva sopportarlo. Whitney Crawford si era persino offerta di farle da insegnante privata, un'occasione che lei avrebbe accettato molto volentieri: aveva una voglia matta di imparare! Voleva che Talon fosse fiero di lei, ma soprattutto voleva imparare tutto ciò che gli altri sapevano e davano per scontato.

Con una prospettiva rosea di come stavano andando le cose, Heather si appoggiò a Talon, che la cinse con un braccio intorno alla vita. Poi lui si abbassò, la baciò e andò ad aiutare gli altri a spostare il grande tavolo nero, per portarlo nella sala in cui avrebbero mangiato.

———

Quattro giorni dopo, andò in onda lo speciale con Opal Williams.

Cipresso Bonfiglio era seduto nella camera di un albergo, in un paesino della North Carolina, intento a pianificare come portar via la sua prossima moglie: una bimba che aveva visto quel giorno in un asilo per famiglie disagiate e che poi aveva seguito fino a casa.

Lo speciale era in prima serata, e lui si ritrovò davanti Fiore, che parlava del periodo trascorso alla Comune. Stava spifferando tutti i loro segreti su un canale nazionale. La furia gli fece tremare le mani, mentre prendeva il telecomando per alzare il volume.

La prima cosa che notò nel vederla sul piccolo schermo fu che si era tagliata i capelli.

Fiore *sapeva* che era contro le regole, perché le donne non potevano *mai* tagliarseli; eppure eccola là, davanti a tutti, senza metà dei suoi gloriosi capelli. Nel cervello gli tornarono i ricordi di quando si era masturbato in quelle ciocche folte: il suo sperma era rimasto appiccicato per ore, marcandola come suo possedimento.

Fiore avrebbe *pagato* quella sfrontatezza.

L'odio gli scorreva nelle vene, mentre Fiore si lamentava di come era stata trattata. Raccontava a tutti della tenda di punizione, dei bambini che arrivavano al campo da chissà dove, di quante mogli avesse ciascun uomo.

Cipresso capì che la sua vita era appena cambiata, senz'ombra di dubbio. Probabilmente, nel giro di una settimana, la nuova Comune in Florida sarebbe stata attaccata e smantellata.

Però lui aveva la fortuna sfacciata di non essere con gli altri in quel momento... lui era destinato a perseverare, per catturare e addestrare la prima delle sue tante future mogli.

Ripensò alla bimba dai capelli rossi che aveva visto quel giorno e sorrise. Era perfetta... un'altra delle troppe bambine di famiglie disagiate o in affidamento, in una casa fatiscente e sovraffollata. Nessuno ne avrebbe sentito la mancanza. Era sacrificabile, come tutti i bambini e le bambine acquisiti negli anni.

Fiore era stata una tra le prime a essere presa... la più difficile da addestrare. Molti più pestaggi e molto più tempo di ogni altra donna nella tenda di punizione alla fine l'avevano resa più obbediente. Però non si era mai sottomessa pienamente. Faceva sempre domande, pur conoscendone le conseguenze, persino dopo aver subito la mano di Cipresso, più pesante di quella di Freccia.

Dopo di lei, solo bambine molto piccole erano state rapite, bambine che non ricordassero la vita prima della Comune. Nonostante servisse loro più tempo, prima di poter diventare mogli, era una precauzione necessaria.

Cipresso era rimasto da solo, e lo sapeva. Non poteva tornare in Florida, dopo tutte le informazioni che Fiore aveva portato a galla in quell'intervista.

Pazienza. Avrebbe preso la bimba che aveva scelto quel giorno e avrebbe ricominciato tutto daccapo.

Non solo: sarebbe tornato anche a Fallport... per il tempo necessario a mostrare a Fiore che era ancora *lui* a comandare, che di lui non si sarebbe mai liberata. L'avrebbe sottomessa di nuovo. Quale posto migliore per costringerla ad accettare il destino di appartenergli, se non il luogo in cui tutto era cominciato?

Più rifletteva su quel piano, più ne diventava ossessionato. Sì, certo, era pericoloso, ma in quel paesino avrebbe evitato sguardi indiscreti. Avrebbe indossato un travestimento per non essere riconosciuto. Sarebbe tornato nei luoghi in cui la Comune era prosperata per tutti quegli anni, dove il padre gli aveva insegnato che gli uomini erano per natura superiori alle donne, sotto ogni punto di vista.

Nessuno si sarebbe aspettato da lui la follia di tornare, soprattutto dopo l'enorme ribalta che aveva attirato tanta attenzione su Fallport. Ma lui non ci sarebbe rimasto per molto tempo...

...lo stretto necessario per cominciare un nuovo addestramento di Fiore, per dimostrare alla stronza che era andata in TV che non era altro che spazzatura.

Lo era sempre stata e avrebbe continuato per sempre ad essere spazzatura. .

Soddisfatto da quel piano, Cipresso sogghignò. Ormai non sentiva nemmeno più cosa stesse dicendo Fiore in televisione. Invece pensò all'emozione di guardare la sua futura moglie accovacciata sul pavimento della macchina. Anche lei avrebbe fatto tutto ciò che le diceva lui, nel momento stesso in cui gliel'avesse ordinato. Avrebbe imparato. Imparavano tutte. E quella che si era ribellata?

Sarebbe morta, rimpiangendo di non essersi mai adeguata come tutte le altre.

Nessuna donna diceva di no a Cipresso Bonfiglio.

Fiore di Prato al Tramonto non aveva diritto a vivere una vita felice. L'aveva sfidato, gli si era sottratta, era arrivata al punto di sputargli in faccia. Un'insolenza di quel genere non andava tollerata. Prima le avrebbe ricordato chi era il capo, fino a farla scusare e a farle giurare di nuovo fedeltà... poi l'avrebbe eliminata. Una volta per tutte.

Infine, lui avrebbe vissuto felice e contento con la sua nuova Fiore di Prato al Tramonto, lontano da Fallport, dalla Virginia. Magari sarebbe andato in Idaho. O nel North Dakota. Oppure in Montana, dove c'erano meno abitanti, più distanti tra loro. Sarebbe rimasto lontano dai centri abitati. Avrebbe catturato abbastanza mogli che lo servissero, fino a vivere comodamente.

Cipresso spense la TV e anche la lampada sul comodino. Sentì nella camera accanto una coppia che scopava. Quei rumori lo eccitarono. La sua mano scivolò giù, lungo il corpo, mentre lui si immaginava quella stronza che implorava perdono, implorava di avere salva la vita. Alla fine, avrebbe subito le conseguenze: aveva detto di no a lui, a *un uomo*.

CAPITOLO DICIASSETTE

ERANO PASSATI giorni da quando era andata in onda l'intervista a Heather, che sembrava uscire sempre di più dal guscio a ogni giorno che passava. Tal si era preoccupato che l'intervista la facesse stare peggio, che le riaccendesse il trauma; invece lei sembrava più felice e allegra che mai.

Era arrivata la fine di febbraio, e anche se la regione era attraversata da un fronte d'aria fredda che aveva portato qualche spolverata di neve, Heather sembrava sempre irradiare luce e calore, travolgendolo con una gioia che lui non aveva mai vissuto.

La squadra di ricerca e soccorso non aveva ricevuto molte chiamate, il che a Tal andava benissimo. Senza dubbio, i cacciatori di Bigfoot sarebbero tornati in forza con la primavera. Lui era felice di lavorare dal barbiere la mattina e accompagnare in giro Heather nel pomeriggio.

Prima dell'inizio del turno di lavoro, Tal portava Heather al B&B di Whitney, dove passava il tempo imparando tutto ciò che avrebbe dovuto imparare a scuola. La sua abilità nel leggere aumentava a velocità strabiliante. Studiava anche storia, un po' tutti i periodi, dall'eruzione del Vesuvio a Pompei alla guerra di secessione americana.

Al pomeriggio, Heather era sempre impegnata con le sue nuove amiche. Un giorno rimaneva in pasticceria con Finley, il giorno dopo lo passava con Bristol che stava creando un'altra vetrata istoriata. Lilly era tornata al lavoro ed Heather le faceva da assistente quando scattava foto della squadra di softball delle superiori.

Un giorno era andata persino con Caryn a un incontro dei Vigili del Fuoco junior; quella sera, Tal era rimasto seduto vicino a lei sul divano a guardare innumerevoli video sugli interventi dei pompieri.

Un altro pomeriggio, Heather aveva seguito a ruota Elsie in uno dei turni all'On the Rocks. Quella sera, aveva ammesso che andare avanti e indietro di continuo non era stato il massimo, ma che le *era* piaciuto incontrare moltissime persone.

Sì, la sua Heather gli stava sbocciando sotto gli occhi, dopo essere stata privata del sole per troppo tempo. Era affascinante e intrigante sotto ogni aspetto, rispettata da tutti quelli che incontrava, o quasi. Solo pochi avevano cercato di insistere a chiederle cosa avesse passato, ma quei pochi venivano sempre messi a tacere dagli altri presenti.

Tal era orgogliosissimo di lei. In alcune occasioni, la sera tardi, quando la teneva tra le braccia, lei ammetteva di avere paura. Era preoccupata del futuro, di trovare un lavoro, dato che non aveva nemmeno terminato le scuole dell'obbligo. Ogni tanto, i ricordi dei suoi patimenti riaffioravano travolgendola, e Tal non poteva fare altro che abbracciarla. Le diceva che era fiero di lei, le ricordava le nuove amicizie, aggiungendo che avrebbe potuto fare tutto ciò che voleva, ovunque, perché era una donna libera.

Si addormentavano ogni notte abbracciati e si risvegliavano nella stessa posizione, e durante la notte lei scalciava sempre via le coperte. Lui le teneva una mano dietro la schiena, le gambe intrecciate, il naso nei capelli di lei.

Avevano appena passato una giornata impegnativa. La squadra era uscita alla ricerca di un ragazzino smarrito: aveva dodici anni ed era affetto dalla sindrome di Down. Si era allontanato da casa senza che nessuno se ne accorgesse per almeno mezz'ora. Raid e Duke avevano guidato la ricerca e per fortuna avevano ritrovato il ragazzino dopo solo un'ora. Era infreddolito e spaventato, ma per il resto stava bene. Il cane del vicino l'aveva seguito mentre si allontanava da casa; li avevano ritrovati in un capanno, poche case più avanti nella stessa via.

Quel ragazzino smarrito aveva fatto tornare in mente a Heather dei brutti ricordi, agitandola finché non era stato ritrovato. Lei era rimasta all'On the Rocks insieme a Elsie e Khloe fino a quando non si era saputo che il ragazzo era stato ritrovato e che stava bene... e poi era tornato dai suoi genitori. Dopo quell'incidente, Tal aveva capito che rintanarsi nell'appartamento non era l'ideale, così l'aveva accompagnata da Art, Silas e Otto, che erano riusciti a distrarla con varie partite a scacchi.

In seguito, Heather aveva aiutato Finley a preparare una torta per le nozze d'oro di due compaesani, sposati da cinquant'anni. Più tardi Khloe era passata da Tal per vedere Babbuccia, e si era fermata a cena.

Più Tal frequentava quella donna altera, Khloe, più si accorgeva che non era tanto scontrosa di carattere... piuttosto sembrava aver qualcosa da nascondere. Era sempre cordiale, ma ogni volta che le si chiedeva qualcosa sul suo passato, sulla sua provenienza, su cosa facesse prima di arrivare a Fallport... lei si chiudeva a riccio e cambiava argomento.

Khloe era un mistero e Tal non poteva che esserne incuriosito e preoccupato allo stesso tempo. Tuttavia, lui era troppo preso da Heather, impegnato a sostenere la sua gioia nel suo nuovo mondo, per potersi occupare di Khloe. Però si ripromise di parlarne con Raiden, che lavorava con lei tutti i giorni. Khloe sembrava aver legato con il segugio Duke, quindi Raid era la persona migliore per scoprire quali fossero i segreti che Khloe stava cercando di nascondere.

Quando Khloe se ne andò, Tal ed Heather si rilassarono sul divano. Lei aprì un libro e lo appoggiò sulle ginocchia, ma non cominciò a leggere: aveva la mente impegnata da altro, e Tal automaticamente si preoccupò.

"Stai bene, dopo quel che è successo oggi? Dopo quel ragazzino che si era perso?"

Lei si voltò per guardarlo negli occhi, e lui ne notò l'espressione sorpresa. "Sì. Sono felice che stia bene."

"Anch'io. Allora, se non è quello a cui stai pensando... come mai sei preoccupata?"

Lei chiuse il libro e si girò verso di lui. "Non sono preoccupata... sono nervosa."

"Come mai? Con me non devi essere nervosa, cara. Sai che non ti farei mai del male e che puoi dire e fare tutto ciò che vuoi, con me."

"Ieri sera è stata..." si interruppe.

Tal sentì subito l'uccello prender forza e strinse i denti, cercando di controllare le reazioni del proprio corpo.

La sera prima, quando erano andati a letto, lei l'aveva pregato di farsi toccare di nuovo. Lui non poteva certo rifiutare, così si era tolto i boxer e l'aveva lasciata... sperimentare. Non sapeva come altro definirlo. Lei l'aveva baciato fino a fargli girare la testa, poi l'aveva afferrato con la mano calda e l'aveva masturbato fino a farlo venire, riversando seme sulla propria pancia e sulle dita di Heather.

Di solito, a quel punto lui riusciva a fermarsi... ma quella sera lei gli aveva chiesto di più: che *lui* la toccasse. Tal aveva reagito con agitazione, ma *anche* con eccitazione. Da tempo desiderava darle gli stessi piaceri che lei gli aveva regalato.

All'inizio era andato tutto bene, anzi, alla grande. Le aveva accarezzato e leccato i capezzoli, con piacere di entrambi. Appena però le aveva avvicinato le mani alle mutandine, lei si era irrigidita.

Per quanta voglia avesse di mostrarle quanto l'amava, quanto era diverso dai bastardi che avevano abusato di lei, Tal non poteva certo rischiare di mettere un freno alla ripresa di Heather, trasformando il suo carattere allegro e gioioso in qualcos'altro.

Quello stop aveva deluso entrambi, ma lui l'aveva rassicurata più volte, dicendole che stava facendo progressi, che lui l'avrebbe aspettata, che avrebbero raggiunto più confidenza.

Heather si leccò le labbra e lo guardò negli occhi, per poi terminare la frase: "Frustrante."

Tal avrebbe voluto fare di più per lei, toglierle di dosso i dolori del passato, ma poteva solo rassicurarla di continuo, dirle che lui non era come gli altri uomini che lei aveva conosciuto.

Heather proseguì. "Lilac è sposata. Ho cercato informazioni anche sulle altre. Elizabeth Smart è sposata e ha dei figli. Hanno entrambe dei rapporti felici, sono riuscite a voltare pagina. Anch'io voglio andare avanti."

Tal non si era mai sentito inquieto come in quel preciso istante. Era uno tosto, tra i più tosti, aveva affrontato nemici letali, eppure in quel momento tremava dalla testa ai piedi. "Ma tu *stai* andando avanti," le disse dopo un momento.

"A me non sembra," gli rispose. Poi proseguì: "Sinceramente, non ho paura di te, so che non mi farai male. Ieri sera ero pronta. La sensazione della tua mano... *laggiù*... mi ha sorpresa, ma non avevo paura di te. Però poi tu ti sei fermato. Io voglio sapere cosa si prova, cos'è un orgasmo."

"Cara, ma io..."

Lei scosse la testa con decisione. "Ti amo, Talon. Voglio fare sesso con te. Non ho paura. Mi hai lasciato prendere il controllo e non ho mai conosciuto un sesso eccitante quanto con te. Però so che mi manca qualcosa. Ne ho parlato con Lilly e lei mi ha spiegato cosa prova, quando fa sesso con Ethan. Dice che è meraviglioso, che lui la rende felice, che le sembra di volare. Lo voglio anch'io."

A ogni parola, Tal sentiva l'uccello sempre più duro, finché non lo sentì pulsare contro i pantaloni. "Quante volte ti ho detto che non ti farò del male," le chiese.

Lei si fece seria. "Non lo so, ho perso il conto."

"Ecco, ma se faccio una mossa azzardata, *potrei* farti del male. Non volendo, ma c'è questo rischio. Se succedesse, non potrei mai perdonarmi."

"E pensi che fare sesso con me mi farebbe del male?" gli chiese corrugando la fronte.

"Potrebbero riaffiorarti dei brutti ricordi, ed è l'ultima cosa che voglio."

"Hai intenzione di farmi indossare una tunica marrone e di tirarmela su e di metterlo dentro senza nemmeno preoccuparti se mi fa male?"

"Cosa? No!" esclamò Tal.

"Hai intenzione di farmi mettere con le mani e le ginocchia a terra e mettermelo... nel didietro?"

"No, cazzo!" esclamò lui di nuovo, con voce profonda e seccata.

"Allora come puoi pensare di farmi tornare in mente dei brutti ricordi? Talon, tu non hai nulla a che vedere con quelli. *Nulla.* Nessuno si è mai fatto toccare come te, nessuno mi ha mai lasciato star sopra. Nessuno mi ha mai baciata. Quando sto con te, quegli anni sono lontanissimi dai miei pensieri. Tutto ciò che sento sei tu. Tutto ciò che vedo sei tu. Sento solo le tue mani su di me, le tue labbra sulle mie."

Tal la fissò per qualche secondo... e si accorse che, se da un lato pensava di fare la cosa giusta rallentando, lasciandosi toccare senza farle pressioni per toccarla anche lui, ormai non era più ciò di cui lei aveva bisogno.

Era stato egoista e se ne vergognava. Si era fatto eccitare, ma non le aveva dato nulla in cambio. Eppure, il pensiero di toccarla, di provocarle anche un minimo di incertezza, di disagio, lo spaventava ancora a morte, nonostante quella rassicurazione.

"Ne sei assolutamente certa?" le chiese.

"Sì."

"Se faccio *qualcosa* che ti spaventa, o che ti riporta spiacevoli ricordi, devi promettermi che me lo dirai."

"Va bene."

"Dico davvero, Heather. Promettimelo. Adesso."

"Ti prometto che ti dirò se qualcosa non mi piace."

Tal si accorse che stava respirando a fatica. L'uccello pulsava col ritmo del cuore. Non c'era nulla che lo attirasse di più di affondarlo in quella donna, ma doveva andarci piano. Assicurarsi che anche lei provasse piacere, che fosse con lui al cento per cento, in ogni momento. Nonostante gli abusi orribili, Heather era come una vergine che non aveva mai vissuto un rapporto intimo con tenerezza e amore... così lui si ripromise di farle vivere una prima volta romantica e memorabile.

Si alzò in piedi e prese subito per mano la donna che gli aveva conquistato il cuore quasi dal primo momento in cui l'aveva vista. Senza dire una parola, si avviò verso la sua camera da letto.

No, la *loro* camera da letto.

Quando arrivò di fianco al letto, si girò verso di lei e la trovò con un enorme sorriso. Sembrava entusiasta, eccitata. Senz'altro non era preoccupata o intimorita. Così anche lui si rilassò un pochino.

"Devi usare la toilette?" le chiese.

"Usare che cosa?"

"Scusa, è una parola francese. Il bagno?"

Lei scosse la testa.

Senza esitare, lui si tolse la maglia sfilandola dalla testa, poi abbassò i pantaloni e i boxer allo stesso tempo.

Rimase così, davanti a lei, nudo e crudo. L'uccello rimbalzò leggermente e quando lei lo squadrò e lo raggiunse con gli occhi, notando una goccia di liquido che sbucava dalla punta, bagnandogli lentamente l'asta.

Lui si accorse di essere troppo eccitato, così spostò le coperte e salì sul letto. Si sdraiò con le mani dietro la testa fissandola: "Sono tutto tuo," le disse con tono roco e profondo.

Lei gli sorrise e cominciò a svestirsi. Lui non le tolse gli occhi di dosso. Lei l'aveva già visto nudo in passato, ma senza mai togliersi di dosso i vestiti a sua volta. Heather esitò un attimo prima di togliersi la maglia in cui dormiva, ma poi, con uno sguardo determinato, ne afferrò i lembi e li tirò verso l'alto.

Tal aveva lasciato la luce accesa, non per dimenticanza, ma di proposito: era uno spettacolo che non voleva perdersi. Voleva ammirarla. Guardarla in faccia mentre veniva per la prima volta. Guardarle gli occhi spalancarsi mentre la penetrava. Si sentiva un bastardo ingordo che voleva godere fino in fondo.

Tenne gli occhi incollati su di lei, ancora in piedi vicino al letto. I peli fulvi arricciati tra le gambe gli fecero venire l'acquolina in bocca. Voleva assaggiarla. Voleva passare le dita tra quei peli morbidi fino a trovare il clitoride. Quei seni erano della taglia giusta per essere afferrati, con capezzoli rosa che divenivano sempre più turgidi sotto i suoi occhi. Aveva anche qualche lentiggine. Non molte, ma forse, sotto la luce del sole, si sarebbero moltiplicate come il tarassaco nei campi.

Da quando era uscita dal bosco, aveva preso qualche chilo e il ventre si era ammorbidito, i fianchi erano più in carne, le cosce rotonde si sfioravano. Un boccolo le scendeva su un seno, come invitandolo a succhiarlo.

Tal sentì ogni muscolo contratto e dovette dar fondo a tutto l'autocontrollo per non saltare sul letto, afferrarla e prenderla senza freni.

"Talon?" lo chiamò sussurrando, come insicura.

Lui non poteva accettarlo: Heather non avrebbe dovuto provare alcun briciolo di incertezza.

"Bellissima," le disse sottovoce. "Sei assolutamente perfetta, non so nemmeno dire a parole quanto ti voglio." L'uccello fece uno scatto e gli occhi di lei furono attirati da quel movimento. Un'altra goccia di liquido gli uscì dalla punta.

"Lo vedi? Penso che potrei venire anche solo sdraiato qui a guardarti."

Lei lo guardò con occhi sorpresi. "Posso... voglio..."

"Sì," le disse, senza bisogno che lei completasse la frase. "Toccami, fammi tuo, cara."

Al che, lei si mosse lentamente verso di lui. Alzò una gamba e salì sul letto vicino a lui. Si sedette sui talloni e fissò il corpo che aveva davanti.

"Hai tu il controllo," le disse. "Tutto ciò che vuoi è tuo."

"Tutto?" gli chiese.

Tal annuì.

"Io voglio che mi tocchi," gli disse senza esitazione. "Voglio le tue mani su di me. Mostrami come dovrebbe andare. Capisco perché non mi hai mai toccato prima... e lo apprezzo. Penso anch'io che non fosse il momento. Ma adesso sono pronta. Voglio che tu mi faccia venire. Poi voglio sentirti dentro di me."

"Cazzo," mormorò Tal, che abbassò le braccia lentamente. "Mettiti a cavalcioni su di me," le disse quasi grugnendo. Per un attimo, gli sembrò di essere stato troppo autoritario, con un tono di comando che lei non avrebbe apprezzato. Invece lei accennò un sorrisetto e alzò una gamba fino a metterglisi sulle cosce.

"Vieni più su," le disse, mettendole le mani ai fianchi e tirandola a sé. Mentre lei si muoveva, lui sentì i peli pubici che gli sfioravano l'uccello e dovette sforzarsi per non venire in quel preciso istante. Le mise una mano dietro la schiena e la invitò ad abbassarsi.

Con quel movimento, i seni penzolarono ondeggiando. Lui le sorrise e alzò la testa, poi prese in bocca un capezzolo e lo succhiò... con forza.

"Ah!" esclamò lei, che rimase ferma immobile per un attimo, poi inarcò la schiena e si spinse contro di lui.

Tal sospirò di sollievo. Si alternò ad assaggiare entrambi i capezzoli. Prima quello destro, poi quello sinistro. La sentì gemere di gola e tremare su di lui. Heather si sosteneva con i palmi delle mani appoggiati sul letto, vicino alla testa di Tal.

A lui piaceva prendere l'iniziativa durante il sesso, e anche se era lei a stare sopra, in quel momento gli stava lasciando fare. Le sorrise, poi continuò a succhiarle un capezzolo. Nel mentre, le passò l'altra mano su una natica e si accorse che gli piaceva molto stare sotto, con entrambe le mani libere, senza doversi preoccupare di caderle addosso.

Passandole le mani su tutto il corpo, ne sentì l'eccitazione. Heather aveva cominciato a ondeggiare avanti e indietro su di lui, rilasciando fluidi che gli bagnarono la pancia e gli fecero venire l'acquolina in bocca.

"Vieni più su, cara."

"Come?" gli chiese, spalancando gli occhi e guardandolo. Sembrava annebbiata, persa nel piacere che le stava dando.

Tal ce l'aveva durissimo. Era eccitatissimo. Ma dare piacere a Heather lo eccitava ancora di più, un erotismo che superava ogni sogno. Anche se in passato Tal aveva sempre cercato di soddisfare le donne con cui andava a letto, il suo fine ultimo era sempre stato arrivare a concludere... cioè a scopare. Con Heather, voleva disperatamente farla godere. Voleva che fosse *lei* a venire. Voleva guardarla durante l'orgasmo. Tanto che quasi non gli interessava nemmeno arrivare alla penetrazione. Ascoltare i suoni che lei faceva, mentre scopriva per la prima volta la propria sessualità, per lui era un sogno che si avverava.

Tal le mise le mani sui fianchi e la invitò a venire più avanti. "Mettiti sopra la mia faccia," le disse.

"Talon, non so..."

"Fidati, non ti farò del male." Quando le aveva detto quelle stesse parole per la prima volta, voleva solo calmarla, rassicurarla. Ora erano diventate come un mantra: dirgliele era come ripeterle quanto l'amava, tanto che avrebbe passato il resto della vita ad assicurarle gioia e appagamento.

Heather deglutì a fatica, ma lentamente si spostò, mettendogli le ginocchia di fianco alla testa. Lui la guardò da sotto e gemette. Era bellissima e lo faceva sentire l'uomo più fortunato del mondo. Si mosse sotto di lei, spostando il cuscino sotto la testa per avvicinarsi meglio, poi le passò un dito sulle pieghe ormai fradicie che aveva davanti al viso.

"Talon?"

"Non so dirti da quanto tempo sognavo questo momento," le disse. "Hai un odore fantastico, cazzo... sarà bellissimo, cara." Poi alzò la testa e la leccò al centro.

Lei scattò su di lui cacciando un gridolino adorabile.

Tal le mise una mano dietro la schiena, mentre con l'altra le afferrava una coscia. Chiuse gli occhi e iniziò a mostrare alla sua donna le gioie del sesso orale.

All'inizio, lei sembrò stupefatta e incerta, ma lentamente cominciò a rilassarsi, ondeggiando su di lui per andare incontro alla sua lingua. Tal sorrise nel darle piacere. La trovava estremamente sensuale... e al massimo dell'eccitazione. Ne percepiva i succhi sul viso, sulla barba. Sentiva solo il suo profumo muschiato; più la leccava, più la succhiava e più lei si bagnava.

Le tolse la mano dalla coscia e con le dita cominciò a stimolarla sull'apertura, continuando a leccarle il clitoride.

"Talon, io..."

Non fece in tempo a terminare la frase: lui le infilò l'indice nel corpo. Non era un angolo ottimale, gli riusciva difficile stimolarla come avrebbe voluto, ma la sentì contrarre i muscoli interni più volte stringendogli il dito, quindi doveva piacerle.

Sistemò la testa per guardarla, in estasi. Ormai l'uccello stava producendo liquido ininterrottamente e lui si sentiva la pancia bagnata. Gli sembrava di poter venire anche solo in quella posizione, senza nemmeno toccarsi. Vedendosela davanti alla faccia, con un dito dentro e i succhi che gli bagnavano la mano... era già un'eccitazione sufficiente.

"Sei pronta a venire, cara?" le chiese.

"Non lo so," gli rispose col fiatone. "È molto... e tanto!"

"Infatti, ma ti garantisco che il tuo primo orgasmo di stravolgerà l'esistenza."

Heather abbassò lo sguardo su di lui spavaldamente. "Mi fido di te."

Tal si sentì quasi esplodere e dovette afferrarsi la base dell'uccello. Guadagnare la fiducia di Heather era il traguardo più glorioso che avesse mai conseguito. Non l'avrebbe mai delusa.

"Chiudi gli occhi e lasciati andare," le disse sottovoce.

Lei gli obbedì immediatamente, e Tal alzò la testa e tornò a leccarle il clitoride, poi lo strinse tra le labbra e con la lingua le stimolò il piccolo fascio di nervi con forza e rapidità. Tenne il dito dentro di lei, godendo della sensazione dei muscoli interni che gli palpitavano addosso. Nella mente presagiva il piacere di sentirsi stringere l'uccello mentre lei veniva.

Nonostante la stanchezza ai muscoli del viso e alla lingua,

Tal non rallentò il ritmo e continuò a stimolarla. Sentì le cosce di lei che cominciavano a tremare, con la mano libera cercò di tenerla ferma. Tenne gli occhi aperti, fissandola mentre si avvicinava all'apice.

———

Heather non aveva mai provato sensazioni simili. Era sopraffatta e intimorita, ma era anche travolta dal piacere. Sentiva il cuore batterle nel petto, ogni muscolo del corpo contratto. Si sentiva sul punto di esplodere, di uscire dalla propria pelle.

Non aveva idea che gli uomini potessero far sentire in quel modo una donna. Lilly non le aveva mai spiegato *quello*, ma ovviamente Talon non lo riteneva strano o insolito, quindi lei non si era tirata indietro. Sentire la sua lingua tra le gambe era una novità assoluta, ma... assai eccitante. Quando le aveva messo dentro un dito, per un attimo lei si era agitata, per il ricordo dei dolori del passato, ma con lui non aveva provato nemmeno un briciolo di disagio.

Era bagnatissima. Non sapeva nemmeno se fosse normale, ma Talon continuava a leccare con ingordigia i fluidi che scorrevano fuori da lei, quindi non doveva dargli fastidio. Grazie ai fluidi che la bagnavano, il dito con cui l'aveva penetrata non le faceva male.

Nuove sensazioni ed esperienze si susseguivano con una rapidità tale che le riusciva impossibile elaborarle. Per un attimo, quelle emozioni potenti la spaventarono, erano troppe, e troppo intense. Poi però abbassò lo sguardo e incontrò quello di Talon. La stava fissando mentre la leccava in un punto sensibilissimo tra le gambe.

La sicurezza e l'amore che gli vide negli occhi trasformarono la paura in una sensazione di vibrante piacere. Grazie a lui, non le sarebbe successo nulla di male. Fissando i suoi occhi, si sentì pervasa dall'eccitazione, fino a essere scossa da un'ondata meravigliosa. Avvertì ogni muscolo contrarsi, proprio come le aveva detto Lilly... le sembrò di prendere il volo.

Con una mano afferrò i capelli di Talon, che continuava a succhiarla; con l'altra, si appoggiò al letto. Perse la cognizione del tempo, mentre tremava, scossa tra le sue braccia. Lo stimolo di Talon tra le gambe si addolcì, finché non si limitò a sfiorarla. Nel frattempo, lui tenne sempre gli occhi fissi su quelli di lei, in un contatto visivo intimo e potente... in tutta la vita, Heather non si era mai sentita tanto vicina a un altro essere umano.

Talon tirò fuori da lei il dito... e la sorprese infilandoselo in bocca per leccarlo. "Deliziosa," le disse. Poi le mise le mani sui fianchi, invitandola a tornare lentamente indietro, finché lei non gli si sdraiò addosso. Heather sentì la pancia di Talon bagnata, con il pene rigido tra i loro corpi. Lui però non le chiese di toccarglielo. Non la fece girare per infilarglielo dentro. Non fece altro che accarezzarle i capelli lungo la schiena, giacendo sotto di lei.

Quando Heather sentì il respiro che tornava a ritmi normali, alzò la testa. "È stato..." Non sapeva come descriverlo, non trovava le parole più adatte.

"...bellissimo," commentò Talon, terminando la frase per lei. "Vedere il tuo primo orgasmo è stato un dono speciale. In tutta la vita, non ho mai assistito a uno spettacolo tanto meraviglioso."

"Ma tu... non hai..." Parlarne le riusciva più difficile di quanto si aspettasse.

"Shhh," le mormorò. "Non c'è fretta."

A quel punto, Heather capì che Talon si sarebbe fermato, evitando di penetrarla per non farle del male. L'aveva già visto raggiungere l'orgasmo, quando lei lo masturbava, e chiaramente gli era piaciuto. Ma il ricordo del suo dito dentro di lei era ancora fresco. Le era piaciuto. *Lui* le era piaciuto. Ne voleva di più.

Si mise seduta e indietreggiò, poi fece per sdraiarsi supina, per farsi penetrare da lui.

"Dove stai andando?" le chiese mettendole una mano sul fianco per fermarla.

"Ti voglio dentro di me," gli rispose, accorgendosi di essere arrossita ma ignorandolo. "Quindi mi metto sulla schiena così anche tu puoi godere."

Lui la fissò per un lungo momento, come riflettendo sul da farsi.

"Sto bene. Mi è piaciuto... non mi ha fatto male. Ne voglio di più," gli spiegò.

"Sei sicura?" le chiese.

Quell'insistente esigenza di rassicurazione l'avrebbe quasi infastidita, se non avesse saputo che lui intendeva solo proteggerla con tutto sé stesso. Si preoccupava per lei. Un altro uomo non si sarebbe mai posto il problema di come stesse lei. Gli uomini della Comune dicevano sempre che i maschi avevano dei bisogni corporali che non potevano essere negati. Lei ormai aveva capito che tutto ciò che le avevano detto era una bugia utile solo a loro. Eppure, la prova materiale delle esigenze di Talon era ben visibile e lei se la sentiva sulla pancia.

La voglia di dargli piacere fu più forte dei brutti ricordi di ciò che era stata l'intimità con un uomo. "Sono sicura," gli rispose con tutta la determinazione che trovò.

"Va bene, ma non c'è bisogno che ti sdrai sulla schiena."

Heather lo guardò perplessa. Non era necessario?

"Tirati su," le disse Talon.

Lei si mise seduta e spontaneamente abbassò lo sguardo: Talon ce l'aveva duro e lungo, molto più di Freccia o di Cipresso. La punta era quasi violacea, bagnata, lucida di eccitazione.

"Cacchio!" esclamò lui dopo un momento.

Heather, sorpresa, spostò gli occhi dall'uccello per guardarlo in faccia. "Che c'è?"

"Non ho un preservativo. È che... non me l'aspettavo."

"Un cosa?"

Talon sospirò e strinse le labbra. Lei si accorse di quell'espressione frustrata e irritata, ma non se ne sentì intimorita. Non era irritato *da lei*, ma dal motivo della sua ignoranza.

"Un preservativo è quello che un uomo si mette sul pene per catturare il seme, così la donna non rimane incinta."

Heather lo fissò con gli occhi spalancati. "Davvero?"

"Sì, ma non ce l'ho."

Lei deglutì a fatica. "Non sono nel periodo per rimanere incinta," gli disse.

"Come fai a saperlo?"

Era un argomento imbarazzante, ma certamente non quanto sedersi sulla faccia di Talon che la leccava tra le gambe. "Ho sempre contato i giorni... per sapere quando usare il fiore di carota selvatica."

Talon chiuse gli occhi per un momento, poi lasciò andare un lungo sospiro. Infine riaprì gli occhi e le portò una mano alla faccia. Le sfiorò dolcemente la guancia con il dorso delle dita. "I profilattici servono anche a evitare la trasmissione di malattie. Io non ne ho... non sto con una donna da anni."

Heather imparava ogni giorno qualcosa di nuovo sul mondo, ma ciò che sentiva in quel momento non le piacque. Ricordò alcune donne della Comune con delle forti irritazioni tra le gambe, molto dolorose. Si chiese se fossero dovute a una delle malattie di cui stava parlando Talon. Cercò di rassicurarlo dicendogli: "Nemmeno io sto con un uomo da oltre un anno."

Lui le sorrise tristemente. "Lo so."

Rimasero in silenzio per un momento, poi lei gli chiese a

bassa voce: "Allora non farai sesso con me? Perché non hai uno di quei preservativi?"

"Io voglio *fare l'amore* con te più di quanto abbia mai desiderato qualcosa in vita mia. Voglio sentire ogni centimetro della tua passera calda e bagnata intorno al mio uccello nudo... però non c'è l'assoluta certezza che tu non rimanga incinta."

"Non è il periodo," gli ripeté, "te lo garantisco."

Dopo un respiro profondo, Talon annuì. "Sono troppo debole per resisterti," le disse. "Domani comprerò i preservativi. Toccami, cara, preparami."

Lei abbassò lo sguardo e vide che l'uccello non era più duro come prima. Le dispiacque che il rapporto fosse stato frenato da quella chiacchierata. Però aveva voglia di sentirlo di nuovo.

Si tirò indietro fino a mettersi sulle cosce di lui, allungò una mano e glielo afferrò nel modo in cui gli piaceva. Lo sentì indurirsi letteralmente nella mano. Una sensazione strana, che la faceva sentire potente.

Usando le gocce di liquido che gli erano già uscite, lei si bagnò la mano e cominciò a masturbarlo, godendo della sensazione del sangue che pompava sotto la pelle.

"Va bene, ora basta. Se vai avanti così, finisco prima ancora di cominciare," le disse quasi scherzosamente. "Tieni stretta la base, bene, così, adesso... tirati su e mettilo dentro."

Heather sbatté le palpebre per la sorpresa. A quel punto capì come doveva andare. Sentì dentro una nuova forma di eccitazione. Non avrebbe dovuto mettersi sotto di lui. Non l'avrebbe sovrastata. Non avrebbe sudato su di lei. Con una mossa lenta, si tirò su, sopra di lui. Talon rimase sdraiato sotto, non le prese i fianchi, non la forzò nei movimenti.

Quando sentì la punta del pene strofinare la parte sensibile tra le gambe, cercando di capire come muoversi, Heather sussultò.

"Oh, sì," le disse dopo aver espirato a lungo. "Mettilo dentro, cara. Lenta, ma decisa. Con calma. Oh, *cazzo*... che bello."

Sentendosi in una nuova posizione di potere, Heather era ancora indecisa, mentre se lo infilava in tutta la lunghezza. In passato, quello era il momento più doloroso. Invece, con sua grande sorpresa, non sentì alcun disagio, nonostante le dimensioni di Talon. Provò solo un pizzico di sforzo, ma abbassandosi su di lui, più che altro fu pervasa dal piacere.

Talon stava stringendo i denti con tanta forza che gli si vedevano i muscoli del viso contratti. "Accidenti, Heather... sei... perfetta."

Quando se lo fu infilato tutto dentro, Heather rimase su di lui con un enorme sorriso in volto. Ce l'aveva fatta! Stava facendo sesso con Talon e non le faceva male! Poi lei cambiò espressione. Le piaceva, ma non era eccitata come prima, quando aveva raggiunto l'orgasmo. Stava facendo qualcosa di sbagliato?

"Tutto bene?" le chiese Talon.

Heather annuì.

"Pensi di aver voglia di muoverti?"

Muoversi? Ah! *Ecco* qual era la differenza! Però lei non sapeva come muoversi, stando di sopra.

"Tirati su, poi abbassati," le disse Talon dolcemente.

Gli si vedeva la fronte sudata, ma non la stava ancora afferrando. Talon stava tenendo sotto controllo le proprie emozioni, e vedendolo, lei si sentì più sicura. Si alzò sulle ginocchia, fin quasi a farlo scivolare fuori, poi tornò ad abbassarsi rapidamente.

"Ah!" esclamò. "Che bello!"

"Piace anche a me. Ancora," le disse Talon.

Non le servì molto tempo per trovare il ritmo giusto. Cominciò ad alzarsi e abbassarsi sul pene di Talon sempre più rapidamente. Le piaceva, ma le mancava l'ondata di eccitazione che l'aveva sovrastata prima. E cominciava a sentirsi le cosce indolenzite.

Proprio quando lei si stava convincendo che non avrebbe funzionato, Talon la prese per i fianchi e la sostenne quasi di peso, aiutandola a muoversi su e giù.

"Ti piace così?" le chiese.

"Oh, sì..." gli rispose.

Quando lei riprese un buon ritmo, lui spostò una mano più in alto per pizzicarle un capezzolo. Lei scattò e gemette, sentendo una scossa che dal seno le scese rapidamente tra le gambe, mentre lui la pizzicò di nuovo.

"Ti piace," le disse Talon. Non era una domanda.

Lei aumentò il ritmo su di lui. Il rumore della pelle che si scontrava sembrava forte in quella stanza, ma Heather lo ignorò.

Talon le stimolò i capezzoli mentre lei lo cavalcava, e quando lui tornò giù con una mano, lei ci rimase male. Però lui non le afferrò di nuovo il fianco, ma cominciò a toccarla nel punto sensibile tra le gambe.

A quel primo tocco, lei sussultò, stentando nei movimenti.

"Continua a cavalcarmi," le ordinò Talon. "Forte quanto vuoi. Fai ciò che ti piace, cara."

Al che lei chiuse gli occhi e ondeggiò su di lui, mentre l'ondata di eccitazione che aveva appena provato cominciò a tornare. Cercò di non pensare a quei movimenti sciocchi, ma si lasciò andare in preda alle sensazioni di piacere che le scorrevano nelle vene.

Nemmeno si accorse di essersi fermata per cambiare movimento, seduta su di lui, per spingere il bacino contro la sua mano, che continuava a stimolarla in quel punto. Quel secondo orgasmo arrivò più repentino, senza alcuna paura, dato che sapeva cosa aspettarsi.

Si sentì attraversata da un brivido di piacere travolgente.

Sentì appena Talon che si scusava, per poi metterle di

nuovo le mani sui fianchi. Invece di aiutarla ad alzarsi e abbassarsi, la tenne ferma e cominciò a muoversi lui, alzando ripetutamente il sedere e spingendo il pene dentro e fuori. Anche quel movimento non le fece male, anzi: lo stimolo sulle sue parti femminili già sensibili fu un piacere incredibile.

Poi lui gemette, la tirò giù un'ultima volta e tremò.

Sul petto gli si formò una chiazza rossa, così Heather capì che anche lui aveva goduto, affondato in lei. Si sentì piena di soddisfazione nel vederlo tanto eccitato.

Sfiancata, si lasciò cadere su di lui, che la avvolse subito con le braccia, tenendola stretta a sé. Il cuore gli batteva rapidamente, i loro corpi madidi di sudore. L'uccello non era ancora uscito da lei, un'altra esperienza nuova, che lei trovò piacevole. Anzi... *adorabile*. Amava sentirlo tanto vicino.

"Accidenti, che donna!" esclamò Talon dopo un lungo momento.

Chissà perché, le venne da ridere.

"Alla fine, quando ti ho afferrata, non ti ho fatto male, non ti ho spaventata, vero?" le chiese.

Heather gli scosse la testa addosso. Sentiva le palpebre pesanti, le sembrava di non avere la forza di tenere gli occhi aperti. "Mi è piaciuto. Possiamo farlo ancora?"

Lui ridacchiò sotto di lei, che sentì il pene scivolare fuori dal proprio corpo, così si fece seria e gli disse: "Mi piace quando il tuo pene è dentro di me."

Lui rise di nuovo e la fece spostare finché lei non gli si sdraiò di fianco, appoggiandogli la testa sulla spalla, il braccio di Talon dietro la schiena e una gamba su quelle di lui. "Prima lezione: è un cazzo, non un uccello o un pene."

Al che, Heather alzò la testa. "Non lo chiami pene?"

Lui le sorrise e le scostò una ciocca di capelli dalla fronte. "Tecnicamente, *è* un pene, ma chiamarlo cazzo lo fa più erotico. I ragazzi hanno il pene, gli uomini il cazzo."

Heather annuì e tornò ad appoggiargli la testa sulla spalla. "Ho capito. Sì, hai ragione... cazzo fa più uomo. Talon?"

"Dimmi, cara."

"Non vorrei irritarti, e lo so che non ti piace parlarne... ma questo non ha *nulla* a che vedere con la mia esperienza del passato. È che... mi piace l'orgasmo, ed è bellissimo averti dentro."

Talon non si irritò come lei temeva. "Mi fa piacere. Dovresti sapere... anche per me non è stato affatto come le mie esperienze del passato."

Quelle parole germogliarono, riempiendo tutti gli spazi vuoti nell'animo di Heather, spazi di cui lei non conosceva nemmeno l'esistenza. Ovviamente, Talon aveva più esperienza di lei, ma sentirgli dire che con lei era stato speciale... fu molto importante per lei.

"Ti amo, Heather. Però non sentirti sotto pressione. So che questo è il tuo primo vero rapporto, dopo tutto ciò che hai subito, e andremo con calma, coi tuoi tempi. Probabilmente dovrei lasciarti libera di vivere le tue esperienze, per farti capire cosa vuoi veramente... ma dopo stasera... non ce la faccio. Però posso prometterti che non ti frenerò mai. Quali che siano le tue scelte, farò sempre del mio meglio per accontentarti."

"Anch'io ti amo," gli rispose Heather appoggiandosi a lui. "A me serve solo che tu ci sia, che mi spieghi quando non capisco, che mi ami."

"Affare fatto," le disse, con un tono chiaramente appagato e soddisfatto. "Ti diranno che siamo andati troppo alla svelta, che devi fare più esperienza prima di accontentarti di un uomo, dopo i tuoi patimenti, però..."

"Se me lo diranno, risponderò di farsi gli affari loro," gli disse Heather interrompendolo. "Sarò anche ingenua, ma so riconoscere un brav'uomo quando lo incontro."

Talon la strinse a sé sospirando. "Ti amo."

"Anch'io ti amo."

Si addormentarono in quella posizione, fusi in un unico corpo. Come sempre, dopo qualche ora, Heather si girò, scalciò via le coperte, e Talon allungò una mano per appoggiargliela sulla schiena... mantenendo vivo il contatto tra loro.

CAPITOLO DICIOTTO

Cipresso abbassò lo sguardo sulla piccola Fiore e sorrise. Non aveva avuto alcun problema a rapire quella bambina. Secondo lui, dimostrava sui quattro anni, un po' più grandina di quanto sperasse lui, ma si sarebbe accontentato. Era scesa dallo scuolabus davanti a casa e nessuno era uscito di casa a prenderla, proprio come in tutte le altre occasioni in cui l'aveva spiata.

Appena lo scuolabus aveva svoltato, Cipresso l'aveva rapita.

Era seduta sul pavimento dell'auto, bendata, auricolari indosso e bavaglio alla bocca, mani legate con uno spago annodato sotto al sedile. Freccia gli aveva insegnato che la privazione sensoriale era la tecnica più rapida per costringere una donna o una ragazza a obbedire: suo padre aveva ragione, come sempre.

La bambina era stata informata che il suo nuovo nome sarebbe stato Fiore di Prato al Tramonto e che apparteneva a lui. Lei aveva pianto e gridato, implorandolo di lasciarla andare, ma dopo quattro giorni in macchina, finalmente si era messa tranquilla. Si era rannicchiata con indosso la tunica marrone che indossavano tutte le donne della Comune, muta come un pesce.

Cipresso fece un gran sorriso e tornò a concentrarsi sulla strada. La prima parte del piano si era conclusa... mancava solo la seconda. Poi avrebbe potuto portare verso ovest la sua futura sposa, trovare un luogo in cui ricominciare. Avrebbe contattato uomini con la stessa mentalità per creare una nuova Comune.

Superò un cartello che indicava il confine di Stato: stava entrando in Virginia, e sentì il cuore accelerare in petto. Presto avrebbe visto Fiore... quella stronza che cercava di farsi chiamare Heather Brown. Le avrebbe fatto capire una volta per tutte che non era nessuno, fino a farla pentire di essersi nascosta.

Da *lui*: il marito, il leader, il superiore.

Freccia era stato troppo buono con lei. Maledizione, anche Cipresso era stato troppo buono, ovviamente. Non vedeva l'ora di osservare il terrore su quel viso, appena l'avesse incontrato. Non vedeva l'ora di sottometterla per un'ultima volta.

Poi l'avrebbe uccisa, lasciando il suo corpo a marcire in quel bosco prezioso, dove lei aveva scelto di rifugiarsi; alla fine, lui avrebbe vissuto come gli spettava.

CAPITOLO DICIANNOVE

Tal aveva tenuto d'occhio Heather molto da vicino per un'intera settimana. Era ancora preoccupato di essersi mosso troppo velocemente, preoccupato che l'intimità rischiasse di frenare i progressi che lei aveva fatto. Si era accertato di non avere nulla per cui preoccuparsi. Dopo l'intervista in cui lei aveva condiviso la propria storia in televisione, l'intimità le aveva dato più sicurezza, rendendola più estroversa. Per lui era stato un sollievo indicibile.

Heather passava i giorni come preferiva. La mattina, andava ancora da Whitney per imparare tutto ciò che si era persa non frequentando la scuola per via del rapimento, mentre al pomeriggio si divideva tra le tante amiche. Una cerchia che si era ampliata rapidamente. Tutte le persone con cui entrava in contratto erano felicissime di fare amicizia con la donna che era stata tanto maltrattata, a cui erano stati rubati vent'anni di vita.

La sera e la notte erano per Talon, che con lei si era aperto, raccontandole episodi del servizio nell'esercito che non aveva mai condiviso con nessuno. Lei non lo giudicava male per le decisioni del passato, per le vite che aveva reciso.

Anche lei gli raccontò altri episodi del periodo passato nella setta. Lui odiava sentire l'inferno che lei era stata costretta a sopportare, ma era sempre pronto ad ascoltarla.

Heather aveva persino partecipato a una missione di ricerca e soccorso con la squadra. Una coppia era andata in montagna senza tornare. Per fortuna, avevano lasciato detto dove sarebbero andati e quando sarebbero tornati. Dato che non erano rientrati come previsto, dopo alcune ore i loro amici avevano allertato la polizia. La ricerca era stata rapida: Duke aveva trovato subito una traccia olfattiva dei due.

Raiden e Duke, Tal ed Heather, Drew e Caryn erano usciti per primi a cercare la coppia, mentre gli altri erano rimasti indietro per dare loro il cambio, qualora fosse stato necessario. Ovviamente, il bosco era l'ambiente naturale di Heather, che aveva seguito a ruota Raiden, alle calcagna del segugio, dandogli suggerimenti su dove potessero trovarsi i due dispersi... infatti il suo istinto si era rivelato impeccabile.

Vedere Heather tanto attiva era un'ispirazione, a volte anche strabiliante. Tal passava dei momenti di forte rabbia per ciò che le era successo, tanto che gli sembrava di scoppiare. Chissà in quanti modi avrebbe potuto contribuire al bene del mondo, se non le fossero stati portati via vent'anni di vita! Però lei stava recuperando il tempo perduto rendendolo orgogliosissimo.

La maestra di Tony aveva chiesto a Heather se avesse nulla in contrario ad andare a scuola per parlare alla classe di sicurezza personale e di quanto fosse importante fare sempre attenzione all'ambiente e alle persone circostanti. Talon era rimasto perplesso da quell'iniziativa, invece lei aveva accettato senza la minima esitazione.

Lui l'aveva accompagnata a scuola e l'incontro si era svolto... a ulteriore riprova della resilienza di Heather, che aveva impressionato tutti. Quando gli alunni le avevano fatto domande al limite dell'offensivo, lei non si era irritata, né li aveva terrorizzati con storie di estranei in agguato al buio, pronti a rapirli. Era stata onesta, ma ottimista e assertiva, decisa nello spiegare alla classe che era importante seguire il proprio istinto, con cautela, senza mai arrendersi, anche nelle situazioni più orribili.

"Sono veramente fiero di te," le disse Tal quella stessa sera. Avevano cenato insieme e si erano accoccolati sul divano, rilassandosi prima di andare a dormire.

"Anch'io sono fiera di me," gli rispose con una vocina sottile. "Mi hanno detto tante volte che ero solo spazzatura, che non ero importante o brava come gli uomini... alla fine cominciavo quasi a crederci. Invece, durante l'anno passato nel bosco, sono riuscita a capire molto. Che non ero stupida, che non avevo bisogno di un uomo per sopravvivere. E adesso? Da libera? Qui con te e con i tuoi amici..."

"I *nostri* amici," la corresse interrompendola con decisione.

"Sì, scusa, hai ragione, i nostri amici," proseguì lei, "dopo aver parlato con Lilac e aver letto le esperienze di altre donne dopo la prigionia... ho capito di poter contribuire molto alla società. Magari non diventerò mai una scienziata, un'astrofisica, non capirò l'algebra, ma quel che ho spiegato oggi a quei ragazzini... penso che sarà molto utile. Si capiva dai loro sguardi. Se la mia storia può contribuire a salvare anche solo un bambino, a evitare che succeda qualcosa di male, allora tutto ciò che ho passato diventa utile."

"Lo sai che Lilac si guadagna da vivere tenendo delle conferenze pubbliche in giro per il Paese sul tema della motivazione personale? Anche Elizabeth Smart. Potresti proporti anche tu."

Gli occhi di Heather si accesero. "Davvero?"

"Sì, tra l'altro avresti il vantaggio di poter viaggiare... vedresti regioni diverse da quest'angolo di Virginia."

Al che lei tornò seria. "Ma a me piace Fallport."

"Anche a me. Non sto dicendo che dovresti traslocare, ma che potresti viaggiare, visitare luoghi che altrimenti non avresti occasione di vedere."

"Tu verresti con me?"

Talon sentì il cuore perdere un colpo. "Se vuoi."

"Certo che voglio, ma non so come avviare un'attività come quella."

"Possiamo parlarne con Lilac, o con Elizabeth. Sentire cosa dicono. Sono sicuro che ti aiuterebbero con piacere."

"Talon?"

"Sì, cara?"

"Mi sento fortunata."

Talon non poté far altro che fissarla, meravigliato. Heather non cessava mai di sorprenderlo. Le rispose scuotendo la testa: "Hai passato un inferno per vent'anni. Sei stata fortunata a sopravvivere, sì, ma tutto quello che hai sopportato non è stata una fortuna."

"Però così ti ho trovato," gli spiegò a voce bassa. "Chissà dove sarei adesso, se non avessi passato quel che ho passato. Magari mi sarei trasferita, avrei incontrato qualcun altro e mi sarei sposata. Oppure sarei potuta diventare una persona odiosa e tu saresti arrivato e non ti sarei piaciuta."

"Lo so che al mondo ci sono tante cose che non capisco, ma almeno ci sei tu per insegnarmi, per proteggermi, per aiutarmi a trovare tutte le soluzioni che mi servono. Se non fosse per te... so che non starei bene come invece mi sento. Tu mi aiuti ad affrontare ogni sfida con più facilità. Quando ho paura di qualcosa, so che tu sei con me, pronto a intervenire se sbaglio. Io... mi sento la donna più fortunata al mondo perché sono al tuo fianco."

Tal sentì un groppo alla gola. Deglutì a fatica. Quella donna lo stava distruggendo. Le apparteneva in tutto e per tutto.

E viceversa.

Qualcuno avrebbe potuto obiettare che le donne non avrebbero dovuto volere un uomo che si occupasse di loro, e che gli uomini non avrebbero dovuto *desiderare* una donna di cui prendersi cura, perché nei tempi moderni la norma era essere indipendenti. Talon sentiva di aver trovato la donna perfetta per lui, chissà come; lui sapeva solo che avrebbe fatto di tutto per rimanere sempre con lei.

"Sono io quello fortunato," riuscì finalmente a dirle.

"D'accordo, allora siamo *entrambi* fortunati," concluse lei con un sorriso. "E adesso che siamo d'accordo... oggi stavo parlando con Caryn, mi ha spiegato una posizione per fare sesso, si chiama G-Whiz: io ti metto i piedi sulle spalle mentre tu sei in ginocchio davanti a me, poi..."

Tal non le lasciò il tempo di concludere la spiegazione: si alzò in piedi e la prese per mano, avviandosi con lei verso il letto. La risatina che le sfuggì gli fece spuntare un sorriso in volto, mentre l'uccello cominciava a gonfiarsi. Dopo aver sperimentato la *vera* esperienza del fare l'amore, opposta agli abusi che aveva subito, Heather era sempre pronta a esplorare. Tal era sia imbarazzato, sia grato alle amiche che si prestavano per insegnarle sempre qualcosa di nuovo.

La settimana prima, erano andati entrambi a farsi visitare dal dottor Snow, che dopo alcuni controlli li aveva dichiarati entrambi sani, e poi le aveva inserito un dispositivo intrauterino. Avevano parlato ancora di avere dei figli, e Tal era entusiasta all'idea di costruire una famiglia con lei, ma prima voleva che si godesse un po' la vita. Le avevano rubato l'infanzia e la gioventù, non era il caso di metterle fretta con dei figli, prima che fosse pronta anche lei.

Insegnarle a usare un preservativo era stato divertente, ma poter tornare a farlo senza era stato un ulteriore sollievo. Tal non aveva mai goduto tanto quanto affondando profondamente dentro di lei senza alcuna barriera a separarli.

Appena furono a letto, con un sorriso, Heather afferrò il lembo della propria maglia.

Quella donna significava tutto per Tal, che non avrebbe mai smesso di ringraziare il cielo per avergliela fatta trovare.

———

Heather sorrise mentre usciva dal Residence di Chestnut Street. Aveva appena studiato scienze con Whitney, una materia che lei preferiva, rispetto a matematica. Tutto ciò che imparava le sembrava affascinante.

Invece di passarla a prendere dopo la solita telefonata, Talon le aveva detto di andare in piazza a piedi e di aspettarlo per pranzo all'Occhio di Bue. Era una bella giornata e non c'era freddo, quindi lei era contenta di fare un po' di movimento. Da quando era uscita dal bosco, aveva preso qualche chilo e se da un lato a Talon piacevano quelle curve, dall'altro lei non voleva esagerare.

Purtroppo non riusciva mai a resistere ai rotolini alla cannella preparati da Finley, né a tutto il cibo che le veniva di volta in volta proposto. Dopo tanti anni di carne affumicata, di pesce e di verdure in foglie, le papille gustative avevano bisogno di essere riattivate. Tutto il nuovo panorama di spezie e prelibatezze era una delle gioie più grandi della nuova vita di Heather.

Stava camminando con un sorriso, ripensando a tutte le cose che voleva raccontare a Khloe su Babbuccia e sulle sue evoluzioni. Quel mattino, proprio mentre l'atmosfera si stava facendo piccante, la micia era saltata sul letto affondando le unghiette nelle caviglie di Talon, facendogli capire senza mezzi termini che era giunta l'ora della colazione. Lui però non se l'era presa più di tanto: dopo un sussulto, si era girato, si era staccato la gattina dalla gamba e l'aveva fatta accomodare tra le braccia di Heather; poi l'aveva baciata, dicendole di alzarsi con calma, mentre lui avrebbe preparato da mangiare.

Talon la viziava e non sembrava mai mostrare alcun segno di stanchezza nell'occuparsi di lei. Lo amava alla follia.

Persa in quelle considerazioni di vita meravigliosa, grata di essere viva e ricca di amicizie, Heather sussultò di sorpresa quando una macchina accostò al marciapiede vicino a lei.

Lei si voltò con un sorriso, credendo di vedere qualcuno che la conosceva. Molte volte, quando usciva per una bella camminata, incontrava uno degli uomini della squadra Eagle Point, o una delle loro compagne, che spesso le offrivano un passaggio in auto.

Il sorriso svanì in un lampo appena Heather vide chi c'era dietro al volante di quell'auto.

Nientemeno che Cipresso Bonfiglio!

Heather si voltò per scappare di corsa... ma si bloccò appena lui le disse: "Non vuoi conoscere la mia ultima Fiore di Prato al Tramonto?"

Heather sentì un brivido gelato lungo la schiena e si girò lentamente. Alla Comune, molte donne avevano lo stesso nome. A volte l'omonimia causava confusione, ma agli uomini non dava fastidio, sempre che se ne accorgessero. Lei ne aveva parlato con Talon, e lui le aveva spiegato che anche quello era un trucco per spersonalizzare le donne. Lei si era detta d'accordo.

Avrebbe voluto scappar via, correre da Talon, che l'avrebbe protetta senza alcun dubbio. Avrebbe voluto avvertire Simon, affinché potesse arrestare Cipresso... ma quelle parole la fecero diventare una statua di sale, immobile davanti al ghigno malefico che la riportava agli incubi del passato.

"Dai... guarda dal finestrino. Hai visto che bella? Ha i capelli rossi... proprio come te, però lei imparerà a obbedire, come è dovere di ogni donna."

Il cuore di Heather quasi si fermò quando fu abbastanza

vicina da guardare attraverso il finestrino sul lato del passeggero. C'era una bambina seduta sul pavimento dell'auto, tutta accovacciata, con le mani legate e lo sguardo fisso nel vuoto. Aveva i capelli arruffati e le guanciotte rigate dalle lacrime. Indossava l'orribile tunica marrone della Comune, quella obbligatoria per ogni donna e ogni ragazza. Al solo vederla, nella mente di Heather riaffiorarono ricordi tremendi.

Cipresso sghignazzò. "È proprio brava! Non dice più niente da qualche giorno. Impara alla svelta... molto più di te." Abbassò il tono e aggiunse: "Entra in auto, Fiore."

Risentire quel vecchio nome, le fece venire l'acido alla gola. "No," gli rispose con tutta la determinazione che riuscì a raccogliere.

Cipresso si avvicinò al finestrino del passeggero. "Entra. *Subito*. Altrimenti la piccola Fiore verrà punita al posto tuo. Te la ricordi la tenda di punizione, vero? La legherò, le metterò la benda, il bavaglio, i tappi nelle orecchie, poi la picchierò sulla schiena finché non sarà piena di segni rossi e sanguinolenti. Ce la lascerò per una settimana, ci andrò solo una volta al giorno per darle dell'acqua e per spiegarle che la causa di tutto sei *tu*."

Altri ricordi orribili minacciarono di travolgerla. Il tempo passato nella tenda di punizione era stato difficile da sopportare. Ben oltre il terrore.

Invece di sentirsi spaventata da Cipresso, Heather sentì la rabbia crescerle dentro a una velocità incredibile.

Guardò di nuovo la bimba rannicchiata nell'auto e prese l'unica decisione possibile. Non sapeva se fosse la decisione giusta o sbagliata, Talon probabilmente si sarebbe infuriato con lei, ma non poteva lasciare da sola quella bambina nelle mani di Cipresso. Si chiese dove intendesse portarle, ma si ripromise di proteggere quella bimba con la propria vita, se necessario.

Mentre muoveva la mano verso la maniglia della portiera,

le tornò in mente una conversazione avuta con Talon, quando gli aveva detto che nulla l'avrebbe mai convinta a seguire Cipresso, qualora l'avesse incontrato di nuovo. In quel frangente, era stata sincera... ma non si aspettava certo che lui arrivasse a tanto, per costringerla a obbedire.

Purtroppo per lui, Cipresso non sapeva che lei era una persona completamente diversa da quella che lui conosceva. Non era più Fiore di Prato al Tramonto: era Heather Brown, una donna con una vita, con delle amicizie e con una missione per il futuro. E aveva Talon.

Heather non aveva il minimo dubbio: non vedendola arrivare nel posto in cui si erano dati appuntamento, Tal si sarebbe messo subito a cercarla. Trovare le persone era la sua specialità. Mentre stava parlando con Cipresso, erano passate alcune auto. Qualcuno avrebbe riferito di averla vista, descrivendo l'uomo con cui si era fermata a parlare. Era solo una questione di tempo: Talon l'avrebbe ritrovata.

Heather aveva sopportato anni di abusi perpetrati da quell'uomo malvagio: poteva sopportarlo per un'altra ora. Due. Anche tre. Avrebbe ascoltato tutto ciò che le avrebbe spiattellato addosso... pur di risparmiare quell'esserino prezioso, che chiaramente era spaventato a morte.

Si sedette sul sedile del passeggero, facendo attenzione a non colpire coi piedi quella bimba, poi chiuse la portiera.

Cipresso non disse una parola: si limitò a sogghignare, inserì la marcia e imboccò la strada. Si diresse verso ovest... uscendo da Fallport per raggiungere la zona in cui era stata attiva la Comune.

Heather sapeva di dover avere paura: avrebbe dovuto chiedersi dove la stesse portando e cosa avrebbe fatto... invece si sentiva... concentrata.

L'amore, il supporto e la protezione di Talon l'avevano cambiata nel profondo. Aveva ascoltato molti aneddoti del suo servizio nell'esercito e aveva capito che, in molti frangenti, il successo delle missioni era dovuto alla pazienza, alla capacità di aspettare e cogliere il momento più opportuno per agire. Proprio ciò che avrebbe fatto lei. Cipresso era arrogante e pensava di aver già vinto.

Beh... avrebbe scoperto suo malgrado che Heather Brown era molto più forte di Fiore di Prato al Tramonto. Non l'avrebbe fatta franca con un altro rapimento. Quella bambina aveva bisogno di lei, e quando Cipresso si fosse deciso a fare una mossa... Heather si sarebbe fatta trovare preparata.

CAPITOLO VENTI

TAL GUARDÒ l'orologio per l'ennesima volta. Heather non era arrivata all'orario stabilito. Whitney gli aveva telefonato per avvertirlo appena la lezione era terminata. Dopo ciò che era successo a Bristol l'anno prima, un ricordo ancora vivo nella memoria, Tal non aveva esitato a dare l'allarme.

Aveva telefonato subito a Simon, poi a Ethan, che si era incaricato di avvertire tutti gli altri. Aveva preso la macchina ed era andato al Residence in Chestnut Street per parlare con Whitney, che aveva confermato l'ora precisa in cui Heather era uscita e la direzione che aveva preso; poi aveva ripercorso anche lui la stessa strada, in cerca di indizi su dove potesse essere o su cosa le fosse successo.

Dopo qualche minuto, l'aveva raggiunto anche Raiden con Duke al seguito. Il segugio fiutò subito l'odore di Heather e scattò sul marciapiedi. Dopo un paio di isolati, cominciò a camminare in cerchio col naso per aria. Sia Raid, sia Tal capirono cosa significava: Heather era salita in macchina.

La questione era... ci era salita di sua spontanea volontà oppure no?

Se qualche conoscente le avesse offerto un passaggio, si sarebbe presentata alla tavola calda all'orario stabilito, per pranzare insieme a lui, arrivandoci molto prima che a piedi. Invece non era andata in quel modo.

"Mi ha giurato che non sarebbe mai andata via con lui," commentò Tal con un tono chiaramente allarmato.

"Non sappiamo se sia opera di quel Cipresso o di un altro di quella setta," gli disse Raid, cercando al meglio di tenere calmo l'amico.

"È lui," ribadì Tal.

"Potrebbe essere chiunque, qualcuno che ha visto l'intervista e che l'ha presa di mira, qualcuno che sulle donne la pensa come quei bastardi che l'hanno rapita," ragionò Raid.

Tal però scosse la testa. Lui non era d'accordo. Si spremette le meningi in cerca di un motivo valido per cui Heather accettasse di seguire l'uomo che le aveva causato tanto dolore. Mentre ci ragionava, vicino a lui accostò la radiomobile di Simon.

"Cos'ha trovato Duke?" chiese il capo della polizia.

"Ha seguito la traccia fino a qui, ma poi è sparita," gli spiegò Raid brevemente.

Tal si estraniò dalla conversazione degli amici e fissò nel vuoto, cercando di comprendere quali fossero stati i pensieri di Heather. Chiuse gli occhi per un momento e se la immaginò che camminava lungo il marciapiedi. Un'auto che accostava, qualcuno che abbassava il finestrino per parlarle... e lei saliva in auto? Come mai?

Era davvero Cipresso? O magari qualcun altro di quella maledetta setta? Un estraneo? A quel punto, forse, non importava più chi fosse: Heather era salita su quel veicolo. Secondo lui, nessuno l'aveva afferrata con la forza per costringerla a salire, altrimenti qualcuno se ne sarebbe accorto. Heather avrebbe urlato a squarciagola.

Allora... cos'era successo?

Tal si accigliò nel sentire Simon che lo chiamava.

Alzò la mano, fermando il capo della polizia per evitare che gli dicesse altro, mentre con la fronte aggrottata pensava a tutto ciò che sapeva di Heather. Gli aveva promesso che non sarebbe mai tornata da Cipresso. Gli era sembrata decisa nel sostenere che non avrebbe più avuto nulla a che fare con quell'uomo. Che tipo di incentivo poteva aver usato, per costringerla?

Chissà come, Tal *sapeva* che era stato Cipresso. Tutta la pubblicità sul rapimento di Heather e sul suo ritorno lo avevano attirato a Fallport per cercare di riprendersela, proprio come lui temeva. Quando aveva parlato in TV a proposito della vita nella setta, Heather non aveva usato mezzi termini: era stata dura in particolare parlando di Cipresso e di suo padre, Freccia. Molto probabilmente era quello il motivo: un tentativo di vendicarsi.

Tal strabuzzò gli occhi appena gli venne in mente un pensiero orribile.

Tornò da Raid e Simon. "Ha preso un'altra bambina."

I due uomini lo fissarono confusi.

"Non lo sappiamo," gli rispose Simon, ma Tal scosse la testa.

"È l'unica spiegazione possibile. Heather mi ha giurato che non sarebbe mai tornata da Cipresso. Pensateci... pur avendo una paura folle di Fallport, di tutto ciò che era fuori dal suo mondo, l'ha sfidato comunque nascondendosi nel bosco quando la comunità stava per partire. Nel profondo, Heather *sa* che allontanarsi da qui significa perdere l'unico contatto con le persone che la conoscono, con casa sua. Quando ha capito cosa succedeva veramente in quel gruppo, ci è rimasta malissimo. In particolare, le dà fastidio che siano state rapite bambine anche più piccole di lei, da crescere come future mogli degli uomini di quella setta."

"Secondo me, Cipresso è tornato apposta per lei, per vendicarsi. Quel tipo ha passato una vita intera con delle donne sottomesse. Probabilmente è convinto di essere superiore a tutte le femmine. Come pensate che abbia reagito, accorgendosi di essere stato battuto in furbizia da una donna? Probabilmente si sarà infuriato... e si sarà impuntato a mostrarle che non ha vinto lei. Quale modo migliore?"

"Rapire una bambina e mostrargliela," rispose Raid con una smorfia triste sul volto.

"Esatto! Me lo sento dentro, *l'unico* motivo per cui Heather salirebbe in macchina con lui è per cercare di proteggere una bambina," spiegò Tal.

"Allora, dove pensate che l'abbia portata?" chiese Simon.

"Dove tutto ha avuto inizio?" immaginò Raid.

"Sono d'accordo," aggiunse Tal.

"Merda. Ma laggiù non c'è più nulla! Le tende sono state tutte smantellate, le buche che usavano come latrine sono state colmate, persino i catorci di veicoli che avevano abbandonato sono stati trainati in discarica," spiegò Simon.

"Non penso che intenda rimanerci. Probabilmente vuole solo dimostrare a Heather che non l'ha sconfitto, che è ancora lui ad avere il controllo. Quel sito è il luogo che lei teme di più," ragionò Raid.

A quel punto, si sentì un'auto sgommare lungo la strada. Tal si voltò e vide la Subaru di Ethan che sfrecciava verso di lui. Lo seguivano a ruota il pick-up di Zeke e la Jeep di Drew. I tre veicoli inchiodarono ai margini del marciapiede e gli altri cinque membri della squadra Eagle Point sbucarono fuori dai rispettivi veicoli.

"Situazione?!" sbraitò Ethan.

"Pensiamo che Cipresso abbia portato Heather al vecchio campo," riassunse Raid. "Duke l'ha fiutata fin qui, poi la traccia sparisce."

"Capito," disse Ethan. "Andiamo."

"Merda! D'accordo, Tal con me," disse subito Simon, "tutti gli altri, *seguitemi*. Non voglio che vi comportiate da forze speciali."

Tal non ribatté, specialmente perché Simon si stava muovendo rapidamente, ma il capo della polizia aveva bisogno esattamente delle loro capacità da addestrati nelle forze speciali. Non c'era il tempo di chiamare a rinforzo gli altri agenti, impegnati chissà dove. Ogni secondo poteva fare la differenza, la vita di Heather poteva essere in pericolo... Cipresso non avrebbe mai corso il rischio di rimanere troppo a lungo a Fallport.

Tal sapeva senza bisogno di chiederlo che gli amici, appena arrivati, si sarebbero mossi in modalità da combattimento. Si sarebbero appostati ai margini del campo per assicurarsi che Cipresso non scappasse nel bosco, non avendo altra via di scampo. Erano tutti soldati professionisti... e alle loro compagne ne erano già capitate fin troppe. Il pensiero che Heather fosse sfiorata di nuovo dal male, dopo tutto ciò che aveva già sopportato, era inaccettabile.

Man mano che il campo abbandonato da quella setta si avvicinava, chilometro dopo chilometro, sembrava passare un'eternità. Tal pregò di averci azzeccato, altrimenti si sarebbe perso troppo tempo per nulla, e lui non voleva nemmeno *pensare* a cosa stesse succedendo a Heather, altrimenti la testa gli sarebbe andata del tutto nel pallone e non sarebbe stato in grado di aiutarla, proprio quando lei ne aveva più bisogno.

Resisti, cara, solo ancora un po'.

———

Quando Cipresso arrivò al lungo vialetto che portava alla Comune, Heather si era isolata da tutto, tranne che dall'uomo che le stava seduto vicino. Mantenne gli occhi abbassati, come lui si aspettava, non voleva dargli alcun motivo di sospettare di lei, mostrargli solo ciò che lui voleva vedere: una femmina sottomessa, spaventata e obbediente.

"Non posso certo dire che la distanza da me ti abbia fatto bene," le disse Cipresso arrivando al campo e fermando la macchina. "Ma guardati... indossi i pantaloni, le scarpe... e ti sei tagliata i tuoi bellissimi capelli." Fece un *tsk* di disapprovazione. "Lo sai che sono tutte violazioni. Dovrai essere punita. Severamente."

Un tempo, quelle parole le avrebbero fatto venire i brividi di paura. Si sarebbe scusata profusamente, facendo tutto il necessario per abbreviare il periodo da trascorrere nella tenda di punizione. Invece, in quel frangente, la reazione di Heather fu di maggiore furia.

Trattenne la rabbia... incanalandola. Fissò lo sguardo sulla testolina abbassata della bimba che aveva ai piedi. La bimba non si era mossa. Era seduta immobile, come cercando di essere invisibile.

I ricordi di quando anche lei era stata in quella posizione, per proteggersi, minacciarono di far tornare la mente di Heather al passato. Ma lei si concentrò sul ricordo di quella mattina... quando era seduta sul letto con Talon, a giocare con Babbuccia. Avevano bevuto un tè insieme, guardando la TV. Rammentò l'espressione di visibilio con cui lui la guardava mentre facevano l'amore.

Ripensare all'uomo che amava l'aiutò a calmarsi e a concentrarsi meglio.

"Tu mi appartieni," proseguì Cipresso. "Da sempre e per sempre."

Si sbagliava. Lei non gli apparteneva nemmeno lontanamente.

Lei era di Talon... e viceversa.

"Togliti le scarpe," le ordinò Cipresso avvicinandosi e tirando fuori un coltello a serramanico da una fondina che aveva dietro la schiena. "Lo sai che non ti è permesso indossarle."

Lei avrebbe voluto rispondergli per le rime, sfogarsi, urlargli che non era altro che un maniaco patetico che rapiva bambini; invece fece un respiro profondo e si abbassò per slacciarsi le scarpe. Doveva guadagnare tempo. In quel momento, col coltello in mano, Cipresso aveva un vantaggio; ma prima o poi avrebbe abbassato la guardia, e lei sarebbe stata pronta a reagire. La sua vita, il suo futuro e quello della bimba che aveva ai piedi, tutto dipendeva dalla sua abilità nell'ingannare il suo rapitore, facendogli credere di essergli sottomessa.

Heather avrebbe voluto rassicurare quella bimba, dirle di resistere, perché i rinforzi stavano arrivando. Però non poteva, altrimenti Cipresso non avrebbe abbassato la guardia.

Si tolse le scarpe e le calze, lasciandole sul pavimento, dietro la bimba.

"Fuori!" le ordinò Cipresso. "E non fare cazzate, altrimenti me la prendo con *lei*," la minacciò, muovendo il coltello in direzione della bimba.

Il rancore minacciò di superare il buonsenso di Heather, ma lei riuscì ad annuire e tirò la maniglia della portiera. Mise piede fuori dalla macchina e rabbrividì. Aveva dimenticato quanto fosse freddo quel terreno, a piedi nudi nel bosco. Tuttavia, cercò di controllare il più possibile quella reazione involontaria. Non voleva dare a Cipresso la soddisfazione di sapere che lei era a disagio.

Chiuse la portiera dell'auto: non voleva che la bimba sentisse o vedesse ciò che stava per accadere. Si sforzò di rimanere immobile, con gli occhi fissi a terra. Vide con la coda dell'occhio il piede di Cipresso, il quale le afferrò un braccio stringendolo forte e lo strattonò fin quasi a strapparlo dalla spalla, tirandola verso una tenda solitaria in mezzo allo spazio che un tempo era stato una comunità indaffarata.

"Te la ricordi?" le chiese Cipresso trascinandola verso la tenda. Non le lasciò il tempo di rispondere, come al solito. Tutti gli uomini della Comune tendevano a rispondersi da soli... come se le donne non fossero in grado di pensare con la loro testa. "È la tenda di punizione. Me la sono portata dalla Florida, con l'intenzione di ricondurti a casa. Però c'è stato un cambio di programma, grazie alla tua intervista in TV!" sbraitò. "Hai passato un bel po' di tempo in questa tenda, vero? Pensavo fosse il posto migliore per riconciliarmi con mia moglie. Poi, in nome dei bei tempi passati, ti assegnerò un breve periodo di punizione... prima di ucciderti e di andarmene via, per cominciare una nuova vita con la mia piccola, futura moglie."

A quel punto, fu quasi impossibile per Heather reprimere i ricordi. L'odore delle pelli alle quali si avvicinavano minacciava di farle cedere le ginocchia. Lei *odiava* quella tenda, che aveva un odore diverso dalle altre del campo. Forse per via delle torture inflitte al suo interno, non ne era sicura. Heather sapeva solo che non avrebbe mai permesso a Cipresso di legarla, bendarla, imbavagliarla e metterle i tappi nelle orecchie mentre faceva sesso con lei, per poi frustarla con la cintura. Lei non era pronta a morire, proprio quando aveva appena cominciato a vivere.

Cipresso spostò la pelle che apriva la tenda ed Heather dovette dar fondo a ogni briciolo di forza per entrarvi con calma. Vide le corde, già pronte per vincolarla. Per terra c'era una coperta, nel punto in cui lui ovviamente voleva fare sesso.

Sentì l'adrenalina scorrerle nelle vene; voleva scappare di corsa, sfogarsi... ma Cipresso aveva ancora il coltello puntato verso di lei. Doveva aspettare il momento giusto, aspettare che lo posasse per legarla, per fare sesso con lei. In quell'istante, lei sarebbe scattata.

"Non mi sorprende che ti ricordi tanto bene l'addestramento," le disse ghignando. "Non sei nulla, senza la Comune. Non puoi pensare con la tua testa, impossibile. Adesso togliti quei pantaloni osceni. Subito!" le ordinò.

Lei non voleva certo spogliarsi, ma si girò verso di lui e slacciò il bottone dei pantaloni cargo. Poi si sedette sulla coperta, si sdraiò appoggiandosi sulle mani e divaricò le gambe. L'esperienza le diceva cosa si aspettava Cipresso: quella era la posizione che le aveva ordinato di assumere più spesso, quando voleva esercitare i suoi diritti coniugali. Heather aveva ancora indosso i pantaloni che lui odiava tanto, ma proprio non ce la faceva a sfilarseli.

Se lui voleva toglierli di mezzo, doveva procedere con le proprie mani.

Osservando da dietro le palpebre socchiuse, Heather attese con ansia. Non sapeva quanto tempo sarebbe passato, prima che Cipresso abbassasse la guardia. Trattenne il fiato, mentre trascorrevano i secondi...

...e finalmente lui si mise in ginocchio, avvicinandosi.

"D'accordo, te li tolgo io. Mi divertirò a punirti per questo affronto."

Poi tutto accadde in un baleno.

Cipresso appoggiò il coltello sul terreno e fece per sbottonarsi i pantaloni.

Heather non esitò e scattò verso il coltello.

Cipresso non se l'aspettava, credeva di averla completamente sotto controllo come sempre. Nella vita, non gli era mai capitato che una donna di cui abusava si ribellasse.

Heather afferrò il coltello con tutte le forze e glielo infilò nel ventre, proprio dove sapeva di fare più danno.

Lo estrasse e balzò in piedi, sfrecciando fuori dalla tenda e prendendo fiato per la prima volta, da quando era stata costretta ad entrarvi. L'intero attacco durò pochi secondi. Heather si girò subito e aspettò che Cipresso la seguisse.

Infatti lui uscì dalla tenda quasi subito. Arrancava un poco, il che la fece sorridere.

"Fa male, vero?" gli chiese tenendo la testa alta per guardarlo dritto negli occhi. Un atteggiamento che lui odiava, dandole ancor più soddisfazione.

"Stronza!" grugnì Cipresso. "Cazzo, soffrirai come una bestia!"

Quando si mosse per saltarle addosso, lei si fece trovare pronta; rimase ferma per una frazione di secondo, poi scattò di lato...

...e quando lui passò oltre, gli infilò il coltello nella schiena.

L'urlo di dolore e furore che uscì dalla bocca di Cipresso fu identico a quello di un orso ferito.

Heather cominciava a sentirsi male, ma non poteva ancora fermarsi. Non finché lui non fosse fuori gioco.

Prima che Cipresso potesse girarsi per attaccarla di nuovo, lei saltò in avanti e lo accoltellò ancora dietro la schiena, vicino all'altro fianco.

Lui cadde in ginocchio.

Lei si mosse rapidamente per terminare ciò che aveva iniziato: infilò la lama di nuovo nel corpo di Cipresso, dietro una coscia, per evitare che potesse correre... o anche solo camminare.

Quando lui cadde in avanti sul terreno, urlando di rabbia e di dolore, lei finalmente fece un passo indietro. Le sembrò di vedere quella scena come fuori da sé stessa, dall'alto. Si sentiva distaccata, priva di emozioni per quanto appena successo... tranne per un pizzico di soddisfazione. Ora era lei ad avere il vantaggio. Cipresso non avrebbe più fatto male a nessuno, né a lei, né alla bambina che probabilmente moriva di paura in quella macchina.

"Sei una *stronza*!" sbottò Cipresso, lanciandole un'occhiataccia d'odio.

Lei lo fissò con disprezzo e gli disse: "Le tue parole non possono ferirmi."

"Magari no, ma quando ti metterò le mani addosso, proverai un dolore che non hai mai provato prima," le disse con un sibilo.

Lei rise. Scoppiò a ridere di gusto. Poi scosse la testa. "Tu non mi metterai le mani addosso, e nemmeno a quella bambina, a nessun altro, mai più. Sei stato bravo a insegnarmi, Cipresso. Magari non ho imparato bene a comportarmi da moglie della Comune, ma di sicuro ho imparato a usare un coltello per abbattere una preda."

Nel sentire quelle parole, Cipresso si fece di sasso.

"Cos'è che mi hai insegnato? Ah, sì... che una ferita all'addome è sempre l'ideale, perché perforando l'intestino si crea un'infezione che si diffonde molto rapidamente. Così l'animale si indebolisce e diventa meno minaccioso. Un colpo ai reni? Eh sì, è garanzia di una morte lenta e dolorosa."

"Mi ricordo le tue precise parole, Cipresso... perché ucciderli rapidamente? È sempre meglio far capire all'animale chi ha il potere, far capire alla preda che non è nient'altro che cibo per chi è più forte e più furbo. L'ho sempre trovato crudele. Perché ferire all'addome un animale, quando un colpo alla testa o al cuore provocherebbe una morte rapida e indolore? Ma certo, non mi hai dato un'arma da fuoco per andare a caccia, vero? No, mi hai lasciato prendere solo il coltello. Ho imparato a essere molto rapida nel maneggiare una lama. A differenza di quanto facevi *tu*, quando intrappolavo un animale, lo uccidevo molto rapidamente."

"Ma volevo farti sapere che ti ho ascoltato, che ho fatto *esattamente* ciò che mi hai insegnato."

"Oh merda..." disse Cipresso rotolandosi lentamente sulla schiena. "Ho bisogno di aiuto! Aiutami!"

Heather non si curò nemmeno di rispondere. Era stata

molto precisa con quelle coltellate. L'emorragia interna lo stava uccidendo, e lei non provava alcun rammarico.

Si girò e andò alla tenda, con tutti i ricordi orribili che comportava. Con il coltello insanguinato, tagliò le pelli dall'alto al basso, strappandole e lacerandole, fino a ridurle a brandelli.

Fu un'azione catartica, una liberazione. Inoltre, non voleva lasciare a Cipresso alcun riparo. L'aria era fredda, ben presto si sarebbe fatto buio, se non fosse morto dissanguato prima, sarebbe morto assiderato.

Nel frattempo, Cipresso continuava a minacciarla o implorarla di aiutarlo. Lei lo ignorava.

Da bravo idiota, aveva lasciato le chiavi nel blocco di accensione. Lei aprì la portiera sul lato del conducente e sospirò. Voleva guidare il veicolo per andarsene, moriva dalla voglia di farlo... ma non aveva idea di come si guidasse. Talon aveva accennato a darle lezioni, ma non ci erano ancora arrivati.

Rimase là in piedi a guardare nella macchina, cercando di decidere il da farsi, mentre Cipresso continuava a gridare, a gemere, a minacciare sia lei che la bambina. Vedendo la bimba tremare, Heather prese una decisione. Non provava alcun rimorso per ciò che aveva fatto a Cipresso, anche se non ne andava nemmeno fiera. Aveva ucciso un uomo... o meglio, non era ancora morto, ma era *solo* questione di ore. L'ultima cosa che voleva, era che quella piccina soffrisse di incubi vedendolo spirare.

Mise in tasca le chiavi del veicolo, poi fece il giro per raggiungere il lato passeggero. Si accomodò sul sedile e prese le calze e le scarpe. Mentre le indossava, parlò alla bimba a voce bassa.

"Va tutto bene. Adesso sei al sicuro. Di me puoi fidarti, non ti farò del male. Facciamo una passeggiata nel bosco, ma non devi preoccuparti, andiamo in un posto che conosco bene. Un posto in cui Cipresso non ci troverà mai. Tanto non riuscirebbe a seguirci, ma non mi piace ascoltare il suono della sua voce."

"Talon verrà a prenderci, non ho alcun dubbio. Lui saprà dove trovarci. Presto torneremo a casa, così ti presenterò a lui e alla mia gattina. Si chiama Babbuccia. È nera e ha come delle pantofoline bianche sulle zampe. Lo so che adesso hai freddo, e mi dispiace. Guardo nel baule, magari ci sono i tuoi vestiti veri."

Heather si accorse che stava parlando a vanvera, ma continuò a sciorinare una parola dopo l'altra con calma, dolcemente. Quando fece per prenderle la mano, la bimba si tirò indietro visibilmente.

Heather fece una pausa e le disse. "Non ti farò del male. Voglio solo tagliare la corda che ti lega le mani, poi andiamo via, va bene?"

Attese pazientemente, ricompensata dalla bimba, che rilassò la testa di un briciolo.

"Brava bimba," le disse Heather. "Sei tanto coraggiosa, sei forte, sono fiera di te. Resisti ancora un pochino, rimani ferma immobile." Tagliò la corda che teneva la bimba attaccata al sedile, poi le tolse i resti dai polsi. "Ecco, adesso va meglio. Pensi di riuscire ad alzarti? Hai fame? Dove andiamo adesso c'è qualcosa da mangiare. Ci riempiamo il pancino, ma quando Talon ci porta a casa possiamo mangiare qualcosa di più buono. Di me puoi fidarti, non ti farò del male."

La bambina sorprese Heather alzando la testa e fissandola per un attimo coi suoi begli occhioni color nocciola... poi alzò le braccine.

Heather sentì il cuore gonfio di tenerezza per il coraggio di quella bimba. La prese in braccio, e lei le avvolse le braccia intorno al collo con una forza sorprendente. Le mise le gambe intorno al corpo e si aggrappò a lei con tutta sé stessa.

Heather la sostenne con una mano, si alzò e si girò in

modo da nasconderle Cipresso, sdraiato per terra. Aprì il baule e rimase delusa dal trovarvi solo delle altre pelli. Lo chiuse sbattendolo e rifiutò di pensare al rischio che aveva corso il prezioso fagottino che aveva in braccio, tanto vicina a vivere un'esistenza come quella che era stata costretta a vivere lei. La sete di vendetta aveva portato Cipresso alla rovina, una reazione totalmente prevedibile per la quale Heather non avrebbe mai smesso di ringraziare il cielo, perché gli aveva impedito di sparire per sempre con quella bimba. Cipresso avrebbe potuto uccidere Heather senza alcun preavviso, invece si era mosso con la convinzione di essere superiore, un errore che si era rivelato fatale.

Heather tornò alla portiera del passeggero che aveva lasciato aperta e si inginocchiò. Fece accomodare la bimba sul sedile, dopo averla fatta staccare lentamente da sé... e fece per togliersi la felpa che aveva indossato quella mattina, dopo aver fatto la doccia con Talon. Mentre camminava a Fallport, quella felpa l'aveva tenuta al calduccio; togliendosela, le sarebbe venuto freddo, ma la bambina ne aveva più bisogno. Heather avrebbe voluto ridurre in brandelli anche la tunica offensiva che Cipresso aveva fatto indossare alla bimba, ma decise di lasciargliela addosso.

"Adesso alza le braccia, tesoro. Brava. Questa ti terrà più caldo. Talon ti porterà le scarpe appena può, anche delle calze pesanti. Ecco, adesso stai meglio?"

La bimba la fissò, ma non disse nulla.

"Adesso puoi parlare, ti prometto che nessuno ti farà del male. Puoi parlare, piangere, sorridere, ridere. Quell'uomo cattivo non ti prenderà mai più, te lo giuro. Come ti chiami?"

La bimba sussurrò: "Fiore."

Heather fece una smorfia. "Ma no, il tuo nome *vero*. Quello che usano la tua mamma e il tuo papà. Quell'uomo cattivo ha cercato di cambiare anche il mio nome, ma non ci è riuscito. Io mi chiamo Heather, Heather Brown."

La bimba non le rispose, ma rimase a fissarla con gli occhi colmi di paura.

"Va bene, puoi dirmelo dopo, quando te la senti. Per adesso, che ne dici di andarcene?"

La bimba fece un altro lieve cenno col capo, così Heather la prese di nuovo tra le braccia. Proprio come prima, la bimba si aggrappò a lei come se la sua vita dipendesse da quel contatto.

Heather abbassò il pulsante di chiusura e sbatté la portiera. Il frastuono rieccheggiò tra gli alberi.

"Dove vai? Non puoi lasciarmi qui! Torna indietro! Subito! Parlo con te, Fiore! Torna qui! Almeno lasciamo le chiavi! Se no muoio assiderato!

Heather ignorò gli appelli imploranti di Cipresso, si girò e si addentrò nel bosco.

———

Tal teneva gli occhi fissi sulla strada davanti all'automobile di Simon, che sfrecciava verso la zona in cui un tempo si era insediata la setta. Non incrociarono alcun veicolo, il che poteva essere un sollievo, ma anche un problema inquietante. Cipresso poteva essere ancora nel bosco con Heather, e Tal non voleva immaginare cosa le stesse succedendo in quel momento. Del resto, se avessero incrociato l'auto di Cipresso in fuga, senza trovarci Heather, sarebbe stato un segnale inequivocabile che l'unica donna che Tal avesse mai amato era stata uccisa.

Allontanò con forza il pensiero della morte di Heather e si sostenne al cruscotto quando Simon finalmente imboccò il vialetto sterrato che portava al vecchio insediamento, senza quasi nemmeno sfiorare i freni. L'auto sobbalzò in un paio di buche, facendo sussultare Tal. Guidando in quel modo, Simon stava probabilmente dicendo addio al sottoscocca, ma Tal gliene era grato.

Quando finalmente Simon inchiodò a pochi metri dal luogo dell'accampamento, l'auto si fermò bruscamente, circondata dalla polvere. Tal aprì la portiera prima ancora che le ruote smettessero di girare. Non riuscì a vedere in quel polverone, che gli entrò nei polmoni facendolo tossire.

Sentì anche i veicoli degli amici arrivare a tutta velocità, ma non li aspettò. Non aveva un piano preciso. Nessun obiettivo, se non quello di trovare Heather e di uccidere il bastardo che l'aveva rapita.

Più avanti, nella radura, Tal vide una berlina bianca a quattro porte ferma alle soglie del campo. Dopo aver analizzato quel veicolo, dalla parte opposta del campo intravide un ammasso che gli sembrò composto da pelli lacere, abbandonate tra gli alberi.

Poi sentì un gemito straziante provenire da un punto a metà strada tra le pelli e la berlina.

Col cuore in gola, Tal affrettò i passi.

"Dannazione, Talon, aspettami!" gli ordinò Simon seguendolo.

Tal però non lo aspettò. Quello poteva essere il gemito di Heather: doveva raggiungerla.

Dopo qualche passo tra i resti del campo, la polvere sollevata nell'aria dagli altri quattro veicoli sopraggiunti fu spazzata via dal vento.

Il gemito proveniva da qualcuno, ma non era Heather.

Era un uomo sdraiato con la schiena a terra in una pozza di sangue. Aveva il volto esangue e fissava nel vuoto, verso le cime degli alberi che ondeggiavano sopra la sua testa.

"Porco cane!" esclamò Ethan avvicinandosi.

"Quello è Cipresso?" chiese Zeke.

"Immagino di sì," rispose Talon.

"Cosa gli è successo?" chiese Brock.

"Ci sono tracce di Heather?" chiese Raid, che aveva lasciato Duke in macchina, nonostante le rimostranze del segugio, che si sentiva guaire e abbaiare per l'agitazione.

"Dividiamoci. Cercate ogni traccia di Heather!" esclamò Drew.

Simon arrivò al fianco di Talon, entrambi guardarono l'uomo a terra, ovviamente in punto di morte. Tal dovette sforzarsi per non prendere la pistola dal fianco di Simon e sparare un colpo in testa a quel bastardo. L'indecisione lo paralizzava: doveva sapere se Heather fosse o meno in salvo, ma doveva anche accertarsi che quello stronzo non andasse mai più a importunarla.

"Aiuto!" esclamò l'uomo con un gemito. Si era voltato verso di loro, aveva alzato un braccio, le dita della mano si aprivano e si chiudevano.

Tal si accovacciò sui talloni, fuori dalla portata di quell'uomo, e sghignazzò. "Aiutarti? Ma stai scherzando, vero? Hai rapito e violentato la mia donna per *anni*! Chi c'era ad aiutare *lei*? Tu? Tuo padre? No. *Nessuno* l'ha aiutata. Per quanto mi riguarda, hai subito per mano di Heather esattamente ciò che meriti: una morte lenta e dolorosa. Ti auguro di marcire all'inferno."

"Non ha un bell'aspetto," commentò Simon con tono pacato.

Quell'intervento completamente rilassato fu tanto sorprendente, che Tal si voltò per fissarlo.

Il capo della polizia lo guardò dritto negli occhi. "Probabilmente ti chiederai perché non sto facendo qualcosa, tipo chiamare rinforzi, far partire l'ambulanza."

In effetti, Tal se lo *stava* chiedendo, ma alzò appena le spalle.

"Dopo aver sentito tutto quello che ha passato Heather, non ho molta voglia di aiutarlo. Poi, penso che gli rimanga poco... non credo sia possibile salvarlo."

Tal tornò a voltarsi verso Cipresso, che ormai guardava il cielo con occhi vitrei. Simon aveva ragione. Ormai stava morendo. Che liberazione!

Tal si alzò e si girò, dando le spalle all'uomo in fin di vita. Fece un cenno col capo per mostrare un rinnovato rispetto nei confronti del capo della polizia.

"Non è qui," disse Rocky tornando di corsa da Tal e Simon. "Abbiamo cercato dappertutto. Sotto le pelli non c'è nulla, è solo una tenda lacerata. Ci sono delle impronte, ma lei non c'è."

"L'auto?" chiese Simon.

"Ethan l'ha forzata, ma è vuota. Non c'è nulla nemmeno nel baule."

"Non ci sono altre impronte," aggiunse Zeke avvicinandosi. "Nessuna traccia, solo lui," fece un cenno col capo verso il corpo a terra, "ed Heather."

"Piedi nudi intorno alla tenda," commentò Brock, "ma impronte di scarpe che si allontanano dall'auto, verso gli alberi."

"Vado a prendere Duke," disse Raid avviandosi verso la macchina in cui aveva lasciato il segugio.

"Non serve!" gli gridò Tal.

Gli altri sette si voltarono tutti verso di lui.

"Cosa vuoi dire? Dobbiamo trovarla nel bosco. Starà scappando per la paura," gli disse Simon.

Tal però scosse la testa. "So già dove sta andando."

"Alla caverna," intervenne Ethan.

"Esatto, e ha portato la bimba con sé."

"Non ci sono altre impronte," gli ricordò Zeke.

"Deve averla presa in braccio. Alla Comune non lasciano le scarpe alle donne, Cipresso deve averle fatte togliere anche alla bambina."

"Sul pavimento dell'auto, lato passeggero, c'è della corda. È stata tagliata con un coltello," spiegò Drew. "Probabilmente Cipresso aveva legato la bambina per guidare tranquillo."

"Quanto dista la caverna da qui? Si fa prima a tornare qui, oppure all'imbocco del sentiero, dove avevi parcheggiato quando l'hai trovata?" gli chiese Simon.

Tal aveva fretta di mettersi in marcia, di raggiungere Heather. "Non voglio che torni qui, non deve rivedere questo posto, mai più," gli rispose con voce profonda e roca.

"Appunto, allora io e Rocky andiamo con Tal," decise Ethan. "Zeke e Drew vanno al parcheggio dell'imbocco e cominciano a percorrere il sentiero, così ci troviamo a metà strada."

"Brock, rimani con me come testimone, così tra poco chiamo l'ambulanza e spieghiamo cos'abbiamo trovato," gli disse Simon.

Annuirono tutti in approvazione.

"Allora resto libero io," disse Raid. "Riporto Duke a Fallport a radunare le truppe... cioè le vostre compagne. Vorranno farsi trovare, quando riportate a casa Heather."

Tal fu quasi travolto dal supporto degli amici. Quando aveva preso la decisione di abbandonare l'esercito e traslocare negli Stati Uniti, non sapeva cosa aspettarsi. Immaginava di tornare in Inghilterra dopo qualche anno. Invece aveva trovato gli amici più cari che potesse sognare... e l'amore della sua vita.

La gratitudine nei confronti degli amici gli fece venire un groppo alla gola e una stretta al cuore, ma lui fece un respiro profondo e si girò verso gli alberi. Era orgoglioso di Heather; non sapeva esattamente cosa fosse successo, ma poteva immaginarselo: Heather aveva fatto ciò che doveva per proteggere sé stessa e la bambina che lui era convinto di trovare con lei. Heather non stava scappando, non si stava nascondendo da lui... anzi: stava andando nell'unico posto in cui era sicura al cento per cento di farsi trovare da lui... ma non da Cipresso.

La sua Heather era furba, e Tal si sentiva l'uomo più fortunato del mondo.

"Dai, andiamo a prendere la tua donna per portarla a casa," gli disse Ethan con una pacca sulla schiena.

Senza esitare, Tal si avviò verso il suo futuro.

CAPITOLO VENTUNO

Il cammino verso la caverna fu lungo, ma tranquillo. Heather conosceva quel bosco come le sue tasche: ci aveva passato quasi tutta la vita. I momenti di maggiore libertà erano durante la caccia, quando non doveva stare attenta a ogni mossa, a ogni parola... anche se poteva parlare solo con sé stessa, mentre girovagava tra gli alberi.

La bambina non allentò mai la presa intorno al collo di Heather che camminava, continuando a parlarle mentre raggiungevano la caverna. "Talon arriverà presto, capirà cosa è successo e dove stiamo andando, verrà a prenderci. Lui sa come proteggerci, è bello sapere che si preoccupa per me. Vedrai, ti piacerà. Anche i suoi amici ti staranno simpatici, anche se all'inizio sarai un po' sperduta, come è successo a me, ma sono bravissime persone. Finley è incinta, vedessi com'è bella e radiosa. Aspetta di assaggiare i biscotti che prepara, e i rotolini alla cannella! Sono deliziosi! Cioè, ti si sciolgono in bocca!"

Continuò a parlare alla bimba che teneva in braccio, raccontandole tutto delle amiche. Quando finì di vantarsi delle donne, cominciò a descrivere anche gli uomini. "Quando li incontri, non avere paura. Sono tutti grossi e pieni di muscoli, possono mettere soggezione, ma non ti faranno del male, di loro puoi fidarti. Sono come degli orsacchiotti giganti... e se qualcuno vuole darti fastidio ci pensano loro, però quando è il momento giusto sono anche coccoloni e teneri."

Forse stava un po' esagerando, ma non se ne preoccupò. Quella bimba era piccola... chissà quanti anni aveva... aveva bisogno di sicurezza. "Anche gli altri abitanti di Fallport sono molto gentili. Art, Otis, Silas, Tony, Whitney, il vecchio Grogan, Harvey, Rory, Sandra... persino Davis. Lui puzza un poco, ma ha un cuore d'oro."

Quando stava per terminare gli argomenti di cui parlare, Heather prese fiato, pronta a ricominciare con Babbuccia, ma fu la bimba a parlarle tra le braccia.

"Marissa."

Heather sorrise. Una parola sola, sussurrata, senza spiegazioni, ma era già un enorme passo avanti.

"Marissa, che bel nome! Proprio come te. Molto meglio del nome che voleva affibbiarti quell'uomo cattivo."

"Abbiamo i capelli uguali," le disse Marissa dopo un altro momento.

"È vero," confermò Heather con un gran sorriso. In quel momento, si sentiva follemente felice, tanto che le braccia le tremarono, sia per il peso di Marissa, a cui non era abituata, sia per l'adrenalina che stava scemando, dopo aver affrontato Cipresso. Però Heather si era liberata di quel passato una volta per tutte. Certo, c'erano altri uomini che vivevano alla Comune, qualcuno avrebbe potuto cercarla, ma lei ne dubitava.

L'unica preoccupazione era che Talon se la prendesse, sapendo che era entrata nell'auto di Cipresso nonostante la promessa di non farlo. Però lei sperava che incontrando

Marissa e comprendendo la posta in gioco l'avrebbe perdonata.

Marissa non disse molto altro durante il cammino, ma alla fine alzò la testa e si guardò attorno, proprio mentre si avvicinavano alla caverna. Heather arrivò all'imbocco con cautela: non voleva certo farsi sorprendere da un orso o da un altro animale, deciso a ripararsi in quel rifugio perfetto per l'inverno. Però non trovò traccia di animali selvatici.

Ritrovare il luogo in cui aveva passato un anno intero le fece tornare il sorriso. Non avrebbe mai scelto di tornare a viverci, ma rivedere la caverna le fece riaffiorare alcuni bei ricordi. In quel rifugio, aveva assaporato per la prima volta la libertà. Era riuscita a sopravvivere da sola, una soddisfazione incredibile.

Era anche il luogo in cui aveva conosciuto Talon.

Nella caverna, si abbassò per far mettere a Marissa i piedi a terra. La felpa che le aveva fatto indossare le arrivava sotto i piedi. Era enorme per quella bimba. Heather non poté che sorridere. Andò subito alla pila di rifornimenti che aveva lasciato con Talon per ogni evenienza. Tirò fuori le pantofole di coniglio che aveva indossato un tempo. Guardandole, sentì una certa amarezza.

Si mise seduta per terra, e Marissa si avvicinò accomodandosi addosso a lei senza esitare. Heather prese uno dei coltelli rimasti nella caverna e tagliò rapidamente le pantofole per creare delle calzature improvvisate per la bimba. Poi sparse a terra le pelli, per evitare il contatto con il terreno.

Dopo aver detto a Marissa di rimanere ferma, prese qualche bastoncino e dei ciocchi asciutti e con la pietra focaia accese un fuocherello. Tirò fuori un pentolino e uno dei pasti liofilizzati. Nel secchio era rimasta dell'acqua. Non era fresca, ma Heather pensò che non avrebbe fatto molta differenza per la bambina.

Quando finirono di mangiare, era tardo pomeriggio;

Heather si chiese quanto tempo avesse trascorso con Marissa nel bosco. Però non era preoccupata: Talon sarebbe arrivato presto. Con il pancino pieno, Marissa chiuse gli occhi con la testa penzolante. Heather la strinse a sé, appoggiando la schiena alla parete della caverna. Poi guardò fuori con un sospiro: la luce del sole si stava affievolendo.

Heather era al sicuro; Marissa era al sicuro. Cipresso era morto o quasi. Nonostante la paura atroce, lei aveva gestito la situazione in modo encomiabile. Non era andata nel pallone, non si era abbandonata al controllo di Cipresso. Era proprio ciò che la preoccupava, che un uomo le desse degli ordini e che lei tornasse ai condizionamenti del passato, senza pensarci, solo perché era stata cresciuta in quel modo.

Tuttavia, grazie a Talon, al suo supporto, al suo amore, era riuscita a superare il panico e a salvare non solo sé stessa, ma anche la preziosa bimba che teneva stretta. Baciò Marissa sulla fronte e le sussurrò: "Sei al sicuro. Puoi fidarti di me e di Talon, noi non ti faremo del male."

Quelle parole erano diventate il suo mantra, anche se sentirsele dire non era stato sufficiente all'inizio per fidarsi di Talon, ma quella rassicurazione aveva finalmente messo radici nel suo animo. Voleva lo stesso anche per Marissa, che aveva affrontato un dramma terribile, ma forse, sentendo più volte quelle stesse parole, anche lei sarebbe tornata a fidarsi.

Heather non si rese conto del tempo che passava; quando il sole fu quasi tramontato, sentì dei passi avvicinarsi alla caverna.

Non si spaventò. Non era Cipresso: lei aveva fatto in modo che non fosse in grado di seguirla. Inoltre, lui non sapeva dove fosse quella caverna. C'era solo un uomo che la conosceva.

Quando vide il raggio potente di una torcia trapelare tra gli alberi davanti alla caverna, Heather non trattenne un sorriso; rimase dov'era, aspettando che fosse Talon a raggiungerla.

Quando lui fece capolino dall'imbocco della caverna, Heather allargò ulteriormente il sorriso, nonostante la luce accecante. Lo sentì imprecare, poi la raggiunse. Di fianco a lei, le accarezzò il viso con il palmo della mano.

"Sapevo che saresti arrivato," gli disse. Non era da solo. Heather percepì la presenza di qualcuno dietro di lui, ma non distolse gli occhi da quelli di Talon per vedere chi fosse.

"Verrò sempre a cercarti," le spiegò baciandola. Non fu un bacio casto: fu profondo, appassionato e fin troppo breve. "Stai bene?" le chiese a bassa voce, per non svegliare la bimba che le dormiva in braccio.

Heather annuì, mentre Marissa cominciò a muoversi, si svegliò e guardò Talon con gli occhi intimoriti.

"Marissa, ti presento Talon. Te ne ho parlato mentre venivamo qui," le disse Heather sottovoce. "È venuto per portarci a casa."

"Mi posso fidare, non mi fa del male," disse Marissa con voce tremante.

"Di me puoi fidarti, non ti farò del male," confermò Talon, che poi guardò Heather con le lacrime agli occhi. "Ti amo."

"Anch'io ti amo," gli rispose.

Poi Talon la aiutò ad alzarsi in piedi e la accompagnò fuori dalla caverna. Rocky ed Ethan si diedero da fare per riordinare la caverna come era prima. Spensero il fuoco, raccolsero i resti delle provviste che lei aveva usato, poi si avviarono tutti e cinque lentamente e con cautela per tornare a casa.

———

Quando arrivarono a Fallport, Simon non era l'unico ad aspettarli all'appartamento di Talon. C'era ogni singola persona del gruppo: erano quasi in venti e affollavano ogni angolo di ogni stanza. Marissa era spaventata da quella folla travolgente, mentre Heather, che comunque apprezzava il sostegno di tutti, avrebbe preferito rimanere da sola con Talon.

Subito dopo il rientro a casa, era andata in camera da letto per togliere alla bimba la veste offensiva che Cipresso l'aveva costretta a indossare; le aveva preso un'altra maglia enorme di Talon e gliel'aveva infilata. Marissa sembrava nuotare in quell'abito enorme... ma un po' per la maglia, un po' forse per il profumo di Talon che ne permeava il tessuto, la bimba si era tranquillizzata. Heather immaginò fosse un po' per entrambi i motivi.

Talon sembrava sapere esattamente ciò di cui Heather aveva bisogno. Quando era tornata in salotto con Marissa, prima ancora che lei gli rivolgesse parola, lui aveva invitato tutti caldamente ad andarsene... tranne Simon, che non si mosse.

Marissa si era lasciata prendere in braccio da Talon nel bosco, ma appena arrivata alla macchina si era rifugiata di nuovo sulle ginocchia di Heather, rifiutandosi di lasciarla andare. Ethan aveva telefonato a Simon mentre guidava, comunicandogli tutto ciò che sapeva della bimba in modo che potesse cominciare la ricerca dei genitori.

Appena furono tutti fuori dalla porta dell'appartamento, dopo varie promesse di portare il mattino dopo altri abiti per Marissa, pappe e giochi, fu il turno di Simon, che non esitò a parlare.

"Finora non abbiamo avuto fortuna, non sappiamo in che città l'ha presa," disse Simon indicando Marissa. "Potrebbe essere ovunque, da qui alla Florida."

"Dovrà andare in affidamento, fino al ritrovamento della famiglia?" gli chiese Talon, in piedi al fianco di Heather, quasi per proteggerla con una mano intorno alla vita e l'altra dietro la schiena di Marissa.

"Tecnicamente, è così, ma ho già diramato una richiesta urgente perché siate approvati voi due... sempre che siate disposti."

"Siamo disposti," gli rispose subito Heather, che sentì la stretta di Talon intorno alla vita, come per confermare.

"Benissimo. Dato che siamo solo noi... ne parliamo adesso per la prima e ultima volta," aggiunse Simon.

Heather si irrigidì, ben capendo cosa volesse sentire il capo della polizia.

"Dimmi cos'è successo," concluse Simon con calma.

Heather abbassò lo sguardo su Marissa, che per fortuna si stava addormentando: era meglio che quella bimba non sentisse. Nel modo più conciso possibile, Heather descrisse gli eventi di quel giorno: l'intenzione di scappare via appena aveva visto Cipresso al volante, la scoperta di Marissa, minacciata dall'uomo, la decisione di non potersene andare via, lasciando la bimba da sola con lui.

Quando arrivò al momento in cui l'aveva accoltellato, la voce le si spezzò per la prima volta. Dopo un respiro profondo, riprese a raccontare.

"Sapevo dove colpirlo, dove fare più danno senza ucciderlo. Almeno non subito. Ventre, reni... gamba, in modo che non potesse camminare. Ho distrutto la tenda, per evitare che ci si riparasse; ho chiuso a chiave la macchina e ho portato con me le chiavi. Era morto quando siete arrivati?"

"Non ancora," le rispose Simon, "ma ci mancava poco."

Heather capiva di doversi sentire in colpa per aver spento una vita, ma Cipresso Bonfiglio le aveva già tolto tanto.

"È stata autodifesa," disse Simon con decisione. "Anche se avessi avvertito l'ambulanza prima di arrivare, non avrebbe fatto alcuna differenza. Heather, non hai nulla di cui preoccuparti. Con quel che hai passato... hai agito per legittima difesa. Punto."

"Simon, io..."

Ma il capo della polizia la interruppe. "Gli ho preso le impronte digitali prima che ne portassero via il corpo. Le ho inserite nel sistema e ho ricevuto il risultato prima ancora di arrivare a Fallport. Il suo vero nome era Alfred Winterborne."

"Era... era stato rapito anche lui da bambino, da Freccia? Gli avevano fatto il lavaggio del cervello?"

Simon scosse la testa. "No. Era un guardone, uno che si eccitava a spiare donne e ragazze dalla finestra. Era stato beccato al college al secondo anno, l'hanno espulso. È per questo che le sue impronte sono nel sistema. A quel punto, sembra che si sia unito alla Comune."

"Non era davvero il figlio di Freccia?" chiese Talon.

"Immagino di no, ma dato che non abbiamo un confronto del DNA, non posso saperlo per certo."

Heather chiuse gli occhi. Tutta la sua vita era stata una bugia. Persino l'identità del suo ultimo rapitore. Si sentiva sbalordita, mentre la stanchezza minacciava di travolgerla.

In quel momento, però, Marissa le si mosse addosso, e sentì la stretta di Talon intorno alla vita...

Dopo quella sera, Heather era veramente libera. Cipresso, o quale che fosse il suo vero nome, non l'avrebbe mai più tormentata. Non sarebbe andata in carcere per averlo ucciso, e si era ricongiunta con l'uomo che amava.

"Sei libera," le disse Simon riecheggiando i pensieri di lei. "D'ora in avanti, mi assicurerò che tu possa trascorrere una vita felice. Se hai bisogno di qualcosa, stai pur tranquilla che farò tutto ciò che posso per accontentarti."

"Scusa tanto, Simon, ma ci penso io," gli disse Talon.

Sorpresa da quel tono fermo e profondo, Heather si voltò per guardarlo negli occhi. I loro sguardi si incontrarono e lui si addolcì. Lei gli sorrise, poi tornò a rivolgersi a Simon. "È mio, e non ci rinuncio," disse senza pensarci.

Simon accennò un sorriso. "È un uomo fortunato."

"Davvero," confermò Talon. "Adesso, siamo a posto? Devo

portare a nanna le mie fanciulle. È stata una giornata lunga...
e credo che domani avremo da fare a intrattenere amici e
amiche."

"Probabilmente anche mezza Fallport," aggiunse Simon
con una risatina. Poi salutò entrambi con un cenno del capo e
si avviò verso la porta. Prima di aprirla, si voltò e aggiunse:
"Mi faccio sentire per Marissa."

Il pensiero di dover dire addio a quel prezioso fagottino le
fece venir voglia di piangere, ma Heather annuì comunque.
Quella bimba doveva avere dei genitori preoccupatissimi, una
mamma e un papà che si chiedevano cosa fosse successo alla
loro piccina. Forse le avrebbero permesso di rimanere in
contatto con la bimba, una volta tornata a casa. Però era triste
sapere che anche Marissa era entrata a far parte del club di
cui parlava Lilac... il club delle rapite.

Talon andò alla porta e la chiuse a chiave appena il capo
della polizia ne uscì, poi accompagnò Heather in camera da
letto. Marissa avrebbe dormito con loro, non dovettero
nemmeno discuterne. Dopo una doccia a tempo di record,
Heather tornò in camera da letto e ci trovò Talon sdraiato sul
suo lato del letto, con la testa appoggiata su una mano,
intento a fissare Marissa che dormiva.

Heather salì sull'altro lato del letto, e Talon rotolò per
scenderne. "Torno subito."

A quel punto toccò a Heather fissare Marissa. Era una
creatura innocente, vulnerabile. Ripensare al rischio che
aveva corso, di finire sotto il controllo opprimente di
Cipresso, le fece venire le lacrime agli occhi, mentre tornavano i pensieri del passato.

Sussultò di sorpresa quando il materasso affondò sotto il
peso di Talon.

"Fatti più in là," le disse sottovoce.

Heather si avvicinò a Marissa e Talon salì sul letto dietro
di lei, sotto le coperte. Le mise un braccio intorno al corpo e

la tirò più vicina. Lei si sentì circondata dal suo calore, dal suo sostegno. Lo sentì sospirare dietro di sé e chiuse gli occhi.

"Quando non ti ho vista arrivare, ho preso paura," le disse sottovoce. "Duke ha seguito la tua traccia fino al punto in cui eri salita in macchina, al che sono andato nel pallone. Non avevo idea di dove cominciare a cercarti."

"Mi ricordo di averti detto che non sarei mai andata via con lui, ma non avevo scelta."

"Lo so," replicò Talon. "Hai visto Marissa e non potevi abbandonarla con lui."

Heather annuì. Quell'uomo la conosceva meglio di chiunque altro... del passato o del futuro.

"Quando l'ho capito, ho immaginato anche dove ti stesse portando, nel luogo in cui gli eri sfuggita, voleva riaffermare il proprio dominio su di te... ma non ha funzionato."

"Non ha funzionato," confermò Heather.

"Sono fiero di te, fierissimo," le disse Talon. "Freccia, Cipresso, tutti gli altri uomini di quella maledetta setta hanno cercato di farti dipendere da loro in tutto e per tutto, hanno cercato di toglierti ogni briciolo di indipendenza. Hanno cercato di toglierti ogni possibilità di scelta sulla tua vita e sul tuo corpo. Invece tu, alla fine... tu ti sei liberata di loro. Non solo, ma hai anche affrontato i tuoi demoni, letteralmente, e li hai sconfitti senza alcun aiuto. Senza aver bisogno di un uomo. Sei una guerriera, sono orgoglioso di dirmi tuo."

Gli occhi di Heather si riempirono di lacrime, ma erano lacrime di gioia.

"So che ti sarà difficile pensare a un matrimonio come a un qualcosa di positivo, ma vorrei chiederti di provarci lo stesso. Voglio essere tuo anche davanti alla legge. Voglio indossare il tuo anello, così che tutti sappiano che il mio cuore è tuo."

Quell'uomo avrebbe potuto scegliere un'infinità di modi per chiederle di sposarlo, ma l'aveva fatto in un modo che lei avrebbe ricordato per sempre. Dando più peso all'ascendente che lei aveva *su di lui*, era riuscito a spazzar via ogni residua reticenza.

Lei si voltò e gli rispose: "Sì."

Talon sembrò stupito. "Sì?"

Lei annuì. "Di te posso fidarmi, non mi farai del male. Quindi... sì. Anch'io voglio essere tua. Lo so che non sarà nel modo in cui gli uomini della Comune cercavano di possedere le loro mogli."

"Puoi giurarci che non sarà in quel modo!" esclamò Talon. "Ti amo tantissimo, non so dirti quanto."

"Ma io *lo so*," ribatté lei, "perché anch'io ti amo allo stesso modo."

Talon si abbassò su di lei e le loro labbra si incontrarono in un bacio. Quando i muscoli del collo le fecero male per lo sforzo, Heather trasalì e sia pur controvoglia staccò le labbra da lui, appoggiandogli la testa sul braccio che lui aveva infilato sotto di lei quando l'aveva stretta a sé.

"Questa bimba è proprio come immagino *fossi tu* alla sua età," le disse Talon sottovoce. "Ha i tuoi stessi capelli rossi, persino gli occhi della stessa tonalità verde acqua."

"Sono sicura che l'ha scelta per questo," commentò Heather.

Talon la strinse intorno alla vita per un attimo, infilandole il naso tra i capelli.

"Se poi non li trovano, i suoi genitori?" gli sussurrò Heather.

"Allora vedremo se possiamo tenerla," le rispose Talon senza fare una piega.

Heather si voltò di scatto verso di lui. "Davvero?"

"Davvero. Continueremo sempre a cercare i suoi genitori. Non riesco a immaginare di avere una figlia che scompare senza che io sappia cosa le è successo; però possiamo ospitarla e accoglierla in affidamento per tutto il tempo che serve."

Heather sorrise radiosa. "Ti amo troppo!"

Talon alzò la testa e le scostò una ciocca di capelli dal volto, restituendole lo stesso sorriso.

Heather si voltò verso la bimba e sospirò di gioia. A quel punto, all'improvviso, si sentì sfinita. Alla fine, gli eventi della giornata si facevano sentire, e per la prima volta Heather si rilassò del tutto.

Si appoggiò addosso a Talon, che la strinse a sé. "Dormi, cara. Ci sono io a vegliare su di voi."

Con l'eco di quelle parole nella testa, Heather si addormentò profondamente, i brutti ricordi del passato ormai remoti, appagata, tra le braccia dell'uomo che amava.

EPILOGO

PER LA PRIMA VOLTA, dopo tre settimane, Heather finalmente poteva prendere fiato. Aveva incontrato Simon, l'FBI, i servizi sociali di due Stati diversi, aveva accettato anche altre interviste. Era finita di nuovo alla ribalta, dato che, in un certo senso, era stata rapita di nuovo. Talon insisteva a dire che, pur essendo salita su quell'auto di sua spontanea volontà, l'aveva fatto solo per proteggere Marissa dalla minaccia... quindi tecnicamente *era* un rapimento.

Dalle indagini era emerso che i genitori biologici di Marissa non erano parte della vita della bimba, che al momento del rapimento viveva in affidamento già da un anno. In condizioni tutt'altro che rosee. I genitori affidatari non ne avevano denunciato la scomparsa se non ventiquattr'ore dopo: semplicemente non se n'erano accorti. Tra gli altri numerosi bambini che ospitavano, e l'alcol di cui si inzuppavano notte e giorno, non avevano notato che Marissa non era tornata da scuola al solito orario.

Un po' per quelle circostanze, un po' per le altre violazioni scoperte in quella casa dai servizi sociali, Heather e Talon avevano ottenuto per direttissima l'approvazione a diventare genitori affidatari, almeno pro tempore; del resto, avevano già sistemato la bimba in una stanzetta tutta per lei.

Nel frattempo, era successo un altro evento importante: Heather aveva chiesto *a Talon* di sposarla. Certo, lui le aveva già detto di voler diventare suo marito... ma quando i servizi sociali avevano cominciato a storcere il naso sull'approvazione definitiva all'affidamento perché Talon non era cittadino statunitense e aveva solo un permesso di lavoro, appena scoperto che sposandolo gli avrebbe passato la cittadinanza, Heather l'aveva praticamente trascinato all'anagrafe.

Così si erano sposati. La cerimonia era stata diversissima da quella di Bristol e Rocky, ma per Heather era stato un sogno divenuto realtà. Amici e amiche avevano testimoniato all'evento, poi Caryn aveva organizzato una festa. Heather non ricordava una felicità maggiore di quella: essere sposata con Talon non aveva nulla che ricordasse le abitudini della Comune, ma del resto lei lo sapeva già. Per prima cosa, il matrimonio con lui era *legale*. In secondo luogo, l'aveva deciso lei.

Infine... lei e Talon si amavano.

Ogni volta che lei metteva gli occhi sull'anello al dito di Talon, le scappava un sorriso. Apparteneva a lei, ma non nel senso abusivo e demente in cui Cipresso affermava di possedere lei e tutte le donne della Comune. In un senso amorevole e rispettoso.

Dopo la decisione di sposarsi, Talon le aveva spiegato la scelta relativa ai cognomi, cioè che spesso la moglie assumeva il cognome del marito, ma le aveva subito assicurato che a lui non interessava farle cambiare da Brown a Ross. Lei ci aveva pensato con calma per qualche giorno, poi aveva deciso di prendere il cognome del marito.

Una decisione influenzata dall'esempio di Lilac, che aveva cambiato nome completamente dopo ciò che aveva passato. Il suo vecchio cognome era diventato sinonimo di una tragedia, tanto che veniva sempre riconosciuta quando si presentava e non riusciva a voltare pagina.

Così, Heather Brown era diventata ufficialmente Heather Ross, al culmine della felicità.

Era seduta sulla veranda della casa di Bristol insieme alle altre, mentre gli uomini intrattenevano Tony e Marissa. Il figlio di Elsie si era affezionato alla bimba appena l'aveva incontrata. Era diventato il suo giovane guardiano, e Marissa stava cominciando lentamente a uscire dal guscio.

Era stata visitata da uno psicologo dell'infanzia, ma il dottor Snow aveva espresso l'opinione che la bimba se la stesse cavando bene, grazie all'amore di cui Talon ed Heather la circondavano. Con un tetto sulla testa, il pancino pieno e due adulti che la ricoprivano di affetto, finalmente anche lei era al sicuro.

"Che meraviglia," commentò Lilly, seduta vicino a Heather. Gli uomini si lanciavano avanti e indietro un pallone di plastica, Marissa era in mezzo al gruppo a giocare con loro e rideva ogni volta che le cadeva la palla... il che capitava spesso.

Tony le stava vicino e cercava di darle consigli su come afferrare e lanciare la palla, mentre gli uomini che giocavano coi bimbi esibivano tutti delle espressioni gioiose

"Davvero," confermò Heather. C'erano momenti in cui i ricordi di Cipresso travolgevano la bimba; quando succedeva, Heather si accoccolava insieme a lei sul letto, o sul divano, con una coperta calda, per rassicurarla che era protetta, che le volevano bene e che nessuno le avrebbe fatto del male. Quelle parole stavano diventando rapidamente un mantra anche per Marissa.

"Tal le vuole un mondo di bene," commentò Bristol. "A guardarlo, si direbbe che è già stato padre dieci volte."

Heather capì la battuta. Talon sembrava sapere sempre esattamente cosa fare e cosa dire a Marissa per farla rilassare, per farla ridere, per farla essere sé stessa. Certo, la notte, quando gli sposini erano a letto da soli, lui le confessava che non aveva idea di come procedere.

"Che piani avete per lei, alla lunga?" le chiese Caryn. "Cioè, intendete adottarla?"

Heather annuì e fissò il marito e la bimba nel cortile. "Vogliamo adottarla," rispose sottovoce, "ma siamo nelle mani del sistema."

"Che stronzate!" esclamò Caryn a bassa voce. "Cioè, dai, guardatela! È felice... molto più di quanto potesse esserlo in quell'accidente di famiglia affidataria. Non si erano nemmeno accorti che non era tornata a casa da scuola! Ma di che *diamine* stiamo parlando?"

"Ne hai parlato con Nissi?" le chiese Elsie. "È stata lei ad aiutarmi, quando il mio ex si è presentato a fare l'imbecille... cioè, ben prima che diventasse un imbecille criminale, cercando di uccidere Tony e me per incassare il premio assicurativo."

"Non ancora," le rispose Heather.

"Parlatele presto," le disse Lilly con determinazione. "Penso che nessuno potrà respingere la richiesta di Heather Brown, anzi, di Heather *Ross* di adottare la bambina che lei ha salvato da quell'inferno che *lei stessa* ha dovuto patire, dallo stesso identico rapitore. Al momento, sei una delle donne più famose al mondo, forse la più gentile e amorevole."

Risero tutte e si dissero subito d'accordo.

"Però... non è giusto," commentò Heather, "usare quello che mi è successo in questo modo."

"Vuoi separarti da lei?" le chiese Elsie indicando Marissa, che ridacchiava senza freni mentre Raiden cadeva platealmente e di proposito a terra, dopo essere stato colpito in faccia dalla palla. Duke trotterellò immediatamente dal punto in cui era sdraiato sull'erba, ricoprendo di leccate bavose il suo padrone e facendo ridere ancor più la bimba.

"No!" esclamò Heather con decisione.

"In fin dei conti, puoi ottenere qualcosa di buono dalla notorietà," le suggerì Finley.

"A parte le orde di curiosi che invadono Fallport per ammirarti," aggiunse Lilly alzando gli occhi al cielo. "Sul serio, sono anche peggio dei turisti che vengono in cerca di Bigfoot."

"Se ne andranno molto presto," commentò Bristol con calma. "Tu devi solo ignorarli."

Heather era d'accordo con l'amica; Bristol se ne intendeva di celebrità, dato che *anche lei* era molto famosa. Quando Heather aveva scoperto che la sua amica, una persona tranquilla e alla mano, aveva guadagnato più soldi di quanti potesse spenderne in una vita intera, si era molto sorpresa. Bristol era un'artista rinomata, che aveva raggiunto una certa notorietà, eppure ignorava tutti quelli che cercavano la sua amicizia solo per via delle sue opere d'arte.

"È passato un po' di tempo dall'ultima volta che ci siamo riuniti tutti; sapendo che Talon ed Heather chiederanno formalmente e otterranno l'adozione di Marissa, penso che l'occasione meriti un brindisi!" A quell'annuncio, Caryn tirò fuori una fiaschetta dal taschino dei pantaloni cargo che indossava.

Risero tutti, a parte Heather, l'unica a non capire.

Finley le spiegò. "Caryn è amica di Clyde Thomas, un signore di Fallport che produce distillati."

Heather era ancora confusa, così Lilly aggiunse: "I distillati sono degli alcolici molto *potenti*. Clyde produce i liquori artigianali più buoni in circolazione. Il nostro preferito è quello alle mele caramellate. Ha lo stesso sapore di una torta di mele."

"Va bene, attenzione tutti! Non ho i bicchierini, quindi dovremo passarci la fiaschetta e bere a collo. Un sorso e poi si passa," spiegò Caryn, che poi si portò la fiaschetta alla bocca, bevve un sorso, si asciugò le labbra col dorso della mano, poi passò il liquore a Bristol.

Quando la fiaschetta arrivò a Finley, lei la passò senza bere, per via della gravidanza. Lilly ne bevve un sorso generoso, tossì, poi sorrise a Heather passandole il distillato.

Lei non era sicura se berlo o meno, ma non voleva dare l'impressione di essere una fifona, così ne bevve un goccio.

I sapori del distillato le esplosero sulla lingua, poi le venne da tossire man mano che l'alcol le scendeva nella gola. Lei però sorrise e disse: "È davvero buonissimo!" Poi ne bevve un altro sorso più cospicuo.

Risero tutti allegramente, mentre lei passava la fiaschetta a Elsie, che a sua volta la passò subito a Caryn senza berne.

"Un momento, tu non lo assaggi?" le chiese Caryn.

Elsie alzò le spalle con le guance arrossate. "Oggi non me la sento."

Lilly si voltò verso di lei con gli occhi socchiusi. "Un momento... *come mai?*"

"Non mi va, fate pure un secondo giro."

Lilly si fece avanti e le chiese con tono serio: "Sei incinta?"

Elsie non fece nulla per negarlo.

Lilly tornò ad accomodarsi. "È così! Perché non ci hai detto nulla?"

Cominciarono subito tutte a congratularsi con Elsie... ma quando le si riempirono gli occhi di lacrime, la fissarono tutte preoccupate.

"Non sei felice? Cioè, tra tutti noi, tu sei quella che più di tutte desiderava avere figli," le disse Bristol confusa.

"Ma io *sono* felice!" esclamò Elsie. "È solo che... non volevo rattristarti," aggiunse guardando Lilly.

L'amica fece un respiro profondo, anche lei con gli occhi bagnati dalle lacrime, che cominciarono a scenderle sulle guance. "Ma senti... non so se abbracciarti o darti uno scappellotto."

Heather si irrigidì. Alla Comune, aveva visto moltissime donne litigare; nonostante l'atteggiamento dimesso alla presenza degli uomini, tra loro sapevano essere molto crudeli.

"Ti ringrazio di cuore per la tua attenzione, ma mi dà fastidio non festeggiare la tua gravidanza. La mia interruzione non dovrebbe impedirti di essere al settimo cielo per il tuo pancione," disse Lilly a Elsie.

"Sono ancora triste per quanto ti è capitato, non mi sembrava giusto annunciare in allegria e celebrare: è passato così poco tempo da quando hai perso il bimbo," le disse Elsie tirando su col naso.

"Allora, meno male che ne parliamo," disse Lilly asciugandosi le lacrime dal volto. "L'interruzione di gravidanza è stata *orribile*, devastante. Piangerò per il resto della mia vita il figlio che non siamo riusciti a conoscere. Però io ed Ethan non ci arrendiamo. Il ginecologo ha detto che le probabilità di una gravidanza sono comunque alte. Quindi aspettiamo un pochino, ma poi di sicuro ci ritentiamo... e nel frattempo, tanto per dire, ogni tentativo è una bella goduria."

Al che ridacchiarono tutte.

"Intanto, però, non voglio certo che mi teniate nascosta la vostra gioia per la gravidanza di Finley o per quella di Elsie. Anch'io voglio essere felice *con* voi *per* voi. Mi dispiace che io e Finley non avremo dei figli che crescerebbero come gemellini? Certo, ma sono comunque entusiasta perché il figlio, o la figlia di Finley un giorno potrà fare da guida al mio. Cioè, guardate come si comporta Tony con Marissa," aggiunse Lilly indicando il cortile. "Perché mai non desiderare altrettanto per mio figlio?"

Anche gli occhi di Heather si riempirono di lacrime; sia per il dispiacere, per la perdita di Lilly, sia per quell'ottimismo rincuorante.

"Allora, niente più segreti sui figli. C'è un'altra che ha

voglia di condividere qualcosa che mi teneva segreto?" chiese Lilly.

"Non guardare me, ti giuro che non sono scappata per sposarmi in gran segreto," disse Caryn ridendo e asciugandosi le lacrime dalle guance.

"Io aspetto quattro gemelli," sbottò Finley.

La fissarono tutte per un attimo... poi scoppiarono a ridere appena lei accennò a sorridere, mostrando che stava solo scherzando.

Lilly sorrise a tutte le amiche, poi alzò il bicchiere di tè freddo. "Alle amiche migliori che abbia mai avuto. Penso che non sarei riuscita ad affrontare quel che è successo senza l'aiuto di ciascuna di voi. Grazie."

Heather sentì di nuovo gli occhi bagnati, ma sorrise e alzò il bicchiere come tutte le altre. Caryn fece fare un altro giro alla fiaschetta, e quando finalmente Tony e Marissa si stancarono di giocare con la palla, e Talon rientrò insieme agli altri, le amiche erano tutte un po' alticce... tranne ovviamente Finley ed Elsie.

"Tutto a posto?" le chiese Talon appoggiando le mani sui braccioli della sedia di Heather e abbassandosi su di lei.

"A postissimo," gli rispose con un sorriso enorme.

"Sei ubriaca?"

"No no."

Lui si aprì in un sorriso enorme e abbassò la testa, parlandole nell'orecchio affinché sentisse solo lei: "Non abbiamo ancora fatto sesso da ubriachi."

"È meglio del sesso da sobri?" gli chiese Heather con un tono non altrettanto contenuto.

Vicino a Heather, Caryn ridacchiò e poi le disse: "Ehi, ragazzi, volete che io e Drew portiamo Marissa alla stazione dei Vigili del Fuoco per vedere le autopompe?"

"Sì," rispose Talon prima ancora che Heather aprisse la

bocca. Poi le prese la mano e la fece alzare. "Puoi portarla a casa più tardi, diciamo... tra un'ora? Magari due?"

Caryn fece un sorriso radioso. "Certamente."

"Ottimo. Grazie." Poi Talon avvolse un braccio intorno alla vita di Heather e le fece strada per andar via.

"Aspetta!" esclamò lei... nonostante la voglia che già le dava il pizzicore tra le gambe. "Voglio salutare tutti!"

Talon si girò senza lasciarla andare, per farle salutare gli amici e le amiche. Le donne sorridevano tutte, affiancate dai rispettivi compagni. Raiden aveva portato Tony e Marissa in casa per uno spuntino, sempre con Duke alle calcagna, anche lui speranzoso di ricavarne qualcosa da sgranocchiare.

"Ciao!" disse Heather con un cenno della mano.

"Ciao!" le risposero tutte insieme. Anche gli uomini, che ormai si erano messi a sorridere, salutarono con dei cenni del capo. Fu un momento molto maschio... molto sensuale, tanto che Heather dovette trattenersi per non saltare subito addosso al suo uomo.

Talon la fece girare di nuovo e si avviò verso il SUV. La fece accomodare sul sedile del passeggero, le allacciò la cintura di sicurezza e raggiunse il posto di guida a passo svelto. Fallport non era certo una metropoli, per cui arrivarono al parcheggio del palazzo in pochi minuti.

Senza bisogno che Talon la trascinasse, Heather raggiunse rapidamente la porta di casa, entrò e andò dritta nel corridoio; si lasciò cadere sul letto e gli sorrise. La testa le girava piacevolmente, le sembrava di ondeggiare.

"Elsie è incinta," lo informò.

"Lo so."

Heather fece il broncio. "Lo sai?"

"Sì, me l'ha detto Zeke l'altro ieri."

"Uffa," gli disse fingendosi irritata.

"Hai altri annunci speciali, prima che faccia l'amore con mia moglie?" le chiese.

"Elsie ha detto che dovremmo parlare con Nissi per l'adozione di Marissa, perché dopo quello che mi è successo è difficile che ci siano problemi."

Talon spalancò gli occhi per la gioia. "La sentiamo domani per prima cosa."

"Davvero? Sei sicuro?"

"Tu vuoi adottare Marissa?" le chiese.

Heather annuì. "Sì."

"Allora sono sicuro anch'io."

Heather amava quell'uomo alla follia. "Se ti dicessi che voglio adottare altri venti gatti, quattordici cani, una capra e dodici figli?"

"Allora ti direi che devo lavorare più a lungo dal barbiere, comprare una casa più grande e metterti incinta il più spesso possibile, così ci portiamo avanti coi dodici figli."

Lei spalancò gli occhi. "Tu *vuoi* dodici figli?" gli chiese.

Talon si mise a ridere con la testa all'indietro.

Heather amava vederlo felice, senza freni.

A ogni sorriso, gli spuntava dietro la barba la fossetta che a lei piaceva un mondo. "Ti amo," le disse, senza perdere il sorriso. "Pensi che vorresti avere dei figli con me, un giorno? Cioè, a parte Marissa?"

"Sì."

Al che, lui si fece serio e la fissò negli occhi con un'espressione penetrante.

"Che c'è?" gli chiese sussurrando.

"Non so proprio come ho fatto a meritarmi questa fortuna. Hai passato l'inferno e sei comunque tanto aperta, fiduciosa, disposta a vivere la tua vita. Accidenti, che bello!"

"È grazie a te. La primissima frase che mi hai detto è che potevo fidarmi di te e che non mi avresti fatto male. Quelle parole mi risuonano nella mente ogni giorno. Se trovo la forza di superare tutto è perché posso appoggiarmi a te. So di potermi fidare. Di poter amare."

"Potrai sempre appoggiarti a me," le ribadì Talon. "Adesso... c'è altro di cui vuoi parlare, prima che ci spogliamo? La pace nel mondo? La cura per il cancro? Il buco nell'ozono?"

"C'è un buco nell'ozono?" gli chiese Heather facendosi seria, ma poi non si trattenne e scoppiò a ridere.

"Lo prendo come un no." Talon si tolse gli abiti di dosso a tempo di record, mentre Heather faceva il possibile per stargli dietro, nonostante l'alcol che le scorreva nelle vene la rendesse più impacciata; quando anche lei fu nuda, lui ormai era già sotto di lei e se la mise a cavalcioni sulle cosce.

"Mi lascerai mai stare sotto?" gli chiese lei di getto.

Talon la squadrò. "Te la sentiresti di stare sotto?"

"Con te? Certo. Di te mi fido, non mi farai del male. Con chiunque altro... ne dubito," gli rispose alzando le spalle.

Gli occhi di Talon si riempirono di eccitazione ed entusiasmo, e l'uccello cominciò a gonfiarsi anche se lei non l'aveva ancora sfiorato. "La risposta è sì... ma non subito. Prima voglio guardare mia moglie ubriaca che si prende suo marito."

Heather fu inondata dal desiderio; gli fece un sorriso, si spostò più avanti finché non rimase solo l'uccello a separare i loro corpi. Poi abbassò lo sguardo e notò una goccia di liquido che dalla punta le bagnava la pancia. Anche lei era fradicia, senza alcuna stimolazione. Le bastava stargli vicino, vedere quanto la desiderava, per far sì che il suo corpo si preparasse a riceverlo.

Abbassò una mano, glielo afferrò e si mise sulle ginocchia. Abbassandosi sull'uomo che amava, Heather chiuse gli occhi... e ringraziò la sua buona stella per quella nuova vita.

———

Khloe era seduta alla scrivania del suo ufficio, in biblioteca, con lo sguardo perso nel vuoto. Preoccupata, cercava di capire come e dove il suo gran piano si fosse inceppato. Sarebbe dovuta rimanere a Fallport solo qualche mese, mentre l'avvocato reperiva tutte le prove contro Alan Mather... l'uomo che era arrivato a tentare di ucciderla, dopo che lei era riuscita a salvare il suo prezioso segugio. Era stato proprio l'avvocato a suggerirle di tenere un profilo defilato (in pratica, di nascondersi) mentre il caso veniva esaminato.

Da allora, era tornata a casa solo per il processo, e se anche Alan era stato condannato per tentato omicidio, maltrattamento di animali e stalking, la condanna era stata troppo leggera per mettersi il cuore in pace. Sette anni. Probabilmente sarebbe stato liberato in tre o quattro.

Non abbastanza. Quell'uomo le aveva stravolto l'esistenza intera. Le aveva fatto perdere la clinica veterinaria, la salute, gli amici... e in cambio aveva ricevuto un misero rimprovero.

La gamba di Khloe pulsava di dolore, nonostante se ne stesse seduta a far nulla. Non era giusto.

Il trasferimento a Fallport doveva essere per un periodo breve. Lei si era impegnata per non crearsi legami, per non affezionarsi... ma le era stato impossibile tenere le distanze da Lilly, Elsie, Bristol, Caryn, Finley, ultimamente anche da Heather. L'avevano tutte accettata, nonostante il suo caratteraccio, coinvolgendola al massimo in ogni loro avventura.

Due giorni prima, Khloe aveva deciso di *non* unirsi alle amiche a casa di Bristol. C'erano andati tutti, persino Raiden, lei invece aveva preferito cominciare ad allontanarsi. Presto se ne sarebbe andata via da Fallport.

Alan le aveva reso la vita un inferno nella sua città, e avrebbe senz'altro cercato di proseguire anche da dietro le sbarre, lei ne era sicura: *la odiava*. Per qualcosa su cui lei non aveva nemmeno il controllo. Ma lui la pensava diversamente, tanto che si era riproposto di vivere per fargliela pagare, per ciò che lui riteneva una negligenza da parte di Khloe.

Khloe si era inventata una scusa piuttosto patetica per

non andare insieme agli altri a casa di Bristol, ma le era arrivata voce della reazione di Lilly quando aveva scoperto che le amiche la stavano trattando coi guanti di velluto e non le avevano detto della gravidanza di Elsie per non rattristarla. Aveva sentito anche che Heather e Talon speravano di adottare Marissa: senza dubbio ci sarebbero riusciti e sarebbero diventati genitori meravigliosi. Dopo aver visto il comportamento di Heather con la gattina, Khloe ne aveva compreso la natura profondamente materna.

Chiuse gli occhi con un sospiro. Eh sì: era ora di andarsene. Se Alan avesse cominciato a prendersela con qualche amica di Khloe, lei non si sarebbe mai perdonata. Avevano condiviso con lei le stesse pene dell'inferno, non sarebbe stato giusto scaricare sulle altre i propri problemi.

Nel profondo dell'animo, Khloe sentiva che si sarebbero adirati tutti, se avessero scoperto cosa le era successo, il motivo per cui cercava di tenere le distanze.

In particolare Raiden.

Le sfuggì un altro sospiro. Raiden Walker era...

Come definirlo? All'inizio, era stato solo il suo capo, ma poi lei l'aveva conosciuto meglio, e aveva compreso che si portava dentro anche lui una dicotomia folle. Era stato nella guardia costiera, ed era un tipo tosto, ma anche un sapientone esperto di libri e un tenerone, specialmente col suo cane. Era anche ostinato, fedele e totalmente ignaro del proprio fascino. Pensava di essere l'emarginato della squadra di ricerca e soccorso... il tipo fulvo e divertente... ma la verità era tutt'altra.

Khloe aveva sempre avuto un debole per i sapientoni, per i tipi che se ne stavano in disparte a osservare, per poi risolvere un caso di propria iniziativa; uomini che non si vantavano dei propri meriti, o del proprio fascino.

Esattamente come Raiden.

All'esterno, mostrava una scorza dura, scontrosa... proprio

come *lei*, da quando si era trasferita a Fallport. Però lei conosceva il vero Raid, quello che parlava al suo cane come a un bambino, quello che si perdeva negli occhi tristi di Duke e che gli offriva sempre qualche bocconcino extra. Lui si preoccupava sempre del cane, prima ancora che di sé stesso, in occasione delle lunghe missioni di ricerca. Si preoccupava anche degli amici, degli utenti abituali della biblioteca...

Lei andava pazza per il capo... un sentimento che si era rivelato l'ultima goccia.

Doveva andarsene, prima che lui se ne accorgesse e che la respingesse. Prima che Alan scoprisse quanto era importante Raiden per lei. Prima che anche la vita di Duke fosse in pericolo. Khloe non aveva dubbi: il segugio sarebbe stato il primo bersaglio di Alan, che avrebbe goduto un mondo nel far del male al cane, per ferire lei.

Un rumore strano interruppe i pensieri frustrati di Khloe, che si voltò e vide proprio il segugio a cui stava pensando... e nell'osservarlo si impensierì. Il cane si alzò e cominciò a camminare verso di lei, ma tornò subito a sdraiarsi sulla cuccia che gli aveva comprato per tenerlo in ufficio. Appena si appoggiò sulla cuccia, tornò a rialzarsi.

Ansimava, dal muso gli usciva più bava del solito.

Khloe raddrizzò la schiena sulla sedia e fissò il cane per un altro momento... poi si alzò con tanta foga da far cadere la sedia dietro di sé. Passò vicino al segugio immobile e uscì dalla porta; ficcò la testa nell'ufficio di Raiden, che sussultò per la sorpresa nel sentirla, ma lei non si preoccupò di averlo spaventato.

"Chiama subito il dottor Snow e Simon!" gli ordinò, poi si girò e tornò al proprio ufficio. La gamba le pulsava di dolore, ma lei la ignorò.

Andò dritta verso Duke, che mugolò mentre lei si avvicinava.

"Lo so, cucciolo, ti rimettiamo in sesto."

"Che succede? Cosa c'è che non va?" le chiese Raiden con agitazione avvicinandosi all'uscio.

"Duke è gonfio," gli rispose Khloe schiettamente, per poi prendere fiato e accovacciarsi, mettendo le braccia intorno al petto e alle zampe posteriori di Duke; poi si alzò, portando il segugio con sé. Non era un cagnolino leggero, forse pesava oltre quaranta chili, ma Khloe aveva la forza dell'adrenalina ad aiutarla. Non si accorse nemmeno del dolore che sfrecciava nella gamba malandata. Duke aveva bisogno di un intervento medico. *Urgente.*

"Merda!" imprecò Raid, che conosceva i pericoli di un gonfiore in un cane dal torace profondo. Lo stomaco rischiava di torcersi, tagliando l'afflusso sanguigno. Senza un intervento chirurgico immediato, c'era il rischio di morte. "Dobbiamo chiamare il dottor Ziegler!" le rispose.

"È fuori città," mormorò Khloe avviandosi a grandi falcate verso la porta con Duke tra le braccia. "Poi farebbe casino durante l'operazione, ne sono certa."

"Perché diamine vuoi farmi chiamare il dottor Snow e Simon? Cosa pensi che possano fare *loro*?"

"Simon mi aiuterà a entrare nello studio veterinario di Ziegler e Snow mi farà da assistente."

"*Cosa?!*" esclamò Raiden fissandola con stupore, mentre raggiungevano la porta sul retro della biblioteca.

"Datti una mossa, Raid, dico davvero! Duke è in condizioni critiche, ha bisogno di un intervento immediato!"

Per fortuna, Raid non ribatté. Lo sentì parlare con qualcuno mentre metteva una mano sotto al segugio per aiutarla a trasportarlo verso la Honda Accord scassata di Khloe. Lei appoggiò Duke lentamente sul sedile posteriore, poi si prese qualche secondo prezioso per abbassarsi, baciarlo sul muso e dirgli che sarebbe andato tutto bene, infine sbatté la portiera e si mise al volante.

Raid saltò in auto poco prima che questa sfrecciasse dal

parcheggio della biblioteca, entrando in piazza. Poi si voltò verso di lei, col viso incolore e l'espressione del viso tormentata dalla preoccupazione per il cane...

...e le chiese: "Khloe, si può sapere *chi* diamine sei?"

Lei non gli rispose. Anche perché non era sicura che gli avrebbe fatto piacere sentirselo dire. Ancora una volta, come sempre, qualcosa nel suo piano stava andando di traverso. Svelargli chi era... o almeno chi era stata nella sua vita precedente... avrebbe cambiato tutto. Ma salvare il fedele compagno di Raiden, il migliore amico che avesse, era più importante dei segreti.

Avrebbe gestito le conseguenze delle proprie azioni solo dopo aver salvato Duke.

Khloe non aveva alcun dubbio che Duke si sarebbe salvato... non per niente, era stata nominata per due anni di fila la miglior veterinaria dello Stato. Avrebbe dovuto rispondere a mille domande, dare qualche dispiacere, per tutto ciò che non aveva detto alle amiche, ma avrebbe pagato lo scotto volentieri, pur di usare la propria esperienza per salvare una vita.

Khloe si sentiva addosso lo sguardo di Raid, ma non osò voltarsi verso di lui. Tenne gli occhi sulla strada. Non se la sentiva di leggergli negli occhi il sospetto, la sfiducia, la paura. Raid aveva tutto il diritto di essere incazzato con lei, ma in quel momento lei doveva prepararsi a operare.

———

Uno dei segreti di Khloe sta per essere svelato, ma ci sono ancora molte altre rivelazioni in arrivo. Il rapporto con Raiden sta per essere sconvolto parecchio... scopri come supereranno il passato per guardare al futuro, nell'ultimo libro della serie *Ricerca e soccorso Eagle Point:*
In cerca di Khloe!

Trovare Kenna
Trovare Monica
Trovare Carly
Trovare Ashlyn
Trovare Jodelle

Armi & Amori: verso il futuro

Soccorrere Caite
Soccorrere Brenae
Soccorrere Sidney
Soccorrere Piper
Soccorrere Zoey
Soccorrere Avery
Soccorrere Kalee
Soccorrere Jane

Delta Force Heroes

Salvare Rayne
Salvare Emily
Salvare Harley
Il Matrimonio di Emily
Salvare Kassie
Salvare Bryn
Salvare Casey
Salvare Sadie
Salvare Wendy
Salvare Mary
Salvare Macie
Salvare Annie

Armi e Amori

Proteggere Caroline
Proteggere Alabama
Proteggere Fiona

Il Matrimonio di Caroline
Proteggere Summer
Proteggere Cheyenne
Proteggere Jessyka
Proteggere Julie
Proteggere Melody
Proteggere il Futuro
Proteggere Kiera
Proteggere i figli di Alabama
Proteggere Dakota

Mercenari di Montagna
Difendere Allye
Difendere Chloe
Difendere Morgan
Difendere Harlow
Difendere Everly
Difendere Zara
Difendere Raven

Ace Security
Il riscatto di Grace
Il riscatto di Alexis
Il riscatto di Bailey
Il riscatto di Felicity
Il riscatto di Sarah

Una raccolta di storie brevi
Un momento nel tempo

BIOGRAFIA

L'autrice best seller del *New York Times*, *USA Today,* e *Wall Street Journal*, Susan Stoker ha un cuore grande come lo stato del Texas, dove vive, ma questa tipica ragazza americana ha trascorso gli ultimi quattordici anni vivendo nel Missouri, in California, in Colorado, e nell'Indiana. È sposata con un ex militare dell'esercito, che ora la segue in tutto il Paese.

Ha debuttato con la sua prima serie nel 2014, seguita dalla serie SEAL of Protection, che ha consolidato il suo amore per la scrittura, e la creazione di storie in cui i lettori possono perdersi.

Se ti è piaciuto questo libro, o qualsiasi libro, per favore considera di lasciare una recensione. Gli autori lo apprezzano più di quanto tu possa immaginare.

www.stokeraces.com
susan@stokeraces.com

www.ingramcontent.com/pod-product-compliance
Lightning Source LLC
Chambersburg PA
CBHW060314100726
47907CB00002B/401

* 9 7 8 1 6 4 4 9 9 3 8 6 6 *